神鵰俠侶

金庸

THE GIANT EAGLE AND ITS COMPANION

1

投師終南

吳昌碩「千里之路不可扶以繩」
吳昌碩（1844-1927），初名俊卿，浙江安吉人，
清末民初著名藝術家，書畫金石俱為大家。

高劍父「楓鷹圖」：高劍父（1879-1951），廣東番禺人，嶺南畫派的領袖，以筆法雄勁著名。

終南山一角。

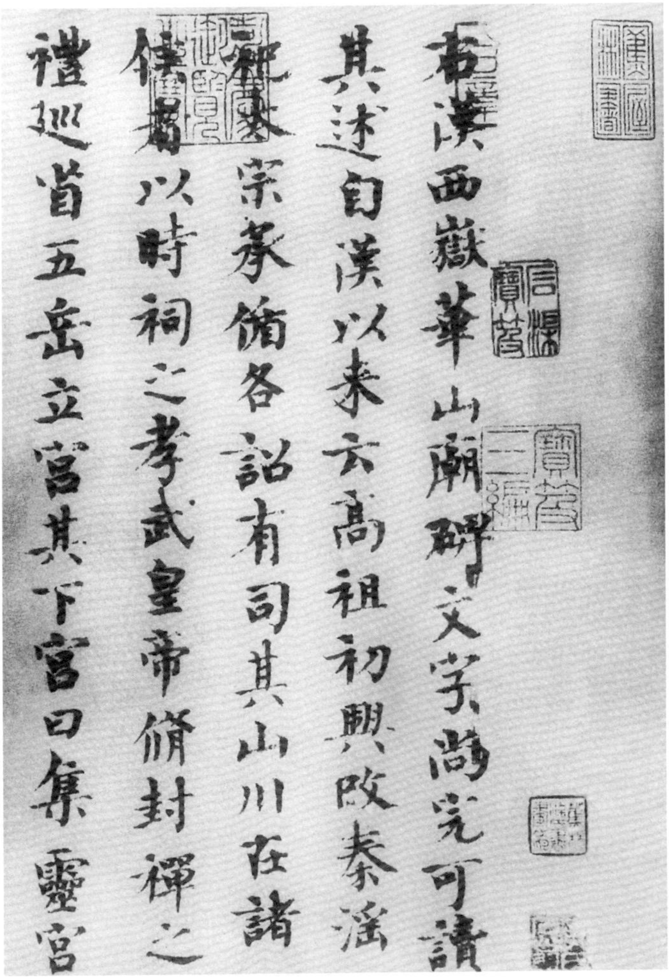

歐陽修書「集古錄跋尾」：敍述漢西嶽華山廟碑。朱熹謂歐陽修作字如其為人，外若優游，中實剛勁。

右頁圖／「半閒堂秋興圖」：宋人作，描寫賈似道的姬妾在半閒堂中鬥蟋蟀。賈似道是南宋理宗、度宗年間宰相，與楊過同時代。

上圖／蘇漢臣「雜技戲嬰圖」：蘇漢臣，開封人，宋徽宗、高宗、孝宗時的畫院待詔，善畫人物、兒童，比郭靖的年代略早。

右頁圖／宋人「小庭戲嬰圖」：以筆法推測，可能是陳宗訓作。

上圖／陳宗訓「秋庭戲嬰圖」：陳宗訓，杭州人，宋理宗紹定年間畫院待詔，是郭靖、楊過同時代的人物。

石棺石刻畫「飛兔」：隋朝石刻。石棺右側刻青龍圖，左側刻白虎圖。這隻飛兔是青龍圖中的一部分。兔頭繫有綵結，增加飛翔的動態。陝西咸陽出土，現存陝西省博物館。

墓室石刻畫：東漢石刻。上列為武將殺敵，中為勝利歸來，下為打獵。

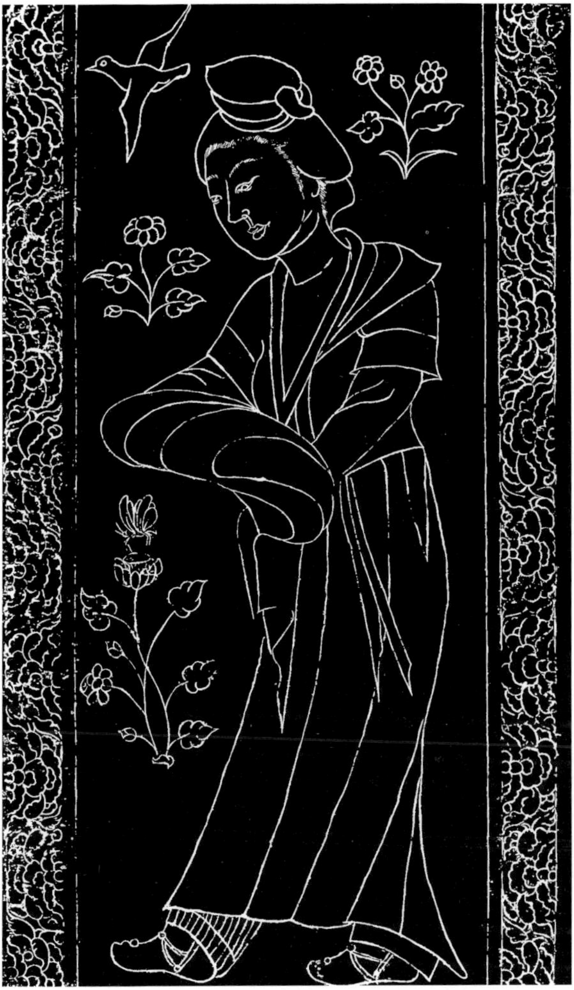

右頁圖／石床石刻畫：北魏石刻。兩人林中對坐。石床上共有十二幅石刻畫，這是其中之一。

上圖／石槨石刻畫：唐朝石刻。棺外之棺稱為槨。圖中女子正在捕蝶，蝴蝶停在花上。陝西長安南郊出土，現存陝西省博物館。咸陽與長安均在終南山附近。

由上頁兩圖及左右兩圖可見到墓室、石床、石棺、石槨刻石作畫，在我國由來已久。

王重陽故事壁畫：山西永濟縣永樂鎮相傳是呂洞賓的故鄉，元初建規模宏大的道教寺觀「大純陽萬壽宮」，其中一部為「永樂宮」，第五進為「重陽殿」，奉祀王重陽及其諸弟子。殿壁共有四十九幅壁畫，描繪王重陽及全真七子的事蹟，本圖為其中之一「救荀婆眼疾」，顯示全真教諸位祖師重視拯濟平民疾苦。

永樂宮壁畫「飛天」。

右圖／永樂宮壁畫「諸神像」：永樂宮建於元初，與楊過約略為同一時期。其時全真教大盛，壁畫中的諸神像雖是出於當時道教人士的想像，但服飾兵器等等也必受到當時實物形狀的影響。

左頁圖／永樂宮壁畫「三頭六臂神像」：本圖及其上二圖均為三清殿的壁畫。道教以玉清、上清、太清為三清，後世指元始天尊、太上道君、太上老君。三清殿是道觀的正殿，相當於佛寺的大雄寶殿。終南山重陽宮中三清殿的壁畫，當與此大同小異。

金國帝后向蒙古大汗投降圖：法國巴黎國家圖書館藏。

神鵰俠侶

1

投師終南

金庸 著

「金庸作品集」臺灣版序

小說是寫給人看的。小說的內容是人。

小說寫一個人、幾個人、一羣人、或成千成萬人的性格和感情。他們的性格和感情從橫面的環境中反映出來，從縱面的遭遇中反映出來，從人與人之間的交往與關係中反映出來。長篇小說中似乎只有「魯濱遜飄流記」，才只寫一個人，寫他與自然之間的關係，但寫到後來，終於也出現了一個僕人「星期五」。只寫一個人的短篇小說多些，寫一個人在與環境的接觸中表現他外在的世界，內心的世界，尤其是內心世界。

西洋傳統的小說理論分別從環境、人物、情節三個方面去分析一篇作品。由於小說作者不同的個性與才能，往往有不同的偏重。

基本上，武俠小說與別的小說一樣，也是寫人，只不過環境是古代的，人物是有武功的，情節偏重於激烈的鬪爭。任何小說都有它所特別側重的一面。愛情小說寫男女之間與性有關的感情，寫實小說描繪一個特定時代的環境，「三國演義」與「水滸」一類小說敍述大羣人物的鬪爭經歷，現代小說的重點往往放在人物的心理過程上。

小說是藝術的一種，藝術的基本內容是人的感情，主要形式是美，廣義的、美學上的美。在小說，那是語言文筆之美、安排結構之美，關鍵在於怎樣將人物的內心世界通過某種形式而表現出來。甚麼形式都可以，或者是作者主觀的剖析，或者是客觀的敍述故事，從人物的行動和言語中客觀的表達。

讀者閱讀一部小說，是將小說的內容與自己的心理狀態結合起來。同樣一部小說，有的人感到強烈的震動，有的人卻覺得無聊厭倦。讀者的個性與感情，與小說中所表現的個性與感情相接觸，產生了「化學反應」。

武俠小說只是表現人情的一種特定形式。好像作曲家要表現一種情緒，用鋼琴、小提琴、交響樂、或歌唱的形式都可以，畫家可以選擇油畫、水彩、水墨、或漫畫的形式。問題不在採取甚麼形式，而是表現的手法好不好，能不能和讀者、聽者、觀賞者的心靈相溝通，能不能使他的心產生共鳴。小說是藝術形式之一，有好的藝術，也有不好的藝術。

好或者不好，在藝術上是屬於美的範疇，不屬於真或善的範疇。判斷美的標準是美，是感情，不是科學上的真或不真，道德上的善或不善，也不是經濟上的值錢不值錢，政治上對統治者的有利或有害。當然，任何藝術作品都會發生社會影響，自也可以用社會影響的價值去估量，不過那是另一種評價。

在中世紀的歐洲，基督教的勢力及於一切，所以我們到歐美的博物院去參觀，見到所有中世紀的繪畫都以「聖經」為題材，表現女性的人體之美，也必須通過聖母的形象。直到文藝復興之後，凡人的形象才在繪畫和文學中表現出來，所謂文藝復興，是在文藝上復興希臘、羅馬時代對「人」的描寫，而不再集中於描寫神與聖人。

中國人的文藝觀，長期來是「文以載道」，那和中世紀歐洲黑暗時代的文藝思想是一致的，用「善或不善」的標準來衡量文藝。「詩經」中的情歌，要牽強附會地解釋為諷刺君主或歌頌后妃。陶淵明的「閒情賦」，司馬光、歐陽修、晏殊的相思愛戀之詞，或者惋惜地評之為白璧之玷，或者好意地解釋為另有所指。他們不相信文藝所表現的是感情，認為文字的唯一功能只是為政治或社會價值服務。

我寫武俠小說，只是塑造一些人物，描寫他們在特定的武俠環境（古代的、沒有法治的、以武力來解決爭端的社會）中的遭遇。當時的社會和現代社會已大不相同，人的性格和感情卻沒有多大變化。古代人的悲歡離合、喜怒哀樂，仍能在現代讀者的心靈中引起相應的情緒。讀者們當然可以覺得表現的手法拙劣，技巧不夠成熟，描寫殊不深刻，以美學觀點來看是低級的藝術作品。無論如何，我不想載甚麼道。我在寫武俠小說的同時，也寫政治評論，也寫與哲學、宗教有關的文字。涉及思想的文字，是訴諸讀者理智的，對這些文字，才有是非、真假的判斷，讀者或許同意，或許只部份同意，或許完全反對。

對於小說，我希望讀者們只說喜歡或不喜歡，只說受到感動或覺得厭煩。我最高興的是讀者喜愛或憎恨我小說中的某些人物，如果有了那種感情，表示我小說中的人物已和讀者的心靈發生聯繫了。小說作者最大的企求，莫過於創造一些人物，使得他們在讀者心中變成活生生的、有血有肉的人。藝術是創造，音樂創造美的聲音，繪畫創造美的視覺形象，小說是想創造人物。假使只求如實反映外在世界，那麼有了錄音機、照相機，何必再要音樂、繪畫？有了報紙、歷史書、記錄電視片、社會調查統計、醫生的病歷紀錄、黨部與警察局的人事檔案，何必再要小說？

一九八六・二・六　於香港

目錄

第一回

風月無情

「越女採蓮秋水畔……
芳心只共絲爭亂……
風月無情人暗換，
舊遊如夢空腸斷……」

「越女採蓮秋水畔，窄袖輕羅，暗露雙金釧。照影摘花花似面，芳心只共絲爭亂。
鷄尺溪頭風浪晚，霧重煙輕，不見來時伴。隱隱歌聲歸棹遠，離愁引著江南岸。」

一陣輕柔婉轉的歌聲，飄在煙水濛濛的湖面上。歌聲發自一艘小船之中，船裏五個少女和歌嘻笑，盪舟採蓮。她們唱的曲子是北宋大詞人歐陽修所作的「蝶戀花」詞，寫的正是越女採蓮的情景，雖只寥寥六十字，但季節、時辰、所在、景物，以及越女的容貌、衣著、首飾、心情，無一不描繪得歷歷如見，下半闋更是寫景中有敘事，敘事中挾抒情，自近而遠，餘意不盡。歐陽修在江南為官日久，吳山越水，柔情密意，盡皆融入長短句中。宋人不論達官貴人，或是里巷小民，無不以唱詞為樂，是以柳永新詞一出，有井水處皆歌，而江南春岸折柳，秋湖採蓮，隨伴的往往便是歐詞。

時當南宋理宗年間，地處嘉興南湖。節近中秋，荷葉漸殘，蓮肉飽實。這一陣歌聲傳入湖邊一個道姑耳中。她在一排柳樹下悄立已久，晚風拂動她杏黃色道袍的下襬，拂動她頸中所插拂塵的萬縷柔絲，心頭思潮起伏，當真亦是「芳心只共絲爭亂」。只聽得歌聲漸漸遠去，唱的是歐陽修另一首「蝶戀花」詞，一陣風吹來，隱隱送來兩句：「風月無情人暗換，舊遊如夢空腸斷……」歌聲甫歇，便是一陣格格嬌笑。

那道姑一聲長嘆，提起左手，瞧著染滿了鮮血的手掌，喃喃自語：「那又有甚麼好笑？小妮子只是瞎唱，渾不解詞中相思之苦、惆悵之意。」

在那道姑身後十餘丈處，一個青袍長鬚的老者也是一直悄立不動，只有當「風月無情人暗換，舊遊如夢空腸斷」那兩句傳到之時，發出一聲極輕極輕的嘆息。

小船在碧琉璃般的湖面上滑過，舟中五個少女中三人十五六歲上下，另外兩個都只九歲。兩個幼女是中表之親，表姊姓程，單名一個英字，表妹姓陸，名無雙。兩人相差半歲。

三個年長少女唱著歌兒，將小舟從荷葉叢中盪將出來。程英道：「表妹你瞧，這位老伯伯還在這兒。」說著伸手指向垂柳下的一人。

那人滿頭亂髮，鬍鬚也是蓬蓬鬆鬆如刺蝟一般，鬚髮油光烏黑，照說年紀不大，可是滿臉皺紋深陷，卻似七八十歲老翁，身穿藍布直綴，頸中掛著個嬰兒所用的錦緞圍涎，圍涎上繡著幅花貓撲蝶圖，已然陳舊破爛。

陸無雙道：「這怪人在這兒坐了老半天啦，怎麼動也不動？」程英道：「別叫怪人，要叫『老伯伯』。你叫他怪人，他要生氣的。」陸無雙笑道：「他還不怪嗎？這麼老了，頭頸裏卻掛了個圍涎。他生了氣，要是鬍子都翹了起來，那才好看呢。」從小舟中拿起一個蓮蓬，往那人頭上擲去。

小舟與那怪客相距數丈，陸無雙年紀雖小，手上勁力竟自不弱，這一擲也是甚準。程英叫了聲：「表妹！」待要阻止，已然不及，只見那蓮蓬逕往怪客臉上飛去。那怪客頭一仰，已咬住蓮蓬，也不伸手去拿，舌頭捲處，咬住蓮蓬便大嚼起來。五個少女見他竟不剝出蓮子，也不怕苦澀，就這麼連瓣連衣的呑吃，互相望了幾眼，忍不住格格而笑，一面划船近前，走上岸來。

程英走到那人身邊，拉一拉他衣襟，道：「老伯伯，這樣不好吃的。」從袋裏取出一個蓮蓬，劈開蓮房，剝出十幾顆蓮子，再將蓮子外的青皮撕開，取出蓮子中苦味的芯兒，然後遞在怪客手裏。那怪客嚼了幾口，但覺滋味清香鮮美，與適才所吃的大不相同，裂嘴向程英一笑，點了點頭。程英又剝了幾枚蓮子遞給他。那怪客將蓮子抛入口中，一陣亂嚼，仰天說道：「跟我來？」說著大踏步向西便走。

陸無雙一拉程英的手，道：「表姊，咱們跟他去。」三個女伴膽小，忙道：「快回家去罷，別走遠了惹你娘罵。」陸無雙扁扁嘴扮個鬼臉，見那怪客走得甚快，說道：「你不來算啦。」放脫表姊的手，向前追去。程英與表妹一同出來玩耍，不能撇下她自歸，只得跟去。那三個女伴雖比她們大了好幾歲，但個個怕羞膽怯，只叫了幾聲，便見那怪客與程陸二人先後走入了桑樹叢後。

那怪客走得甚快，見程陸二人腳步小跟隨不上，先還停步等了幾次，到後來不耐煩起來，突然轉身，長臂伸處，一手一個，將兩個女孩兒挾在腋下，飛步而行。二女只聽耳邊風聲颯然，路上的石塊青草不住在眼前移動。陸無雙害怕起來，叫道：「放下我，放下我！」那怪客那裏理她，反而走得更快了。陸無雙仰起頭來，張口往他手掌緣上猛力咬去。那怪客手掌一碰，只把她牙齒撞得隱隱生痛。陸無雙只得鬆開牙齒，一張嘴可不閒著，拚命的大叫大嚷。程英卻是默不作聲。

那怪客又奔一陣，將二人放下地來。當地是個墳場。程英的小臉嚇成慘白，陸無雙卻脹得滿臉通紅。程英道：「老伯伯，我們要回家了，不跟你玩啦！」

那怪客兩眼瞪視著她，一言不發。程英見他目光之中流露出一股哀愁悽惋、自憐自傷的神色，不自禁的起了同情之心，輕輕道：「要是沒人陪你玩，明天你再到湖邊來，我剝蓮子給你吃。」那怪客嘆道：「是啊，十年啦，十年來都沒人陪我玩。」突然間目現兇光，惡狠狠的道：「何沅君呢？何沅君到那裏去了？」

程英見他突然間聲色俱厲，心裏害怕，低聲道：「我……我……我不知道。」那怪客抓住她手臂，將她身子搖了幾搖，低沉著嗓子道：「何沅君呢？」程英給他嚇得幾欲哭了出來，淚水在眼眶中滾來滾去，卻始終沒有流下。那怪客咬牙切齒的道：「哭啊，哭啊！你幹麼不哭？哼，你在十年前就是這樣。我不准你嫁給他，你說不捨得離開我，可是非跟他走不可。你說感激我對你的恩情，離開我心裏很是難過，呸！都是騙人的鬼話。你要是真的傷心，又為甚麼不哭？」

他狠狠的凝視著程英。程英早給嚇得臉無人色，但淚水總是沒掉下來。那怪客用力搖晃她身子。程英牙齒咬住嘴唇，心中只說：「我不哭，我不哭！」那怪客道：「哼，你不肯為我掉一滴眼淚，連一滴眼淚也捨不得，我活著還有甚麼用？」猛然放脫程英，雙腿一彎，矮著身子，往身旁一塊墓碑上撞去，砰的一聲，登時暈了過去，倒在地下。

陸無雙叫道：「表姊，快逃。」拉著程英的手轉身便走。程英奔出幾步，只見怪客頭上汩汩冒血，心中不忍，道：「老伯伯別撞死啦，瞧瞧他去。」陸無雙道：「死了，那不變了鬼麼？」程英吃了一驚，既怕他變鬼，又怕他忽然醒轉，再抓住自己說些古裏古怪的瘋話，可是見他滿臉鮮血，實在可憐，自己安慰自己：「老伯伯不是鬼，我不怕，他不會再抓我。」一步步的緩緩走近，叫道：「老伯伯，你痛麼？」

怪客呻吟了一聲，卻不回答。程英膽子大了些，取手帕給他按住傷口。但他這一撞之勢著實猛惡，頭上傷得好生厲害，轉瞬之間，一條手帕就給鮮血浸透。她用左手緊緊按住傷口，過了一會，鮮血不再流出。怪客微微睜眼，見程英坐在身旁，嘆道：「你又救我作甚？還不如讓我死了乾淨。」程英見他醒轉，很是高興，柔聲道：「你頭上痛不痛？」怪客搖搖頭，淒然道：「頭上不痛，心裏痛。」程英聽得奇怪，心想：「怎麼頭上撞破了這麼一大塊，反而頭上不痛心裏痛？」當下也不多問，解下腰帶，給他包紮好了傷處。

怪客嘆了口氣，站起身來，道：「你是永不肯再見我的了，那麼咱們就這麼分手了麼？你一滴眼淚也不肯為我流麼？」程英聽他這話說得傷心，又見他一張醜臉雖然鮮血斑斑的甚是怕人，眼中卻滿是求懇之色，不禁心中酸楚，兩道淚水奪眶而出。怪客見到她的眼淚，臉上神色又是歡喜，又是淒苦，哇的一聲哭了出來。

程英見他哭得心酸，自己眼淚更如珍珠斷線般從臉頰上滾將下來，輕輕伸出雙手，摟住了他的脖子。陸無雙見他二人莫名其妙的摟著痛哭，一股笑意竟從心底直透上來，再也忍耐不住，縱聲哈哈大笑。

那怪客聽到笑聲，仰天嘆道：「是啊，嘴裏說永遠不離開我，年紀一大，便將過去的說話都忘了，只記著這個新相識的小白臉。你笑得可真開心啊！」低頭仔細再瞧程英，說道：「是的，是的，你是阿沅，是我的小阿沅。我不許你走，不許你跟那小白臉畜生走。」說著緊緊抱住了程英。

陸無雙見他神情激動，卻也不敢再笑了。

怪客道：「阿沅，我找到你啦。咱們回家去罷，你從今以後，永遠跟著爹爹在一起。」程英道：「老伯伯，我爹爹早死了。」怪客道：「我知道，我知道。我是你的義父啊，你不認得了嗎？」程英微微搖頭，道：「我沒有義父。」怪客大叫一聲，狠狠將她推開，喝道：「阿沅，你連義父也不認了？」程英道：「老伯伯，我叫程英，不是你的阿沅。」

那怪客喃喃的道：「你不是阿沅？不是我的阿沅？」呆了半晌，說道：「嗯，二十多年之前，阿沅才似你這般大。現今阿沅早長大啦，早大得不要爹爹啦。她心眼兒中，就只陸展元那小畜生一個。」陸無雙「啊」的一聲，道：「陸展元？」

怪客雙目瞪視著她，問道：「你認得陸展元，是不是？」陸無雙微微笑道：「我自然認得，他是我大伯。」那怪客突然滿臉都是狠戾之色，伸手抓住陸無雙兩臂，問道：「他……他……這小畜生在那裏？快帶我去找他。」陸無雙甚是害怕，臉上卻仍是帶著微笑，顫聲道：「我大伯住得很近，你真的要去找他？嘻嘻！」怪客道：「是，是！我在嘉興已整整找了三天，就是要找這小畜生算帳。小娃娃，你帶我去，老伯伯不難為你。」語氣漸轉柔和，說著放開了手掌。陸無雙右手撫摸左臂，道：「我給你抓得好痛，我大伯住在那裏，忽然忘記了。」

那怪客雙眉直豎，便欲發作，隨即想到欺侮這樣一個小女孩甚是不該，醜陋的臉上露出了笑容，伸手入懷，道：「是公公不好，給你陪不是啦。公公給糖糖你吃。」可是一隻手在懷裏伸不出來，顯是摸不到甚麼糖果。

陸無雙拍手笑道：「你沒糖，說話騙人，也不害羞。好罷，我跟你說，我大伯就住在那邊。」手指遠處兩株高聳的大槐樹，道：「就在那邊。」

怪客長臂伸出，又將兩人挾在腋下，飛步向雙槐樹奔去。他急衝直行，遇到小溪阻路，縱躍即過。片刻之間，三人已到了雙槐之旁。那怪客放下兩人，卻見槐樹下赫然並列著兩座墳墓，一座墓碑上寫著「陸公展元之墓」六字，另一碑上則是「陸門何夫人之墓」七字。墓畔青草齊膝，顯是安葬已久。

怪客呆呆望著墓碑，自言自語：「陸展元這小畜生死了？幾時死的？」陸無雙笑嘻嘻的道：「死了有三年啦。」

那怪客冷笑道：「死得好，死得好，只可惜我不能親手取他狗命。」說著仰天哈哈大笑。笑聲遠遠傳了出去，聲音中充滿哀愁憤懣，殊無歡樂之意。

此時天色向晚，綠楊青草間已籠上淡淡煙霧。陸無雙拉拉表姊的衣袖，低聲道：「咱們回去罷。」那怪客道：「小白臉死了，阿沅還在這裏幹麼？我要接她回大理去。喂，小娃娃，你帶我去找你……找你那個死大伯的老婆去。」陸無雙向墓碑一指，道：「你不見嗎？我大媽也死了。」

怪客縱身躍起，叫聲如雷，猛喝：「你這話是真是假？她，她也死了？」陸無雙臉色蒼白，顫聲道：「爹爹說的，我大伯死了之後，大媽跟著也死了。我不知道，我不知道。你別嚇我，我怕！」怪客搥胸大叫：「她死了，她死了？不會的，你還沒見過我面，決不能死。我跟你說過的，十年之後我定要來見你。你……你怎麼不等我？」

他狂叫猛跳，勢若瘋虎，突然橫腿掃出，喀的一聲，將右首那株大槐樹只踢的不住搖晃，枝葉簌簌作響。程英和陸無雙手拉著手，退得遠遠的，那敢近前？只見他忽地抱住那株槐樹用力搖晃，似要拔將起來。但那槐樹幹粗枝密，卻那裏拔得它起？他高聲大叫：「你親口答應的，難道就忘了嗎？你說定要和我再見一面。怎麼答應了的事不算數？」喊到後來，聲音漸漸嘶啞。他蹲下身子，雙手運勁，頭上熱氣緩緩冒起，有如蒸籠，手臂上肌肉虬結，弓身拔背，猛喊一聲：「起！」那槐樹始終未能拔起，可是喀喇一聲巨響，竟爾從中斷為兩截。他抱著半截槐樹發了一陣呆，輕聲道：「死了，死了！」舉起來奮力擲出，半截槐樹遠遠飛了出去，有如在半空張了一柄大傘。

他呆立墓前，喃喃的道：「不錯，陸門何夫人，那就是阿沅了。」眼睛一花，兩塊石碑幻成了兩個人影。一個是拈花微笑、明眸流盼的少女，另一個卻是長身玉立、神情瀟灑的少年。兩人並肩而立。

那怪客睜眼罵道：「你誘拐我的乖女兒，我一指點死你。」伸出右手食指，欺身直進，猛往那少年胸口點去，突覺食指劇痛，幾欲折斷，原來這一指點中了石碑，那少年的身影卻隱沒不見了。怪客大怒，罵道：「你逃到那裏去？」左掌隨著擊出，一掌雙發，拍拍兩響，都擊在碑上。他愈打愈怒，掌力也愈來愈是淩厲，打得十餘掌，手掌上已是鮮血淋漓。

程英心中不忍，勸道：「老伯伯，別打了，你可打痛了自己的手。」那怪客哈哈大笑，叫道：「我不痛，我要打死陸展元這小畜生。」

他正自縱聲大笑，笑聲忽爾中止，呆了一呆，叫道：「我非見你的面不可，非見你的面不可。」雙手猛力探出，十根手指如錐子般插入了那座「陸門何夫人」墳墓的墳土之中，待得手臂縮回，已將墳土抓起了兩大塊。只見他兩隻手掌有如鐵鏟，隨起隨落，將墳土一大塊一大塊的鏟起。

程陸二人嚇得臉無人色，不約而同的轉身便逃。那怪客全神貫注的挖墳，渾沒留意。二人急奔一陣，直到轉了好幾個彎，不見怪客追來，這才稍稍放心。二人不識途徑，沿路向鄉人打聽，直到天色大黑，方進陸家莊大門。

陸無雙張口直嚷：「不好啦，不好啦！爸爸、媽媽快來，那瘋子在挖大伯大媽的墳！」飛跑著闖進大廳，只見父親陸立鼎正抬起了頭，呆呆的望著牆壁。

程英跟著進廳，和陸無雙順著他眼光瞧去，卻見牆上印著三排手掌印，上面兩個，中間兩個，下面五個，共是九個。每個掌印都是殷紅如血。

陸立鼎聽著女兒叫嚷，忙問：「你說甚麼？」陸無雙叫道：「那個瘋子在挖大伯大媽的墳。」陸立鼎一驚，站起身來，喝道：「胡說！」程英道：「姨丈，是真的啊。」陸立鼎知道自己女兒刁鑽頑皮，精靈古怪，但程英卻從不說謊，問道：「甚麼事？」陸無雙咭咭咯咯的將適才的事說了一遍。

陸立鼎心知不妙，不待她說完，從壁上摘下單刀，朝兄嫂墳上急奔而去。奔到墳前，只見不但兄嫂的墳墓已被挖破，連二人的棺木也都打開了。當他聽到女兒說起有人挖墳，此事原在意料之中，但親眼見到，仍是不禁心中怦怦亂跳。棺中屍首卻已蹤影全無，棺木中的石灰、紙筋、棉墊等已凌亂不堪。他定了定神，只見兩具棺木的蓋上留著許多鐵器的斬鑿印痕、不由得既悲且憤，又驚又疑，剛才沒細問女兒，不知這盜屍惡賊跟兄嫂有何深仇大怨，在他們死後尚來毀屍洩憤？當即提刀追趕。

他一身武功都是兄長陸展元所傳，生性淡泊，兼之家道殷實，一生席豐履厚，從不到江湖上行走，可說是全無閱歷，又乏應變之才，不會找尋盜屍賊的蹤跡，兜了個圈子後又回到墳前，更無半點主意，呆了半晌，只得回家。

他走進大廳，坐在椅中，順手將單刀拄在椅邊，望著牆上的九個血手印呆呆出神。心中只是想：「哥哥臨死之時曾說，他有個仇家，是個道姑，名叫李莫愁，外號『赤練仙子』，武功既高，行事又是心狠手辣。預料在他成親之後十年要來找他夫妻報仇。那時他說：『我此病已然不治，這場冤仇，那赤練仙子是報不成的了。再過三年，便是她來報仇之期，你無論如何要勸你嫂子遠遠避開。』我當時含淚答應，不料嫂子在我哥哥逝世的當晚便即自刎殉夫。哥哥已去世三年，算來正是那道姑前來報仇之期，可是我兄嫂既已去世，冤仇甚麼的也一筆勾銷，那道姑又來幹甚麼？哥哥又說，那道姑殺人之前，往往先在那人家中牆上或是門上印上血手印，一個手印便殺一人。我家連長工婢女總共也不過七人，怎地她印上了九個手印？啊，是了，她先印上血手印，才得知我兄嫂已死，便再派人去掘墳盜屍？這……這女魔頭當真惡毒……我今日一直在家，這九個血手印卻是幾時印下的？如此神不知鬼不覺的下手，此人……此人……」想到此處，不由得打了個寒噤。

背後腳步細碎，一雙柔軟的小手幪住了他雙眼，聽得女兒的聲音說道：「爹爹，你猜我是誰？」這是陸無雙自小跟父親玩慣了的玩意，她三歲時伸手幪住父親雙目，說：「爹爹，你猜我是誰？」令父母大笑了一場，自此而後，每當父親悶悶不樂，她總是使這法兒引他高興。陸立鼎縱在盛怒之下，被愛女這麼一逗，也必怒氣盡消。但今日他卻再無心思與愛女戲耍，拂開她雙手，道：「爹爹沒空，你到裏面玩去！」

陸無雙一呆，她自小得父母愛寵，難得見他如此不理睬自己，小嘴一撅，要待撒嬌跟父親不依，只見男僕阿根匆匆進來，垂手稟道：「少爺，外面來了客人。」陸立鼎揮揮手道：「你說我不在家。」阿根道：「少爺，那大娘不是要見你，是過路人要借宿一晚。」陸立鼎驚道：「甚麼？是娘們？」阿根道：「是啊，那大娘還帶了兩個孩子，長得怪俊的。」陸立鼎聽說那女客還帶著兩個孩子，稍稍放心，道：「她不是道姑？」阿根搖搖頭道：「不是。穿得乾乾淨淨的，瞧上去倒是好人家的大娘。」陸立鼎道：「好罷，你招呼她到客房安息，飯菜相待就是。」阿根答應著去了。陸無雙道：「我也瞧瞧去。」隨後奔出。

陸立鼎站起身來，正要入內與娘子商議如何應敵，陸二娘已走到廳上。陸立鼎將血手印指給她看，又說了墳破屍失之事。陸二娘皺眉道：「兩個孩子送到那裏去躲避？」陸立鼎指著牆上血印道：「兩個孩子也在數內，這魔頭既按下了血手印，只怕輕易躲避不了。嘿，咱兩個枉自練了這些年武功，這人進出我家，我們沒半點知覺，這……這……」陸二娘望著白牆，那九個血手印似乎越來越大，越來越紅，便要從牆上撲將下來，不禁「啊」的叫了一聲，抓住椅背，道：「為甚麼九個指印？咱們家裏可只有七口。」

她兩句話出口，手足酸軟，怔怔的望著丈夫，竟要流下淚來。陸立鼎伸手扶住她臂膀，道：「娘子，事到臨頭，也不必害怕。上面這兩個手印是要給哥哥和嫂子的，下面兩個自然是打在你我身上了。第三排的兩個，是對付無雙和小英。最後三個，打的是阿根和兩名丫頭。嘿嘿，這才叫血濺滿門啊。」陸二娘顫聲道：「哥哥嫂子？」陸立鼎道：「不知這魔頭跟哥哥嫂子有甚大仇，兄嫂死了，她仍要派人從墳裏掘出他們遺體來折辱。」陸二娘道：「你說那瘋子是她派來的？」陸立鼎道：「這個自然。」陸二娘見他滿臉汗水塵土，柔聲道：「回房去擦個臉，換件衣衫，好好休息一下再說。」

陸立鼎站起身來，和她並肩回房，說道：「娘子，陸家滿門今日若是難逃一死，也讓咱們死得不墮了兄嫂的威名。」陸二娘心中一酸，道：「二爺說得是。」兩人均想，陸立鼎雖然藉藉無名，他兄長陸展元、何沅君夫婦卻是俠名震於江湖，嘉興陸家莊的名頭在武林中向來是無人膽敢小覷的。

二人走到後院，忽聽得東邊壁上喀的一響，高處有人。陸立鼎搶上一步，擋在妻子身前，抬頭看時，卻見牆頭上坐著一個男孩，伸手正去摘凌霄花。又聽牆腳邊有人叫道：「小心啦，莫掉下來。」原來程英、陸無雙和另一個男孩守在牆邊花叢之後。陸立鼎心想：「這兩個孩兒，想是來借宿那家人的，怎麼如此頑皮？」

牆頭那男孩摘了一朵花。陸無雙叫道：「給我，給我！」那男孩一笑，卻向程英擲去。程英伸手接過，遞給表妹。陸無雙惱了，拿過花兒丟在地下，踏了幾腳，嗔道：「希罕麼？我才不要呢。」陸氏夫婦見孩兒們玩得起勁，全不知一場血腥大禍已迫在眉睫，嘆了口氣，同進房中。

程英見陸無雙踏壞花朵，道：「表妹，你又生甚麼氣啦？」陸無雙小嘴撅起，道：「我不要他的，我自己採。」說著右足一點，身子躍起，已抓住一根花架上垂下來的紫藤，這麼一借力，又躍高數尺，逕往一株銀桂樹的枝幹上竄去。牆頭那男孩拍手喝采，叫道：「到這裏來！」陸無雙雙手拉著桂花樹枝，在空中盪了幾下，鬆手放樹，向著牆頭撲去。

以她所練過的這一點微末輕功，這一撲實是大為危險，只是她氣惱那男孩把花朵拋給表姊而不給自己，女孩兒家在生人面前要強好勝，竟不管三七二十一的從空中飛躍過去。那男孩吃了一驚，叫道：「留神！」伸手相接。他若不伸出手去，陸無雙原可攀到牆頭，但在半空中見到男孩要來相拉，叱道：「讓開！」側身要避開他雙手。那空中轉身之技是極上乘的輕功，她曾見父親使過，但連她母親也不會，她一個小小女孩又怎會使？這一轉身，手指已攀不到牆頭，驚叫一聲「啊喲」，直墮下來。

牆腳下那男孩見她跌落，飛步過來，伸手去接。牆高一丈有餘，陸無雙身子雖輕，這一跌下來力道可是甚大，那男孩一把抱住了她腰身，兩人重重的一齊摔倒。只聽喀格兩響，陸無雙左腿腿骨折斷，那男孩的額角撞在花壇石上，登時鮮血噴出。

程英與另一個男孩見闖了大禍，忙上前相扶。那男孩慢慢站起身來，按住額上創口，陸無雙卻已暈了過去。程英抱住表妹，大叫：「姨丈，阿姨，快來！」

陸立鼎夫婦聽得叫聲，從房中奔出，見到兩個孩子負傷，又見一個中年婦人從西廂房快步出來，料想是那前來借宿的女子。只見她搶著抱起陸無雙與那男孩走向廳中，她不替孩子止血，卻先給陸無雙接續斷了的腿骨。陸二娘取過布帕，給那男孩頭上包紮了，過去看女兒腿傷。

那婦人在陸無雙斷腿內側的「白海穴」與膝後「委中穴」各點一指，止住她的疼痛，雙手持定斷腿兩邊，待要接骨。陸立鼎見她出手利落，點穴功夫更是到家，心中疑雲大起，叫道：「大娘是誰？光臨舍下有何指教？」那婦人全神貫注的替陸無雙接骨，只嗯了幾聲，沒答他問話。

就在此時，忽然屋頂上有人哈哈一笑，一個女子聲音叫道：「但取陸家一門九口性命，餘人快快出去。」那婦人正在接骨，猛聽得屋頂上呼喝之聲，吃了一驚，不自禁的雙手一扭，喀的一聲，陸無雙劇痛之下，大叫一聲，又暈了過去。

各人一齊抬頭，只見屋簷邊站著一個少年道姑，月光映在她臉上，看來只有十五六歲年紀，背插長劍，血紅的劍絛在風中獵獵作響。陸立鼎朗聲道：「在下陸立鼎。你是李仙姑門下的麼？」

那小道姑嘴角一歪，說道：「你知道就好啦！快把你妻子、女兒、婢僕盡都殺了，然後自盡，免得我多費一番手腳。」這幾句話說得輕描淡寫，不徐不疾，竟是將對方半點沒放在眼裏。

陸立鼎聽了這幾句話只氣得全身發顫，說道：「你……你……」一時不知如何應付，待要躍上與她廝拚，卻想對方年幼，又是女子，可不便當真跟她動手，正躊躇間，忽覺身旁有人掠過，那前來借宿的婦人已縱身上屋，手挺長劍，與那小道姑鬥在一起。

那婦人身穿灰色衫裙，小道姑穿的是杏黃道袍，月光下只見灰影與黃影盤旋飛舞，夾雜著三道寒光，偶爾發出幾下兵刃碰撞之聲。陸立鼎武功得自兄長親傳，雖然從無臨敵經歷，眼光卻是不弱，於兩人劍招瞧得清清楚楚。見小道姑手中一柄長劍守忽轉攻，攻倏變守，劍法甚是凌厲。那婦人凝神應敵，乘隙遞出招數。斗然間聽得錚的一聲，雙劍相交，小道姑手中長劍飛向半空。她急躍退後，俏臉生暈，叱道：「我奉師命來殺陸家滿門，你是甚麼人，卻來多管閒事？」

那婦人冷笑道：「你師父若有本事，就該早尋陸展元算帳，現下明知他死了，卻來找旁人的晦氣，羞也不羞？」小道姑右手一揮，三枚銀針激射而出，兩枚打向那婦人，第三枚卻射向站在天井中的陸立鼎。這一下大是出人意外，那婦人揮劍擊開，陸立鼎低聲怒叱，伸兩指鉗住了銀針。

小道姑微微冷笑，翻身下屋，只聽得步聲細碎，飛快去了。那婦人躍回庭中，見陸立鼎手中拿著銀針，忙道：「快放下！」陸立鼎依言擲下。那婦人揮劍割斷自己一截衣帶，立即將他右手手腕牢牢縛住。

陸立鼎嚇了一跳，道：「針上有毒？」那婦人道：「劇毒無比。」當即取出一粒藥丸給他服下。陸立鼎只覺食中兩指麻木不仁，隨即腫大。那婦人忙用劍尖劃破他兩根手指的指心，但見一滴滴的黑血滲了出來。陸立鼎大駭，心道：「我手指又未破損，只碰了一下銀針就如此厲害，若是給針尖刺破一點，那裏還有命在？」當下向那婦人施了一禮，道：「在下有眼不識泰山，不敢請問大娘高姓。」

那婦人道：「我家官人姓武，叫作武三通。」陸立鼎一凜，說道：「原來是武三娘子。

聽說武前輩是雲南大理一燈大師的門下，不知是否？」武三娘道：「正是。一燈大師是我家官人的師父。小婦人從官人手裏學得一些粗淺武藝，當真是班門弄斧，可教陸爺見笑了。」陸立鼎連聲稱謝援手之德。他曾聽兄長說起，生平所見武學高手，以大理一燈大師門下的最是了得；一燈大師原為大理的國君，避位為僧後有「漁樵耕讀」四大弟子隨侍，其中那農夫名叫武三通，與他兄長頗有嫌隙，至於如何結怨，則未曾明言。可是武三娘不與己為敵，反而出手逐走赤練仙子的弟子，此中緣由實在難以索解。

各人回進廳堂。陸立鼎將女兒抱在懷內，見她已然蘇醒，臉色慘白，但強自忍痛，竟不哭泣，不禁甚是憐惜。武三娘嘆道：「這女魔頭的徒兒一去，那魔頭立即親至。陸爺，不是我小看於你，憑你夫婦兩人，再加上我，萬萬不是那魔頭的對手。但我瞧逃也無益，咱們聽天由命，便在這兒等她來罷！」

陸二娘問道：「這魔頭到底是何等樣人？和咱家又有甚麼深仇大怨？」武三娘向陸立鼎望了一眼，道：「難道陸爺沒跟你說過？」陸二娘道：「他說只知此事與他兄嫂有關，其中牽涉到男女情愛，他也並不十分明白。」

武三娘嘆了口氣道：「這就是了。我是外人，說一下不妨。令兄陸大爺十餘年前曾去大理。那魔頭赤練仙子李莫愁現下武林中人聞名喪膽，可是十多年前卻是個美貌溫柔的好女子，那時也並未出家。也是前生的冤孽，她與令兄相見之後，就種下了情苗。後來經過許多糾葛變故，令兄與令嫂何沅君成了親。說到令嫂，卻又不得不提拙夫之事。此事言之有愧，但今日情勢緊迫，我也只好說了。這個何沅君，本來是我們的義女。」

陸立鼎夫婦同時「啊」的一聲。

武三娘輕撫那受傷男孩的肩膀，眼望燭火，說道：「令嫂何沅君自幼孤苦，我夫婦收養在家，認作義女，對她甚是憐愛。後來她結識了令兄，雙方情投意合，要結為夫婦。拙夫一來不願她遠嫁，二來又是固執得緊，說江南人狡猾多詐，十分靠不住，無論如何不肯答允。阿沅卻悄悄跟著令兄走了。成親之日，拙夫和李莫愁同時去跟新夫婦為難。喜宴座中有一位大理天龍寺的高僧，出手鎮住兩人，要他們衝著他的面子，保新夫婦十年平安。拙夫與李莫愁當時被迫答應十年內不跟新夫婦為難。拙夫憤激過甚，此後就一直瘋瘋顛顛，不論他的師友和我如何相勸，總是不能開解，老是算著這十年的日子。屈指算來，今日正是十年之期，想不到令兄跟阿沅……唉，卻連十年的福也享不到。」說著垂下頭來，神色淒然。

陸立鼎道：「如此說來，掘墳盜我兄嫂遺體的，便是尊夫了。」武三娘深有慚色，道：「剛才聽府上兩位小姐說起，那確是拙夫。」陸立鼎怫然道：「尊夫這等行徑，可大大的不是了。這本來也不是甚麼怨仇，何況我兄嫂已死，就算真有深仇大怨，也是一了百了，卻何以來盜他遺體，這算甚麼英雄好漢？」論到輩份，武氏夫婦該是尊長，但陸立鼎心下憤怒，說話間便不敘尊卑之禮。武三娘嘆道：「陸爺責備得是，拙夫心智失常，言語舉止，往往不通情理。我今日攜這兩個孩兒來此，原是防備拙夫到這裏來胡作非為。當今之世，只怕也只有我一人，他才忌憚三分了。」說到這裏，向兩個孩子道：「向陸爺陸二娘叩頭，代你爹爹謝罪。」兩個孩子拜了下去。

陸二娘忙伸手扶起，問起名字，那摔破額角的叫做武敦儒，是哥哥，弟弟叫做武修文。

兩人相差一歲，一個十二，一個十一，武學名家的兩個兒子，卻都取了個斯文名字。武三娘言道，他夫婦中年得子，深知武林中的險惡，盼望兒子棄武學文，可是兩個孩兒還是好武，跟他們的名字沾不上邊兒。

武三娘說了情由，黯然嘆息，心想：「這番話只能說到這裏為止，別的話卻是不足為外人道了。」原來何沅君長到十七八歲時，亭亭玉立，嬌美可愛，武三通對她似乎已不純是義父義女之情。以他武林豪俠的身分，自不能有何逾份的言行，本已內心鬱結，突然見她愛上了一個江南少年，竟是狂怒不能自已。至於他說「江南人狡猾多詐，十分靠不住」，除了敵視何沅君的意中人外，也因當年受了黃蓉的欺騙，替郭靖托下壓在肩頭的黃牛、大石，弄得不能脫身，雖然後來與靖蓉二人和解了，但「江南人狡猾多詐」一節，卻是深印腦中。

武三娘又道：「萬想不到拙夫沒來，那赤練仙子卻來尋府上的晦氣……」說到此處，忽聽屋上有人叫道：「儒兒，文兒，給我出來！」這聲音來得甚是突然，絲毫不聞屋瓦上有腳步之聲，便忽然有人呼叫。陸氏夫婦同時一驚，知是武三通到了。程英與陸無雙也認出是吃蓮蓬怪客的聲音。

只見人影晃動，武三通飛身下屋，一手一個，提了兩個兒子上屋而去。武三娘大叫：「喂，喂，你來見過陸爺、陸二娘，你取去的那兩具屍體呢？快送回來……」武三通全不理會，早去得遠了。

他亂跑一陣，奔進一座樹林，忽然放下修文，單單抱著敦儒，走得影蹤不見，竟把小兒子留在樹林之中。

武修文大叫：「爸爸，爸爸！」見父親抱著哥哥，早已奔出數十丈外，只聽得他遠遠叫道：「你等著，我回頭再來抱你。」武修文知道父親行事向來顛三倒四，倒也不以為異。黑夜之中一個人在森林裏雖然害怕，但想父親不久回來，當下坐在樹邊等待。過得良久，父親始終不來，他自言自語：「我找媽去！」向著來路摸索回去。

那知江南鄉間阡陌縱橫，小路彎來繞去，縱在白日也是難認，何況黑夜之中？他越走道路越是狹窄，數次踏入了田中，雙腳全是爛泥。到後來竟摸進了一片樹林之中，腳下七高八低，望出來黑漆一團。他急得想哭，大叫：「爸爸，爸爸！媽媽，媽媽！」靜夜中那裏有人答應？卻聽得咕噓、咕噓幾聲，卻是貓頭鷹的啼聲。他曾聽人言道，貓頭鷹最愛數人眉毛的根數，若是被牠數得清楚，立即斃命，當即伸指沾了唾液，沾濕眉毛，好教貓頭鷹難以計數。但貓頭鷹還是不住啼鳴，他靠在樹幹上伸指緊緊揿住雙眉，不敢稍動，心中只是怦怦亂跳，過了一會，終於合眼睡著了。

睡到天明，迷糊中聽得頭頂幾下清亮高亢的啼聲，他睜開眼來，抬頭望去，只見兩隻極大的白色大鷹正在天空盤旋翱翔，雙翅橫展，竟達丈許。他從未見過這般大鷹，凝目注視，只覺又是奇怪，又是好玩，叫道：「哥哥，快來看大鷹！」一時沒想到只自己孤身一人，自來形影不離的哥哥卻已不在身邊。

忽聽得背後兩聲低嘯，聲音嬌柔清脆，似出於女孩子之口。兩隻大鷹又盤旋了幾個圈子，緩緩下降。武修文回過頭來，只見樹後走出一個女孩，向天空招手，兩隻大鷹斂翅飛落，站在她的身畔。那女孩向武修文望了一眼，撫摸兩隻大鷹之背，說道：「好鵰兒，乖鵰兒。」武修文心想：「原來這兩隻大鷹是鵰兒。」但見雙鵰昂首顧盼，神駿非常，站在地下比那女孩還高。

武修文走近說道：「這兩隻鵰兒是你家養的麼？」那女孩小嘴微撇，做了個輕蔑神色，道：「我不認得你，不跟你玩。」武修文也不以為忤，伸手去摸鵰背。那女孩一聲輕哨，那鵰兒左翅突然掃出，勁力竟是極大，武修文沒提防，登時摔了個觔斗。

武修文打了個滾站起，望著雙鵰，心下好生羨慕，說道：「這對鵰兒真好，肯聽你話。我回頭要爹爹也去捉一對來養了玩。」那女孩道：「哼，你爹爹捉得著麼？」武修文連討三個沒趣，訕訕的很是不好意思，定睛瞧時，只見她身穿淡綠羅衣，頸中掛著一串明珠，臉色白嫩無比，猶如奶油一般，似乎要滴出水來，雙目流動，秀眉纖長。武修文雖是小童，也覺她秀麗之極，不由自主的心生親近之意，但見她神色凜然，卻又不禁感到畏縮。

那女孩右手撫摸鵰背，一雙眼珠在武修文身上滾了一轉，問道：「你叫甚麼名字？怎麼一個兒出來玩？」武修文道：「我叫武修文，我在等我爹爹啊。你呢？你叫甚麼？」那女孩扁了扁小嘴，哼的一聲，道：「我不跟野孩子玩。」說著轉身便走。武修文呆了一呆，叫道：「我不是野孩子。」一邊叫，一邊隨後跟去。

他見那女孩約莫比自己小著兩三歲，人矮腿短，自己一發足便可追上，那知他剛展開輕功，那女孩腳步好快，片刻間已奔出數丈，竟把他遠遠拋在後面。她再奔幾步，站定身子，回頭叫道：「哼，你追得著我麼？」武修文道：「自然追得著。」立即提氣急追。

那女孩回頭又跑，忽然向前疾衝，躲在一株松樹後面。武修文隨後跟來，那女孩瞧他跑得近了，斗然間伸出左足，往他小腿上絆去。武修文全沒料到，登時向前跌出。他忙使個「鐵樹樁」想定住身子，那女孩右足又出，向他臀部猛力踢去。武修文一交直摔下去，鼻子剛好撞在一塊小尖石上，鼻血流出，衣上點點斑斑的盡是鮮血。

那女孩見血，不禁慌了，登時沒做理會處，只想拔足逃走，忽然身後有人喝道：「芙兒，你又在欺侮人了，是不是？」那女孩並不回頭，辯道：「誰說的？他自己摔交，管我甚麼事？你可別跟我爹亂說。」武修文按住鼻子，其實也不很疼，只是見到滿手鮮血，心下驚慌。他聽得女孩與人說話，轉過身來，見是個撐著鐵拐的跛足老者。那人兩鬢如霜，形容枯槁，雙眼翻白，是個瞎子。

只聽他冷笑道：「你別欺我瞧不見，我甚麼都聽得清清楚楚。你這小妞兒啊，現下已經這樣壞，大了瞧你怎麼得了？」那女孩過去挽住他的手臂，央求道：「大公公，你別跟我爹爹說，好不好？他摔出了鼻血，你給他治治啊！」

那老者踏上一步，左手抓住武修文手臂，右手伸指在他鼻旁「聞香穴」揿了幾揿。武修文鼻血本已漸止，這麼幾揿，就全然不流了，只覺那老者五根手指有如鐵鉗，又長又硬，緊緊抓著自己手臂，心中害怕起來，微微一掙，竟是動也不動，當下手臂一縮一圈，使出母親所授的小擒拿手功夫，手掌打個半圈，向外逆翻。那老者沒料到這小小孩童竟有如此巧妙手法，被他一翻之下，竟爾脫手，「噫」的一聲輕呼，隨即又抓住了他手腕。武修文運勁欲再掙扎，卻怎麼也掙不脫了。

那老者道：「小兄弟別怕，你姓甚麼？」武修文道：「我姓武。」那老者道：「你說話不是本地口音，從那裏來的？你爹媽呢？」說著放鬆了他手腕。武修文想起一晚沒見爹娘，不知他兩人怎樣了，聽他問起，險些兒便要哭出來。那女孩刮臉羞他，唱道：「羞羞羞，小花狗，眼圈兒紅，要流油！」

武修文昂然道：「哼，我才不哭呢！」當下將母親在陸家莊等候敵人、父親抱了哥哥不知去了那裏、自己在黑夜中迷路等情說了。他心情激動，說得大是顛三倒四，但那老者也聽出了七八成，又問知他們是從大理國來，父親叫作武三通，最擅長的武功是「一陽指」。那老者道：「你爹爹是一燈大師門下，是不是？」武修文喜道：「是啊，你認識咱們皇爺嗎？你見過他沒有？我可沒見過。」武三通當年在大理國功極帝段智興手下當御林軍總管，後來段智興出家，法名一燈，但武三通與兩個孩子說起往事之時，仍是「咱們皇爺怎樣怎樣」，是以武修文也叫他「咱們皇爺」。

那老者道：「我也沒機緣拜見過他老人家，久仰『南帝』的大名，好生欽慕。這女孩兒的爹娘曾受過他老人家極大的恩惠。如此說來，大家不是外人，你可知道你媽等的敵人是誰？」武修文道：「我聽媽跟陸爺說話，那敵人好像是甚麼赤練蛇、甚麼愁的。」那老者抬起了頭，喃喃的道：「甚麼赤練蛇？」突然一頓鐵杖，大聲叫道：「是赤練仙子李莫愁？」武修文喜道：「對對！正是赤練仙子！」

那老者登時神色甚是鄭重，說道：「你們兩個在這裏玩，一步也別離開。我瞧瞧去。」那女孩道：「大公公，我也去。」武修文也道：「我也去。」那老者急道：「唉，唉！萬萬去不得。那女魔頭兇惡得緊，我打不過她。不過既知朋友有難，可不能不去。你們要聽話。」說著拄起鐵杖，一蹺一拐的疾行而去。

武修文好生佩服，說道：「這老公公又瞎又跛，卻奔得這麼快。」那女孩小嘴一扁，道：「這有甚麼稀奇？我爹爹媽媽的輕功，你見了才嚇一大跳呢。」武修文道：「你爹爹媽媽也是又瞎又跛的嗎？」那女孩大怒，道：「呸！你爹爹媽媽才又瞎又跛！」

此時天色大明，田間農夫已在耕作，男男女女唱著山歌。那老者是本地土著，雙目雖盲，但熟悉道路，隨行隨問，不久即來到陸家莊前。遠遠便聽得乒刃相交，乒乒乓乓的打得極是猛烈。陸展元一家是本地的官宦世家，那老者卻是市井之徒，雖然同是嘉興有名的武學之士，卻向無往來；又知自己武功不及赤練仙子，這番趕去只是多陪上一條老命，但想到此事牽涉一燈大師的弟子在內，大夥兒欠一燈大師的情太多，決不能袖手，當下足上加勁，搶到莊前。只聽得屋頂上有四個人在激鬥，他側耳靜聽，從呼喝與兵刃相交聲中，聽出一邊三個，另一邊只有一個，可是眾不敵寡，那三個已全然落在下風。

上晚武三通抱走了兩個兒子，陸立鼎夫婦甚是訝異，不知他是何用意。武三娘卻臉有喜色，笑道：「拙夫平日瘋瘋顛顛，這回卻難得通達事理。」陸二娘問起原因，武三娘笑而不答，只道：「我也不知所料對不對，待會兒便有分曉。」這時夜已漸深，陸無雙伏在父親懷中沉沉睡去。程英也是迷迷糊糊的睜不開眼來。陸二娘抱了兩個孩子要送她們入房安睡。武三娘道：「且稍待片刻。」忽聽得屋頂有人叫道：「拋上來。」正是武三通的聲音。他輕功了得，來到屋頂，陸氏夫婦事先仍是全沒察覺。

武三娘接過程英，走到廳口向上拋去，武三通伸臂抱去。陸氏夫婦正驚異間，武三娘又抱過陸無雙擲了上去。

陸立鼎大驚，叫道：「幹甚麼？」躍上屋頂，四下裏黑沉沉地，已不見武三通與二女的影蹤。他拔足欲追，武三娘叫道：「陸爺不須追趕，他是好意。」陸立鼎將信將疑，跳回庭中，顫聲問道：「甚麼好意？」此時陸二娘卻已會意，道：「武三爺怕那魔頭害了孩兒們，定是將他們藏到了穩妥之處。」陸立鼎當局者迷，被娘子一語點醒，連道：「正是，正是。」但想到武三通盜去自己兄嫂屍體，卻又甚不放心。

武三娘嘆道：「拙夫自從阿沅嫁了令兄之後，見到女孩子就會生氣，不知怎的，竟會眷顧府上兩位千金，實非我意料所及。他第一次來帶走儒兒、文兒之時，我見他對兩位小姐連望幾眼，神色間大是憐愛，頗有關懷之意。他從前對著阿沅，也總是這般模樣的。果然他又來抱去了兩位小姐。唉，但願他從此轉性，不再胡塗！」說著連嘆了兩口長氣，接著道：「兩位且養養神，那魔頭甚麼時候到來，誰也料想不到，提心吊膽的等著，沒的折磨了自己。」

陸氏夫婦初時顧念女兒與姨姪女的安危，中心栗六，舉止失措，此時去了後顧之憂，恐懼之心漸減，敵愾之意大增，兩人身上帶齊暗器兵刃，坐在廳上，閉目養神。兩人做了十幾年夫妻，平日為家務之事不時小有齟齬，此刻想到強敵轉瞬即至，想起陸展元與武三娘所說那魔頭武功高強、行事毒辣，多半大數難逃，夫婦相偕之時無多，不自禁互相依偎，四手相握。

過了良久，萬籟俱寂之中，忽聽得遠處飄來一陣輕柔的歌聲，相隔雖遠，但歌聲吐字清亮，清清楚楚聽得是：「問世間，情是何物，直教生死相許？」每唱一字，便近了許多，那人來得好快，第三句歌聲未歇，已來到門外。

三人愕然相顧，突然間砰嘭喀喇數聲響過，大門內門閂木撐齊斷，大門向兩旁飛開，一個美貌道姑微笑著緩步進來，身穿杏黃色道袍，自是赤練仙子李莫愁到了。

阿根正在打掃天井，上前喝問：「是誰？」陸立鼎急叫：「阿根退開！」卻那裏還來得及？李莫愁拂塵揮動，阿根登時頭顱碎裂，不聲不響的死了。陸立鼎提刀搶上，李莫愁身子微側，從他身邊掠過，揮拂塵將兩名婢女同時掃死，笑問：「兩個女孩兒呢？」

陸氏夫婦見她一眨眼間便連殺三人，明知無倖，一咬牙，提起刀劍分從左右攻上。李莫愁舉拂塵正要擊落，見武三娘持劍在側，微微一笑，說道：「既有外人插手，就不便在屋中殺人了！」她話聲輕柔婉轉，神態嬌媚，加之明眸皓齒，膚色白膩，實是個出色的美人，也不見她如何提足抬腿，已輕飄飄的上了屋頂。陸氏夫婦與武三娘跟著躍上。

李莫愁拂塵輕揮，將三般兵刃一齊掃了開去，嬌滴滴的道：「陸二爺，你哥哥若是尚在，只要他出口求我，再休了何沅君這個小賤人，我未始不可饒了你家一門良賤。如今，唉，你們運氣不好，只怪你哥哥太短命，可怪不得我。」陸立鼎叫道：「誰要你饒？」揮刀砍去，武三娘與陸二娘跟著上前夾攻。李莫愁眼見陸立鼎武功平平，但出刀踢腿、轉身劈掌的架子，宛然便是當年意中人陸展元的模樣，心中酸楚，卻盼多看得一刻是一刻，若是舉手間殺了他，在這世上便再也看不到「江南陸家刀法」了，當下隨手揮架，讓這三名敵手在身邊團團而轉，心中情意纏綿，出招也就不如何凌厲。

突然間李莫愁一聲輕嘯，縱下屋去，撲向小河邊一個手持鐵杖的跛足老者，拂塵起處，向他頸口纏了過去。這一招她足未著地，拂塵卻已攻向敵人要害，全未防備自己處處都是空隙，只是她殺著厲害，實是要教對方非守不可。

那老者於敵人來招聽得清清楚楚，鐵杖疾橫，斗地點出，逕刺她的右腕。鐵杖是極笨重的兵刃，自來用以掃打砸撞，這老者卻運起「刺」字訣，竟使鐵杖如劍，出招輕靈飄逸。李莫愁拂塵微揮，銀絲倒轉，已捲住了鐵杖杖頭，叫一聲：「撒手！」借力使力，拂塵上的千萬縷銀絲將鐵杖之力盡數借了過來。那老者雙臂劇震，險些把持不住，危急中乘勢躍起，身子在空中斜斜竄過，才將她這一拂的巧勁卸開，心下暗驚：「這魔頭果然名不虛傳。」李莫愁這一招「太公釣魚」，取義於「願者上鉤」，以敵人自身之力奪人兵刃，本來百不失一，豈知竟未奪下他的鐵杖，卻也是大出意料之外，暗道：「這跛腳老頭兒是誰？竟有這等功夫？」身形微側，但見他雙目翻白，是個瞎子，登時醒悟，叫道：「你是柯鎮惡！」

這盲目跛足老者，正是江南七怪之首的飛天蝙蝠柯鎮惡。

當年郭靖、黃蓉參與華山論劍之後，由黃藥師主持成婚，在桃花島歸隱。黃藥師性情怪僻，不喜熱鬧，與女兒女婿同處數月，不覺厭煩起來，留下一封書信，說要另尋清靜之地閒居，逕自飄然離島。黃蓉知道父親脾氣，雖然不捨，卻也無法可想。初時還道數月之內，父親必有消息帶來，那知一別經年，音訊杳然。黃蓉思念父親和師父洪七公，和郭靖出去尋訪，兩人在江湖上行走數月，不得不重回桃花島，原來黃蓉有了身孕。

她性子向來刁鑽古怪，不肯有片刻安寧，有了身孕，處處不便，甚是煩惱，推源禍始，自是郭靖不好。有孕之人性子本易暴躁，她對郭靖雖然情深愛重，這時卻找些小故，不斷跟他吵鬧。郭靖知道愛妻脾氣，每當她無理取鬧，總是笑笑不理。若是黃蓉惱得狠了，他就溫言慰藉，逗得她開顏為笑方罷。

不覺十月過去，黃蓉生下一女，取名郭芙。她懷孕時心中不喜，但生下女兒之後，卻異常憐惜，事事縱恣。這女孩不到一歲便已頑皮不堪。郭靖有時看不過眼，管教幾句，黃蓉卻著意護持，郭靖每管一回，結果女兒反而更加放肆一回。到郭芙五歲那年，黃蓉開始授她武藝。這一來，桃花島上的蟲鳥走獸可就遭了殃，不是羽毛被拔得精光，就是尾巴給剪去了一截，昔時清清靜靜的隱士養性之所，竟成了雞飛狗走的頑童肆虐之場。郭靖一來順著愛妻，二來對這頑皮女兒確也十分愛憐，每當女兒犯了過錯，要想責打，但見她扮個鬼臉摟著自己脖子軟語相求，只得嘆口長氣，舉起的手又慢慢放了下來。

這些年中，黃藥師與洪七公均是全無音訊，靖蓉夫婦想起二人年老，好生掛念。郭靖又幾次去接大師父柯鎮惡，請他到桃花島來頤養天年。但柯鎮惡愛與市井之徒為伍，鬧酒賭錢為樂，不願過桃花島上冷清清的日子，始終推辭不來。這一日他卻不待郭靖來接，自行來到島上。原來他近日手氣不佳，連賭連輸，欠下了一身債，無可奈何，只得到徒兒家裏來避債。郭靖、黃蓉見到師父，自是高興異常，留著他在島上長住，無論怎樣不放他走了。黃蓉慢慢套出真相，暗地裏派人去替他還了賭債。柯鎮惡卻不知道，不敢回嘉興去，閒著無事，就做了郭芙的遊伴。

忽忽數年，郭芙已滿九歲了。黃蓉記掛父親，與郭靖要出島尋訪，柯鎮惡說甚麼要一起去，郭芙自也磨著非同去不可。四人離島之後，談到行程，柯鎮惡說道：「甚麼地方都好，就是嘉興不去。」黃蓉笑道：「大師父，好教你得知，那些債主我早給你打發了。」柯鎮惡大喜之下，首先便要去嘉興。

到得嘉興，四人宿在客店之中。柯鎮惡向故舊打聽，有人說前數日曾見到一個青袍老人獨自在煙雨樓頭喝酒，說起形貌，似乎便是黃藥師的模樣。郭靖、黃蓉大喜，便在嘉興城鄉到處尋訪。這日清晨，柯鎮惡帶著郭芙，攜了雙鵰到樹林中玩，不意湊巧碰到了武修文。

柯鎮惡與李莫愁交手數合，就知不是她的對手，心想：「這女魔頭武功之強，竟似不亞於當年的梅超風。」當下展開伏魔杖法，緊緊守住門戶。李莫愁心中暗讚：「曾聽陸郎這沒良心的小子言道，他嘉興前輩人物中有江南七怪，武功甚是不弱，收下一個徒兒大大有名，便是大俠郭靖。這老兒是江南七怪之首，果然名不虛傳。他盲目跛足，年老力衰，居然還接得了我十餘招。」只聽陸氏夫婦大聲呼喝，與武三娘已攻到身後，心中主意已定：「要傷柯老頭不難，但惹得郭氏夫婦找上門來，卻是難鬥，今日放他一馬便是。」拂塵一揚，銀絲鼓勁挺直，就似一柄花槍般向柯鎮惡當胸刺去。這拂塵絲雖是柔軟之物，但藉著一股巧勁，所指處又是要害大穴，這一刺之勢卻也頗為厲害。

柯鎮惡鐵杖在地下一頓，借勢後躍。李莫愁踏上一步，似是進招追擊，那知斗然間疾向後仰。她腰肢柔軟之極，翻身後仰，肩膀離武三娘已不及二尺。武三娘吃了一驚，急揮左掌向她額頭拍去。李莫愁腰肢輕擺，就如一朵菊花在風中微微一顫，早已避開，拍的一下，陸二娘小腹上已然中掌。

陸二娘向前衝了三步，伏地摔倒。陸立鼎見妻子受傷，右手力揮，將單刀向李莫愁擲將過去，跟著展開雙臂撲上去，要抱住她與之同歸於盡。李莫愁以處女之身，失意情場，變得異樣的厭憎男女之事，此時見陸立鼎縱身撲來，心中惱恨之極，轉過拂塵柄打落單刀，拂塵借勢揮出，刷的一聲，擊在他的天靈蓋上。

李莫愁連傷陸氏夫婦，只一瞬間之事，待得柯鎮惡與武三娘趕上相救，早已不及。她笑問：「兩個女孩兒呢？」不等武三娘答話，黃影閃動，已竄入莊中，前後搜尋，竟無程英與陸無雙的人影。她從灶下取過火種，在柴房裏放了把火，躍出莊來，笑道：「我跟桃花島、一燈大師都沒過節，兩位請罷。」

柯鎮惡與武三娘見她兇狠肆暴，氣得目眥欲裂，鐵杖鋼劍，雙雙攻上。李莫愁側身避過鐵杖，拂塵揚出，銀絲早將武三娘長劍捲住。兩股勁力自拂塵傳出，一收一放，喀的一響，長劍斷為兩截，劍尖刺向武三娘，劍柄卻向柯鎮惡臉上激射過去。

武三娘長劍被奪，已是大吃一驚，更料不到她能用拂塵震斷長劍，再立即以斷劍分擊二人，那劍頭來得好快，急忙低頭閃避，只覺頭頂一涼，劍頭掠頂而過，割斷了一大叢頭髮。柯鎮惡聽到金刃破空之聲，杖頭激起，擊開劍柄，但聽得武三娘驚聲呼叫，當下運杖成風，著著進擊，他左手雖扣了三枚毒蒺藜，但想素聞赤練仙子的冰魄銀針陰毒異常，自己目不見物，別要引出她的厲害暗器來，更是難以抵擋，是以情勢雖甚緊迫，那毒蒺藜卻一直不敢發射出去。

李莫愁對他始終手下容情，心道：「若不顯顯手段，你這瞎老頭只怕還不知我有意相讓。」腰肢款擺，拂塵銀絲已捲住杖頭。柯鎮惡只覺一股大力要將他鐵杖奪出手去，忙運勁回奪，那知勁力剛透杖端，突然對方相奪之力已不知到了何處，這一瞬間，但覺四肢百骸都是空空蕩蕩的無所著力。李莫愁左手將鐵杖掠過一旁，手掌已輕輕按在柯鎮惡胸口，笑道：「柯老爺子，赤練神掌拍到你胸口啦！」柯鎮惡此時自已無法抵擋，怒道：「賊賤人，你發勁就是，囉唆甚麼？」

武三娘見狀，大驚來救。李莫愁躍起身子，從鐵杖上橫竄而起，身子尚在半空，突然伸掌在武三娘臉上摸了一下，笑道：「你敢逐我徒兒，膽子也算不小。」說著格格嬌笑，幾個起落，早去得遠了。

武三娘只覺她手掌心柔膩溫軟，給她這麼一摸，臉上說不出的舒適受用，眼見她背影在柳樹叢中一晃，隨即不見，自己與她接招雖只數合，但每一招都是險死還生，已然使盡了全力，此刻軟癱在地，一時竟動彈不得。柯鎮惡適才胸口也是猶如壓了一塊大石，悶惡難言，當下急喘了數口氣，才慢慢調勻呼吸。

過了好一會，武三娘奮力站起，但見黑煙騰空，陸家莊已裹在烈燄之中，火勢逼將過來，炙熱異常，當下柯鎮惡分別扶起陸氏夫婦，但見二人氣息奄奄，已挨不過一時三刻，尋思：「若是搬動二人，只怕死得更快，可是又不能將他們留在此地，那便如何是好？」

正自為難，忽聽遠處一人大叫：「娘子，你沒事麼？」正是武三通的聲音。

第二回
故人之子

突然間黃影晃動，
李莫愁躍上武三通手中所握栗樹的樹梢，
揮動拂塵，凌空下擊。
此後數十招中，不論武三通如何震撞掃打，
她始終猶如黏附在栗樹上一般，
乘著樹幹抖動之勢，尋隙進攻。

武三娘正沒做理會處，忽聽得丈夫叫喚，又喜又惱，心想你這瘋子不知在胡鬧些甚麼，卻到這時才來，只見他上身扯得破破爛爛，頸中兀自掛著何沅君兒時所用的那塊圍涎，急奔而至，不住的叫道：「娘子，你沒事麼？」她近十年來從未見丈夫對自己這般關懷，心中甚喜，叫道：「我在這裏。」武三通撲到跟前，將陸氏夫婦一手一個抱起，叫道：「快跟我來。」一言甫畢，便騰身而起。柯鎮惡與武三娘跟隨在後。

武三通東彎西遶，奔行數里，領著二人到了一座破窯之中。這是座燒酒罈子的陶窯，倒是極大。武三娘走進窯洞，見敦儒、修文兩個孩子安好無恙，當即放心，歎了口氣。

武氏兄弟正與程英、陸無雙坐在地下玩石子。程英與陸無雙見到陸氏夫婦如此模樣，撲在二人身上，又哭又叫。

柯鎮惡聽陸無雙哭叫爸爸媽媽，猛然想起李莫愁之言，驚叫：「啊喲，不好，咱們引鬼上門，那女魔頭跟著就來啦！」武三娘適才這一戰已嚇得心驚膽戰，忙問：「怎麼？」柯鎮惡道：「那魔頭要傷陸家的兩個孩子，可是不知她們在那裏……」武三娘當即醒悟，驚道：「啊，是了，她有意不傷咱們，卻偷偷的跟來。」武三通大怒，叫道：「這赤練蛇女鬼陰魂不散，讓我來鬥她。」說著挺身站在窯洞之前。

陸立鼎頭骨已碎，可是尚有一件心事未了，強自忍著一口氣，向程英道：「阿英，你把我……我……胸口……胸口一塊手帕拿出來。」程英抹了抹眼淚，伸手到他胸衣內取出一塊錦帕。手帕是白緞的質地，四角上都繡著一朵紅花。花紅欲滴，每朵花旁都襯著一張翠綠的葉子，白緞子已舊得發黃，花葉卻兀自嬌艷可愛，便如真花真葉一般。陸立鼎道：「阿英，你把手帕縛在頸中，千萬不可解脫，知道麼？」程英不明他用意，但既是姨父吩咐，當即接了過去，點頭答應。

陸二娘本已痛得神智迷糊，聽到丈夫說話聲音，睜開眼來，說道：「為甚麼不給雙兒？你給雙兒啊！」陸立鼎道：「不，我怎能負了她父母之託？」陸二娘急道：「你……你好狠心，你自己女兒也不顧了？」說著雙眼翻白，聲音都啞了。陸無雙不知父母吵些甚麼，只是哭叫：「媽媽，爸爸！」陸立鼎柔聲道：「娘子，你疼雙兒，讓她跟著咱們去不好麼？」

原來這塊紅花綠葉錦帕，是當年李莫愁贈給陸展元的定情之物。紅花是大理國最著名的曼陀羅花，李莫愁比作自己，「綠」「陸」音同，綠葉就是比作她心愛的陸郎了，取義於「紅花綠葉，相偎相倚」。陸展元臨死之時，料知十年之期一屆，李莫愁、武三通二人必來生事，自己原有應付之策，不料忽染急病；兄弟武藝平平，到時定然抵擋不了，無可奈何之中，便將這錦帕交給兄弟，叮囑明白，若是武三通前尋報仇，能避則避，不能避動手自然必輸，卻也不致有性命之憂；但李莫愁近年來心狠手辣之名播於江湖，遇上了勢必無倖，危急之際將錦帕纏在頸中，只盼這女魔頭顧念舊情，或能手下忍得一忍。只是陸立鼎心高氣傲，始終不肯取出錦帕向這女魔頭乞命。

程英是陸立鼎襟兄之女。她父母生前將女兒託付於他撫養。他受人重託，責任未盡，此時大難臨頭，便將這塊救命的錦帕給了她。陸二娘畢竟舐犢情深，見丈夫不顧親生女兒，惶急之下，傷處劇痛，便暈了過去。

程英見姨母為錦帕之事煩惱，忙將錦帕遞給表妹，道：「姨媽說給你，你拿著罷！」陸立鼎喝道：「雙兒，是表姊的，別接。」武三娘瞧出其中蹊蹺，說道：「我將帕兒撕成兩半，一人半塊，好不好？」陸立鼎欲待再說，可是一口氣接不上來，那能出聲，只是點頭。武三娘將錦帕撕成兩半，分給了程陸二女。

武三通站在洞口，聽到背後又哭又叫，不知出了甚麼事，回過頭來，驀見妻子左頰漆黑，右臉卻無異狀，不禁駭異，指著她臉問道：「為……為甚麼這樣？」武三娘伸手在臉上一摸，道：「甚麼？」只覺左邊臉頰木木的無甚知覺，心中一驚，想起李莫愁臨去時曾在自己臉上摸了一下，難道這隻柔膩溫香的手掌輕撫而過，竟已下了毒手？

武三通欲待再問，忽聽窯洞外有人笑道：「兩個女娃娃在這裏，是不是？不論死活，都給拋出來罷。否則的話，我一把火將你們都燒成了酒罈子。」聲若銀鈴，既脆且柔。

武三通急躍出洞，但見李莫愁俏生生的站在當地，不由得大感詫異：「怎麼十年不見，她仍是這等年輕貌美？」當年在陸展元的喜筵上相見，李莫愁是二十歲左右年紀，此時已是三十歲，但眼前此人除了改穿道裝之外，卻仍是肌膚嬌嫩，宛如昔日好女。她手中拂塵輕輕揮動，神態甚是悠閒，美目流盼，桃腮帶暈，若非素知她是個殺人不眨眼的魔頭，定道是位帶髮修行的富家小姐。武三通見她拂塵一動，猛想起自己兵刃留在窯洞之中，若再回洞，只怕她乘機闖進去傷害了眾小兒，見洞邊長著棵碗口粗細的栗樹，當即雙掌齊向栗樹推去，吆喝聲中，將樹幹從中擊斷。

李莫愁微微一笑，道：「好力氣。」武三通橫持樹幹，說道：「李姑娘，十年不見，你好啊。」他從前叫她李姑娘，現下她出了家，他並沒改口，依然舊時稱呼。這十年來，李莫愁從未聽人叫過自己作「李姑娘」，忽然間聽到這三個字，心中一動，少女時種種溫馨旖旎的風光突然湧向胸頭，但隨即想起，自己本可與意中人一生廝守，那知這世上另外有個何沅君在，竟令自己丟盡臉面，一世孤單淒涼，想到此處，心中一瞬間湧現的柔情密意，登時盡化為無窮怨毒。

武三通也是所愛之人棄己而去，雖然和李莫愁其情有別，但也算得是同病相憐，可是那日自陸展元的酒筵上出來，親眼見她手刃何老拳師一家二十餘口男女老幼，下手之狠，此時思之猶有餘悸。何老拳師與她素不相識，無怨無仇，跟何沅君也是毫不相干，只因大家姓了個何字，她傷心之餘，竟去將何家滿門殺了個乾乾淨淨。何家老幼直到臨死，始終沒一個知道到底為了何事。其時武三通不明其故，未曾出手干預，事後才得悉李莫愁純是遷怒，只是發洩心中的失意與怨毒，從此對這女子便既恨且懼，這時見她臉上微現溫柔之色，但隨即轉為冷笑，不禁為程陸二女暗暗擔心。

李莫愁道：「我既在陸家牆上印了九個手印，這兩個小女孩是非殺不可的。武三爺，請你讓路罷。」武三通道：「陸展元夫婦已經死了，他兄弟、弟媳也已中了你的毒手，小小兩個女孩兒，你就饒了罷。」李莫愁微笑搖首，柔聲道：「武三爺，請你讓路。」武三通將栗樹抓得更加緊了，叫道：「李姑娘，你也忒以狠心，阿沅……」「阿沅」這兩字一出口，李莫愁臉色登變，說道：「我曾立過重誓，誰在我面前提起這賤人的名字，不是他死就是我亡。我曾在沅江之上連毀六十三家貨棧船行，只因他們招牌上帶了這個臭字，這件事你可曾聽到了嗎？武三爺，是你自己不好，可怨不得我。」說著拂塵一起，往武三通頭頂拂到。

莫瞧她小小一柄拂塵，這一拂下去既快又勁，只帶得武三通頭上亂髮獵獵飛舞。她知武三通是一燈大師門下高弟，雖然癡癡呆呆，武功卻確有不凡造詣，是以一上來就下殺手。武三通左手挺舉，樹幹猛地伸出，狂掃過去。李莫愁見來勢厲害，身子隨風飄出，不等他樹幹之勢使足，隨即飛躍而前，攻向他的面門。武三通見她攻入內圈，右手倏起，伸指向她額上點去，這招一陽指點穴去勢雖不甚快，卻是變幻莫測，難閃難擋。李莫愁一招「倒打金鐘」，身子驟然間已躍出丈許之外。

武三通見她忽來忽往，瞬息之間進退數次，心下暗暗驚佩，當下奮力舞動樹幹，將她逼在丈餘之外。但只要稍有空隙，李莫愁立即便如閃電般欺近身來，若非他一陽指厲害，早已不敵，饒是如此，那樹幹畢竟沉重，舞到後來漸感吃力，李莫愁卻越欺越近。突然間黃影晃動，她竟躍上武三通手中所握栗樹的樹梢，揮動拂塵，凌空下擊。武三通大驚，倒轉樹梢往地下撞去。李莫愁格格嬌笑，踏著樹幹直奔過來。武三通側身長臂，一指點出。她纖腰微擺，已退回樹梢。此後數十招中，不論武三通如何震撞掃打，她始終猶如黏附在栗樹上一般，順著樹幹抖動之勢，尋隙進攻。

這一來武三通更感吃力，她身子雖然不重，究是在樹幹上又加了數十斤的份量，何況她站在樹上，樹幹打不著她，她卻可以攻人，自是立於不敗之地。武三通眼見漸處下風，知道只要稍有疏忽，自己死了不打緊，滿窯洞老幼要盡喪她手，當下奮起膂力，將樹幹越舞越急，欲以樹幹猛轉之勢，將她甩下樹來。

又鬥片刻，聽得背後柯鎮惡大叫：「芙兒，你也來啦？快叫鵰兒咬這惡女人。」跟著便有一個女孩聲音連聲呼叱，空中兩團白影撲將下來，卻是兩頭大鵰，左右分擊，攻向李莫愁兩側，正是郭芙攜同雙鵰到了。

李莫愁見雙鵰來勢猛惡，一個觔斗翻在栗樹之下，左足鉤住了樹幹。雙鵰撲擊不中，振翼高飛。女孩的聲音又呼哨了幾下。雙鵰二次撲將下來，四隻鋼鉤鐵爪齊向樹底抓去。李莫愁曾聽人說起，桃花島郭靖、黃蓉夫婦養有一對大鵰，頗通靈性，這時斗見雙鵰分進合擊，對鵰兒倒不放在心上，卻怕雙鵰是郭靖夫婦之物，倘若他夫婦就在左近，那可十分棘手。她閃避數次，拂塵拍的一下，打在雌鵰左翼之上，只痛得牠吱吱急鳴，幾根長長的白羽從空中落了下來。

郭芙見鵰兒受挫，大叫：「鵰兒別怕，咬這惡女人。」李莫愁向她一望，見這女孩兒膚似玉雪，眉目如畫，心裏一動：「聽說郭夫人是當世英俠中的美人，不知比我如何？這小娃兒難道是她女兒嗎？」

她心念微動，手中稍慢。武三通見雖有雙鵰相助，仍是戰她不下，焦躁起來，猛地力運雙臂，連人帶樹的將她往空中擲去。李莫愁料想不到他竟會出此怪招，身不由主的給他擲高數丈。雙鵰見她飛上，撲動翅膀，上前便啄。

李莫愁若是腳踏平地，雙鵰原也奈何她不得，此時她身在半空，無所借力，如何能與飛禽抵敵？情急之下，揮動拂塵護住頭臉，長袖揮處，三枚冰魄銀針先後急射而出。兩枚分射雙鵰，一枚卻指向武三通胸口。雙鵰急忙振翅高飛，但銀針去得快極，嗤嗤作響，從雄鵰腳爪之旁擦過，劃破了爪皮。

武三通正仰頭相望，猛見銀光一閃，急忙著地滾開，銀針仍是刺中了他左足小腿。武三通一滾站起，那知左腿竟然立時不聽使喚，左膝跪倒。他強運功力，待要撐持起身，麻木已擴及雙腿，登時俯伏跌倒，雙手撐了幾撐，終於伏在地下不動了。

郭芙大叫：「鵰兒，鵰兒，快來！」但雙鵰逃得遠了，並不回頭。李莫愁笑道：「小妹妹，你可是姓郭麼？」郭芙見她容貌美麗，和藹可親，似乎並不是甚麼「惡女人」，便道：「是啊，我姓郭。你姓甚麼？」李莫愁笑道：「來，我帶你去玩。」緩步上前，要去攜她的手。柯鎮惡鐵棒一撐，急從窯洞中竄出，攔在郭芙面前，叫道：「芙兒，快進去！」李莫愁笑道：「怕我吃了她麼？」

就在這時，一個衣衫襤褸的少年左手提著一隻公鷄，口中唱著俚曲，跳跳躍躍的過來，見窯洞前有人，叫道：「喂，你們到我家裏來幹麼？」走到李莫愁和郭芙之前，側頭向兩人瞧瞧，笑道：「嘖嘖，大美人兒好美貌，小美人兒也挺秀氣，兩位姑娘是來找我的嗎？姓楊的可沒這般美人兒朋友啊。」臉上賊忒嘻嘻，說話油腔滑調。

郭芙小嘴一扁，怒道：「小叫化，誰來找你了？」那少年笑道：「你不來找我，怎麼到我家來？」說著向窯洞一指，敢情這座破窯竟是他的家。郭芙道：「哼，這樣髒地方，誰愛來了？」

武三娘見丈夫倒在地下，不知死活，擔心之極，從窯洞中搶將出來，俯身叫道：「三哥，你怎麼啦？」武三通哼了一聲，背心擺了幾擺，始終站不直身子。郭芙極目遠眺，不見雙鵰，大叫：「鵰兒，鵰兒，快回來！」

李莫愁心想：「夜長夢多，別等郭靖夫婦到來，討不了好去。」微微一笑，逕自闖向窯洞。武三娘急忙縱身回來攔住，揮劍叫道：「別進來！」李莫愁笑道：「這是那個小兄弟的府上，你又作得主了？」左掌對準劍鋒，直按過去，剛要碰到刃鋒，手掌略側，三指推在劍身的刃面，劍鋒反向武三娘額頭削去，擦的一響，削破了她額頭。李莫愁笑道：「得罪！」將拂塵往衣領中一插，低頭進了窯洞，雙手分別將程英與陸無雙提起，竟不轉身，左足輕點，反躍出洞，百忙中還出足踢飛了柯鎮惡手中鐵杖。

那襤褸少年見她傷了武三娘，又擄劫二女，大感不平，耳聽得陸程二女驚呼，當即躍起，往李莫愁身上抱去，叫道：「喂，大美人兒，你到我府上傷人捉人，也不跟主人打個招呼，太不講理，快放下人來。」

李莫愁雙手各抓著一個女孩，沒提防這少年竟會張臂相抱，但覺脅下忽然多了一雙手臂，心中一凜，不知怎的，忽然全身發軟，當即勁透掌心，輕輕一彈，將二女彈開數尺，隨即一把抓住少年後心。她自十歲以後，從未與男子肌膚相接，活了三十歲，仍是處女之身。當年與陸展元癡戀苦纏，始終以禮自持。江湖上有不少漢子見她美貌，不免動情起心，可是只要神色間稍露邪念，往往立斃於她赤練神掌之下。那知今日竟會給這少年抱住，她一抓住少年，本欲掌心發力，立時震碎他的心肺，但適才聽他稱讚自己美貌，語出真誠，心下不免有些喜歡，這話若是大男人所說，只有惹她厭憎，出於這十三四歲少年之口卻又不同，一時心軟，竟然下不了手。

忽聽得空中鵰唳聲急，雙鵰自遠處飛回，又撲下襲擊。李莫愁左袖一揮，兩枚冰魄銀針急射而上。雙鵰先前已在這厲害之極的暗器下吃過苦頭，急忙振翅上飛，但銀針去勢勁急異常，雙鵰飛得雖快，銀針卻射得更快，雙鵰嚇得高聲驚叫。李莫愁眼見這對惡鳥再也難以逃脫，正自喜歡，猛聽得呼呼聲響，兩件小物迅速異常的破空而至，剛聽到一點聲息，兩物轉瞬間劃過長空，已將兩枚銀針分別打落。

這暗器先聲奪人，威不可當，李莫愁大吃一驚，隨手放落少年，縱身過去一看，原來只是兩顆尋常的小石子，心想：「發這石子之人武功深不可測，我可不是對手，先避他一避再說。」一身隨意轉，手掌拍出，擊向程英的後心。她要先傷了程陸二女，再圖後計。

手掌剛要碰到程英後心，一瞥間見她頸中繫著一條錦帕，素底緞子上繡著紅花綠葉，正是當年自己精心繡就、贈給意中人之物，不禁一呆，倏地收回掌力，往日的柔情密意瞬息間在心中滾了幾轉，心想：「他雖與那姓何的小賤人成親，心下始終沒忘了我，這塊帕兒也一直好好放著。他求我饒他後人，卻饒是不饒？」一時心意難決，決定先斃了陸無雙再說。拂塵抖處，銀絲擊向陸無雙後心，陽光耀眼之下，卻見她頸中也繫著一條錦帕，李莫愁「咦」了一聲，心道：「怎地有兩塊帕兒？定有一塊是假的。」拂塵改擊為捲，裹住陸無雙頭頸，將她倒拉轉來。

就在此時，破空之聲又至，一粒小石子向她後心直飛而至。李莫愁回過拂塵，鋼柄揮出，剛好打中石子，猛地虎口一痛，掌心發熱，全身不由自主的劇震。這麼小小一顆石子竟有如許勁力，發石之人的武功可想而知。她再也不敢逗留，隨手提起陸無雙，展開輕功提縱術，猶如疾風掠地，轉瞬間奔了個無影無蹤。

程英見表妹被擒，大叫：「表妹，表妹！」隨後跟去。但李莫愁的腳力何等迅捷，程英怎追得上？江南水鄉之地到處河泊縱橫，程英奔了一陣，前面小河攔路，無法再行。她沿岸奔跑叫嚷，忽見左邊小橋上黃影晃動，一人從對岸過橋奔來。程英只一呆，已見李莫愁站在面前，腋下卻沒了陸無雙。

程英見她回轉，甚是害怕，大著膽子問道：「我表妹呢？」李莫愁見她膚色白嫩，容顏秀麗，冷冷的道：「你這等模樣，他日長大了，不是讓別人傷心，便是自己傷心，不如及早死了，世界上少了好些煩惱。」拂塵一起，摟頭拂將下來，眼見要將她連頭帶胸打得稀爛。

她拂塵揮到背後，正要向前擊出，突然手上一緊，塵尾被甚麼東西拉住了，竟然甩不出去。她大吃一驚，轉頭欲看，驀地裏身不由主的騰空而起，被一股大力拉扯之下，向後高躍丈許，這才落下。這一驚當真非同小可，左掌護胸，拂塵上內勁貫注，直刺出去，豈知眼前空蕩蕩的竟是甚麼也沒有。她生平大小數百戰，從未遇到這般怪異情景，腦海中一個念頭電閃而過：「妖精？鬼魅？」一招「混元式」，將拂塵舞成一個圓圈，護住身周五尺之內，這才再行轉身。

只見程英身旁站著一個身材高瘦的青袍怪人，臉上木無神色，似是活人，又似殭屍，一見之下，登時心頭說不出的煩惡。李莫愁不由自主的倒退兩步，一時之間，實想不到武林中有那一個厲害人物是這等模樣，待要出言相詢，只聽那人低頭向程英道：「娃兒，這女人好生兇惡，你去打她。」程英那敢動手，仰起頭道：「我不敢。」那人道：「怕甚麼？只管打。」程英仍是不敢。那人一把抓住程英背心，往李莫愁投去。

李莫愁當非常之境，便不敢應以常法，料想用拂塵揮打必非善策，當即伸出左手相接，剛要碰到程英腰間，忽聽嗤的一聲，臂彎斗然酸軟，手臂竟然抬不起來。程英一頭撞在她胸口，順手揮出，拍的一響，清清脆脆的打了她一個巴掌。

李莫愁畢生從未受過如此大辱，狂怒之下，更無顧忌，拂塵倒轉，疾揮而下，猛覺虎口劇震，拂塵柄飛了起來，險些脫手，原來那人又彈出一塊小石，打在她拂塵柄上。程英卻已穩穩的站立在地。

李莫愁料知今日已討不了好去，若不儘快脫身，大有性命之憂，輕聲一笑，轉身便走，奔出數步，雙袖向後連揮，一陣銀光閃動，十餘枚冰魄銀針齊向青袍怪人射去。她發這暗器，不轉身，不回頭，可是針針指向那人要害。那人出其不意，沒料想她暗器功夫竟然如此陰狠厲害，當即飛身向後急躍。銀針來得雖快，他後躍之勢卻是更快，只聽得銀針丁丁錚錚一陣輕響，盡數落在身前。李莫愁明知射他不中，這十餘枚銀針只是要將他逼開，一聽到他後躍風聲，袖子又揮，一枚銀針直射程英。她知這一針非中不可，生怕那青袍人上前動手，竟不回頭察看，足底加勁，急奔過橋，穿入了桑林。

那青袍人叫了聲：「啊喲！」上前抱起程英，只見一枚長長的銀針插在她肩頭，不禁臉上變色，微一沉吟，抱起她快步向西。

柯鎮惡等見李莫愁終於擄了陸無雙而去，都是駭然。那衣衫襤褸的少年道：「我瞧瞧去。」郭芙道：「有甚麼好瞧的？這惡女人一腳踢死了你。」那少年笑道：「你踢死我？不見得罷。」說著發足便向李莫愁去路急追。郭芙道：「蠢才！又不是說我要踢你。」她可不知這少年繞著彎兒罵她是「惡女人」。

那少年奔了一陣，忽聽得遠處程英高聲叫道：「表妹，表妹！」當即循聲追去。奔出數十丈，聽聲辨向，該已到了程英呼叫之地，可是四下裏卻不見二女的影子。

一轉頭，只見地下明晃晃的撒著十幾枚銀針，針身鏤刻花紋，打造得極是精緻。他俯身一枚枚的拾起，握在左掌，忽見銀針旁一條大蜈蚣肚腹翻轉，死在地下。他覺得有趣，低頭細看，見地下螞蟻死了不少，數步外尚有許多螞蟻正在爬行。他拿一枚銀針去撥弄幾下，那幾隻螞蟻兜了幾個圈子，便即翻身殭斃，連試幾隻小蟲都是如此。

那少年大喜，心想用這些銀針去捉蚊蠅，真是再好不過，突然左手麻麻的似乎不大靈便，猛然驚覺：「針上有毒！拿在手中，豈不危險？」忙張開手掌拋下銀針，只見兩張手掌心已全成黑色，左掌尤其深黑如墨。他心裏害怕，伸手在大腿旁用力摩擦，但覺左臂麻木漸漸上升，片刻間便麻到臂彎。他幼時曾給毒蛇咬過，險些送命，當時被咬處附近就是這般麻木不仁，知道凶險，忍不住哇的一聲哭了出來。

忽聽背後一人說道：「小娃娃，知道厲害了罷？」這聲音鏗鏘刺耳，似從地底下鑽出來一般。那少年急忙轉身，不覺吃了一驚，只見一人用頭支在地上，雙腳併攏，撐向天空。他退開幾步，叫道：「你……你是誰？」

那人雙手在地下一撐，身子忽地拔起，一躍三尺，落在少年的面前，說道：「我……我是誰？我知道我是誰就好啦。」那少年更是驚駭，發足狂奔。只聽得身後篤、篤、篤的一聲聲響亮，回頭一望，不禁嚇得魂不附體，原來那人以手為足，雙手各持一塊石頭，倒轉身子而行，竟是快速無比，離自己背後已不過數尺。

他加快腳步，拚命急奔，忽聽呼的一聲響，那人從他頭頂躍過，落在他身前。那少年叫道：「媽啊！」轉身便逃，可是不論他奔向何處，那怪人總是呼的一聲躍起，落在他身前。他枉有雙腳，卻賽不過一個以手行走之人。他轉了幾個方向，那怪人越逼越近，當下伸手發掌，想去推他，那知手臂麻木，早已不聽使喚，只急得他大汗淋漓，不知如何是好，雙腿一軟，坐倒在地。

那怪人道：「你越是東奔西跑，身上的毒越是發作得快。」那少年福至心靈，雙膝跪倒，叫道：「求老公公救我性命。」那怪人搖頭道：「難救，難救！」那少年道：「你本事這麼大，定能救我。」這一句奉承之言，登教那怪人聽得甚是高興，微微一笑，道：「你怎知我本事大？」那少年聽他語氣溫和，似有轉機，忙道：「你倒轉了身子還跑得這麼快，天下再沒第二個及得上你。」他隨口捧上一句，豈知「天下再沒第二個及得上你」這話，正好打中了那怪人的心窩。他哈哈大笑，聲震林梢，叫道：「倒過身來，讓我瞧瞧。」

那少年心想不錯，自己直立而他倒豎，確是瞧不清楚，他既不願順立，只有自己倒豎了，當下倒轉身子，將頭頂在地下，右手尚有知覺，牢牢的在旁撐住。那怪人向他細看了幾眼，皺眉沉吟。

那少年此時身子倒轉，也看清楚了怪人的面貌，但見他高鼻深目，滿臉雪白短鬚，根根似鐵，又聽他喃喃自語，說著嘰哩咕嚕的怪話，極是難聽。少年怕他不肯相救，求道：「好公公，你救救我。」那怪人見他眉目清秀，看來倒也歡喜，道：「好，救你不難，但你須得答應我一件事。」少年道：「你說甚麼，我都聽你的。公公，你要我答應甚麼事？」怪人裂嘴一笑，道：「我正要你答應這件事。我說甚麼，你都得聽我的。」少年心下遲疑：「甚麼話都聽？難道叫我扮狗吃屎也得聽？」

怪人見他猶豫，怒道：「好，你死你的罷！」說著雙手一縮一挺，身子飛起，向旁躍開數尺。那少年怕他遠去，忙要追去求懇，可是不能學他這般用手走路，當下翻身站起，追上幾步，叫道：「公公，我答應啦，你不論說甚麼，我都聽你的。」怪人轉過身來，說道：「好，你罰個重誓來。」少年此時左臂麻木已延至肩頭，心中越來越是害怕，只得罰誓道：「公公若是救了我性命，去了我身上惡毒，我一定聽你的話。要是不聽，讓惡毒重行回到我身上。」心想：「以後我永遠不再碰到銀針，惡毒如何回到身上？但不知我罰這樣一個誓，這怪人肯不肯算數？」

斜眼瞧他時，卻見他臉有喜色，顯得極是滿意，那少年暗喜：「老傢伙信了我啦。」怪人點點頭，忽地翻過身子，捏住少年手臂推拿幾下，說道：「好，好，你是個好娃娃。」少年只覺經他一捏，手臂上麻木之感立時減輕，叫道：「公公，你再給我捏啊！」怪人皺眉道：「你別叫我公公，要叫爸爸！」少年道：「我爸爸早死了，我沒爸爸。」怪人喝道：「我第一句話你就不聽，要你這兒子何用？」

那少年心想：「原來他要收我為兒。」他一生從未見過父親之面，聽母親說，他父親在他出世之前就已死了，自幼見到別的孩子有父親疼愛，心下常自羨慕，只是見這怪人舉止怪異，瘋瘋顛顛，卻老大不願意認他為義父。那怪人喝道：「你不肯叫我爸爸，好罷，別人叫我爸爸，我還不肯答應呢。」那少年尋思怎生想個法兒騙得他醫好自己。那怪人口中忽然發出一連串古怪聲音，似是唸咒，發足便行。那少年急叫：「爸爸，爸爸，你到那裏去？」

怪人哈哈大笑，說道：「乖兒子，來，我教你除去身上毒氣的法兒。」少年走近身去。怪人道：「你中的是李莫愁那女娃娃的冰魄銀針之毒，治起來可著實不容易。」當下傳了口訣和行功之法，說道此法是倒運氣息，須得頭下腳上，氣血逆行，毒氣就會從進入身子之處回出。只是他新學乍練，每日只能逼出少許，須得一月以上，方能驅盡毒氣。

那少年極是聰明，一點便透，入耳即記，當下依法施為，果然麻木略減。他運了一陣氣，雙手手指尖流出幾滴黑汁。怪人喜道：「好啦！今天不用再練，明日我再教你新的法兒。咱們走罷。」少年一愕，道：「那裏去？」怪人道：「你是我兒，爸爸去那裏，兒子自然跟著去那裏。」

正說到此處，空中忽然幾聲鵰唳，兩頭大鵰在半空飛掠而過。那怪人向雙鵰呆望，以手擊額，皺眉苦苦思索，突然間似乎想起了甚麼，登時臉色大變，叫道：「我不要見他們，不要見他們。」說著一步跨了出去。這一步邁得好大，待得第二步跨出，人已在丈許之外，連跨得十來步，身子早在桑樹林後隱沒了。

那少年叫道：「爸爸，爸爸！」隨後趕去。繞過一株大柳樹，驀覺腦後一陣疾風掠過，卻是那對大鵰從身後撲過，向前飛落。柳樹林後轉出一男一女，雙鵰分別停在二人肩頭。

那男的濃眉大眼，胸寬腰挺，三十來歲年紀，上唇微留髭鬚。那女的約莫二十六七歲，容貌秀麗，一雙眼睛靈活之極，在少年身上轉了幾眼，向那男子道：「你說這人像誰？」那男子向少年凝視半晌，道：「你說是像……」只說了四個字，卻不接下去了。

這二人正是郭靖、黃蓉夫婦。這日兩人正在一家茶館中打聽黃藥師的消息，忽見遠處烈燄沖天而起，過了一會，街上有人奔走相告：「陸家莊失火！」黃蓉心中一凜，想起嘉興陸家莊的主人陸展元是武林中一號人物，雖然向未謀面，卻也久慕其名，江湖上多說「江南兩個陸家莊」。江南陸家莊何止千百，武學之士說兩個陸家莊，卻是指太湖陸家莊與嘉興陸家莊而言。陸展元能與陸乘風相提並論，自非泛泛之士。一問之下，失火的竟然就是陸展元之家。兩人當即趕去，待得到達，見火勢漸小，莊子卻已燒成一個火窟，火場中幾具焦屍燒得全身似炭，面目已不可辨。

黃蓉道：「這中間可有古怪。」郭靖道：「怎麼？」黃蓉道：「那陸展元在武林中名頭不小，他夫人何沅君也是當代女俠。若是尋常火燭，他家中怎能有人逃不出來？定是仇家來放的火。」郭靖一想不錯，說道：「對，咱們搜搜，瞧是誰放的火，怎麼下這等毒手？」

二人繞著莊子走了一遍，不見有何痕跡。黃蓉忽然指著半壁殘牆，叫道：「你瞧，那是甚麼？」郭靖一抬頭，只見牆上印著幾個血手印，給煙一薰，更加顯得可怖。牆壁倒塌，有兩個血手印只賸下半截。郭靖心中一驚，脫口而出：「赤練仙子！」黃蓉道：「一定是她。早就聽說赤練仙子李莫愁武功高強，陰毒無比，不亞於當年的西毒。她駕臨江南，咱們正好跟她鬥鬥。」郭靖點點頭，道：「武林朋友都說這女魔頭難纏得緊，咱們若是找到岳父，那就好了。」黃蓉笑道：「年紀越大，越是膽小。」郭靖道：「這話一點不錯。越是練武，越是知道自己不行。」黃蓉笑道：「郭大爺好謙！我卻覺得自己愈練愈了不起呢。」

二人嘴裏說笑，心中卻暗自提防，四下裏巡視，在一個池塘旁見到兩枚冰魄銀針。一枚銀針半截浸在水中，塘裏幾十條金魚盡皆肚皮翻白，此針之毒，實是可怖可畏。黃蓉伸了伸舌頭，拾兩段斷截樹枝挾起銀針，取出手帕重重包裹了，放入衣囊。二人又到遠處搜尋，卻見到了雙鵰，又遇上了那個少年。

郭靖眼見那少年有些面善，一時卻想不起像誰，鼻中忽然聞到一陣怪臭，嗅了幾下，只覺頭腦中微微發悶。黃蓉也早聞到了，臭味似乎出自近處，轉頭尋找，見雄鵰左足上有破損傷口，湊近一聞，臭味果然就從傷口發出。二人吃了一驚，細看傷口，雖只擦破一層油皮，但傷足腫得不止一倍，皮肉已在腐爛。郭靖尋思：「甚麼傷，這等厲害？」忽見那少年左手全成黑色，驚道：「你也中了這毒？」

黃蓉搶過去拿起他手掌一看，忙捋高他衣袖，取出小刀割破他手腕，推擠毒血。只見少年手上流出來的血卻是鮮紅之色，微感奇怪：他手掌明明全成黑色，怎麼血中卻又無毒？她不知那少年經怪人傳授，已將毒血逼向指尖，一時不再上升。她從囊中取出一顆九花玉露丸，道：「嚼碎吞下。」少年接在手裏，先自聞到一陣清香，放入口中嚼碎，但覺滿嘴馨芳，甘美無比，一股清涼之氣直透丹田。黃蓉又取兩粒藥丸，餵雙鵰各服一丸。

郭靖沉思半晌，忽然張口長嘯。那少年耳畔異聲陡發，出其不意，嚇了一跳，但聽嘯聲遠遠傳送出去，只驚得雀鳥四下裏亂飛，身旁柳枝垂條震動不已。他一嘯未已，第二嘯跟著送出，嘯上加嘯，聲音振盪重疊，猶如千軍萬馬，奔騰遠去。

黃蓉知道丈夫發聲向李莫愁挑戰，聽他第三下嘯聲又出，當下氣湧丹田，跟著發聲長嘯。郭靖的嘯聲雄壯宏大，黃蓉的卻是清亮高昂。兩人的嘯聲交織在一起，有如一隻大鵬一隻小鳥並肩齊飛，越飛越高，那小鳥竟然始終不落於大鵬之後。兩人在桃花島潛心苦修，內力已臻化境，雙嘯齊作，當真是迴翔九天，聲聞數里。

那倒行的怪人聽到嘯聲，足步加快，疾行而避。

抱著程英的青袍客聽到嘯聲，哈哈一笑，說道：「他們也來啦，老子走遠些，免得囉唆。」

李莫愁將陸無雙挾在脅下，奔行正急，突然聽到嘯聲，猛地停步，拂塵一揮，轉過身來，冷笑道：「郭大俠名震武林，倒要瞧瞧他是不是果有真才實學。」忽聽得一陣清亮的嘯聲跟著響起，兩股嘯聲呼應相和，剛柔相濟，更增威勢。李莫愁心中一凜，自知難敵，又想他夫婦同闖江湖，互相扶持，自己卻是孤零零的一人，登覺萬念俱灰，嘆了一口長氣，抓著陸無雙的背心去了。

此時武三娘已扶著丈夫，帶同兩個兒子與柯鎮惡作別離去。柯鎮惡適才一番劇戰，生怕李莫愁去而復返傷害郭芙，帶著她正想找個隱蔽所在躲了起來，忽然聽到郭黃二人嘯聲，心中大喜。郭芙叫道：「爹爹，媽媽！」發足便跑。

一老一小循著嘯聲奔到郭靖夫婦跟前。郭芙投入黃蓉懷裏，笑道：「媽，大公公剛才打跑了一個惡女人，他老人家本事可大得很哩。」黃蓉自然知她撒謊，卻只笑了笑。郭靖斥道：「小孩子家，說話可要老老實實。」郭芙伸了伸舌頭，笑道：「大公公本事不大嗎？他怎麼能做你師父？」生怕父親又再責罵，當即遠遠走開，向那少年招手，說道：「你去摘些花兒，編了花冠給我戴！」

那少年跟了她過去。郭芙瞥見他手掌漆黑，便道：「你手這麼髒，我不跟你玩。你摘的花兒也給你弄臭啦。」那少年冷然道：「誰愛跟你玩了？」大踏步便走。

郭靖叫道：「小兄弟，別忙走。你身上餘毒未去，發作出來厲害得緊。」那少年最惱別人小看了他，給郭芙這兩句話刺痛了心，當下昂首直行，對郭靖的叫喊只如不聞。郭靖搶步上前，說道：「你怎麼中了毒？我們給你治了，再走不遲。」那少年道：「我又不識得你，關你甚麼事？」足下加快，想從郭靖身旁穿過。郭靖見他臉上悻悻之色，眉目間甚似一個故人，心念一動，說道：「小兄弟，你姓甚麼？」那少年向他白了一眼，側過身子，意欲急衝而過。郭靖翻掌抓住了他手腕。那少年幾下掙不脫，左手一拳，重重打在郭靖腹上。

郭靖微微一笑，也不理會。那少年想縮回手臂再打，那知拳頭深陷在他小腹之中，竟然拔不出來。他小臉脹得通紅，用力後拔，只拔得手臂發疼，卻始終掙不脫他小腹的吸力。郭靖笑道：「你跟我說你姓甚麼，我就放你。」那少年道：「我姓倪，名字叫作牢子，你快放我。」郭靖聽了好生失望，腹肌鬆開，他可不知那少年其實說自己名叫「你老子」，在討他的便宜。那少年拳頭脫縛，望著郭靖，心道：「你本事好大，你老子不及乖兒子。」

黃蓉見了他臉上的狡猾憊懶神情，總覺他跟那人甚為相似，忍不住要再試他一試，笑道：「小兄弟，你想做我丈夫的老子，可不成了我的公公嗎？」左手揮出，已按住他後頸。那少年覺得按來的力道極是強勁，急忙運力相抗。黃蓉手上勁力忽鬆，那少年不由自主的仰天一交，結結實實的摔倒。郭芙拍手大笑。那少年大怒，跳起身來，退後幾步，正要污言穢語的罵人，黃蓉已搶上前去，雙手按住他肩頭，凝視著他雙眼，緩緩的道：「你姓楊名過，你媽媽姓穆，是不是？」

那少年正是姓楊名過，突然被黃蓉說了出來，不由得驚駭無比，胸間氣血上湧，手上毒氣突然回沖，腦中一陣胡塗，登時暈了過去。

黃蓉一驚，扶住他身子。郭靖給他推拿了幾下，但見他雙目緊閉，牙齒咬破了舌頭，滿嘴鮮血，始終不醒。郭靖又驚又喜，道：「他……他原來是楊康兄弟的孩子。」黃蓉見楊過中毒極深，低聲道：「咱們先投客店，到城裏配幾味藥。」

原來黃蓉見這少年容貌與楊康實在相像，想起當年王處一在中都客店中相試穆念慈的武功師承，伸手按她後頸，穆念慈不向前跌，反而後仰，這正是洪七公獨門的運氣練功法門。這少年若是穆念慈的兒子，所練武功也必是一路。黃蓉是洪七公的弟子，自是深知本門練功的訣竅，一試之下，果然便揭穿了他的真相。

當下郭靖抱了楊過，與柯鎮惡、黃蓉、郭芙三人攜同雙鵰，回到客店。黃蓉寫下藥方，店小二去藥店配藥，只是她用的藥都是偏門，嘉興雖是通都大邑，一時卻也配不齊全。郭靖見楊過始終昏迷不醒，甚是憂慮。黃蓉知道丈夫自楊康死後，常自耿耿於懷，今日斗然遇上他的子嗣，自是歡喜無限，偏是他又中了劇毒，不知生死，說道：「咱們自己出去採藥。」

郭靖心知只要稍有治愈之望，她必出言安慰自己，卻見她神色之間亦甚鄭重，心下更是惴惴不安，於是囑咐郭芙不得隨便亂走，夫妻倆出去找尋藥草。

楊過昏昏沉沉的睡著，直到天黑，仍是不醒。柯鎮惡進來看了他幾次，自是束手無策，他毒蒺藜的毒性與冰魄銀針全然不同，兩者的解藥自不能混用，又怕郭芙溜出，不住哄著她睡覺。

楊過昏迷中也不知過了多少時候，忽覺有人在他胸口推拿，慢慢醒轉，睜開眼來，但見黑影閃動，甚麼東西從窗中竄了出去。他勉力站起，扶著桌子走到窗口張望，只見屋簷上倒立著一人，頭下腳上，正是日間要他叫爸爸的那個怪人，身子搖搖擺擺，似乎隨時都能摔下屋頂。

楊過驚喜交集，叫道：「是你。」那怪人道：「怎麼不叫爸爸？」楊過叫了聲：「爸爸！」心中卻道：「你是我兒子，老子變大為小，叫你爸爸便了。」那怪人很是喜歡，道：「你上來。」楊過爬上窗檻，躍上屋頂。可是他中毒後身子虛弱，力道不夠，手指沒攀到屋簷，竟掉了下去，不由得失聲驚呼：「啊喲！」

那怪人伸手抓住他背心，將他輕輕放在屋頂，倒轉來站直了身子，正要說話，聽得西邊房裏有人呼的一聲吹滅燭火，知道已有人發現自己蹤跡，當下抱著楊過疾奔而去。待得柯鎮惡躍上屋時，四下裏早已無聲無息。

那怪人抱著楊過奔到鎮外的荒地，將他放下，說道：「你用我教你的法兒，再把毒氣逼些兒出來。」楊過依言而行，約莫一盞茶時分，手指上滴出幾點黑血，胸臆間登覺大為舒暢。那怪人道：「你這孩兒甚是聰明，一教便會，比我當年親生的兒子還要伶俐。唉！孩兒啊！」想到亡故了的兒子，眼中不禁濕潤，撫摸楊過的頭，微微嘆息。

楊過自幼沒有父親，母親也在他十一歲那年染病身亡。穆念慈臨死之時，說他父親死在嘉興鐵槍廟裏，要他將她遺體火化了，去葬在嘉興鐵槍廟外。楊過遵奉母親遺命辦理，從此流落嘉興，住在這破窯之中，偷鷄摸狗的混日子。穆念慈雖曾傳過他一些武功的入門功夫，但她自己本就苦不甚高，去世時楊過又尚幼小，實是沒能教得了多少。這幾年來，楊過到處遭人白眼，受人欺辱，那怪人與他素不相識，居然對他這等好法，眼見他對自己真情流露，心中極是感動，縱身一躍，抱住了他脖子，叫道：「爸爸，爸爸！」他從兩三歲起就盼望有個愛憐他、保護他的父親。有時睡夢之中，突然有了個慈愛的英雄父親，但一覺醒來，這父親卻又不知去向，常常因此而大哭一場。此刻多年心願忽而得償，於這兩聲「爸爸」之中，滿腔孺慕之意盡情發洩了出來，再也不想在心中討還便宜了。

楊過固然大為激動，那怪人心中卻只有比他更是歡喜。兩人初遇之時，楊過被逼認他為父，心中實是一百個不願意，此時兩人心靈交通，當真是親若父子，但覺對方若有危難，自己就是為他死了也所甘願。那怪人大叫大笑，說道：「好孩子，好孩子，乖兒子，再叫一聲爸爸。」楊過依言叫了兩聲，靠在他的身上。

那怪人笑道：「乖兒子，來，我把生平最得意的武功傳給你。」說著蹲低身子，口中咕咕咕的叫了三聲，雙手推出，但聽轟的一聲巨響，面前半堵土牆應手而倒，只激得灰泥瀰漫，塵土飛揚。楊過只瞧得目瞪口呆，伸出了舌頭，驚喜交集，問道：「那是甚麼功夫，我學得會嗎？」怪人道：「這叫做蛤蟆功，只要你肯下苦功，自然學得會。」楊過道：「我學會之後，再沒人欺侮我了麼？」那怪人雙眉上揚，叫道：「誰敢欺侮我兒子，我抽他的筋，剝他的皮。」

這個怪人，自然便是西毒歐陽鋒了。

他自於華山論劍之役被黃蓉用計逼瘋，十餘年來走遍了天涯海角，不住思索：「我到底是誰？」凡是景物依稀熟稔之地，他必多所逗留，只盼能找到自己，這幾個月來他一直就在嘉興，便是由此。近年來他逆練九陰真經，內力大有進境，腦子也已清醒得多，雖然仍是瘋瘋顛顛，許多舊事卻已逐步一一記起，只是自己到底是誰，卻始終想不起來。

當下歐陽鋒將修習蛤蟆功的入門心法傳授了楊過，他這蛤蟆功是天下武學中的絕頂功夫，變化精微，奧妙無窮，內功的修習更是艱難無比，練得稍有不對，不免身受重傷，甚或吐血身亡，以致當年連親生兒子歐陽克亦未傳授。此時他心情激動，加之神智迷糊，不分輕重，竟毫不顧忌的教了這新收的義子。

楊過武功沒有根柢，雖將入門口訣牢牢記住了，卻又怎能領會得其中意思？偏生他聰明伶俐，於不明白處自出心裁的強作解人。歐陽鋒教了半天，聽他瞎纏歪扯，說得牛頭不對馬嘴，惱將起來，伸手要打他耳光，月光下見他面貌俊美，甚是可愛，尤勝當年歐陽克少年之時，這一掌便打不下去了，嘆道：「你累啦，回去歇歇，明兒我再教你。」

楊過自被郭芙說他手髒，對她一家都生了厭憎之心，說道：「我跟著你，不回去啦。」

歐陽鋒只是對自己的事才想不明白，於其餘世事卻並不胡塗，說道：「我的腦子有些不大對頭，只怕帶累了你。你先回去，待我把一件事想通了，咱爺兒倆再厮守一起，永不分離，好不好？」楊過自喪母之後，一生從未有人跟他說過這等親切言語，上前拉住了他手，哽咽道：「那你早些來接我。」歐陽鋒點頭道：「我暗中跟著你，不論你到那裏，我都知道。要是有人欺侮你，我打得他肋骨斷成七八十截。」當下抱起楊過，將他送回客店。

柯鎮惡曾來找過楊過，在床上摸不到他身子，到客店四周尋了一遍，也是不見，甚是焦急；二次來尋時，楊過已經回來，正要問他剛才到了那裏，忽聽屋頂上風聲颯然，有人縱越而過。他知是有兩個武功極強之人在屋面經過，忙將郭芙抱來，放在床上楊過的身邊，持鐵杖守在窗口，只怕二人是敵，去而復回，果然風聲自遠而近，倏忽間到了屋頂。一人道：「你瞧那是誰？」另一人道：「奇怪，奇怪，當真是他？」原來是郭靖、黃蓉夫婦。

柯鎮惡這才放心，開門讓二人進來。黃蓉道：「大師父，這裏沒事麼？」柯鎮惡道：「沒事。」黃蓉向郭靖道：「竟難道咱們看錯了人？」郭靖搖頭道：「不會，九成是他。」柯鎮惡道：「誰啊？」黃蓉一扯郭靖衣襟，要他莫說。但郭靖對恩師不敢相瞞，便道：「歐陽鋒。」柯鎮惡生平恨極此人，一聽到他名字便不禁臉上變色，低聲道：「歐陽鋒？他還沒死？」郭靖道：「適才我們採藥回來，見到屋邊人影一晃，身法又快又怪，當即追去，卻已不見了蹤影。瞧來很像歐陽鋒。」柯鎮惡知他向來穩重篤實，言不輕發，他說是歐陽鋒，就決不能是旁人。

郭靖掛念楊過，拿了燭台，走到床邊察看，但見他臉色紅潤，呼吸調勻，睡得正沉，不禁大喜，叫道：「蓉兒，他好啦！」楊過其實是假睡，閉了眼偷聽三人說話。他隱約聽到義父名叫「歐陽鋒」，而這三人顯然對他極是忌憚，不由得暗暗歡喜。

黃蓉過來一看，大感奇怪，先前明明見他手臂上毒氣上延，過了這幾個時辰，只有更加瘀黑腫脹，那知毒氣反而消退，實是奇怪之極。她與郭靖出去找了半天，草藥始終沒能採齊，當下將採到的幾味藥搗爛了，擠汁給他服下。

次日郭靖夫婦與柯鎮惡攜了兩小離嘉興向東南行，決定先回桃花島，治好楊過的傷再說。這晚投了客店，柯鎮惡與楊過住一房，郭靖夫婦與女兒住一房。

郭靖夫婦睡到中夜，忽聽屋頂上喀的一聲響，接著隔壁房中柯鎮惡大聲呼喝，破窗躍出。郭靖與黃蓉急忙躍起，縱到窗邊，只見屋頂上柯鎮惡正空手和人惡鬥，對手身高手長，赫然便是歐陽鋒。郭靖大驚，只怕歐陽鋒一招之間便傷了大師父性命，正欲躍上相助，卻見柯鎮惡縱聲大叫，從屋頂摔了下來。郭靖飛身搶上，就在柯鎮惡的腦袋將要碰到地面之時，輕輕拉住他後領向上提起，然後再輕輕放下，問道：「大師父，沒受傷嗎？」柯鎮惡道：「死不了。快去截下歐陽鋒。」郭靖道：「是。」躍上屋頂。

這時屋頂上黃蓉雙掌飛舞，已與這十餘年不見的老對頭鬥得甚是激烈。她這些年來武功大進，內力強勁，出掌更是變化奧妙，十餘招中，歐陽鋒竟絲毫佔不到便宜。

郭靖叫道：「歐陽先生，別來無恙啊。」歐陽鋒道：「你說甚麼？你叫我甚麼？」臉上一片茫然，當下對黃蓉來招只守不攻，心中隱約覺得「歐陽」二字似與自己有極密切關係。郭靖待要再說，黃蓉已看出歐陽鋒瘋病未愈，忙叫道：「你叫做趙錢孫李、周吳鄭王！」

歐陽鋒一怔，道：「我叫做趙錢孫李、周吳鄭王？」黃蓉道：「不錯，你的名字叫作馮陳褚衛、蔣沈韓楊。」她說的是「百家姓」上的姓氏。歐陽鋒心中本來胡塗，給她一口氣背了幾十個姓氏，更是摸不著頭腦，問道：「你是誰？我是誰？」

忽聽身後一人大喝：「你是殺害我五個好兄弟的老毒物。」呼聲未畢，鐵杖已至，正是柯鎮惡。他適才被歐陽鋒掌力逼下，未曾受傷，到房中取了鐵杖上來再鬥。郭靖大叫：「師父小心！」柯鎮惡鐵杖砸出，和歐陽鋒背心相距已不到一尺，卻聽呼的一聲響，鐵杖反激出去，柯鎮惡把持不住，鐵杖撒手，跟著身子也摔入了天井。

郭靖知道師父雖然摔下，並不礙事，但歐陽鋒若乘勢追擊，後著可淩厲之極，當下叫道：「看招！」左腿微屈，右掌劃了個圓圈，平推出去，正是降龍十八掌中的「亢龍有悔」。這一招他日夕勤練不輟，初學時便已非同小可，加上這十餘年苦功，實已到爐火純青之境，初推出去時看似輕描淡寫，但一遇阻力，能在剎時之間連加一十三道後勁，一道強似一道，重重疊疊，直是無堅不摧、無強不破。這是他從九陰真經中悟出來的妙境，縱是洪七公當年，單以這一招而論，也無如此精奧的造詣。

歐陽鋒剛將柯鎮惡震下屋頂，但覺一股微風撲面而來，風勢雖然不勁，然已逼得自己呼吸不暢，知道不妙，急忙身子蹲下，雙掌平推而出，使的正是他生平最得意的「蛤蟆功」。三掌相交，兩人身子都是一震。郭靖掌力急加，一道又是一道，如波濤洶湧般的向前猛撲。歐陽鋒口中咯咯大叫，身子一晃一晃，似乎隨時都能摔倒，但郭靖掌力愈是加強，他反擊之力也相應而增。

二人不交手已十餘年，這次江南重逢，都要試一試對方進境如何。昔日華山論劍，郭靖殊非歐陽鋒敵手，但別來勇猛精進，武功大臻圓熟，歐陽鋒雖逆練真經，也自有心得，但一正一反，終究是正勝於反，到此次交手，郭靖已能與他並駕齊驅，難分上下。黃蓉要丈夫獨力取勝，只在旁掠陣，並不上前夾擊。

南方的屋頂與北方大不相同。北方居室因須抵擋冬日冰雪積壓，屋頂堅實異常，但自淮水而南，屋頂瓦片疊蓋，便以輕巧靈便為主。郭靖與歐陽鋒各以掌力相抵，力貫雙腿，過了一盞茶時分，只聽腳下格格作響，突然喀喇喇一聲巨響，幾條椽子同時斷折，屋頂穿了個大孔，兩人一齊落下。

黃蓉大驚，忙從洞中躍落，只見二人仍是雙掌相抵，腳下踏著幾條椽子，這些椽子卻壓在一個住店的客人身上。那人睡夢方酣，豈知禍從天降，登時雙腿骨折，痛極大號。郭靖不忍傷害無辜，不敢足上用力，歐陽鋒卻不理旁人死活。二人本來勢均力敵，但因郭靖足底勢虛，掌上無所借力，漸趨下風。他以單掌抵敵人雙掌，然全身之力已集於右掌，左掌雖然空著，可也已無力可使。黃蓉見丈夫身子微向後仰，雖只半寸幾分的退卻，卻顯然已落敗勢，當下叫道：「喂，張三李四，胡塗王八，看招。」輕飄飄的一掌往歐陽鋒肩頭拍去。

這一掌出招雖輕，然而是落英神劍掌法的上乘功夫，落在敵人身上，勁力直透內臟，縱是歐陽鋒這等一流名家，也須受傷不可。歐陽鋒聽她又以古怪姓名稱呼自己，一怔之下，斗然見她招到，雙掌力推，將郭靖的掌力逼開半尺，就在這電光石火的一瞬之間，一把抓住了黃蓉肩頭，五指如鉤，要硬生生扯她一塊肉下來。

這一抓發出，三人同時大吃一驚。歐陽鋒但覺指尖劇痛，原來已抓中了她身上軟蝟甲的尖刺，忙不迭的鬆手。就在此時，郭靖掌力又到，歐陽鋒回掌相抵，危急中各出全力，砰的一聲，兩人同時急退，但見塵沙飛揚，牆倒屋傾。原來二人這一下全使上了剛掌，黑暗中瞧不清對方身形，降龍十八掌與蛤蟆功的巨力竟都打在對方肩頭。兩人破牆而出，半邊屋頂塌了下來。黃蓉肩頭受了這一抓，雖未受傷，卻也已嚇得花容失色，百忙中在屋頂將塌未塌之際斜身飛出。只見歐陽鋒與郭靖相距半丈，呆立不動，顯然都已受了內傷。

黃蓉不及攻敵，當即站在丈夫身旁守護。但見二人閉目運氣，哇哇兩聲，不約而同的都噴出一口鮮血。歐陽鋒叫道：「降龍十八掌，嘿，好傢伙，好傢伙！」一陣狂笑，揚長便走，瞬息間去得無影無蹤。

此時客店中早已呼爺喊娘，亂成一團。黃蓉知道此處不可再居，從柯鎮惡手裏抱過女兒，道：「師父，你抱著靖哥哥，咱們走罷！」柯鎮惡將郭靖抗在肩上，一蹺一拐的向北行去。走了一陣，黃蓉忽然想起楊過，不知這孩子逃到了那裏，但掛念丈夫身受重傷，心想旁的事只好慢慢再說。

郭靖心中明白，只是被歐陽鋒的掌力逼住了氣，說不出話來。他在柯鎮惡肩頭調勻呼吸，運氣通脈，約莫走出七八里地，各脈俱通，說道：「大師父，不礙事了。」柯鎮惡將他放下，問道：「還好麼？」郭靖搖搖頭道：「蛤蟆功當真了得！」只見女兒伏在母親肩頭沉沉熟睡，心中一怔，問道：「過兒呢？」柯鎮惡一時想不起過兒是誰，愕然難答。黃蓉道：「你放心，先找個地方休息，我回頭去找他。」

此時天色將明，道旁樹木房屋已朦朧可辨。郭靖道：「我的傷不礙事，咱們一起去找。」黃蓉皺眉道：「這孩子機伶得很，不用為他掛懷。」正說到此處，忽見道旁白牆後伸出個小小腦袋一探，隨即縮了回去。黃蓉搶過去一把抓住，正是楊過。他笑嘻嘻的叫了聲「阿姨」，說道：「你們才來麼？我在這兒等了好久啦。」黃蓉心中好些疑團難解，隨口答應一聲，道：「好，跟我們走罷！」

楊過笑了笑，跟隨在後。郭芙睜開眼來，問道：「你到那裏去啦？」楊過道：「我去捉蟋蟀兒，那才好玩呢。」郭芙道：「有甚麼好玩？」楊過道：「哼，誰說不好玩？一個大蟋蟀跟一隻老蟋蟀對打，老蟋蟀輸了，又來了兩隻小蟋蟀幫著，三隻打一個。大蟋蟀跳來跳去，這邊彈一腳，那邊咬一口，嘿嘿，那可厲害了……」說到這裏，卻住口不說了。郭芙怔怔的聽著，問道：「後來怎樣？」楊過道：「你說不好玩，問我幹麼？」郭芙碰了個釘子，很是生氣，轉過了頭不睬他。

黃蓉聽他言語中明明是幫著歐陽鋒，在譏刺自己夫婦與柯鎮惡，便道：「你跟阿姨說，到底是誰打贏了？」楊過笑笑，輕描淡寫的道：「我正瞧得有趣，你們都來了，蟋蟀兒全逃走啦。」黃蓉心想：「當真是有其父必有其子。」不禁微覺有氣。

說話之間，眾人來到一個村子。黃蓉向一所大宅院求見主人。那主人甚是好客，聽說有人受傷生病，忙命莊丁打掃廂房接待。郭靖吃了三大碗飯，坐在榻上閉目養神。黃蓉見丈夫氣定神閒，心知已無危險，坐在他身旁守護，想起見到楊過以來的種種情況，覺得此人年紀雖小，卻有許多怪異難解之處，但若詳加查問，他多半不會實說，心想只小心留意他行動便是。當日無語，用過晚膳後各自安寢。

楊過與柯鎮惡同睡一房，到得中夜，他悄悄起身，聽得柯鎮惡鼻鼾呼呼，睡得正沉，便打開房門，溜了出去，走到牆邊，爬上一株桂花樹，縱身躍起，攀上牆頭，輕輕溜下。牆外兩隻狗聞到人氣，吠了起來。楊過早有預備，從懷裏摸出兩根日間藏著的肉骨頭，丟了過去。兩隻狗咬住骨頭大嚼，當即止吠。

楊過辨明方向，向西南而行，約莫走了七八里地，來到鐵槍廟前。他推開廟門，叫道：「爸爸，我來啦！」只聽裏面哼了一聲，正是歐陽鋒的聲音，楊過大喜，摸到供桌前，找到燭台，點燃了殘燭，見歐陽鋒躺在神像前的幾個蒲團之上，神情委頓，呼吸微弱。他與郭靖所受之傷情形相若，只是郭靖方當年富力強，復元甚速，他卻年紀老邁，精力已遠為不如。

原來昨晚楊過與柯鎮惡同室宿店，半夜裏歐陽鋒又來瞧他。柯鎮惡當即醒覺，與歐陽鋒動起手來。其後黃蓉、郭靖二人先後參戰，楊過一直在旁觀看。終於歐陽鋒與郭靖同時受傷，歐陽鋒遠引。楊過見混亂中無人留心自己，悄悄向歐陽鋒追去。初時歐陽鋒行得極快，楊過自是追趕不上，但後來他傷勢發作，舉步維艱，楊過趕了上來，扶他在道旁休息。楊過知道自己若不回去，黃蓉、柯鎮惡等必來找尋，只恐累了義父的性命，是以與歐陽鋒約定了在鐵槍廟中相會。這鐵槍廟與他二人都大有干係，一說均知。楊過獨自守在大路之旁相候，與郭靖等會面後，直到半夜方來探視。

楊過從懷裏取出七八個饅頭，遞在他手裏，道：「爸爸，你吃罷。」歐陽鋒餓了一天，生怕出去遇上敵人，整日躲在廟中苦挨，吃了幾個饅頭後精神為之一振，問道：「他們在那兒？」楊過一一說了。

歐陽鋒道：「那姓郭的吃了我這一掌，七日之內難以復原。他媳婦兒要照料丈夫，不敢輕離，眼下咱們只擔心柯瞎子一人。他今晚不來，明日必至。只可惜我沒半點力氣。唉，我好像殺過他的兄弟，也不知是四個還是五個……」說到這裏，不禁劇烈咳嗽。

楊過坐在地下，手托腮幫，小腦袋中刹時間轉了許多念頭，忽然心想：「有了，待我在地下布些利器，老瞎子若是進來，可要叫他先受點兒傷。」於是在供桌上取過四隻燭台，拔去灰塵堆積的陳年殘燭，將燭台放在門口，再虛掩廟門，搬了一隻鐵香爐，爬上去放在廟門頂上。

他四下察看，想再布置些害人的陷阱，見東西兩邊偏殿中各吊著一口大鐵鐘。每一口鐘都是三人合抱也抱不過來，料必重逾千斤。鐘頂上有一隻極粗的鐵鉤，與巨木製成的木架相連。這鐵槍廟年久失修，破敗不堪，但巨鐘和木架兩皆堅牢，仍是完好無損。楊過心想：「老瞎子要是到來，我就爬到鐘架上面，管教他找我不著。」

他手持燭台，正想到後殿去找件防身利器，忽聽大路上篤、篤、篤的一聲聲鐵杖擊地，知道柯鎮惡到了，忙吹滅燭火，隨即想起：「這瞎子目不見物，我倒不必熄燭。」但聽篤篤篤之聲越來越近，歐陽鋒忽地坐起，要把全身僅餘的勁力運到右掌之上，先發制人，一掌將他斃了。楊過將手中燭台的鐵籤朝外，守在歐陽鋒身旁，心想我雖武藝低微，好歹也要相助義父，跟老瞎子拚上一拚。

柯鎮惡料定歐陽鋒身受重傷，難以遠走，那鐵槍廟便在附近，正是歐陽鋒舊遊之地，料想他不敢寄居民家，多半會躲在廟中，想起五個兄弟慘遭此人毒手，今日有此報仇良機，那肯放過？睡到半夜，輕輕叫了兩聲：「過兒，過兒！」不聽答應，只道他睡得正熟，竟沒走近查察，當下越牆而出。那兩條狗子正在大嚼楊過給的骨頭，見他出來，只嗚嗚幾聲，卻沒吠叫。

他緩緩來到鐵槍廟前，側耳聽去，果然廟裏有呼吸之聲。他大聲叫道：「老毒物，柯瞎子找你來啦，有種的快出來。」說著鐵杖在地下一頓。歐陽鋒只怕洩了丹田之氣，不敢言語。

柯鎮惡叫了幾聲，未聞應聲，舉鐵杖撞開廟門，踏步進內，只聽呼的一響，頭頂一件重物砸將下來，同時左腳已踏中燭台上的鐵籤，刺破靴底，腳掌心上一陣劇痛。他一時之間不明所以，鐵杖揮起，噹的一聲巨響，震耳欲聾，將頭頂的鐵香爐打了開去，隨即在地下一滾，好教鐵籤不致刺入足底。那知身旁尚有幾隻燭台，只覺肩頭一痛，又有一隻燭台的鐵籤刺入了肉裏。他左手抓住燭台拔出，鮮血立湧。此時不敢再有大意，聽著歐陽鋒呼吸之聲，腳掌擦地而前，一步一步走近，走到離他三尺之處，鐵杖高舉，叫道：「老毒物，今日你還有何話說？」

歐陽鋒已將全身所剩有限力氣運上右臂，只待對方鐵杖擊下，手掌同時拍出，跟他拚個同歸於盡。柯鎮惡雖知仇人身受重傷，但不知他到底傷勢如何，這一杖遲遲不落，要等他先行發招，就可知他還剩下多少力氣。兩人相對僵持，均各不動。

柯鎮惡耳聽得他呼吸沉重，腦中斗然間出現了朱聰、韓寶駒、南希仁等結義兄弟的聲音，似乎在齊聲催他趕快下手，當下再也忍耐不住，大吼一聲，一招「秦王鞭石」，揮鐵杖摟頭蓋將下去。歐陽鋒身子略閃，待要發掌，手臂只伸出半尺，一口氣卻接不上來，登時軟垂下去。但聽砰的一聲猛響，火光四濺，鐵杖杖頭將地下幾塊方磚擊得粉碎。

柯鎮惡一擊不中，次招隨上，鐵杖橫掃，向他中路打去。若在平日，歐陽鋒輕輕一帶，就要叫他鐵杖脫手，全不濟也能縱身躍過，但此刻全身酸軟，使不出半點勁道，只得著地打滾，避了開去。柯鎮惡使開降魔杖法，一招快似一招。歐陽鋒卻越避越是遲純，終於給他一招「杵伏藥叉」擊中左肩。

楊過在一旁聽著，不由得心驚肉跳，有心要上前相助義父，卻自知武藝低微，只有送死的份兒。

柯鎮惡接連三杖，都擊在歐陽鋒身上。歐陽鋒今日也是該遭此厄，總算他內力深湛，雖無還手之力，卻能退避化解，將他每一擊的勁道都卸在一旁，身上已被打得皮開肉綻，筋骨內臟卻不受損。柯鎮惡暗暗稱奇，心想這老毒物的本事果然非同小可，每一杖下去，明明已經擊中，但總是在他身上滑溜而過，十成勁力倒給化解了九成，心想他的頭蓋總不能以柔功滑開我的杖力，當下運杖成風，著著向他頭頂進攻。

歐陽鋒閃頭避了幾次，霎時間身子已被籠罩在他杖風之下，不由得暗暗叫苦，若是被他一杖擊在頭上，那裏還保得住性命，無可奈何中行險僥倖，突然撲入他的懷裏，抓住了他胸口。柯鎮惡吃了一驚，鐵杖已在外門，難以擊敵，只得伸手反揪。兩人一齊滾倒。

歐陽鋒不敢鬆手，牢牢抓住對方胸口，左手去扭他腰間，忽然觸手堅硬，急忙抓起，竟是一柄尖刀。這是張阿生常用的兵刃屠牛刀，名雖如此，其實並非用以屠牛。這刀砍金斷玉，鋒利無比。張阿生在蒙古大漠死於陳玄風之手，柯鎮惡心念義弟，這柄刀帶在身畔，片刻不離。歐陽鋒近身肉搏，拔了出來，左手彎過，舉刀便往敵人腰脅刺落。恰在此時，柯鎮惡正放脫鐵杖，右拳揮出，砰的一聲，將歐陽鋒打了個觔斗。歐陽鋒眼前金星直冒，迷迷糊糊中揮手將尖刀往敵人擲去。柯鎮惡聽得風聲，閃身避過，只聽鏜的一聲，鐘聲嗡嗡不絕，原來這把刀正擲中殿上的鐵鐘。歐陽鋒這一擲雖然無甚手勁，但因刀刃十分鋒利，竟然刺入鐵鐘，刀身不住顫動。

楊過站在鐘旁，尖刀貼面飛過，險些給刺中臉頰，只嚇得心中怦怦而跳，急忙快手快腳的爬上鐘架。

歐陽鋒靈機一動，繞到了鐘後。此時鐘聲未絕，柯鎮惡一時聽不出他呼吸所在，側頭細辨聲息。大殿中月光斜照，但見他滿頭亂髮，住杖傾聽，神態極是可怕。楊過瞧出了其中關鍵，當即拔出屠牛刀，將刀柄往鐘上重重撞去，鏜的一聲，將兩人呼吸聲盡皆蓋過。

柯鎮惡聽到鐘聲，向前疾撲，歐陽鋒已繞到了鐘後。柯鎮惡橫杖擊出，歐陽鋒向旁閃避，這一杖便擊中了鐵鐘，只聽得鏜的一聲巨響，當真是震耳欲聾。楊過只覺耳鼓隱隱作痛。柯鎮惡性起，揮鐵杖不住擊鐘，前聲未絕，後聲又起，越來越響。歐陽鋒心想不妙，他這般敲擊下去，雖然郭靖受傷，黃蓉卻只怕要來應援。乘著鐘聲震耳，放輕腳步，想從後殿溜出。那知柯鎮惡耳音靈敏之極，雖在鐘聲鏜鏜巨響之中，仍分辨得出別的細微聲息，聽得歐陽鋒腳步移動，當下只作不知，仍是舞杖狂敲，待他走出數步，離鐘已遠，突然縱躍而前，揮杖往他頭頂擊落。

歐陽鋒勁力雖失，但他一生不知經過多少大風大浪，這些接戰時的虛虛實實，豈有不知？眼見柯鎮惡右肩微抬，早知他的心意，不待他鐵杖揮出，又已逃回鐘後。他重傷後本已步履艱難，但此刻生死繫於一髮，竟然從數十年的深厚內力之中，激發了連自己也不知從何而來的力道。

柯鎮惡大怒，叫道：「就算打你不死，累也累死了你。」繞鐘來追。

楊過見二人繞著鐵鐘兜圈子，時候一長，義父必定氣力不加，眼見情勢危急，忽然心生一計，爬在鐘架上雙手亂舞，大做手勢。歐陽鋒全神躲閃敵人追擊，並未瞧見，再兜兩個圈子，才見楊過的影子映在地下，正做手勢叫他離開，一時未明其意，但想他既叫我離開，必有用意，當下冒險向外奔去。

柯鎮惡停步不動，要分辨敵人的去向。楊過除下腳上兩隻鞋子，向後殿擲去，拍拍兩聲，落在地下。柯鎮惡大奇，明明聽得歐陽鋒走向大門，怎麼後殿又有聲響？就在他微一遲疑之際，楊過執起屠牛尖刀，發力向吊著鐵鐘的木架橫樑上斬去。這橫樑極粗，楊過力氣又小，寶刀雖利，數刀急砍又怎斬它得斷？但鐵鐘沉重之極，橫樑給接連斬出了幾個缺口，已吃不住巨鐘的重量。喀喇喇幾聲響，橫樑折斷，那口大鐵鐘夾著一股疾風，對準柯鎮惡的頂門直砸下來。

柯鎮惡早聽得頭頂忽發異聲，正自奇怪，巨鐘已落將下來，這當兒已不及逃竄，百忙中鐵杖直豎，噹的一聲猛響，巨鐘邊緣正壓在杖上，就這麼一擋，他已乘隙從鐘底滾出。但聽喀、砰、嘭、轟，接連幾響，鐵杖斷為兩截，鐵鐘翻滾過去，在柯鎮惡肩頭猛力一撞，將他拋出山門，連翻了幾個觔斗，只跌得鼻子流血，額角上也破了一大塊。柯鎮惡目不見物，不知變故因何而起，只怕殿中躲著甚麼怪物作祟，爬起身來，一蹺一拐的走了。

歐陽鋒在旁瞧著，也不由得微微心驚，不住口叫道：「可惜，可惜！」又道：「乖孩兒，好聰明！」楊過從鐘架上爬下，喜道：「這瞎子不敢再來啦。」歐陽鋒搖頭道：「此人與我仇深似海，只要他一息尚存，必定再來。」楊過道：「那麼咱們快走。」歐陽鋒仍是搖頭，道：「我受傷甚重，逃不遠。」他這時危難暫過，只覺四肢百骸都如要散開來一般，實是一步也不能動了。楊過急道：「那怎麼辦？」歐陽鋒沉吟半晌，道：「有個法子，你再斬斷另一口鐘的橫樑，將我罩在鐘下。」楊過道：「那你怎麼出來？」歐陽鋒道：「我在鐘下用功七日，元功一復，自己就能掀鐘出來。這七日之中，那柯瞎子縱然再來尋仇，諒他這點點微末道行，也揭不開這口大鐘。只要黃蓉這女娃娃不來，未必有人能識破機關。黃蓉一來，那可大事去矣。」

楊過心想除此之外，確也沒有旁的法子，問清楚他確能自行開鐘，不須別人相助，又問：「你七天沒東西吃，行嗎？」歐陽鋒道：「你去找隻盆缽，裝滿了清水，放在我身旁。這裏還有好幾個饅頭，慢慢吃著，儘可支持得七日。」

楊過去廚房中找到一隻瓦缽，裝了清水，放在另一口仍然高懸的大鐘之下，然後扶了歐陽鋒端端正正的坐在鐘下。歐陽鋒道：「孩兒，你儘管隨那姓郭的前去，日後我必來尋你。」楊過答應了，爬上鐘架，斬斷橫樑，大鐵鐘落下，將歐陽鋒罩住了。

楊過叫了幾聲「爸爸」，不聽歐陽鋒答應，知他在鐘內聽不見外邊聲息，正要離去，心念忽動，又到後殿拿一隻瓦缽，盛滿了清水。將瓦缽放在地下，然後倒轉身子，左手伸在缽中，依照歐陽鋒所授逆行經脈之法，將手上毒血逼了一些出來。只是使這功夫極是累人，他又只學得個皮毛，雖只擠得十幾滴黑血，卻已鬧得滿頭大汗。歇了一陣，扯下神像前的幾條布幡，纏在一隻籤筒之上，然後醮了碗中血水，在那口鐘上到處都遍塗了，心想若是柯瞎子再至，想撬開鐵鐘，手掌碰到鐘身，叫他非中毒不可。

忽又想到，義父罩在鐘內，七天之中可別給悶死了，於是用尖刀挖掘鐘邊之下的青磚，在地下挖了個拳頭大的洞孔，以便通風透氣。挖掘之間，那尖刀碰到青磚底下的一塊硬石，竟爾拍的一聲折斷了。這屠牛刀鋒銳之極，刃鋒卻是甚薄，給楊過當作鐵鑿般亂挖亂掘，一柄寶刀竟爾斷送。他不知此刀珍貴，反正不是自己之物，也不可惜，隨手拋在一旁，伏在地下，對準鐘底洞孔叫道：「爸爸，我去了，你快來接我。那口鐘外面有毒，你出來時小心些。」隨即側頭，俯耳洞孔，只聽歐陽鋒微弱的聲音道：「好孩子，我不怕毒，毒才怕我。你自己小心，我定來接你。」

楊過悄立半晌，頗有戀戀不捨之意，這才快步奔回客店，越牆時提心吊膽，只怕柯鎮惡驚覺，那知進房後見柯鎮惡尚未回來，倒也大出意料之外。

次日一早，忽聽得有人用棍棒嘭嘭嘭的敲打房門。楊過躍下床來，打開房門，只見柯鎮惡持著一根木棍，臉色灰白，剛踏進門便向前撲出，摔在地下。楊過見他雙手烏黑，果然又去尋過歐陽鋒，終究不免中了自己布下之毒，暗暗心喜，當下假裝吃驚，大叫：「柯公公，你怎麼了？」

郭靖、黃蓉聽得叫聲，奔過來查看，見柯鎮惡倒在地下，吃了一驚。此時郭靖雖能行走，卻無力氣，當下黃蓉將柯鎮惡扶在床上，問道：「大師父，你怎麼啦？」柯鎮惡搖了搖頭，並不答話。黃蓉見到他掌心黑氣，恨恨的道：「又是那姓李的賤人，靖哥哥，待我去會她。」說著一束腰帶，跨步出去。

柯鎮惡低聲道：「不是那女子。」黃蓉止步回頭，奇道：「咦，那是誰？」柯鎮惡自覺連一個手無縛鷄之力的人也對付不了，反弄到自己受傷回來，也可算無能之極。他性子剛硬，真所謂辛薑老而彌辣，對受傷的原由竟一句不提。靖蓉二人知他脾氣，若他願說，自會吐露，否則愈問愈惹他生氣。好在他只皮膚中毒，毒性也不厲害，只是一時昏暈，服了一顆九花玉露丸後便無大礙。

黃蓉心下計議，眼前郭靖與柯鎮惡受傷，那李莫愁險毒難測，須得先將兩個傷者、兩個孩子送到桃花島，日後再來找她算帳，方策萬全。這日上午在客店中休息半天，下午僱船東行。

楊過見黃蓉不去找歐陽鋒，心下暗喜，又想：「爸爸很怕郭伯母去找他，難道郭伯母這樣嬌滴滴的一個大美人兒，比柯瞎子還厲害得多嗎？」

舟行半日，天色向晚，船隻靠岸停泊，船家淘米做飯。郭芙見楊過不理自己，又是生氣又是無聊，倚在船窗向外張望，忽見柳蔭下兩個小孩子在哀哀痛哭，瞧模樣正是武敦儒、武修文兄弟。郭芙大聲叫道：「喂，你們在幹甚麼？」武修文回頭見是郭芙，哭道：「我們在哭，你不見麼？」郭芙道：「幹甚麼呀，你媽打你們麼？」武修文哭道：「我媽死啦！」

黃蓉聽到他說話，吃了一驚，躍上岸去。只見兩個孩子撫著母親的屍身哀哀痛哭。武三娘滿臉漆黑，早已死去多時。黃蓉再問武三通的下落，武敦儒哭道：「爸爸不知到那裏去啦。」武修文道：「媽媽給爸爸的傷口吸毒，吸了好多黑血出來。爸爸好了，媽媽卻死了。爸爸見媽死了，心裏忽然又胡塗啦。我們叫他，他理也不理就走了。」說著又哭了起來。黃蓉心想：「武三娘子捨生救夫，實是個義烈女子。」問道：「你們餓了罷？」兩兄弟不住點頭。

黃蓉嘆了口氣，命船夫帶他們上船吃飯，到鎮上買了一具棺木，將武三娘收殮了。當晚不及安葬，次晨才買了一塊地皮，將棺木葬了。武氏兄弟在墳前伏地大哭。

郭靖道：「蓉兒，這兩個孩兒沒了爹娘，咱們便帶到桃花島上，以後要多費你心照顧啦。」黃蓉點頭答應，當下勸住了武氏兄弟，上船駛到海邊，另僱大船，東行往桃花島進發。

第三回

求師終南

——

武修文騎在楊過身上，兄弟倆牢牢按住，四個拳頭不住往他身上擊去。楊過咬住牙關苦挨，一聲不哼。郭芙在旁見武氏兄弟為她出氣，心下甚喜，叫道：「用力打，打他！」

郭靖在舟中潛運神功，數日間傷勢便已痊愈了大半。夫婦倆說起歐陽鋒十餘年不見，不但未見衰邁，武功猶勝往昔，這一掌若是打中了郭靖胸口要害，那便非十天半月之內所能痊可了。兩人談到洪七公，不知他身在何處，甚是記掛。黃蓉雖在桃花島隱居，仍是遙領丐幫幫主之位，幫中事務由魯有腳奉黃蓉之名處分勾當。她此番來到江南，原擬乘便會見幫中諸長老會商幫務，並打聽洪七公近況，但郭靖受傷，只有先行歸島。其後說到楊過，黃蓉便將他叫進內艙，詢問前事。楊過說了母親因病逝世、自己流落嘉興的經過，郭靖夫婦想起和穆念慈的交情，均是不勝傷感。

待楊過回出外艙，郭靖說道：「我向來有個心願，你自然知道。今日天幸遇到過兒，我的心願就可得償了。」當年郭靖之父郭嘯天與楊過的祖父楊鐵心義結兄弟，兩家妻室同時懷孕。二人相約，日後生下的若均是男兒，就結為兄弟，若均是女兒則結為金蘭姊妹，如是一男一女，則為夫婦。後來兩家生下的各為男兒，郭靖與楊過之父楊康如約結為兄弟。但楊康認賊作父，多行不義，終於慘死於嘉興王鐵槍廟中。郭靖念及此事，常耿耿於懷。此時這麼一說，黃蓉早知他的心意，搖頭道：「我不答應。」

郭靖愕然道：「怎麼？」黃蓉道：「芙兒怎能許配給這小子。」郭靖道：「他父雖然行止不端，但郭楊兩家世代交好，我瞧他相貌清秀，聰明伶俐，今後跟著咱倆，將來不愁不能出人頭地。」黃蓉道：「我就怕他聰明過份了。」郭靖道：「你不是聰明得緊麼？那有甚麼不好？」黃蓉笑道：「我卻偏喜歡你這傻哥哥呢。」郭靖一笑，道：「芙兒將來長大，未必與你一般也喜歡傻小子。再說，如我這般傻瓜，天下只怕再也難找第二個。」黃蓉刮臉羞他道：「好希罕麼？不害臊。」

兩人說笑幾句，郭靖重提話頭，說道：「我爹爹就只這麼一個遺命，楊鐵心叔父臨死之際也曾重託於我。可是於楊康兄弟與穆世姊份上，我實沒盡了甚麼心。若我再不將過兒當作親人一般看待，怎對得起爹爹與楊叔父？」言下長嘆一聲，甚有憮然之意。黃蓉柔聲道：「好在兩個孩子都還小，此事也不必急。將來若是過兒當真沒甚壞處，你愛怎麼就怎麼便了。」

郭靖站起身來，深深一揖，正色道：「多謝相允，我實是感激不盡。」黃蓉也正色道：「我可沒應允。我是說，要瞧那孩子將來有沒有出息。」郭靖一揖到地，剛伸腰直立，聽她此言，不禁愕住，隨即道：「楊康兄弟自幼在金國王府之中，這才學壞。過兒在我們島上，卻決計壞不了，何況他這名字當年就是我給取的。他名楊過，字改之，就算有了過失，也能改正，你放心好啦。」黃蓉笑道：「名字怎能作數？你叫郭靖，好安靖嗎？從小就跳來跳去的像隻大猴子。」郭靖瞠目結舌，說不出話來。黃蓉一笑，轉過話頭，不再談論此事。

舟行無話，到了桃花島上。郭芙突然多了三個年紀相若的小朋友，自是歡喜之極。楊過服了黃蓉的解藥後，身上餘毒便即去淨。他和郭芙初見面時略有嫌隙，但小孩性兒，過了幾日，大家自也忘了。這幾天中，四人都在捕捉蟋蟀相鬥為戲。

這一日楊過從屋裏出來，又要去捉蟋蟀，越彈指閣，經兩忘峯，剛繞過清嘯亭，忽聽得山後笑語聲喧，忙奔將過去，只見郭芙和武氏兄弟翻石撥草，也正在捕捉蟋蟀。武敦儒拿著個小竹筒，郭芙捧著一隻瓦盆。

武修文翻開一塊石頭，嗤的一響，一隻大蟋蟀跳了出來。武修文縱身撲上，雙手按住，歡聲大叫。郭芙叫道：「給我，給我。」武修文拿起蟋蟀，道：「好罷，給你。」揭開瓦盆蓋，放在盆裏，只見這蟋蟀方頭健腿、巨顎粗腰，甚是雄駿。武修文道：「這隻蟋蟀定是無敵大將軍，楊哥哥，你那許多蟋蟀兒都打牠不過。」

楊過不服，從懷中取出幾竹筒蟋蟀，挑出最兇猛的一隻來與之相鬥。鬥得幾個回合，那大蟋蟀張開巨口咬去，將楊過的那隻攔腰咬住，摔出盆外，隨即振翅而鳴，洋洋得意。郭芙拍手歡叫：「我的打贏啦！」楊過道：「別忙，還有呢。」可是他連出三蟀，盡數敗下陣來，第三隻甚至被巨蟀一口咬成兩截。

楊過臉上無光，道：「不玩啦！」轉身便走。忽聽得後面草叢中嘰嘰嘰的叫了三聲，正是蟋蟀鳴叫，聲音卻頗有些古怪。武敦儒道：「又是一隻。」撥開草叢，突然向後急躍，驚道：「蛇，蛇！」楊過轉過身來，果見一條花紋斑斕的毒蛇，昂首吐舌的盤在草中。楊過拾起一塊石子，對準了摔去，正中蛇頭，那毒蛇扭曲了幾下，便即死了。只見毒蛇所盤之旁有一隻黑黝黝的小蟋蟀，相貌奇醜，卻展翅發出嘰嘰之聲。

郭芙笑道：「楊哥哥，你捉這小黑鬼啊。」楊過聽出她話中有譏嘲之意，激發了胸中傲氣，說道：「好，捉就捉。」當下將黑蟋蟀捉了過來。郭芙笑道：「你這隻小黑鬼，要來幹甚麼？想跟我的無敵大將軍鬥鬥嗎？」楊過怒道：「鬥就鬥，小黑鬼也不是給人欺負的。」將黑蟀放在郭芙的瓦盆之中。

說也奇怪，那大蟋蟀見到小黑蟀竟有畏懼之意，不住退縮。郭芙與武氏兄弟大聲吆喝，為大蟋蟀加勁助威。小黑蟋蟀昂頭縱躍而前，那大蟀不敢接戰，想躍出盆去。小黑蟀也即躍高，在半空咬住大蟀的尾巴，雙蟀齊落，那大蟋蟀抖了幾抖，翻轉肚腹而死。原來蟋蟀之中有一種喜與毒蟲共居，與蜈蚣共居的稱為「蜈蚣蟀」，與毒蛇共居的稱為「蛇蟀」，因身上染有毒蟲氣息，非常蟀之所能敵。楊過所捉到的小黑蟀正是一隻蛇蟀。

郭芙見自己的無敵大將軍一戰即死，很不高興，轉念一想，道：「楊哥哥，你這頭小黑鬼給了我罷。」楊過道：「給你麼，本來沒甚麼大不了，但你為甚麼罵牠小黑鬼？」郭芙小嘴一撇，悻悻的道：「不給就不給，希罕嗎？」拿起瓦盆一抖，將小黑蟀倒在地上，右腳踹落，登時踏死。楊過又驚又怒，氣血上湧，滿臉脹得通紅，登時按捺不住，反手一掌，重重打了她個耳光。

郭芙一楞，還沒決定哭是不哭。武修文罵道：「你這小子打人！」向楊過胸口就是一拳。他家學淵源，自小得父母親傳，武功已有相當根基，這拳正中楊過前胸，力道著實不輕。楊過大怒，回手也是一拳，武修文閃身避過。楊過追上撲擊，武敦儒伸腳在他腿上一鉤，楊過撲地倒了。武修文轉身躍起，騎在他身上。兄弟倆牢牢按住，四個拳頭猛往他身上擊去。

楊過雖比二人大了一兩歲，但雙拳難敵四手，武氏兄弟又練過上乘武功，楊過卻只跟穆念慈學過一些粗淺武功，不是二人對手，當下咬住牙關挨打，哼也不哼。武敦儒道：「你討饒就放你。」楊過罵道：「放屁！」武修文砰砰兩下，又打了他兩拳。郭芙在旁見武氏兄弟為她出氣，心下甚喜。

武氏兄弟知道若是打他頭臉，有了傷痕，待會被郭靖、黃蓉看到，必受斥責，是以拳打足踢，都招呼在他身上。郭芙見打得厲害，有些害怕，但摸到自己臉上熱辣辣的疼痛，又覺打得痛快，不禁叫道：「用力打，打他！」武氏兄弟聽她這般呼叫，打得更加狠了。

楊過伏在地下，耳聽郭芙如此叫喚，心道：「你這丫頭如此狠惡，我日後必報此仇。」但覺腰間、背上、臀部劇痛無比，漸漸抵受不住，武氏兄弟自幼練功，拳腳有力，尋常大人也經受不起，若非楊過也練過一些內功，早已昏暈。他咬牙強忍，雙手在地下亂抓亂爬，突然間左手抓到一件冰涼滑膩之物，正是適才砸死的毒蛇，當即抓起，回手揮舞。

武氏兄弟見到這條花紋斑斕的死蛇，齊聲驚呼。楊過乘機翻身，回手狠狠一拳，只打得武敦儒鼻流鮮血，當即爬起身來，發足便逃。武氏兄弟大怒，隨後追去。郭芙要看熱鬧，連聲叫喚：「捉住他，捉住他！」在後追趕。楊過奔了一陣，一回頭，只見武敦儒滿臉鮮血，模樣甚是狠惡，心知若是給兩兄弟捉住了，那一頓飽打必比適才更是厲害，當下不住足的奔向試劍峯山腳，直向峯上爬去。

武敦儒鼻上雖吃了一拳，其實並不如何疼痛，但見到了鮮血，又是害怕，又是憤怒，提氣急追。楊過越爬越高，武氏兄弟絲毫不肯放鬆。郭芙卻在半山腰裏停住腳步，仰頭觀看。楊過奔了一陣，眼見前面是個斷崖，已無路可走。當年黃藥師每創新招，要躍過斷崖，再到峯頂絕險之處試招，楊過卻如何躍得過？他心道：「我縱然跳崖而死，也不能讓這兩個臭小子捉住了再打。」轉過身來，喝道：「你們再上來一步，我就跳下去啦！」武敦儒一呆，武修文叫道：「跳就跳，誰還怕了你不成？料你也沒膽子！」說著又爬上幾步。

楊過氣血上衝，正要湧身下躍，瞥眼忽見身旁有塊大石，半截擱在幾塊石頭之上，似乎安置得並不牢穩。他狂怒之下，那裏還想到甚麼後果，伸手將大石下面的幾塊石頭搬開，那大石果然微微搖動。他躍到大石後面，用力推去，大石晃了兩下，空隆一響，向山腰裏滾將下來。

武氏兄弟見他推石，心知不妙，嚇得臉上變色，急忙縮身閃避。那大石帶著無數泥沙，從武氏兄弟身側滾過，砰嘭巨響，一路上壓倒許多花木，滾入大海。武敦儒心下慌亂，一腳踏空，溜了下來，武修文急忙抱住。兩人在山坡上站立不住，摟作一團的滾將下來，翻滾了六七丈，幸好給下面一株大樹擋住了。

黃蓉在屋中遠遠聽得響聲大作，忙循聲奔出，來到試劍峯下，但見泥沙飛揚，女兒藏在山邊草裏，嚇得哭也哭不出來，武氏兄弟滿頭滿臉都是瘀損鮮血。黃蓉上前抱起女兒，問道：「甚麼事？」郭芙伏在母親懷裏，哇的一聲哭了出來，哭了一會，才抽抽噎噎的訴說楊過怎樣無理打她、武氏兄弟怎樣相幫、楊過又怎樣推大石要壓死二人。她將過錯盡數推在楊過身上，自己踏死蟋蟀、武氏兄弟打人之事，卻全瞞過了不說。黃蓉聽罷，呆了半晌，見到女兒半邊臉頰紅腫，那一掌打得確是不輕，心下甚是憐惜，不住口的安慰。

這時郭靖也奔了出來，見到武氏兄弟的狼狽情狀，問起情由，好生著惱，又怕楊過有甚不測，忙奔上山峯，可是峯前峯後找了一遍，不見影蹤。他提高嗓子大叫：「過兒，過兒。」這幾下高叫聲傳數里，但是終不見楊過出來，也不聞應聲。郭靖等了一會，越加擔心，下得峯來，划了小艇環島巡繞尋找，直到天黑，楊過竟是不知去向。

原來楊過推下大石，見武氏兄弟滾下山坡，遙遙望見黃蓉出來，心知這番必受重責，當下縮身在岩石的一個縫隙之中，聽得郭靖叫喚，卻不敢答應。他挨著飢餓，躲在石縫中動也不動，眼見暮色蒼茫，大海上漸漸昏黑，四下裏更無人聲。又過一陣，天空星星閃爍，涼風吹來，身上大有寒意，他走出石縫，向山下張望，但見精舍的窗子中透出燈光，想像郭靖夫婦、柯鎮惡、郭芙、武氏兄弟六人正在圍坐吃飯，鷄鴨魚肉擺了滿桌，不由得嚥了幾口唾沫。但隨即想到，他們必在背後數說責罵自己，不禁氣憤難當。黑夜中站在山崖上的海風之中，只想著一生如何受人欺辱，但覺塵世間個個對他冷眼相待，思潮起伏，滿胸孤苦怨憤，難以自已。

其實郭靖尋他不著，那有心情吃飯？黃蓉見丈夫煩惱，知道勸他不聽，也不吃飯，陪他默默而坐。次日天沒亮，兩人又出外找尋。

楊過餓了半日一晚，第二天一早，再也忍耐不住，悄悄溜下山峯，在溪邊捉了幾隻青蛙，剝了皮，找些枯葉，要燒烤來吃。他在外流浪，常以此法充飢渡日，此時他怕被郭靖、黃蓉見到煙火，當下藏在山洞中燒柴，一將蛙腿烤黃，立即踏滅柴火，張口大嚼。耳聽得郭靖叫喚「過兒，過兒」，心想：「你要叫我出去打我，我才不出來呢。」

當晚他就在山洞中睡了，迷迷糊糊的躺了一陣，忽見歐陽鋒走進洞來，說道：「孩兒，我來教你練武功，免得你打不過武家那兩個小鬼。」楊過大喜，跟他出洞，只見他蹲在地下，咕咕咕的叫了幾聲，雙掌推出。楊過跟著他便練了起來，只覺發掌踢腿，無不恰到好處。忽然歐陽鋒揮拳打來，他閃避不及，砰的一下，正中頂門，頭上劇痛無比，大叫一聲，跳起身來。

頭上又是砰的一下，他一驚而醒，原來適才是做了一夢。他摸摸頭頂，撞起了一個疙瘩，甚是疼痛，不禁嘆了口氣，尋思：「料來爸爸此刻已經傷勢痊愈，從大鐘底下出來了。不知他甚麼時候來接我去，真的教我武功，也免得我在這裏受人白眼，給人欺辱。」走出洞來，望著天邊，但見稀星數點掛在樹梢，回思適才歐陽鋒教導自己的武功，卻一點也想不起來，他蹲下身來，口中咕咕咕的叫了幾聲，要將歐陽鋒當日在嘉興所傳的蛤蟆功口訣用在拳腳之上，但無論如何使用不上。他苦苦思索，雙掌推出，夢中隨心所欲的發掌出足，這時竟已全然不是這麼一回事了。

他獨立山崖，望著茫茫大海，孤寂之心更甚，忽聽海上一聲長嘯隱隱傳來，叫著：「過兒，過兒。」他不由自主的奔下峯去，叫道：「我在這兒，我在這兒。」他奔上沙灘，郭靖遠遠望見，大喜之下，急忙划艇近岸，躍上灘來。星光下兩人互相奔近。郭靖一把將楊過摟在懷裏，只道：「快回去吃飯。」他心情激動，語音竟有些哽咽。回到屋中，黃蓉預備飯菜給郭靖和楊過吃了，大家對過去之事絕口不提。

次日清晨，郭靖將楊過、武氏兄弟、郭芙叫到大廳，又將柯鎮惡請來，隨即命四個孩子向江南六怪的靈位磕過了頭，向柯鎮惡道：「大師父，弟子要請師父恩准，跟你收四個徒孫。」柯鎮惡喜道：「那再好不過，我恭喜你啦。」郭靖命楊過與武氏兄弟先向柯鎮惡磕頭，再對他夫婦行拜師之禮。郭芙笑問：「媽，我也得拜麼？」黃蓉道：「自然要拜。」郭芙笑嘻嘻的也向三人磕了頭。

郭靖正色道：「從今天起，你們四人是師兄弟啦……」郭芙接口道：「不，還是師兄妹。」郭靖橫了女兒一眼，道：「爹沒說完，不許多口。」他頓了一頓，說道：「自今而後，你們四人須得相親相愛，有福共享，有難同當。如再爭鬧打架，我可不能輕饒。」說著向楊過看了一眼。楊過心想：「你自然偏袒女兒，以後我不去惹她就是。」

柯鎮惡接著將他們門中諸般門規說了一些，都是些不得恃強欺人、不得濫傷無辜之類，江南七怪門派各自不同，柯鎮惡也記不得那許多，反正也是大同小異。

郭靖說道：「我所學的武功很雜，除了江南七俠所授的根基之外，全真派的內功，桃花島和丐幫東北兩大宗的武功，都曾練過一些。為人不可忘本，今日我先授你們柯大師祖的獨門功夫。」

他正要親授口訣，黃蓉見楊過低頭出神，臉上有一股說不出的怪異之色，依稀是楊康當年的模樣，不禁心中生憎，尋思：「他父親雖非我親手所殺，但也可說死在我的手裏，莫養虎為患，將來成為一個大大的禍胎。」心念微動，已有計較，說道：「你一個人教四個孩子，未免太也辛苦，過兒讓我來教。」郭靖尚未回答，柯鎮惡已拍手笑道：「那妙極啦！你兩口子可以比比，瞧誰的徒兒教得好。」郭靖心中也喜，知道妻子比已聰明百倍，教導之法一定遠勝於己，當下沒口子稱善。

郭芙怕父親嚴峻，道：「媽，我也要你教。」黃蓉笑道：「你老是纏著我胡鬧，功夫一定學不成，還是讓爹教你的好。」郭芙向父親偷看一眼，見他雙目也正瞪著自己，急忙轉頭，不敢再說。

黃蓉對丈夫道：「咱們定個規矩，你不能教過兒，我也不能教他們三人。這四個孩子之間，更加不得互相傳授，否則錯亂了功夫，有損無益。」郭靖道：「這個自然。」黃蓉道：「過兒，你跟我來。」楊過厭憎郭芙與武氏兄弟，聽黃蓉這麼說，得以不與他們同場學藝，正合心意，當下跟著她走向內堂。

黃蓉領著他進了書房，從書架上拿下一本書來，道：「你師父有七位師父，人稱江南七怪，大師父就是柯公公，二師父叫作妙手書生朱聰，現下我先教你朱二師祖的功夫。」說著攤開書本，朗聲讀道：「子曰：學而時習之，不亦說乎？有朋自遠方來，不亦樂乎？」原來那是一部「論語」。楊過心中奇怪，不敢多問，只得跟著她誦讀識字。

一連數日，黃蓉只是教他讀書，始終絕口不提武功。這一日讀罷了書，楊過獨自到山上閒走，想起歐陽鋒現下不知身在何處，思念甚殷，不禁倒轉身子，學著他的樣子旋轉起來。轉了一陣，依照歐陽鋒所授口訣逆行經脈，只覺愈轉愈是順遂，一個翻身躍起，咕的一聲叫喊，雙掌拍出，登覺遍體舒泰，快美無比，立時出了一身大汗。他可不知只這一番練功，內力已有進展。歐陽鋒的武功別創一格，實是厲害之極的上乘功夫，楊過悟性奇高，雖然那日於匆匆之際所學甚少，但如此練去，內力也有所進益。

自此之後，他每日跟黃蓉誦讀經書，早晨晚間有空，自行到僻靜山邊練功。他倒不是想從此練成一身驚人武藝，只是每練一次，全身總是說不出的舒適，到後來已是不練不快。

他暗自修練，郭靖與黃蓉毫不知曉。黃蓉教他讀書，不到三個月，已將一部「論語」教完。楊過記誦極速，對書中經義卻往往不以為然，不住提出疑難。其實黃蓉教他讀書，也已早感煩厭，只是常自想到：「此人聰明才智似不在我下，如果他為人和他爹爹一般，再學了武功，將來為禍不小，不如讓他學文，習了聖賢之說，於己於人都有好處。」當下耐著性子教讀，「論語」教完，跟著再教「孟子」。

幾個月過去，黃蓉始終不提武功，楊過也就不問。自那日與郭芙、武氏兄弟打架之後，再不跟他們三人在一起玩耍，獨個兒越來越感孤寂，心知郭靖雖收他為徒，武功是決計不肯傳授的了。自己本就不是武氏兄弟的對手，待郭靖教得他們一年半載，再有爭鬥，非死在他們手裏不可，心中打定了主意，一有機會，立即設法離島。

這日下午，楊過跟黃蓉讀了幾段「孟子」，辭出書房，在海邊閒步，望著大海中白浪滔滔，心想不知何日方能脫此困境，眼見海面上白鷗來去，好生欣羨牠們的來去自在。正自神往，忽聽桃樹林外傳來呼呼風響。他好奇心起，悄悄繞到樹後張望，原來郭靖正在林中空地上教武氏兄弟拳腳，教的是一招擒拿手「托樑換柱」。郭靖口中指點，手腳比劃，命武氏兄弟跟著照學。楊過只看了一遍，早就領會到這一招的精義所在，但武氏兄弟學來學去始終不得要領。郭靖本性魯鈍，深知其中甘苦，毫不厭煩，只是反覆教導。

楊過暗暗嘆氣，心道：「郭伯伯若肯教我，我豈能如他們這般蠢笨。」悶悶不樂，自回房中睡了。晚飯後讀了幾遍書，但感百無聊賴，又到海灘旁邊，學著郭靖所授的拳腳，使將開來，只是將一招反覆使得幾遍，便感膩煩，心念一動：「我若去偷學武功，保管比武氏兄弟強得多，那也不用怕他們來害我了。」

一喜之後，跟著又想：「郭伯伯既不肯教，我又何必偷學他的？哼，這時他就是來求我去學，我也不學的了。最多給人打死了，好希罕麼？」想到此處，又是驕傲，又感淒苦，倚岩靜坐，竟在浪濤聲中迷迷糊糊的睡著了。

次日清晨，楊過不去吃早飯，也不去書房讀書，在海中撈了幾隻大蠔，生火燒烤來吃，心想：「不吃你郭家的飯，也餓不死我。」瞧著岸邊的大船和小艇，尋思：「那大船我開不動，小艇卻又划不遠，怎生逃走才好？」煩惱了半日，無計可施，便在一塊巨岩之後倒轉了身子，練起了歐陽鋒所授的內功來。

正練到血行加速、全身舒暢之際，突然間身後有人大聲呼喝，楊過一驚之下，登時摔倒，手足麻痺，再也爬不起來，原來是郭芙與武氏兄弟三人適於此時到來。這巨岩之後本來十分僻靜，向無人至，但桃花島上道路樹木的布置皆按五行生剋之變，郭芙與武氏兄弟不敢到處亂走，來來去去只在島上道路熟識處玩耍，以致見到了他練功的情狀。幸好楊過此時功力甚淺，否則給他們三人這麼齊聲吆喝，經脈錯亂，非當場癱瘓不可。

郭芙拍手笑道：「你在這裏搗甚麼鬼？」楊過扶著岩石，慢慢支撐著站起，向她白了一眼，轉身走開。武修文叫道：「喂，郭師妹問你哪，怎地你這般無禮，也不理睬？」楊過冷冷的道：「你管得著麼？」武敦儒大怒，說道：「咱們自管玩去，別去招惹瘋狗。」楊過道：「是啊，瘋狗見人就咬，人家好端端的在這裏，三條瘋狗卻過來亂吠亂叫。」武敦儒怒道：「你說三條瘋狗？你罵人？」楊過笑道：「我只罵狗，沒罵人。」

武敦儒怒不可遏，撲上去拔拳便打，楊過一閃避開。武修文想起師父曾有告誡，師兄弟不可打架，這事鬧了起來，只怕被師父責備，忙拉住兄長手臂，笑吟吟的對楊過道：「楊大哥，你跟師娘學武藝，我們三個跟師父學。這幾個月下來，也不知是誰長進得快了。咱們來過過招，比劃比劃，你敢不敢？」

楊過心下氣苦，本想說：「我沒你們的運氣，師娘可沒教過我武功。」但一聽到他說「你敢不敢」四字，語氣中充滿了輕蔑之意，那句洩氣的話登時忍住了不說，只哼了一聲，冷冷的斜睨著他。武修文道：「咱們師兄弟比試武功，不論誰輸誰贏，都不可去跟師父、師娘說，就是打破了頭，也說是自己摔的。誰打輸了向大人投訴，誰就是狗雜種、王八蛋。楊大哥，你敢不敢？」

他這「你敢不敢」四字第二次剛出口，眼前一黑，左眼上已重重著了楊過一拳，武修文一個踉蹌，險些摔倒。武敦儒怒道：「你這般打冷拳，好不要臉。」施展郭靖所教的拳法，向楊過腰間打去。楊過不識閃避，登時中拳，眼見武敦儒又是飛腳踢來，腦海中靈光一閃，想起昨天郭靖傳授武氏兄弟的招數，當即右腿微蹲，左手在武敦儒踢來的右腳小腿上一托。這正是「鬧市俠隱」全金發所擅擒拿手法中的一招「托樑換柱」，雖非極精深的武功，臨敵之時卻也頗切實用。昨日郭靖反覆叫兩兄弟試習，武氏兄弟本已學會，但當真使將出來，卻遠不及楊過偷看片刻的靈活機巧。武敦儒被他這麼一托，登時遠遠摔了出去。

武修文眼上中拳，本已大怒，但見兄長又遭摔跌，當即撲將上來，左拳虛晃，楊過向左避讓，卻不知這是拳術中甚是淺近的招數，先虛後實，武修文跟著右拳實擊，砰的一聲，楊過右邊顴骨上重重中了一拳。武敦儒爬起身來，上前夾擊，他兩兄弟武功本有根柢，楊過先前就已抵敵不過，再加上郭靖這幾個月來的教導，他如何再是敵手？廝打片刻，頭臉腰背已連中七八下拳腳。楊過心下發了狠：「就是給你們打死了，我也不逃。」發拳直上直下的亂舞亂打，全然不成章法。

武修文見他咬牙切齒的拚命，心下倒是怯了，反正已大佔上風，不願再鬥，叫道：「你已經輸啦，我們饒了你，不用再打了。」楊過叫道：「誰要你饒？」衝上去劈面猛擊。武修文伸左臂格開，右手抓住他胸口衣襟向前急拉，便在此時，武敦儒雙拳同時向楊過後腰直擊下去。楊過站立不穩，向前摔倒。武敦儒雙手按住他頭，問道：「你服了沒有？」楊過怒道：「誰服你這瘋狗？」武敦儒大怒，將他臉孔向沙地上直按下去，叫道：「你不服，就悶死了你。」

楊過眼睛口鼻中全是沙粒，登時無法呼吸，又過片刻，全身如欲爆裂。武敦儒雙手用力按住他頭，武修文騎在他頭頸之中，楊過始終掙扎不脫，窒悶難當之際，這些日子來所練歐陽鋒傳授的內力突然崩湧，只覺丹田中一股熱氣激升而上，不知如何，全身驀然間精力充沛，他猛躍而起，眼睛也不及睜開，雙掌便推了出去。

這一下正中武修文的小腹，武修文「啊」的一聲大叫，仰跌在地，登時暈了過去。這掌力乃是歐陽鋒的絕技「蛤蟆功」，威力固不及歐陽鋒神功半成，楊過又不會運用，但他於危急之間自發而生的使將出來，武修文卻也已抵受不起。

武敦儒搶將過去，只見兄弟一動也不動的躺著，雙眼翻白，只道已給楊過打死，大駭之下，大叫：「師父，師父，我弟弟死了，我弟弟死了！」連叫帶哭，奔回去稟報郭靖。郭芙心中害怕，也急步跟去。

楊過吐出嘴裏沙土，抹去眼中沙子，只覺全身半點氣力也無，便欲移動一步也是艱難無比，眼見武修文躺著不動，又聽得武敦儒大叫：「我弟弟死了！」心下一片茫然，不知到底出了甚麼事，明知事情大大不妙，卻是無力逃走。

也不知過了多少時候，只見郭靖、黃蓉飛步奔來。郭靖抱起武修文，在他胸腹之間推拿。黃蓉走到楊過身邊，問道：「歐陽鋒呢？他在那裏？」楊過茫然不答。黃蓉又問：「這蛤蟆功他甚麼時候教你的？」楊過似乎聽見了，又似沒有聽見，雙眼失神落魄的望著前面，嘴巴緊緊閉住，生怕說了一個字出來。黃蓉見他不理，抓住他雙臂，連聲道：「快說！歐陽鋒在那裏？」楊過始終一動不動。

過不多時，武修文在郭靖內力推拿下醒了轉來，接著柯鎮惡也隨著郭芙趕到。柯鎮惡聽郭芙說了楊過倒轉身子的情狀，又聽得他如何「打死」武修文，想到這小子原來是歐陽鋒的傳人，滿腔仇怨登時都轉到了他身上，聽得黃蓉連問：「歐陽鋒在那裏？」而楊過全不理睬，當即走上前去，高舉鐵杖，厲聲喝道：「歐陽鋒這奸賊在那裏？你不說，一杖就打死了你！」

楊過此時已豁出了性命不要，大聲道：「他不是奸賊！他是好人。你打死我好了，我一句話也不說。」柯鎮惡大怒，揮杖怒劈。郭靖大叫：「大師父，別……」只聽拍的一聲，鐵杖從楊過身側擦過，擊入沙灘。原來柯鎮惡心想打死這小小孩童畢竟不妥，鐵杖擊出時準頭略偏。

柯鎮惡厲聲道：「你一定不說？」楊過大聲道：「你有種就打死我，我怕你這老瞎子嗎？」郭靖縱身上前，重重打了他個耳光，喝道：「你膽敢對師祖爺爺無禮！」楊過也不哭泣，只冷冷的道：「你們也不用動手，要我性命，我自己死好了！」反身便向大海奔去。

郭靖喝道：「過兒回來！」楊過奔得更加急了。郭靖正欲上前拉他，黃蓉低聲道：「且慢！」郭靖當即停步，只見楊過直奔入海，衝進浪濤之中。郭靖驚道：「他不識水性，蓉兒，咱們快救他。」又要入海去救。黃蓉道：「死不了，不用著急。」過了一會，見楊過竟不回來，心下也不禁佩服他的傲氣，當即縱身入海，游了出去。她精熟水性，在近岸海中救一個人自是視若等閒，潛入水底，將楊過拖了回來，將他擱在岩石之上，任由他吐出腹中海水，自行慢慢醒轉。

郭靖瞧瞧師父，又瞧瞧妻子，問道：「怎麼辦？」黃蓉道：「他這功夫是來桃花島之前學的，歐陽鋒若是來到島上，咱們決不能不知。」郭靖點了點頭。黃蓉問道：「小武的傷怎麼樣？」郭靖道：「只怕要將養一兩個月。」

柯鎮惡道：「明兒我回嘉興去。」郭靖與黃蓉對望了一眼，自都明白他的意思，他決不願和歐陽鋒的傳人同處一地。黃蓉道：「大師父，這兒是你的家，你何必讓這小子？」

當天晚上，郭靖把楊過叫進房來，說道：「過兒，過去的事，大家也不提了。你對師祖爺爺無禮，不能再在我的門下，以後你只叫我郭伯伯便是。你郭伯伯不善教誨，只怕反躭誤了你。過幾天我送你去終南山重陽宮，求全真教長春子丘真人收你入門。全真派武功是武學正宗，你好好在重陽宮中用功，修心養性，盼你日後做個正人君子。」

楊過應了一聲：「是，郭伯伯。」當即改了稱呼，不再認郭靖作師父了。

郭靖這日一早起來，帶備銀兩行李，與大師父、妻子、女兒、武氏兄弟別過，帶著楊過，乘船到浙江海邊上岸。郭靖買了兩匹馬，與楊過曉行夜宿，一路向北。楊過從未騎過馬，但他內功略有根柢，習練數日，已控轡自如。他少年好事，常常馳在郭靖之前。

不一日，兩人渡過黃河，來到陝西。此時大金國已為蒙古所滅，黃河以北，盡為蒙古人天下。郭靖少年時曾在蒙古軍中做過大將，只怕遇到蒙古舊部，招惹麻煩，將良馬換了兩匹極瘦極醜的驢子，身上穿了破舊衣衫，打扮得就和鄉下莊漢相似。楊過也穿上粗布大褂，頭上纏了一塊青布包頭，跨在瘦驢之上。這驢子脾氣既壞，走得又慢，楊過在道上整日就是與牠拗氣。

這一天到了樊川，已是終南山的所在，漢初開國大將樊噲曾食邑於此，因而得名。沿途岡巒迴繞，松柏森映，水田蔬圃連綿其間，宛然有江南景色。

楊過自離桃花島後，心中氣惱，絕口不提島上之事，這時忍不住道：「郭伯伯，這地方倒有點像咱們桃花島。」郭靖聽他說「咱們桃花島」五字，不禁憮然有感，道：「過兒，此去終南山不遠，你在全真教下好好學藝。數年之後，我再來接你回桃花島。」楊過頭一撇，道：「我這一輩子永遠不回桃花島啦。」郭靖不意他小小年紀，竟說出這等決絕的話來，心中一怔，一時無言可對，隔了半晌才道：「你生郭伯母的氣麼？」楊過道：「姪兒那裏敢？

只是姪兒惹郭伯母生氣罷啦。」郭靖拙於言辭，不再接口。

兩人一路上岡，中午時分到了岡頂的一座廟宇。郭靖見廟門橫額寫著「普光寺」三個大字，當下將驢子拴在廟外松樹上，進廟討齋飯吃。廟中有七八名僧人，見郭靖打扮鄙樸，神色間極是冷淡，拿兩份素麵、七八個饅頭給二人吃。

郭靖與楊過坐在松下石凳上吃麵，一轉頭，忽見松後有一塊石碑，長草遮掩，露出「長春」二字。郭靖心中一動，走過去拂草看時，碑上刻的卻是長春子丘處機的一首詩，詩云：

「天蒼蒼兮臨下土，胡為不救萬靈苦？萬靈日夜相凌遲，飲氣吞聲死無語。仰天大叫天不應，一物細瑣枉勞形。安得大千復混沌，免教造物生精靈。」

郭靖見了此詩，想起十餘年前蒙古大漠中種種情事，撫著石碑呆呆不語，待想起與丘處機相見在即，心中又自欣喜。

楊過道：「郭伯伯，這碑上寫著些甚麼？」郭靖道：「那是你丘祖師做的詩。他老人家見世人多災多難，感到十分難過。」當下將詩中含義解釋了一遍，道：「丘真人武功固然卓絕，這一番愛護萬民的心腸更是教人欽佩。你父親是丘祖師得意的弟子。丘祖師瞧在你父面上，定會好好待你。你用心學藝，將來必有大成。」

楊過道：「郭伯伯，我想請問你一件事。」郭靖道：「甚麼事？」楊過說道：「我爹爹是怎麼死的？」郭靖臉上變色，想起嘉興鐵槍廟中之事，身子微顫，黯然不語。楊過道：「是誰害死他的？」郭靖仍是不答。

楊過想起母親每當自己問起父親的死因，總是神色特異，避不作答，又覺郭靖雖然待己甚是親厚，黃蓉卻頗有疏忌之意，他年紀雖小，卻也覺得其中必有隱情，這時忍不住大聲道：「我爹爹是你跟郭伯母害死的，是不是？」

郭靖大怒，順手在石碑上重重拍落，厲聲道：「誰教你這般胡說？」他此時功勁何等厲害，盛怒之下這麼一擊，只拍得石碑不住搖晃。楊過見他動怒，忙低頭道：「姪兒知錯啦，以後不敢胡說，郭伯伯別生氣。」

郭靖對他本甚愛憐，聽他認錯，氣就消了，正要安慰他幾句，忽聽身後有人「咦」的一聲，語氣似乎甚是驚詫。回過頭來，只見兩個中年道士站在山門口，凝目注視，臉上大有憤色，自己適才在碑上這一擊，定是教他二人瞧在眼裏了。

兩個道士對望了一眼，便即出寺。郭靖見二人步履輕捷，顯然身有武功，心想此去離終南山不遠，這二道多半是重陽宮中人物。兩人都是四十上下年紀，或是全真七子的弟子。他自在桃花島隱居後，不與馬鈺等互通消息，是以全真門下弟子都不相識，只知全真教近來好生興旺，馬鈺、丘處機、王處一等均收了不少佳弟子，在武林中名氣越來越響，平素行俠仗義，扶危解困，做下了無數好事，江湖上不論是否武學之士，凡是聽到全真教的名頭，都是十分尊重。他想自己要上山拜見丘真人，正好與那二道同行。

當下足底加勁，搶出山門，只見那兩個道士已快步奔在十餘丈外，卻不住回頭觀看。郭靖叫道：「二位道兄且住，在下有話請問。」他嗓門洪亮，一聲呼出，遠近皆聞，那二道卻不停步，反而走得更加快了。郭靖心想：「難道這二人是聾子？」足下微使勁力，幾個起落，已繞過二人身旁，搶在前頭，轉身說道：「二位道兄請了。」說著唱喏行禮。

兩個道人見他身法如此迅捷，臉現驚惶之色，見他躬身行禮，只道他要運內勁暗算，急忙分向左右閃避，齊聲問道：「你幹甚麼？」郭靖道：「二位可是終南山重陽宮的道兄麼？」那身材瘦削道人沉著臉道：「是便怎地？」郭靖道：「在下是長春真人丘道長故人，意欲上山拜見，相煩指引。」另一個五短身材的道人冷笑道：「你有種自己上去，讓路罷！」說著突然橫掌揮出，出掌竟然甚是快捷。郭靖只得向右讓過。不料另一個瘦道人與那矮道人武術上練得絲絲入扣，分進合擊，跟著一掌自右向左，將郭靖攔在中間。這兩招叫做「大關門式」，原是全真派武功的高明招數，郭靖如何不識？他見二道不問情由，一上來就使傷人重手，不禁愕然，不知他們有何誤會，當下既不化解，亦不閃避，只聽波波兩聲，二道雙掌都擊在他的脅下。

郭靖中了這兩掌，已知對方武功深淺，心想以二人功力而論，確是全真七子的弟子，與自己算是同輩。他在二道手掌擊到之時，早已鼓勁抵禦，只是內力運得恰到好處，自己既不絲毫受損，卻也不將掌力反擊出去令二人手掌疼痛腫脹，只是平平常常受了，恍若無事。

二道苦練了十餘年的絕招打在對方身上，竟然如中敗絮，全不受力，心中驚駭無比，當下齊聲呼嘯，同時躍起，四足齊飛，猛向郭靖胸口踢到。郭靖暗暗奇怪：「全真弟子都是有道之士，待人親切，怎地門下弟子卻這般毫沒來由的便對人拳足交加？」眼見二人使出「鴛鴦連環腿」的腳法，仍是不動聲色，未加理會。但聽得拍拍拍，波波波，數聲響過，他胸口多了幾個灰撲撲的腳印。

二道每人均是連踢六腳，足尖猶如踢在沙包之上，軟軟的極是舒服，但見對方神定氣間，渾若無事，這一下驚詫更比適才厲害了幾倍，心想：「這賊子如此了得？就是我們師父師伯，卻也沒這等功夫。」斜眼細看郭靖時，見他濃眉大眼，神情樸實，一身粗布衣服，就如尋常的莊稼漢子一般，實無半點異樣之處，不禁呆在當地，做聲不得。

楊過見二道對郭靖又打又踢，郭靖卻不還手，不禁生氣，走上喝道：「你這兩個臭道士，幹麼打我伯伯？」郭靖連忙喝止，道：「過兒，快住口，過來拜見兩位道長。」楊過一怔，心想：「郭伯伯好沒來由，何必畏懼他們？」

兩個道士對望一眼，刷刷兩聲，從腰間抽出長劍。矮道士一招「探海屠龍」，刺向郭靖下盤，另一個使招「罡風掃葉」，卻向楊過右腿疾削。

郭靖對刺向自己這劍全沒在意，但見瘦道人那招出手狠辣，不由得著惱：「這孩子跟你們無怨無仇，何以下此毒手？這一劍豈非要將他右腿削斷？」當下身子微側，左手掌緣擱上矮人劍柄，「順手推舟」，輕輕向左推開。矮道人不由自主的劍刃倒轉，噹的一聲，與瘦道人長劍相交，架開了他那一招。郭靖這一手以敵攻敵之技，原自空手入白刃功夫中變化出來，莫說敵手只有兩人，縱有十人八人同時攻上，他也能以敵人之刀攻敵人之劍，以敵人之槍挑敵人之鞭，借敵打敵，以寡勝眾。

兩道均感手腕酸麻，虎口隱隱生痛，立即斜躍轉身，向郭靖怒目而視，心下又是驚駭，又是佩服，當下齊聲低嘯，雙劍又上。

郭靖心想：「你們這是初練天罡北斗陣的根基功夫，雖是上乘劍法，但你們只有二人，劍術又沒練得到家，有何用處？」生恐楊過被二人劍鋒掃到，側身避開雙劍，伸右手抱起楊過，叫道：「在下是丘真人故人，兩位不必相戲。」那瘦道人道：「你冒充馬真人的故人也沒用。」郭靖道：「馬真人確也曾傳授過在下功夫。」矮道人怒道：「賊子胡說八道，卻來消遣人，只怕我們重陽祖師也曾傳授過你武功。」挺劍向他當胸刺來。

郭靖眼見二道明明是全真門下，何以把自己當敵人看待，實是猜想不透。他和全真七子情誼非比尋常，又想楊過要去重陽宮學藝，不能得罪了宮中道士，是以一味閃避，並不還手。

二道又驚又怕，早知對方武功遠在己上，難以刺中，兩人打個手勢，忽然劍法變幻，刷刷刷數劍，都往楊過前胸後背刺去，每一劍都是致人死命的狠辣招數。郭靖見這些不留絲毫餘地的劍法都是向一個小孩兒身上招呼，此時也不由得不怒，但見矮道人一劍來得猛惡，右手倏地穿出，食中二指張開，平挾劍刃，手腕向內略轉，右肘撞向對方鼻樑。矮道士用力回抽，沒抽動長劍，卻見他手肘已然撞到，知道只要給撞中了面門，非死也受重傷，只得撤劍後躍。

此時郭靖的武功真所謂隨心所欲，不論舉手抬足無不恰到好處，他右手雙指微微一沉，那劍倒豎立起，劍柄向上反彈。那瘦道人正挺劍刺向楊過頭頸，劍鋒被那劍柄一撞，錚的一聲，右臂發熱，全身劇震，也只得鬆手放劍，向旁跳開。兩人齊聲說道：「淫賊厲害，走罷！」說著轉身急奔。

郭靖一生被人罵過不少，但不是「傻小子」，便是「笨蛋」，也有人罵他「臭賊」「賊廝鳥」的，「淫賊」二字的惡名，卻是破天荒第一次給人加在頭上，當下也不放下楊過，抱著他急步追趕，奔到二道身後，右足一點，身子已從二道頭頂飛過，足一落地，立刻轉身喝道：「你們罵我甚麼？」

矮道人心下吃驚，嘴頭仍硬，說道：「你若不是妄想娶那姓龍的女子，到終南山來幹甚麼？」他此言出口，生怕郭靖上前動手，不自禁的倒退了三步。

郭靖一呆，心想：「我妄想娶那姓龍的女子，那姓龍的女子是誰？我為甚麼要娶她？我早有了蓉兒，怎麼還會娶旁人？」一時摸不著半點頭腦，怔在當地。二道見他發呆，心想良機莫失，互相使個眼色，急步搶過他身邊，上山奔去。

楊過見郭靖出神，輕輕掙下地來，說道：「郭伯伯，兩個臭道士走啦。」郭靖如夢初醒，「嗯」了一聲，道：「他們說我要娶那姓龍的女子，她是誰啊？」楊過道：「姪兒也不知道，這兩人不分青紅皂白，一上來就動手，定是認錯了人。」郭靖啞然失笑，道：「必是如此，怎麼我會想不到？咱們上山罷！」

楊過將二道遺下的兩柄長劍提在手中。郭靖一看劍柄，上面赫然刻著「重陽宮」三個小字。二人一路上山，行了一個多時辰，已至金蓮閣，再上去道路險峻，躡亂石，冒懸崖，屈曲而上，過日月巖時天漸昏暗，到得抱子巖時新月已從天邊出現。那抱子巖生得甚是奇怪，就如一個婦人抱著個孩子一般。兩人歇了片刻，郭靖道：「過兒，你累了？」楊過搖頭道：「不累。」郭靖道：「好，咱們再上。」

又走了一陣，只見迎面一塊大巖石當道，形狀陰森可怖，自空憑臨，宛似一個老嫗彎腰俯視。楊過心中正有些害怕，忽聽巖後數聲呼哨，躍出四個道士，各執長劍，攔在當路，默不作聲。

郭靖上前唱喏行禮，說道：「在下桃花島郭靖，上山拜見丘真人。」一個長身道士踏上一步，冷笑道：「郭大俠名聞天下，是桃花島黃老前輩令婿，豈能如你這般無恥？快快下山去罷！」郭靖心道：「我甚麼事無恥了？」當下沉住氣道：「在下確是郭靖，請各位引見丘真人便見分曉。」

那長身道士喝道：「你到終南山來恃強逞能，當真是活得不耐煩了。不給你些厲害，你還道重陽宮盡是無能之輩。」說話中竟是將適才矮、瘦二道也刺了一下，語聲甫畢，長劍晃動，踏奇門，走偏鋒，一招「分花拂柳」刺向郭靖腰脅。郭靖暗暗奇怪：「怎地我十餘年不闖江湖，世上的規矩全都變了？」當下側身讓開，待要說話，另外三名道士各挺長劍，將他與楊過二人圍在垓心。郭靖道：「四位要待怎地，才信在下確是郭靖？」

那長身道士喝道：「除非你將我手中之劍奪了下來。」說著又是一劍，這一劍竟是當胸直刺。自來劍走輕靈，講究偏鋒側進，不能如使單刀那般硬砍猛劈，他這一劍卻是全沒將郭靖放在眼裏，招數中顯得極是輕佻。

郭靖微微有氣，心道：「奪你之劍，又有何難？」眼見劍尖刺到，伸食指扣在拇指之下，對準劍尖彈出，嗡的一聲，那道士把捏不定，長劍直飛上半空。郭靖不等那劍落下，錚錚錚連彈三下，嗡嗡嗡連響三聲，三柄長劍跟著飛起，劍刃在月光映照下閃閃生輝。楊過大聲喝采，叫道：「你們信不信了？」郭靖平時出手總為對方留下餘地，這時氣惱這長身道人劍招無禮，才使出了彈指神通的妙技。這門功夫是黃藥師的絕學，郭靖在島上住了幾年，已盡得其傳，他內力深厚，使將出來自是非同小可。

四名道士長劍脫手，卻還不明白對方使的是何手段。那長身道士叫道：「這淫賊會邪法，走罷。」說著躍向老嫗巖後，在亂石中急奔而去。其餘三道跟隨在後，片刻間均已隱沒在黑暗之中。

郭靖第一次給人罵「淫賊」，這一次又被罵「使妖法」，不禁又是好氣，又是好笑，說道：「過兒，將幾柄劍好好放在路邊石上。」

楊過道：「是。」依言拾起四劍，與手中原來二劍並列在一塊青石之上，心中對郭靖的武功佩服得五體投地，口邊滾來滾去的只想說一句話：「郭伯伯，我不跟臭道士學武藝，我要跟你學。」但想起桃花島上諸般情事，終於將那句話嚥在肚裏。

二人轉了兩個彎，前面地勢微見開曠，但聽得兵刃錚錚相擊為號，松林中躍出七名道士，也是各持長劍。

郭靖見七人撲出來的陣勢，左邊四人，右邊三人，正是擺的「天罡北斗陣」陣法，心中一凜：「與此陣相鬥，倒有些難纏。」當下不敢托大，低聲囑咐楊過：「你到後面大石旁邊等我，走得遠些，以免我照顧你分心。」楊過點點頭，不願在眾道士之前示弱，解開褲子，大聲道：「郭伯伯，我去拉尿。」說著轉身而奔，到後面大石旁撒尿。郭靖暗喜：「這孩子聰明伶俐，直追蓉兒，但願他走上正路，一生學好。」

回頭瞧七個道人時，那七人背向月光，面目不甚看得清楚，但見前面六人頦下都有一叢長鬚，年紀均已不輕，第七人身材細小，似乎年歲較輕，心念一動：「及早上山拜見丘真人說明誤會要緊，何必跟這些人瞎纏？」身形一晃，已搶到左側「北極星位」。

那七個道人見他一語不發，突然遠遠奔向左側，還未明白他的用意，那位當「天權」的道人低嘯一聲，帶動六道向左轉將上來，要將郭靖圍在中間。那知七人剛一移動，郭靖制敵機先，向右踏了兩步，仍是站穩「北極星位」。天權道人本擬由斗柄三人發動側攻，但見郭靖所處方位古怪，三人長劍都攻他不到，反而七人都是門戶洞開，互相不能聯防，每人都暴於他攻勢之下，當下左手一揮，帶動陣勢後轉。豈知搖光道剛移動腳步，郭靖走前兩步，又已站穩北極星位，待得北斗陣法布妥，七人仍是處於難攻難守的尷尬形勢。

那天罡北斗陣是全真教中的極上乘功夫，練到爐火純青之時，七名高手合使，實可說無敵於天下。只是郭靖深知這陣法的秘奧，只消佔到了北極星位，便能以主驅奴，制得北斗陣縛手縛腳，施展不得自由。也因那七道練這陣法未臻精熟，若是由馬鈺、丘處機等主持陣法，決不容敵人輕輕易易的就佔了北極星位。此時八人連變幾次方位，郭靖穩持先手，可是始終不動聲色，只是氣定神閒的佔住了樞紐要位。

位當天樞的道人年長多智，已瞧出不妥，叫道：「變陣！」七道倏地散開，左衝右突，東西狂奔，料想這番倒亂陣法，必能迷惑敵人目光。突然之間，七道又已組成陣勢。只是斗柄斗魁互易其位，陣勢也已從正西轉到了東南。陣勢一成，天璇、玉衡二道挺劍上衝，猛見敵人站在斗柄正北，兩足不丁不八，雙掌相錯，臉上微露笑容。二道猛地驚覺：「我二人若是衝上，開陽、天璇二位非受重傷不可？」只一呆間，天樞道已大聲叫道：「攻不得，快退下！」天權道又驚又怒，大聲呼哨，帶動六道連連變陣。

楊過不明其理，但見七個道人如發瘋般環繞狂奔，郭靖卻只是或東或西、或南或北的移動幾步，七道始終不敢向郭靖發出一招半式。他愈看愈覺有趣，忽見郭靖雙掌一拍，叫道：「得罪！」突然向左疾衝兩步。

此時北斗陣已全在他控制之下，他向左疾衝，七道若是不跟著向左，人人後心暴露，無可防禦，那是武學中凶險萬分之事，當下只得跟著向左。這麼一來，七道已陷於不能自拔之境。郭靖快跑則七道跟著快跑，他緩步則七道跟著緩步。那年輕道士內力最淺，被郭靖帶著急轉十多個圈子，已感頭腦發暈，呼吸不暢，轉眼就要摔倒，只是心知北斗陣倘若少了一人，全陣立時潰滅，只得咬緊牙關，勉力撐持。

郭靖年紀已然不輕，但自偕黃蓉歸隱桃花島之後，甚少與外界交往，不脫往日少年人性子，見七道奔得有趣，不由得童心大起，心想：「今日無緣無故的受你們一頓臭罵，不是叫我淫賊，便是咒我會使妖法，若不真的顯些妖法給你們瞧瞧，豈非枉自受辱？」當下高聲叫道：「過兒，瞧我使妖法啦。」忽然縱身躍上了高岩。那七個道士此時全在他控制之下，他既躍上高岩，若不跟著躍上，北斗陣弱點全然顯露，有數人尚自遲疑，那天權道氣急敗壞的大聲發令，搶著將全陣帶上高岩。

七道立足未定，郭靖又是縱身竄上一株松樹。他雖與眾道相離，但不遠不近，仍是佔定了北極星位，只是居高臨下，攻瑕抵隙更是方便。七道暗暗叫苦，都想：「不知從何處鑽出這個大魔頭來，我全真教今日當真是顏面掃地了。」心中這般尋思，腳下卻半點停留不得，各找樹幹上立足之處，躍了上去。郭靖笑道：「下來罷！」縱身下樹，伸手向位佔開陽的道士足上抓去。

那北斗陣法最厲害之處，乃是左右呼應，互為奧援，郭靖既攻開陽，搖光與玉衡就不得不躍落樹下相助，而這二道一下來，天樞、天權二道又須跟下，頃刻之間，全陣盡皆牽動。

楊過在一旁瞧得心搖神馳，驚喜不已，心道：「將來若有一日我能學得郭伯伯的本事，縱然一世受苦，也是心甘。」但轉念想到：「我這世那裏還能學到他的本事？只郭芙那丫頭與武氏兄弟才有這等福氣。郭伯伯明知全真派武功遠不及他，卻送我來跟這些臭道士學藝。」越想越是煩惱，幾乎要哭將出來，當即轉過了頭不去瞧他逗七道為戲，只是他小孩心性，如何忍耐得了，只轉頭片刻，禁不住回頭觀戰。

郭靖心想：「到了此刻，你們總該相信我是郭靖了。做事不可太過，須防丘真人臉上不好看。」見七道轉得正急，突然站定，拱手說道：「七位道兄，在下多有得罪，請引路罷。」

那天權道性子暴躁，見對方武功高強，精通北斗陣法，更認定他對本教不懷好意，朗聲喝道：「淫賊，你處心積慮的鑽研本教陣法，用心當真陰毒。你們要在終南山幹這等無恥勾當，我全真教嫉惡如仇，決不能坐視不理。」郭靖愕然問道：「甚麼無恥勾當？」

天樞道說道：「瞧你這身武功，該非自甘下流之輩，貧道好意相勸，你快快下山去罷。」語氣之中，顯得對郭靖的武功甚是欽佩。郭靖道：「在下自南方千里北來，有事拜見丘真人，怎能不見他老人家一面，就此下山？」天權道問道：「你定要求見丘真人，到底是何用意？」郭靖道：「在下自幼受馬真人、丘真人大恩，十餘年不見，心中好生記掛。此番前來，另行有事相求。」

天權道一聽之下，敵意更增，臉上便似罩上一陣烏雲。原來江湖上於「恩仇」二字，看得最重，有時結下深仇，說道前來報恩，其實乃是報仇，比如說道：「在下二十年前承閣下砍下了一條臂膀，此恩此德，豈敢一日或忘？今日特來酬答大恩。」而所謂有事相求，往往也不懷好意，比如強人劫鏢，通常便說：「兄弟們短了衣食，相求老兄幫忙，借幾萬兩銀子使使。」此時全真教大敵當前，那天權道有了成見，郭靖好好的一番言語，他都當作反話，冷冷的道：「只怕敝師玉陽真人，也於閣下有恩。」

郭靖聽了此言，登時想起少年時在趙王府之事，玉陽子王處一不顧危險，力敵羣邪，捨命相救，實是恩德非淺，說道：「原來道兄是玉陽真人門下。王真人確於在下有莫大恩惠，若是也在山上，當真再好不過。」

這七名道人都是王處一的弟子，忽爾齊聲怒喝，各挺長劍，七枝劍青光閃動，疾向郭靖身上七處刺來。郭靖皺起眉頭，心想自己越是謙恭，對方越是兇狠，真不知是何來由，可惜黃蓉沒有同來，否則她一眼之間便可明白其中原因，當下斜身側進，佔住北極星位，朗聲說道：「在下江南郭靖，來到寶山實無歹意，各位須得如何，方能見信？」

天權道說道：「你已連奪全真教弟子六劍，何不再奪我們七劍？」那天璇道一直默不作聲，突然拉開破鑼般的嗓子說道：「狗淫賊，你要在那龍家女子跟前賣好逞能，難道我全真教真是好惹的麼？」郭靖怒道：「甚麼姓龍的姑娘，我郭靖素不相識。」天璇道哈哈一笑，道：「你自然跟她素不相識。天下又有那一個男子跟她相識了？你若有種，就高聲罵她一句小賤人。」

郭靖一怔，心想那姓龍的女子不知是何等樣子，自己怎能無緣無故的出口傷人，便道：「我罵她作甚？」三四個道人齊聲說道：「你這可不是不打自招麼？」

郭靖平白無辜的給他們硬安上一個罪名，越聽越是胡塗，心想只有硬闖重陽宮，見了馬鈺、丘處機、王處一他們，一切自有分曉，當下冷然道：「在下要上山了，各位若是阻攔，莫怪無禮。」

七道各挺長劍，同時踏上兩步。天璇道大聲道：「你莫使妖法，咱們只憑武功上見高低。」郭靖一笑，心中已有主意，說道：「我偏要使點妖法。你們瞧著，我雙手不碰你們兵刃，卻能將你們七柄長劍盡數奪下了。」七道相互望了一眼，臉上均有不信之色，心中都道：「你武功雖強，難道不用雙手，當真能奪下我們兵刃？你空手入白刃功夫就算練到了頂兒尖兒，也得有一雙手呀。」天樞道忽道：「好啊，我們領教領教閣下的踢腿神功。」郭靖道：「我也不須用腳，總而言之，你們的兵刃手腳，我不碰到半點，若是碰著了，就算我輸，在下立時拍手回頭，再也不上寶山囉唣。」

七道聽他口出大言，人人著惱。那天權道長劍一揮，立時帶動陣法圍了上去。

郭靖斜身疾衝，佔了北極星位，隨即快步轉向北斗陣左側。天權道識得厲害，急忙帶陣轉至右方。凡兩人相鬥，必是面向敵人，倘若敵人繞到背後，自非立即轉身迎敵不可。此時郭靖所趨之處，正是北斗陣的背心要害，不須出手攻擊，七名道人已不得不帶動陣法，以便正面和他相對。但郭靖一路向左，竟不迴身，只是或快或慢，或正或斜，始終向左奔跑。他既穩穩佔住北極星位，七道不得不跟著向左。

郭靖越奔越快，到後來直是勢逾奔馬，身形一晃，便已奔出數丈。七道的功夫倒也大非尋常，雖處逆境，陣法竟是絲毫不亂，天樞、天璇、天璣、天權、玉衡、開陽、搖光七個部位都是守得既穩且準，只是身不由主的跟著他疾奔。郭靖也不由得暗暗喝采：「全真門下之士果然不凡。」當下提一口氣，奔得猶似足不點地一般。

七道初時尚可勉力跟隨，但時候一長，各人輕身功夫分出了高下，位當天權、天樞、玉衡的三道功夫較高，奔得較快，餘人漸漸落後，北斗陣中漸現空隙。各人不禁暗驚，心想：「敵人如在此時出手攻陣，只怕我們已防禦不了。」但事到臨頭，也已顧不到旁的，只有各拚平生內力，繞著郭靖打轉。

世上孩童玩耍，以繩子縛石，繞圈揮舞，揮得急時突然鬆手，石子便帶繩遠遠飛出。此時天罡北斗陣繞圈急轉，情形亦復相似，七道繞著郭靖狂奔，手中長劍舉在頭頂，各人奔得越快，長劍越是把揑不定，就似有一股大力向外拉扯，要將手上長劍奪出一般。突然之間，郭靖大喝一聲：「撒手！」向左飛身疾竄。七道出其不意，只得跟著急躍，也不知怎的，七柄長劍一齊脫手飛出，有如七條銀蛇，直射入十餘丈外的松林之中。郭靖猛地停步，笑吟吟的回過頭來。

七個道人面如死灰，呆立不動，但每人仍是各守方位，陣勢嚴整。郭靖見他們經此一番狂奔亂跑，居然陣法不亂，足見平時習練的功夫實不在小。那天權道有氣沒力的低聲呼哨，七人退入山岩之後。

郭靖道：「過兒，咱們上山。」那知他連叫兩聲，楊過並不答應。他四下裏一找，楊過已影蹤不見，但見樹叢後遺著他一隻小鞋。郭靖吃了一驚：「原來除了這七道之外，另有道人窺視在旁，將他擄了去。」但想羣道只是認錯了人，對己有所誤會，全真教行俠仗義，決不致難為一個孩子，是以倒也並不著慌。當下一提氣，向山上疾奔。他在桃花島隱居十餘年，雖然每日練功，但長久未與人對敵過招，有時也不免有寂寞之感，今日與眾道人激鬥一場，每一招都是得心應手，不由得暗覺滿意。

此時山道更為崎嶇，有時峭壁之間必須側身而過，行不到半個時辰，烏雲掩月，山間忽然昏暗。郭靖心道：「此處我地勢不熟，那些道兄們莫要使甚詭計，倒不可不防。」於是放慢腳步，緩緩而行。

又走一陣，雲開月現，滿山皆明，心中正自一暢，忽聽得山後隱隱傳出大羣人眾的呼吸。氣息之聲雖微，但人數多了，郭靖已自覺得。他緊一緊腰帶，轉過山道。

眼前是個極大的圓坪，四周羣山環抱，山腳下有座大池，水波映月，銀光閃閃。池前疏疏落落的站著百來個道人，都是黃冠灰袍，手執長劍，劍光閃爍耀眼。

郭靖定睛細看，原來羣道每七人一組，布成了十四個天罡北斗陣。每七個北斗陣又布成一個大北斗陣。自天樞以至搖光，聲勢實是非同小可。兩個大北斗陣一正一奇，相生相剋，互為犄角。郭靖暗暗心驚：「這北斗陣法從未聽丘真人說起過，想必是這幾年中新鑽研出來的，比之重陽祖師所傳，可又深了一層了。」當下緩步上前。

只聽得陣中一人撮唇呼哨，九十八名道士倏地散開，或前或後、陣法變幻，已將郭靖圍在中間。各人長劍指地，凝目瞧著郭靖，默不作聲。

郭靖拱著手團團一轉，說道：「在下誠心上寶山來拜見馬真人、丘真人、王真人各位道長，請眾位道兄勿予攔阻。」

陣中一個長鬚道人說道：「閣下武功了得，何苦不自愛如此，竟與妖人為伍？貧道良言奉勸，自來女色誤人，閣下數十年寒暑之功，莫教廢於一旦。我全真教跟閣下素不相識，並無過節，閣下何苦助紂為虐，隨同眾妖人上山搗亂？便請立時下山，日後尚有相見地步。」他說話聲音低沉，但一字一句，清清楚楚，顯見內力深厚，語意懇切，倒是誠意勸告。

郭靖又好氣，又是好笑，心想：「這些道人不知將我當作何人，若是蓉兒在我身畔，就不致有此誤會了。」當下說道：「甚麼妖人女色，在下一概不知，容在下與馬真人、丘真人等相見，一切便見分曉。」

長鬚道人凜然道：「你執迷不悟，定要向馬真人、丘真人領教，須得先破了我們的北斗大陣。」郭靖道：「在下區區一人，武功低微，豈敢與貴教的絕藝相敵？請各位放還在下攜來的孩兒，引見貴教掌教真人和丘真人。」

長鬚道人高聲喝道：「你裝腔作勢，出言相戲，終南山上重陽宮前，豈容你這淫賊撒野？」說著長劍在空中一揮，劍刃劈風，聲音嗡嗡然長久不絕。眾道士各揮長劍，九十八柄劍刃披盪往來，登時激起一陣疾風，劍光組成了一片光網。

郭靖暗暗發愁：「他兩個大陣奇正相反，我一個人如何佔他的北極星位？今日之事，當真棘手之極了。」

他心下計議未定，兩個北斗大陣的九十八名道人已左右合圍，劍光交織，真是一隻蒼蠅也難鑽過。長鬚道人叫道：「快亮兵刃罷！全真教不傷赤手空拳之人。」

郭靖心想：「這北斗大陣自然難破，但說要能傷我，卻也未必。此陣人數眾多，威力雖大，但各人功力高低參差，必有破綻，且瞧一瞧他們的陣法再說。」突然間滴溜溜一個轉身，奔向西北方位，使出降龍十八掌中一招「潛龍勿用」，手掌一伸一縮，猛地斜推出去。七名年輕道人劍交左手，各自相聯，齊出右掌，以七人之力擋了他這一招。郭靖這路掌法已練到了出神入化之境，前推之力固然極強，更厲害的還在後著的那一縮。七名道人奮力擋住了他那猛力一推，不料立時便有一股大力向前牽引，七人立足不定，身不由主的一齊俯地摔倒，雖然立時躍起，但個個塵土滿臉，無不大是羞愧。

長鬚道人見他出手厲害，一招之間就將七名師姪摔倒，不由得心驚無已，長嘯一聲，帶動十四個北斗陣，重重疊疊的聯在一起，料想敵人縱然掌力再強十倍，也決難雙手推動九十八人。

郭靖想起當日君山大戰，與黃蓉力戰丐幫，對手武功雖均不強，但一經聯手，卻是難以抵敵，當下不敢與眾道強攻硬戰，只展開輕身功夫，在陣中鑽來竄去，找尋空隙。

他東奔西躍，引動陣法生變，只一盞茶時分，已知單憑一己之力，要破此陣實是難上加難。一來他不願下重手傷人；二來陣法嚴謹無比，竟似沒半點破綻；三來他心思遲鈍，陣法變幻卻快，縱有破綻，一時之間也看不出來。溶溶月色之下，但見劍光似水，人影如潮，此來彼去，更無已時。

再鬥片刻，眼見陣勢漸漸收緊，從空隙之間奔行閃避越來越是不易，尋思：「我不如闖出陣去，逕入重陽宮去拜見馬道長、丘道長？」抬頭四望，只見西邊山側有二三十幢房舍，有幾座構築宏偉，料想重陽宮必在其間，當下向東疾趨，幾下縱躍，已折向西行。

眾道見他身法突然加快，一條灰影在陣中有如星馳電閃，幾乎看不清他的所在，不禁頭暈目眩，攻勢登時呆滯。長鬚道人叫道：「大家小心了，莫要中了淫賊的詭計。」

郭靖大怒，心想：「說來說去，總是叫我淫賊。這名聲傳到江湖之上，我今後如何做人？」又想：「這陣法由他主持，只要打倒此人，就可設法破陣。」雙掌一分，直向那長鬚道人奔去。那知這陣法的奧妙之一，就是引敵攻擊主帥，各小陣乘機東包西抄、南圍北擊，敵人便是落入了陷阱。郭靖只奔出七八步，立感情勢不妙，身後壓力驟增，兩側也是翻翻滾滾的攻了上來。他待要轉向右側，正面兩個小陣十四柄長劍同時刺到。這十四劍方位時刻拿捏得無不恰到好處，竟教他閃無可閃，避無可避。

郭靖身處險境，心下並不畏懼，卻是怒氣漸盛，心想：「你們縱然誤認我是甚麼妖人淫賊，出家人慈悲為懷，怎麼招招下的都是殺手？難道非要了我的性命不可？又說甚麼『全真教不傷赤手空拳之人』？」倏地斜身竄躍，右腳飛出，左手前探，將一名小道人踢了個觔斗，同時將他長劍奪了過來，眼見右腰七劍齊到，他左手揮了出去，八劍相交，喀喇一響，七柄劍每一劍都是從中斷為兩截，他手中長劍卻是完好無恙。他所奪長劍本也與別劍無異，並非特別銳利的寶劍，只是他內勁運上了劍鋒，將對手七劍一齊震斷。

那七個道人驚得臉如土色，只一呆間，旁邊兩個北斗陣立時轉上，挺劍相護。郭靖見這十四人各以左手扶住身旁道侶右肩，十四人的力氣已聯而為一，心想：「且試一試我的功力到底如何？」長劍揮出，黏上了第十四名道人手中之劍。

那道人急向裏奪，那知手中長劍就似鑲釬在銅鼎鐵砧之中，竟是紋絲不動。其餘十三人各運功勁，要合十四人之力將敵人的黏力化開。郭靖正要引各人合力，一覺手上奪力驟增，喝一聲：「小心了！」右臂振處，喀喇喇一陣響亮，猶如推倒了甚麼巨物，十二柄長劍盡皆斷折。最後兩柄卻飛向半空。十四名道人驚駭無已，急忙躍開。郭靖暗嘆：「畢竟我功力尚未精純，卻有兩柄劍沒能震斷。」

這麼一來，眾道人心中更多了一層戒懼，出手愈穩，廿一名道士手中雖然失了兵刃，但運掌成風，威力並未減弱。郭靖適才震劍，未能盡如己意，又感敵陣守得越加堅穩，心想不知馬道長、丘道長他們這些年中在北斗陣上另有甚麼新創，若是對方忽出高明變化，自己難以拆解，只怕不免為羣道所擒，事不宜遲，須得先下手為強，當下高聲叫道：「各位道兄，再不讓路，莫怪在下不留情面了。」

那長鬚道人見己方漸佔上風，只道郭靖技止於此，心想你縱然將我們九十八柄長劍盡數震斷，也不能脫出全真教的北斗大陣，聽他叫喊，只是微微冷笑，並不答話，卻將陣法催得更加緊了。

郭靖倏地矮身，竄到東北角上，但見西南方兩個小陣如影隨形的轉上，當即指尖抖動，長劍於瞬息之間連刺了十四下，十四點寒星似乎同時撲出，每一劍都刺中一名道人右腕外側「陽谷穴」。這是劍法中最上乘功夫，運劍如風似電，落點卻不失毫釐，就和同時射出十四件暗器一般無異。

他出手甚輕，每個道人只是腕上一麻，手指無力，十四柄長劍一齊拋在地下。各人驚駭之下，急忙後躍，察看手腕傷勢，但見陽谷穴上微現紅痕，一點鮮血也沒滲出，才知對方竟以劍尖使打穴功夫，勁透穴道，卻沒損傷外皮。眾道暗暗吃驚，均想這淫賊雖然無恥，倒還不算狠毒，若非手下容情，要割下我們手掌真是不費吹灰之力。

這一來，已有五七三十五柄長劍脫手。長鬚道人大是恚怒，明知郭靖未下絕手，只是全真教實在顏面無光，何況若讓如此強手闖進本宮，後患大是不小，當下連連發令，收緊陣勢，心想九十八名道人四下合圍，將你擠也擠死了。

郭靖心道：「這些道兄實在不識好歹，說不得，只好狠狠挫折他們一下。」左掌斜引，右掌向左推出。一個北斗陣的七名道人轉上接住。郭靖急奔北極星位，第二個北斗陣跟著攻了過來。此時共有一十四個北斗陣，也即有一十四個北極星座，郭靖無分身之術，自是沒法同時佔住一十四個要位。他展開輕身功夫，剛佔一陣的北極星位，立即又轉到第二陣的北極星位，如此轉得幾轉，陣法已現紛亂之象。

長鬚道人見情勢不妙，急傳號令，命眾道遠遠散開，站穩陣腳，以靜制動，知道各人若是隨著郭靖亂轉，他奔跑迅速，必能乘隙搗亂陣勢，但若固守不動，一十四個北極星位相互遠離，郭靖身法再快，也難同時搶佔。

郭靖暗暗喝采，心想：「這位道兄精通陣法要訣，果然見機得快。他們既站立不動，我便乘機往重陽宮去罷。」轉念忽想：「啊喲，不好，多半馬道長、丘道長他們都不在宮中，否則我跟這些道兄們鬥了這麼久，丘道長他們豈有不知之理。」抬頭向重陽宮望去，忽見道觀屋角邊白光連閃，似是有人正使兵刃相鬥，只是相距遠了，身形難以瞧見，刀劍撞擊之聲更無法聽聞。

郭靖心中一動：「有誰這麼大膽，竟敢到重陽宮去動手？今晚之事，實是大有蹊蹺。」要待趕去瞧個明白，十四座北斗陣卻又逼近，越纏越緊。他心中焦急，左掌一招「見龍在田」，右手一招「亢龍有悔」，使出左右互搏之術，同時分攻左右。但見左邊北斗大陣的四十九人擋他左招，右邊四十九人擋他右招。他招數未曾使足，中途忽變，「見龍在田」變成了「亢龍有悔」，而「亢龍有悔」卻變成了「見龍在田」。

他以左右互搏之術，雙手使不同招數已屬難能，而中途招數互易，眾道更是見所未見、聞所未聞。左邊的北斗大陣原是抵擋他的「見龍在田」，右邊的擋他的「亢龍有悔」，這兩招去勢相反，兩邊道人奮力相抗，那料得到倏忽之間他竟招數互易。只見郭靖人影一閃，已從兩陣的夾縫中竄出，左邊的四十九名道人與右邊四十九名道人正自發力向前衝擊，這時那裏還收得住腳？只聽砰的一聲巨響，兩陣相撞，或劍折臂傷，或鼻腫目青，更有三十餘人自相衝撞摔倒。

主持陣法的長鬚道人雖然閃避得快，未為道侶所傷，可是也已狼狽不堪，盛怒之下，連聲呼喝，急急整頓陣勢，見郭靖向山腳下的大池玉清池奔去，當即帶著十四個小陣直追。全真派的武功本來講究清靜無為、以柔克剛，主帥動怒，正是犯了全真派武功的大忌，他心浮氣粗之下，已說不上甚麼審察敵情、隨機應變。

郭靖堪堪奔到玉清池邊，但見眼前一片水光，右手長劍揮出，斬下池邊一棵楊柳的粗枝，隨即拋下長劍，雙手抓起樹枝，遠遠拋入池中。他足下用勁，身子騰空，右足尖在樹枝上一點，樹枝直沉下去，他卻已借力縱到了對岸。

眾道人奔得正急，收足不住，但聽撲通、撲通數十聲連響，倒有四五十人摔入了水中。最後數十人已踏在別人背上，這才在岸邊停住腳步。有些道人不識水性，在池中載沉載浮，會水的道人急忙施救。玉清池邊羣道拖泥帶水，大呼小叫，亂成了一團。

第四回

全真門下

那羣玉蜂有如一股濃煙，
向郭靖與丘處機面前撲來。
丘處機氣湧丹田，張口向蜂羣一口噴出。
郭靖學到訣竅，當即跟著鼓氣力送。
當先的數百隻蜂子抵擋不住，飛勢立偏。

郭靖擺脫眾道糾纏，提氣向重陽宮奔去，忽聽得鐘聲鏜鏜響起，正從重陽宮中傳出。鐘聲甚急，似是傳警之聲。郭靖抬頭看時，見道觀後院火光沖天而起，不禁一驚：「原來全真教今日果然有敵大舉來襲，須得趕快去救。」但聽身後眾道齊聲吶喊，蜂湧趕來，他這時方才明白：「這些道人定是將我當作和敵人是一路，現下主觀危急，他們便要和我拚命了。」當下也不理會，逕自向山上疾奔。

他展開身法，片刻間已縱出數十丈外，不到一盞茶功夫，奔到重陽宮前，但見烈燄騰吐，濃煙瀰漫，火勢甚是熾烈，但說也奇怪，重陽宮中道士無數，竟無一個出來救火。

郭靖暗暗心驚，見十餘幢道觀屋宇疏疏落落的散處山間，後院火勢雖大，主院尚未波及，主院中卻是吆喝斥罵，兵刃相交之聲大作。他雙足一蹬，躍上高牆，便見一片大廣場上黑壓壓的擠滿了人，正自激鬥。定神看時，見四十九名黃袍道人結成了七個北斗陣，與百餘名敵人相抗。敵人高高矮矮，或肥或瘦，一瞥之間，但見這些人武功派別、衣著打扮各自不同，或使兵刃，或用肉掌，正自四面八方的向七個北斗陣狠撲。看來這些人武功不弱，人數又眾，全真羣道已落下風。只是敵方各自為戰，七個北斗陣卻相互呼應，守禦嚴密，敵人雖強，卻也儘能抵擋得住。

郭靖待要喝問，卻聽得殿中呼呼風響，尚有人在裏相鬥。從拳風聽來，殿中相鬥之人的武功又比外邊的高得多。他從牆頭躍落，斜身側進，東一晃、西一竄，已從三座北斗陣的空隙間穿了過去。羣道大駭，紛紛擊劍示警，只是敵人攻勢猛惡，無法分身追趕。

大殿上本來明晃晃的點著十餘枝巨燭，此時後院火光逼射進來，已把燭火壓得黯然無光，只見殿上排列著七個蒲團，七個道人盤膝而坐，左掌相聯，各出右掌，抵擋身周十餘人的圍攻。

郭靖不看敵人，先瞧那七道，見七人中三人年老，四人年輕，年老的正是馬鈺、丘處機和王處一，年輕的四人中只識得一個尹志平。七人依天樞以至搖光列成北斗陣，端坐不動。七人之前正有一個道士俯伏在地，不知生死，但見他白髮蒼然，卻看不到面目。郭靖見馬鈺等處境危急，胸口熱血湧將上來，也不管敵人是誰，舌綻春雷，張口喝道：「大膽賊子，竟敢到重陽宮來撒野？」雙手伸處，已抓住兩名敵人背心，待要摔將出去，那知兩人均是好手，雙足牢牢釘在地上，竟然摔之不動。郭靖心想：「那裏來的這許多硬手？難怪全真教今日要吃大虧。」突然鬆手，橫腿掃去。那二人正使千斤墜功夫與他手力相抗，不意他驀地變招，在這一掃之下登時身子騰空，破門而出。

敵人見對方驟來高手，都是一驚，但自恃勝算在握，也不以為意，早有兩人撲過來喝問：「是誰？」郭靖毫不理會，呼呼兩聲，雙掌拍出。那兩人尚未近身，已被他掌力震得立足不住，騰騰兩下，背心撞上牆壁，口噴鮮血。其餘敵人見他一上手連傷四人，不由得大為震駭，一時無人再敢上前邀鬥。馬鈺、丘處機、王處一認出是他，心喜無已，暗道：「此人一到，我教無憂矣！」

郭靖竟不把敵人放在眼裏，跪下向馬鈺等磕頭，說道：「弟子郭靖拜見。」馬鈺、丘處機、王處一微笑點頭，舉手還禮。尹志平忽然叫道：「郭兄留神！」郭靖聽得腦後風響，知道有人突施暗算，竟不站起，手肘在地微撐，身子騰空，墮下時雙膝順勢撞出，正中偷襲的兩人背心「魂門穴」，那二人登即軟癱在地。郭靖仍是跪著，膝下卻已多墊了兩個肉蒲團。

馬鈺微微一笑，說道：「靖兒請起，十餘年不見，你功夫大進了啊！」郭靖站起身來，道：「這些人怎麼打發，但憑道長吩咐。」馬鈺尚未回答，郭靖只聽背後有二人同時打了一聲哈哈，笑聲甚是怪異。

他當即轉過身來，只見身後站著二人。一個身披紅袍，頭戴金冠，形容枯瘦，是個中年藏僧。另一個身穿淺黃色錦袍，手拿摺扇，作貴公子打扮，約莫三十來歲，臉上一股傲狠之色。郭靖見兩人氣度沉穆，與其餘敵人大不相同，當下不敢輕慢，抱拳說道：「兩位是誰？到此有何貴幹？」那貴公子道：「你又是誰？到這裏幹甚麼來著？」口音不純，顯非中土人氏。

郭靖道：「在下是這幾位師長的弟子。」那貴公子冷笑道：「瞧不出全真派中居然還有這等人物。」他年紀比郭靖還小了幾歲，但說話老氣橫秋，甚是傲慢。郭靖本欲分辯自己並非全真派弟子，但聽他言語輕佻，心中微微有氣，他本來不善說話，也就不再多言，只道：「兩位與全真教有何仇怨？這般興師動眾，放火燒觀？」那貴公子冷笑道：「你是全真派後輩，此間容不到你來說話。」郭靖道：「你們如此胡來，未免也太橫蠻。」此時火燄逼得更加近了，眼見不久便要燒到重陽宮主院。

那貴公子摺扇一開一合，踏上一步，笑道：「這些朋友都是我帶來的，你只要接得了我三十招，我就饒了這羣牛鼻子老道如何？」

郭靖眼見情勢危急，不願多言，右手探出，已抓住他摺扇，猛往懷裏一帶，他若不撒手放扇，就要將他身子拉將過來。

這一拉之下，那貴公子的身子晃了幾晃，摺扇居然並未脫手。郭靖微感驚訝：「此人年紀不大，居然抵得住我這一拉，他內力的運法似和那藏僧靈智上人門戶相近，可比靈智上人遠為機巧靈活，想來是西藏一派。他這扇子的扇骨是鋼鑄的，原來是件兵刃。」當即手上加勁，喝道：「撒手！」那貴公子臉上斗然間現出一層紫氣，但霎息間又即消退。郭靖知他急運內功相抗，自己若在此時加勁，只要他臉上現得三次紫氣，內臟非受重傷不可，心想此人練到這等功夫實非易事，不願使重手傷他，微微一笑，突然張開手掌。

摺扇平放掌心，那貴公子奪勁未消，但郭靖的掌力從摺扇傳到對方手上，將他的奪勁盡數化解了，貴公子使盡平生之力，始終未能有絲毫勁力傳上扇柄，也就拿不動扇子半寸。貴公子心下明白，對方武功遠勝於己，只是保全自己顏面，未曾硬奪摺扇，當下撒手躍開，滿臉通紅，說道：「請教閣下尊姓大名。」語氣中已大為有禮了。郭靖道：「在下賤名不足掛齒，這裏馬真人、丘真人、王真人，都是在下的恩師。」

那貴公子將信將疑，心想適才和全真眾老道鬥了半日，他們也只一個天罡北斗陣厲害，若是單打獨鬥，個個不是自己對手，怎地他們的弟子卻這等厲害，再向郭靖上下打量，但見他容貌樸實，甚是平庸，一身粗布衣服，實和尋常莊稼漢子一般無異，但手底下功夫卻當真深不可測，便道：「閣下武功驚人，小可極是拜服，十年之後，再來領教。小可於此處尚有俗務未了，今日就此告辭。」說著拱了拱手。郭靖抱拳還禮，說道：「十年之後，我在此相候便了。」

那貴公子轉身出殿，走到門口，說道：「小可與全真派的過節，今日自認是栽了。但盼全真教各人自掃門前雪，別來橫加阻撓小可的私事。」依照江湖規矩，一人若是自認栽了觔斗，並約定日子再行決鬥，那麼日子未至之時，縱是狹路相逢也不能動手。郭靖聽他這般說，當即答允，說道：「這個自然。」

那貴公子微微一笑，以藏語向那藏僧說了幾句，正要走出，丘處機忽然提氣喝道：「不用等到十年，我丘處機就來尋你。」他這一聲呼喝聲震屋瓦，顯得內力甚是深厚。那貴公子耳中嗚響，心頭一凜，暗道：「這老道內力大是不弱，敢情他們適才未出全力。」不敢再行逗留，逕向殿門疾趨。那紅袍藏僧向郭靖狠狠望了一眼，與其餘各人紛紛走出。

郭靖見這羣人之中形貌特異者頗為不少，或高鼻虬髯，或曲髮深目，並非中土人物，心中存了老大疑竇，只聽得殿外廣場上兵刃相交與吆喝酣鬥之聲漸止，知道敵人正在退去。

馬鈺等七人站起身來，那橫臥在地的老道卻始終不動。郭靖搶上一看，原來是廣寧子郝大通，才知馬鈺等雖然身受火厄，始終端坐不動，是為了保護同門師弟。只見他臉如金紙，呼吸細微，雙目緊閉，顯是身受重傷。郭靖解開他的道袍，不禁一驚，但見他胸口印著一個手印，五指箕張，顏色深紫，陷入肉裏，心想：「敵人武功果是西藏一派，這是大手印功夫。掌上雖然無毒，功力卻比當年的靈智上人為深。」再搭郝大通的脈搏，幸喜仍是洪勁有力，知他玄門正宗，多年修為，內力不淺，性命當可無礙。

此時後院的火勢逼得更加近了。丘處機將郝大通抱起，道：「出去罷！」郭靖道：「我帶來的孩子呢？是誰收留著？莫要被火傷了。」丘處機等全心抗禦強敵，未知此事，聽他問起，都問：「是誰的孩子？在那裏？」

郭靖還未回答，忽然火光中黑影一晃，一個小小的身子從樑上跳了下來，笑道：「我在這裏。」正是楊過。郭靖大喜，忙問：「你怎麼躲在樑上？」楊過笑道：「你跟那七個臭道士……」郭靖喝道：「胡說！快來拜見祖師爺。」

楊過伸了伸舌頭，當下向馬鈺、丘處機、王處一三人磕頭，待磕到尹志平面前時，見他年輕，轉頭問郭靖道：「這位不是祖師爺了罷？我瞧不用磕頭啦。」郭靖道：「這位是尹師伯，快磕頭。」楊過心中老大不願意，只得也磕了。郭靖見他站起身來，不再向另外三個中年道人磕頭見禮，喝道：「過兒，怎麼這般無禮？」楊過笑道：「等我磕完了頭，那就來不及啦，你莫怪我。」

郭靖問道：「甚麼事來不及了？」楊過道：「有一個道士給人綁在那邊屋裏，若不去救，只怕要燒死了。」郭靖急問：「那一間？快說！」楊過伸手向東一指，說道：「好像是在那邊，也不知道是誰綁了他的。」說著嘻嘻而笑。

尹志平橫了他一眼，急步搶到東廂房，踢開房門不見有人，又奔到東邊第三代弟子修習內功的靜室，一推開門，但見滿室濃煙，一個道人被縛在床柱之上，口中嗚嗚而呼，情勢已甚危殆。尹志平當即拔劍割斷繩索，救了他出來。

此時馬鈺、丘處機、王處一、郭靖、楊過等人均已出了大殿，站在山坡上觀看火勢。眼見後院到處火舌亂吐，火光照紅了半邊天空，山上水源又小，只有一道泉水，僅敷平時飲用，用以救火實是無濟於事，只得眼睜睜望著一座崇偉宏大的後院漸漸樑折瓦崩，化為灰燼。全真教眾弟子合力阻斷火路，其餘殿堂房舍才不受蔓延。馬鈺本甚達觀，心無掛礙。丘處機卻是性急暴躁，老而彌甚，望著熊熊大火，咬牙切齒的咒罵。

郭靖正要詢問敵人是誰，為何下這等毒手，只見尹志平右手托在一個胖大道人腋下，從濃煙中鑽將出來。那道人被煙薰得不住咳嗽，雙目流淚，一見楊過，登時大怒，縱身向他撲去。楊過嘻嘻一笑，躲在郭靖背後。那道人也不知郭靖是誰，伸手便在他胸口一推，要將他推開，去抓楊過。那知這一下猶如推在一堵牆上，竟是紋絲不動。那道人一呆，指著楊過破口大罵：「小雜種，你要害死道爺！」王處一喝道：「清篤，你說甚麼？」

那道人鹿清篤是王處一的徒孫，適才死裏逃生，心中急了，見到楊過就要撲上廝拚，全沒理會掌教真人、師祖爺和丘師祖都在身旁，聽得王處一這麼一喝，才想到自己無禮，登時驚出一身冷汗，低頭垂手，說道：「弟子該死。」王處一道：「到底是甚麼事？」鹿清篤道：「都是弟子無用，請師祖爺責罰。」王處一眉頭微皺，慍道：「誰說你有用了？我問你是甚麼事？」

鹿清篤道：「是，是。弟子奉趙志敬趙師叔之命，在後院把守，後來趙師叔帶了這小……小……小……」他滿心想說「小雜種」，終於想到不能在師祖爺面前無禮，改口道：「……小孩子來交給弟子，說他是我教一個大對頭帶上山來的，為趙師叔所擒，叫我好好看守，不能讓他逃了。於是弟子帶他到東邊靜室裏去，坐下不久，這小……小孩兒就使詭計，說要拉屎，要我放開縛在他手上的繩索。弟子心想他小小一個孩童，也不怕他走了，於是給他解了繩索。那知這小孩兒坐在淨桶上假裝拉屎，突然間跳起身來，捧起淨桶，將桶中臭屎臭尿向我身上倒來。」

鹿清篤說到此處，楊過嗤的一笑。鹿清篤怒道：「小……小……你笑甚麼？」楊過抬起了頭，雙眼向天，笑道：「我自己笑，你管得著麼？」鹿清篤還要跟他鬥口，王處一道：「別跟小孩子胡扯，說下去。」鹿清篤道：「是，是。師祖爺你不知道，這小孩子狡猾得緊。我見尿屎倒來，匆忙閃避，他卻笑著說道：『啊喲，道爺，弄髒了你衣服啦！……』」眾人聽他細著嗓門學楊過說話，語音不倫不類，都是暗暗好笑。王處一皺起了眉頭，暗罵這徒孫在外人面前丟人現眼。

鹿清篤續道：「弟子自然很是著惱，衝過去要打，那知這小孩舉起淨桶，又向我身上拋來。我大叫：『小雜種，你幹甚麼？』忙使一招『急流勇退』，立時避開，一腳卻踩在屎尿之中，不由得滑了兩下，總算沒有摔倒，不料這小……小孩兒乘我慌亂之中，拔了我腰間佩劍，用劍頂在我心頭，說我若是動一動，就一劍刺了下來。我想君子不吃眼前虧，只好不動。這小孩兒左手拿劍，右手用繩索將我反綁在柱子上，又割了我一塊衣襟，塞在我嘴裏，後來宮裏起火，我走又走不得，叫又叫不出，若非尹師叔相救，豈不是活生生教這小孩兒燒死了麼？」說著瞪眼怒視楊過，恨恨不已。

眾人聽他說畢，瞧瞧楊過，又轉頭瞧瞧他，但見一個身材瘦小，另一個胖大魁梧，不自禁都縱聲大笑起來。鹿清篤給眾人笑得莫名其妙，抓耳摸腮，手足無措。

馬鈺笑道：「靖兒，這是你的兒子罷？想是他學全了母親的本領，是以這般刁鑽機靈。」郭靖道：「不，這是我義弟楊康的遺腹子。」

丘處機聽到楊康的名字，心頭一凜，細細瞧了楊過兩眼，果然見他眉目間依稀有幾分楊康的模樣。楊康是他惟一的俗家弟子，雖然這徒兒不肖，貪圖富貴，認賊作父，但丘處機每當念及，總是自覺教誨不善，以致讓他誤入歧途，常感內疚，現下聽得楊康有後，又是傷感，又是歡喜，忙問端詳。

郭靖簡略說了楊過的身世，又說是帶他來拜入全真派門下。丘處機道：「靖兒，你武功早已遠勝我輩，何以不自己傳他武藝？」郭靖道：「此事容當慢慢稟告。只是弟子今日上山，得罪了許多道兄，極是不安，謹向各位道長謝過，還望恕罪莫怪。」當下將眾道誤己為敵、接連動手等情說了。馬鈺道：「若不是你及時來援，全真教不免一敗塗地。大家是自己人，甚麼賠罪、感謝的話，誰也不必提了。」

丘處機劍眉早已豎起，待掌教師兄一住口，立即說道：「志敬主持外陣，敵友不分，當真無用。我正自奇怪，怎地外邊安下了這麼強的陣勢，竟然轉眼間就讓敵人衝了進來，攻了我們一個措手不及。哼，原來他調動北斗大陣去阻攔你來著。」說著鬚眉戟張，極是惱怒，當即呼叫兩名弟子上來，詢問何以誤認郭靖為敵。

兩名弟子神色惶恐，那年紀較大的弟子說道：「守在山下的馮師弟、衛師弟傳上訊來，說這……這位郭大俠在普光寺中拍擊石碑，只道他定……定是敵人一路。」

郭靖這才恍然，想不到一切誤會全是由此而起，說道：「那可怪不得眾位道兄。弟子在山下普光寺中，無意間在道長題詩的碑上重重拍了一掌，想是因此惹起眾道友的誤會。」丘處機道：「原來如此，事情可也真湊巧。我們事先早已得知，今日來攻重陽宮的邪魔外道就是以拍擊石碑為號。」郭靖道：「這些人到底是誰？竟敢這麼大膽？」

丘處機嘆了口氣，道：「此事說來話長，靖兒，我帶你去看一件物事。」說著向馬鈺與王處一點點頭，轉身向山後走去。郭靖向楊過道：「過兒，你在這兒別走開。」當下跟在丘處機後面。只見他一路走向觀後山上，腳步矯捷，精神不減少年。

二人來到山峯絕頂。丘處機走到一塊大石之後，說道：「這裏刻得有字。」

此時天色昏暗，大石背後更是漆黑一團。郭靖伸手石後，果覺石上有字，逐字摸去，原來是一首詩，詩云：

「子房志亡秦，曾進橋下履。佐漢開鴻舉，屹然天一柱，要伴赤松遊，功成拂衣去。異人與異書，造物不輕付。重陽起全真，高視仍闊步，矯矯英雄姿，乘時或割據。妄跡復知非，收心活死墓。人傳入道初，二仙此相遇。於今終南下，殿閣凌煙霧。」

他一面摸，一面用手指在刻石中順著筆劃書寫，忽然驚覺，那些筆劃與手指全然吻合，就似是用手指在石上寫出來一般，不禁脫口而出：「用手指寫的？」

丘處機道：「此事說來駭人聽聞，但確是用手指寫的！」郭靖奇道：「難道世間當真是有神仙？」丘處機道：「這首詩是兩個人寫的，兩個都是武林中了不起的人物。書寫前面那八句之人，身世更是奇特，文武全才，超逸絕倫，雖非神仙，卻也是百年難得一見的人傑。」郭靖大是仰慕，忙道：「這位前輩是誰？道長可否引見，得讓弟子拜會。」丘處機道：「我也從來沒見過此人。你坐下罷，我跟你說一說今日之事的因緣。」郭靖依言在石上坐下，望著山腰裏的火光漸漸減弱，忽道：「只可惜此番蓉兒沒跟我同來，否則一起坐在這裏聽丘道長講述奇事，豈不是好？」

丘處機道：「這詩的意思你懂麼？」郭靖此時已是中年，但丘處機對他說話的口氣，仍是與十多年前他少年時一般無異，郭靖也覺原該如此，道：「前面八句說的是張良，這故事弟子曾聽蓉兒講過，倒也懂得，說他在橋下替一位老者拾鞋，那人許他孺子可教，傳他一部異書。後來張良輔佐漢高祖開國，稱為漢興三傑之一，終於功成身退，隱居而從赤松子遊。後面幾句說到重陽祖師的事蹟，弟子就不大懂了。」丘處機問道：「你知重陽祖師是甚麼人？」

郭靖一怔，答道：「重陽祖師是你師父，是全真教的開山祖師，當年華山論劍，武功天下第一。」丘處機道：「那不錯，他少年時呢？」郭靖搖頭道：「我不知道。」丘處機道：「『矯矯英雄姿，乘時或割據』。我恩師不是生來就做道士的。他少年時先學文，再練武，是一位縱橫江湖的英雄好漢，只因憤恨金兵入侵，毀我田廬，殺我百姓，曾大舉義旗，與金兵對敵，佔城奪地，在中原建下了轟轟烈烈的一番事業，後來終以金兵勢盛，先師連戰連敗，將士傷亡殆盡，這才憤而出家。那時他自稱『活死人』，接連幾年，住在本山的一個古墓之中，不肯出墓門一步，意思是雖生猶死，不願與金賊共居於青天之下，所謂不共戴天，就是這個意思了。」郭靖道：「原來如此。」

丘處機道：「事隔多年，先師的故人好友、同袍舊部接連來訪，勸他出墓再幹一番事業。先師心灰意懶，又覺無面目以對江湖舊侶，始終不肯出墓。直到八年之後，先師一個生平勁敵在墓門外百般辱罵，連激他七日七夜，先師實在忍耐不住，出洞與之相鬥。豈知那人哈哈一笑，說道：『你既出來了，就不用回去啦！』先師恍然而悟，才知敵人倒是出於好心，乃是可惜他一副大好身手埋沒在墳墓之中，是以用計激他出墓。二人經此一場變故，化敵為友，攜手同闖江湖。」

郭靖想到前輩的俠骨風範，不禁悠然神往，問道：「那一位前輩是誰？不是東邪、西毒、南帝、北丐四大宗師之一罷？」

丘處機道：「不是。論到武功，此人只有在四大宗師之上，只因她是女流，素不在外拋頭露面，是以外人知道的不多，聲名也是默默無聞。」郭靖道：「啊，原來是女的。」丘處機嘆道：「這位前輩其實對先師甚有情意，欲待委身相事，與先師結為夫婦。當年二人不斷的爭鬧相鬥，也是那人故意要和先師親近，只不過她心高氣傲，始終不願先行吐露情意。後來先師自然也明白了，但他於邦國之仇總是難以忘懷，常說：匈奴未滅，何以家為？對那位前輩的深情厚意，裝癡喬獃，只作不知。那前輩只道先師瞧她不起，怨憤無已。兩人本已化敵為友，後來卻又因愛成仇，約好在這終南山上比武決勝。」

郭靖道：「那又不必了。」丘處機道：「是啊！先師知她原是一番美意，自是一路忍讓。豈知那前輩性情乖僻，說道：『你越是讓我，那就越是瞧我不起。』先師逼於無奈，只得跟她動手。當時他二位前輩便是在這裏比武，鬥了幾千招，先師不出重手，始終難分勝敗。那人怒道：『你並非存心和我相鬥，當我是甚麼人？』先師道：『武比難分勝負，不如文比。』那人道：『這也好。若是我輸了，我終生不見你面，好讓你耳目清淨。』先師道：『若是你勝了，你要怎樣？』那人臉上一紅，無言可答，終於一咬牙，說道：『你那活死人墓就讓給我住。』

「那人這句話其實大有文章，意思說若是勝了，要和先師在這墓中同居廝守。先師好生為難，自料武功稍高她一籌，實逼處此，只好勝了她，以免日後糾纏不清，於是問她怎生比法。她道：『今日大家都累了，明晚再決勝負。』

「次日黃昏，二人又在此處相會。那人道：『咱們比武之前，先得定下個規矩。』先師道：『又定甚麼規矩了？』那人道：『你若得勝，我當場自刎，以後自然不見你面。我若勝了，你就要把這活死人墓讓給我住，終生聽我吩咐，任何事不得相違；否則的話，就須得出家，任你做和尚也好，做道士也好。不論做和尚還是道士，須在這山上建立寺觀，陪我十年。』先師心中明白：『終生聽你吩咐，自是要我娶你為妻。否則便須做和尚道士，那是不得另行他娶。我又怎能忍心勝你，逼你自殺？只是在山上陪你十年，卻又難了。』當下好生躊躇。其實這位女前輩才貌武功都是上上之選，她一片情深，先師也不是不動心，但不知如何，說到要結為夫婦，卻總是沒這個緣份。先師沉吟良久，打定了主意，知道此人說得出做得到，一輸之後必定自刎，於是決意捨己從人，不論比甚麼都輸給她便是，說道：『好，就是這樣。』

「那人道：『咱們文比的法子極是容易。大家用手指在這塊石頭上刻幾個字，誰寫得好，那就勝了。』先師道：『用手指怎麼能刻？』那人道：『這就是比一比指上的功夫，瞧誰刻得更深。』先師搖頭道：『我又不是神仙，怎能用手指在石上刻字？』那人道：『若是我能，你就認輸？』先師本處進退兩難之境，心想世上決無此事，正好乘此下台，成個不勝不敗之局，這場比武就不了了之，當即說道：『你若有此能耐，我自然認輸。要是你也不能，咱倆不分高下，也不用再比了。』

「那人淒然一笑，道：『好啊，你做定道士啦。』說著左手在石上撫摸了一陣，沉吟良久，道：『我刻些甚麼字好？嗯，自來出家之人，第一位英雄豪傑是張子房。他反抗暴秦，不圖名利，是你的先輩。』於是伸出右手食指，在石上書寫起來。先師見她手指到處，石屑竟然紛紛跌落，當真是刻出一個個字來，自是驚訝無比。她在石上所寫的字，就是這一首詩的前半截八句。

「先師心下欽服，無話可說，當晚搬出活死人墓，讓她居住，第二日出家做了道士，在那活死人墓附近，蓋了一座小小道觀，那就是重陽宮的前身了。」

郭靖驚訝不已，伸手指再去仔細撫摸，果然非鑿非刻，當真是用手指所劃，說道：「這位前輩的指上功夫，也確是駭人聽聞。」丘處機仰天打個哈哈，道：「靖兒，此事騙得先師，騙得我，更騙得你。但若你妻子當時在旁，決計瞞不過她的眼去。」郭靖睜大雙眼，道：「難道這中間有詐？」

丘處機道：「這何消說得？你想當世之間，論指力是誰第一？」郭靖道：「那自然是一燈大師的一陽指。」丘處機道：「是啊！憑一燈大師這般出神入化的指上功夫，就算是在木材之上，也未必能刻出字來，何況是在石上？更何況是旁人？先師出家做了黃冠，對此事苦思不解。後來令岳黃藥師前輩上終南來訪，先師知他極富智計，隱約說起此事，向他請教。黃島主想了良久，哈哈笑道：『這個我也會。只是這功夫目下我還未練成，一月之後再來奉訪。』說著大笑下山。過了一個月，黃島主又上山來，與先師同來觀看此石。上次那位前輩的詩句，題到『異人與異書，造物不輕付』為止，意思是要先師學張良一般，遁世出家。黃島主左手在石上撫摸良久，右手突然伸出，在石上寫起字來，他是從『重陽起全真』起，寫到『殿閣凌煙霧』止，那都是恭維先師的話。

「先師見那岩石觸手深陷，就與上次一般無異，更是驚奇，心想：『黃藥師的功夫明明遜我一籌，怎地也有這等厲害的指力？』一時滿腹疑團，突然伸手指在岩上一刺，說也奇怪，那岩石竟被他刺了一個孔。就在這裏。」說著將郭靖的手牽到岩旁一處。

郭靖摸到一個小孔，用食指探入，果然與印模一般，全然吻合，心想：「難道這岩石特別鬆軟，與眾不同。」指上運勁，用力捏去，只捏得指尖隱隱生疼，岩石自是紋絲不動。

丘處機哈哈笑道：「諒你這傻孩子也想不通這中間的機關。那位女前輩右手手指書寫之前，左手先在石面撫摸良久，原來她左手掌心中藏著一大塊化石丹，將石面化得軟了，在一炷香的時刻之內，石面不致變硬。黃島主識破了其中巧妙，下山去採藥配製化石丹，這才回來依樣葫蘆。」

郭靖半晌不語，心想：「我岳父的才智，實不在那位女前輩之下，但不知他老人家到了何處。」心下好生掛念。

丘處機不知他的心事，接著道：「先師初為道士，心中甚是不忿，但道書讀得多了，終於大徹大悟，知道一切全是緣法，又參透了清靜虛無的妙詣，乃苦心潛修，光大我教。推本思源，若非那位女前輩那麼一激，世間固無全真教，我丘某亦無今日，你郭靖更不知是在何處了。」

郭靖點頭稱是，問道：「但不知這位女前輩名諱怎生稱呼，她可還在世上麼？」丘處機嘆道：「這位女前輩當年行俠江湖，行跡隱秘異常，極少有人見過她的真面目。除了先師之外，只怕世上無人知道她的真實姓名，先師也從來不跟人說。這位前輩早在首次華山論劍之前就已去世，否則以她這般武功與性子，豈有不去參與之理？」

郭靖點頭道：「正是。不知她可有後人留下？」丘處機嘆了口氣道：「亂子就出在這裏。那位前輩生平不收弟子，就只一個隨身丫鬟相侍，兩人苦守在那墓中，竟然也是十餘年不出，那前輩的一身驚人武功都傳給了丫鬟。這丫鬟素不涉足江湖，武林中自然無人知聞，她卻收了兩個弟子。大弟子姓李，你想必知道，江湖上叫她甚麼赤練仙子李莫愁。」

郭靖「啊」了一聲，道：「這李莫愁好生歹毒，原來淵源於此。」丘處機道：「你見過她？」郭靖道：「數月之前，在江南曾碰上過。此人武功果然了得。」丘處機道：「你傷了她？」郭靖搖頭道：「沒有。其實也沒當真會面，只見到她下手連殺數人，狠辣無比，較之當年的鐵屍梅超風尤有過之。」

丘處機道：「你沒傷她也好，否則麻煩多得緊。她的師妹姓龍……」郭靖一凜，道：「是那姓龍的女子？」丘處機臉色微變，道：「怎麼？你也見過她了？可出了甚麼事？」郭靖道：「弟子不曾見過她。只是此次上山，眾位師兄屢次罵我是妖人淫賊，又說我為姓龍的女子而來，教我好生摸不著頭腦。」

丘處機哈哈大笑，隨即嘆了口氣，說道：「那也是重陽宮該遭此劫。若非陰錯陽差，生了這個誤會，不但北斗大陣必能擋住那批邪魔，而你早得一時三刻上山，郝師弟也不致身受重傷。」他見郭靖滿面迷惘之色，說道：「今日是那姓龍的女子十八歲生辰。」郭靖順口接了一句：「嗯，是她十八歲生辰！」可是一個女子的十八歲生辰，為甚麼能釀成這等大禍，仍是半點也不明白。

丘處機道：「這姓龍的女子名字叫作甚麼，外人自然無從得知，那些邪魔外道都叫她小龍女，咱們也就這般稱呼她罷。十八年前的一天夜裏，重陽宮外突然有嬰兒啼哭之聲，宮中弟子出去察看，見包袱中裹著一個嬰兒，放在地下。重陽宮要收養這嬰兒自是極不方便，可是出家人慈悲為本，卻也不能置之不理，那時掌教師兄和我都不在山上，眾弟子正沒做理會處，一個中年婦人突然從山後過來，說道：『這孩子可憐，待我收留了她罷！』眾弟子正是求之不得，當下將嬰兒交給了她。後來馬師兄與我回宮，他們說起此事，講到那中年婦人的形貌打扮，我們才知是居於活死人墓中的那個丫鬟。她與我們全真七子曾見過幾面，但從未說過話。兩家雖然相隔極近，只因上輩的這些糾葛，當真是雞犬相聞，卻老死不相往來。我們聽過算了，也就沒放在心上。

「後來她弟子赤練仙子李莫愁出山，此人心狠手辣，武藝極高，在江湖上鬧了個天翻地覆。全真教數次商議，要治她一治，終於礙著這位墓中道友的面子，不便出手。我們寫了一封信送到墓中，信中措辭十分客氣。可是那信送入之後，宛似石沉大海，始終不見答覆，而她對李莫愁仍是縱容如故，全然不加管束。

「過得幾年，有一日墓外荊棘叢上挑出一條白布靈幡，我們知道是那位道友去世了，於是師兄弟六人到墓外致祭。剛行禮畢，荊棘叢中出來一個十三四歲的小女孩，向我們還禮，答謝弔祭，說道：『師父去世之時，命弟子告知各位道長，那人作惡橫行，師父自有制她之法，請各位不必操心。』說畢轉身回入。我們待欲詳詢，她已進了墓門。先師曾有遺訓，全真派門下任何人不得踏進墓門一步。她既進去，只索罷了，只是大家心中奇怪，那位道友既死，還能有甚麼制治弟子之法？只是見那小女孩孤苦可憐，便送些糧食用品過去，但每次她總是原封不動，命一個僕婦退了回來。看來此人性子乖僻，與她祖師、師父一模一樣。但她既有僕婦照料，那也不需旁人代為操心了。後來我們四方有事，少在宮中，於這位姑娘的訊息也就極少聽見。不知怎的，李莫愁忽然在江湖上銷聲匿跡，不再生事。我們只道那位道友當真遺有妙策，都感欽佩。

「去年春天，我與王師弟赴西北有事，在甘州一位大俠家中盤桓，竟聽到了一件驚人的消息。說道一年之後，四方各處的邪魔外道要羣集終南山，有所作為。終南山是全真教的根本之地，他們上山來自是對付我教，那豈可不防？我和王師弟還怕這訊息不確，派人四出打聽，果然並非虛假。只是他們上終南山來卻不是衝著我教，而是對那活死人墓中的小龍女有所圖謀。」郭靖奇道：「她小小一個女孩子，又從不出外，怎能跟這些邪魔外道結仇生怨？」丘處機道：「到底內情如何，既跟我們不相干，本來也就不必理會。但一旦這羣邪徒來到終南山上，我們終究無法置身事外，於是輾轉設法探聽，才知這件事是小龍女的師姊挑撥起來的。」郭靖道：「李莫愁？」

丘處機道：「是啊。原來她們師父教了李莫愁幾年功夫，瞧出她本性不善，就說她學藝已成，令她下山。李莫愁當師父在世之日，雖然作惡，總還有幾分顧忌，待師父一死，就借弔祭為名，闖入活死人墓中，想將師妹逐出。她自知所學未曾盡得師祖、師父的絕藝，要到墓中查察有無武功秘笈之類遺物。那知墓中布置下許多巧妙機關，李莫愁費盡心機，才進了兩道墓門，在第三道門邊卻看到師父的一封遺書。她師父早料到她必定會來，這通遺書放在那裏等她已久，其中寫道：某年某月某日，是她師妹十八歲的生辰，自那時起便是她們這一派的掌門。遺書中又囑她痛改前非，否則難獲善終。那便是向她點明，倘若她怙惡不悛，她師妹便當以掌門人身分清理門戶。

「李莫愁很是生氣，再闖第三道門，卻中了她師父事先伏下的毒計，若非小龍女給她治傷療毒，當場就得送命。她知道厲害，只得退出，但如此縮手，那肯甘心？後來又闖了幾次，每次都吃了大虧。最後一次竟與師妹動手過招。那時小龍女不過十五六歲年紀，武功卻已遠勝師姊，如不是手下容讓，取她性命也非難事……」

郭靖插口道：「此事只怕江湖上傳聞失實。」丘處機道：「怎麼？」郭靖道：「我恩師柯大俠曾和李莫愁鬥過兩場，說起她的武功，實有獨到之處。連一燈大師的及門高弟武三通武大哥也敗在她手下。那小龍女若是未滿二十歲，功夫再好，終難勝她。」

丘處機道：「那是王師弟聽丐幫中一位朋友說的，到底小龍女是不是當真勝過了師姊李莫愁，其時並無第三人在場，誰也不知，只是江湖上有人這麼說罷了。這一來，李莫愁更是心懷不忿，知道師父偏心，將最上乘的功夫留著給師妹。於是她傳言出來，說道某年某月某日，活死人墓中的小龍女要比武招親……」郭靖聽到「比武招親」四字，立即想到楊康、穆念慈當年在北京之事，不禁輕輕「啊」了一聲。

丘處機知他心意，也嘆了口氣，道：「她揚言道：若是有誰勝得小龍女，不但小龍女委身相嫁，而墓中的奇珍異寶、武功秘笈，也盡數相贈。那些邪魔外道本來不知小龍女是何等樣人，但李莫愁四下宣揚，說她師妹的容貌遠勝於她。這赤練仙子據說甚是美貌，姿色莫說武林中少見，就是大家閨秀，只怕也是少有人及。」

郭靖心中卻道：「那又何足為奇？我那蓉兒自然勝她百倍。」

丘處機續道：「江湖上妖邪人物之中，對李莫愁著迷的人著實不少。只是她對誰都不加青眼，有誰稍為無禮，立施毒手，現下聽說她另有個師妹，相貌更美，而且公然比武招親，誰不想來一試身手？」郭靖恍然大悟，道：「原來這些人都是來求親的。怪不得宮中道兄們罵我是淫賊妖人。」

丘處機哈哈大笑，又道：「我們又探聽到，這些妖邪對全真教也不是全無顧忌。他們大舉集人齊上終南山來，我們倘若干預此事，索性乘機便將全真教挑了，除了這眼中之釘。我和王師弟得到訊息，決意跟眾妖邪周旋一番，當即傳出法帖，召集本教各代道侶，早十天都聚在重陽宮中。只劉師哥和孫師妹在山西，不及趕回。我們一面操演北斗陣法，一面送信到墓中，請小龍女提防。那知此信送入，仍是沒有回音，小龍女竟然全不理睬。」

郭靖道：「或許她已不在墓中了。」丘處機道：「不，在山頂遙望，每日都可見到炊煙在墓中昇起。你瞧，就在那邊。」說著伸手西指。郭靖順著他手指瞧去，但見山西鬱鬱蒼蒼，十餘里地盡是樹林，亦不知那活死人墓是在何處。想像一個十八歲的少女，整年住在墓室之中，若是換作了蓉兒，真要悶死她了。

丘處機又道：「我們師兄弟連日布置禦敵。五日之前，各路哨探陸續趕回，查出眾妖邪之中最厲害的是兩個大魔頭。他們約定先在山下普光寺中聚會，以手擊碑石為號。你無意之中在碑上拍了一下，又顯出功力驚人，無怪我那些沒用的徒孫要大驚小怪。

「那兩個大魔頭說起來名聲著實不小，只是他們今年方到中原，這才震動武林。你在桃花島隱居，與世隔絕，因而不知。那貴公子是蒙古的王子，據說還是大汗成吉思汗的近系子孫。旁人都叫他作霍都王子。你在大漠甚久，熟識蒙古王族，可想得到此人來歷麼？」

郭靖喃喃說了幾遍「霍都王子」，回思他的容貌舉止，卻想不起會是誰的子嗣，但覺此人容貌俊雅，傲狠之中又帶了不少狡詐之氣。成吉思汗共生四子，長子朮赤剽悍英武，次子察合台性子暴躁而實精明，三子窩闊台即當今蒙古皇帝，性格寬和，四子拖雷血性過人，相貌均與這霍都大不相同。

丘處機道：「只怕是他自高身價，胡亂吹噓，那也是有的。此人武功是西藏一派，今年年初來到中原，出手就傷了河南三雄，後來又在甘涼道上獨力殺死蘭州七霸，名頭登時響遍了半邊天，我們可料不到他竟會攬上這門子事。另一個藏僧名叫達爾巴，天生神力，和霍都的武功全然一路，看來是霍都的師兄還是師叔。他是和尚，自然不是要來娶那女子，多半是來幫霍都的。

「其餘的淫賊奸人見這兩人出頭，都絕了求親之念，然而當年李莫愁曾大肆宣揚，說古墓中珍寶多如山積，又有不少武功秘本，甚麼降龍十八掌的掌譜、一陽指的指法等等無不齊備。羣奸雖然將信將疑，但想只要跟上山來，打開古墓，多少能分潤一些好處，是以上終南山來的竟有百餘人之眾。本來我們的北斗陣定能將這些三流腳色盡數擋在山下，縱然不能生擒，也教他們不得走近重陽宮一步。也是我教合當遭劫，這中間的誤會，那也不必說了。」

郭靖甚感歉仄，吶吶的要說幾句謝罪之言。丘處機將手一揮，笑道：「出門一笑無拘礙，雲在西湖月在天。宮殿館閣，盡是身外之物，身子軀殼尚不足惜，又理這些身外物作甚？你十餘年來勤修內功，難道這一點還勘不破麼？」郭靖也是一笑，應了聲：「是！」丘處機笑道：「其實我眼見重陽宮後院為烈火焚燒之時，也是暴跳如雷，此刻才寧靜了下來，比之馬師哥當時便心無掛礙，我的修為實是萬萬不及。」郭靖道：「這些奸人如此毫沒來由的欺上門來，也難怪道長生氣。」

丘處機道：「北斗大陣全力與你周旋，兩個魔頭領著一批奸人，乘隙攻到重陽宮前。他們一上來就放火燒觀，郝師弟出陣與那霍都王子動手。也是他過於輕敵，而霍都的武功又別具一格，怪異特甚。郝師弟出手時略現急躁，胸口中了他一掌。我們忙結陣相護。只是少了郝師弟一人，補上來的弟子功力相差太遠，陣法威力便屬有限。你若不及時趕到，全真教今日當真是一敗塗地了。現下想來，就算守在山下的眾弟子不認錯了敵人，那些二流妖人固然無法上山，達爾巴與霍都二人卻終究阻擋不住。此二人聯手與北斗陣相鬥，我們輸是不會輸的，但決不能如你這般贏得乾淨爽快……」正說到這裏，忽聽西邊嗚嗚嗚一陣響亮，有人吹動號角。角聲蒼涼激越，郭靖聽在耳中，不由得心邁陰山，神馳大漠，想起了蒙古黃沙莽莽、平野無際的風光。

再聽一會，忽覺號角中隱隱有肅殺之意，似是向人挑戰。丘處機臉現怒色，罵道：「孽障，孽障！」眼望西邊樹林，說道：「靖兒，那奸人與你訂了十年之約，妄想這十年中肆意橫行，好教你不便干預。天下那有這等稱心如意之事？咱們過去！」郭靖道：「是那霍都王子？」丘處機道：「自然是他。他是在向小龍女挑戰。」一邊說，一邊飛步下山。郭靖跟隨在後。

二人行出里許，但聽那號角吹得更加緊了，角聲嗚嗚之中，還夾著一聲聲兵刃的錚錚撞擊，顯是那達爾巴也出手了。丘處機怒道：「兩個武學名家，卻來合力欺侮一個少女，當真好不要臉。」說著足下加快。兩人片刻間已奔到山腰，轉過一排石壁。郭靖只見眼前是黑壓壓的一座大樹林。林外高高矮矮的站著百餘人，正是適才圍攻重陽宮那些妖邪。兩人隱身石壁之後，察看動靜。

只見霍都王子與達爾巴並肩而立。霍都舉角吹奏。那達爾巴左手高舉一根金色巨杵，將戴在右手手腕上的一隻金鐲不住往杵上撞去，錚錚聲響，與號角聲相互應和，要引那小龍女出來。兩人鬧了一陣，樹林中靜悄悄的始終沒半點聲響。

霍都放下號角，朗聲說道：「小王蒙古霍都，敬向小龍女恭賀芳辰。」一語甫畢，樹林中琤琤琤響了三下琴聲，似是小龍女鼓琴回答。霍都大喜，又道：「聞道龍姑娘揚言天下，今日比武招親，小王不才，特來求教，請龍姑娘不吝賜招。」猛聽得琴聲激亢，大有怒意。眾妖邪縱然不懂音律，卻也知鼓琴者心意難平，出聲逐客。

霍都笑道：「小王家世清貴，姿貌非陋，願得良配，諒也不致辱沒。姑娘乃當世俠女，不須靦腆。」此言甫畢，但聽琴韻更轉高昂，隱隱有斥責之意。

霍都向達爾巴望了一眼，那藏僧點了點頭。霍都道：「姑娘既不肯就此現身，小王只好強請了。」說著收起號角，右手一揮，大踏步向林中走去。羣豪蜂湧而前，均想：「連大名鼎鼎的全真教也阻擋不了我們，諒那小龍女孤身一個小小女子，濟得甚事？」但怕別人搶在頭裏，將墓中寶物先得了去，各人爭先恐後，湧入樹林。

丘處機高聲叫道：「這是全真教祖師重陽真人舊居之地，快快退出來。」眾人聽得他叫聲，微微一怔，但腳下毫不停步。丘處機怒道：「靖兒，動手罷！」二人轉出石壁，正要搶入樹林，忽聽羣豪高聲叫嚷，飛奔出林。

丘郭二人一呆，但見數十人沒命價飛跑，接著霍都與達爾巴也急步奔出，狼狽之狀，比之適才退出重陽宮時不知過了幾倍。丘郭均感詫異：「那小龍女不知用何妙法驅退羣邪？」這念頭只在心中一閃間，便聽得嗡嗡響聲自遠而近，月光下但見白茫茫、灰濛濛一團物事從林中疾飛出來，撲向羣邪頭頂。郭靖奇道：「那是甚麼？」丘處機搖頭不答，凝目而視，只見江湖豪客中有幾個跑得稍慢，被那羣東西在頭頂一撲，登時倒地，抱頭狂呼。郭靖驚道：「是一羣蜂子，怎麼白色的？」說話之間，那羣玉色蜂子又已螫倒了五六人。樹林前十餘人滾來滾去，呼聲慘厲，聽來驚心動魄。郭靖心想：「給蜂子刺了，就真疼痛，也不須這般殺豬般的號叫，難道這玉蜂毒性異常麼？」只見灰影晃動，那羣玉蜂有如一股濃煙，向他與丘處機面前撲來。

眼見羣蜂來勢兇猛，難以抵擋，郭靖要待轉身逃走，丘處機氣湧丹田，張口向蜂羣一口噴出。蜂羣飛得正急，突覺一股強風颳到，勢道頓挫。丘處機一口氣噴完，第二口又即噴出。郭靖學到訣竅，當即跟著鼓氣力送，與丘處機所吹的一股風連成一起。二人使的都是玄門正宗的上乘功夫，蜂羣抵擋不住，當先的數百隻蜂子飛勢立偏，從二人身旁掠過，卻又追趕霍都、達爾巴等人去了。

這時在地下打滾的十餘人叫聲更是淒厲，呼爹喊娘，大聲叫苦。更有人叫道：「小人知錯啦，求小龍女仙姑救命！」郭靖暗暗駭異：「這些人都是江湖上的亡命之徒，縱然砍下他們一臂一腿，也未必會討饒叫痛。怎地小小蜂子的一螫，竟然這般厲害？」

但聽得林中傳出琤琤琴聲，接著樹梢頭冒出一股淡淡白煙。丘郭二人只聞到一陣極甜的花香。過不多時，嗡嗡之聲自遠而近，那羣玉蜂聞到花香，飛回林中，原來是小龍女燒香召回。

丘處機與小龍女做了十八年鄰居，從不知她竟然有此本事，又是佩服，又覺有趣，說道：「早知我們這位芳鄰如此神通廣大，全真教大可不必多事。」他這兩句話雖是對郭靖說的，但提氣送出，有意也要小龍女聽到。果然林中琴聲變緩，輕柔平和，顯是酬謝高義之意。丘處機哈哈大笑，朗聲叫道：「姑娘不必多禮。貧道丘處機率弟子郭靖，敬祝姑娘芳辰。」琴聲琤琤兩響，從此寂然。

郭靖聽那些人叫得可憐，道：「道長，這些人怎生救他們一救？」丘處機道：「龍姑娘自有處置，咱們走罷。」

當下二人轉身東回，路上郭靖又求丘處機收楊過入門。丘處機嘆道：「你楊鐵心叔父是豪傑之士，豈能無後？楊康落得如此下場，我也頗有不是之處。你放心好了，我必盡心竭力，教養這小孩兒成人。」郭靖大喜，就在山路上跪下拜謝。

二人談談說說，回到重陽宮前，天色已明。眾道正在收拾後院燼餘，清理瓦石。

丘處機召集眾道士，替郭靖引見，指著那主持北斗大陣的長鬚道人，說道：「他是王師弟的大弟子，名叫趙志敬。第三代弟子之中，武功以他練得最純，就由他點撥過兒的功夫罷。」

郭靖與此人交過手，知他武功確是了得，心中甚喜，當下命楊過向趙志敬行了拜師之禮，自己又向趙志敬鄭重道謝。他在終南山盤桓數日，對楊過諄諄告誡叮囑，這才與眾人別過，回桃花島而去。

丘處機回想當年傳授楊康武功，卻任由他在王府中養尊處優，終於鑄成大錯，心想：「自來嚴師出高弟，棒頭出孝子。這次對過兒須得嚴加管教，方不致重蹈他父覆轍。」當下將楊過叫來，疾言厲色的訓誨一頓，囑他刻苦耐勞，事事聽師父教訓，不可有絲毫怠忽。

楊過留在終南山上，本已老大不願，此時沒來由的受了一場責罵，心中恚憤難言，當時忍著眼淚答應了，待得丘處機走開，不禁放聲大哭。忽然背後一人冷冷的道：「怎麼？祖師爺說錯了你麼？」

楊過一驚，止哭回頭，只見背後站著的正是師父趙志敬，忙垂手道：「不是。」趙志敬道：「那你為甚麼哭泣？」楊過道：「弟子想起郭伯伯，心中難過。」趙志敬明明聽得丘師伯厲聲教訓，他卻推說為了思念郭靖，甚是不悅，心想：「這孩子小小年紀就已如此狡猾，若不重重責打，大了如何能改？」沉著臉喝道：「你膽敢對師父說謊？」

楊過眼見全真教羣道給郭靖打得落花流水，又見丘處機等被霍都一班妖邪逼得手忙腳亂，全賴郭靖救援，心中認定這些道士武功全都平常。他對丘處機尚且毫不佩服，更何況對趙志敬？也是郭靖一時疏忽，未跟他詳細說明全真派武功乃武學正宗，當年王重陽武功天下第一，各家各派的高手無一能敵。他自己所以能勝諸道，實因眾道士未練到絕頂，卻非全真派武功不濟。可是楊過認定郭靖夫婦不願收他為徒，便胡亂交給旁人傳藝，兼之親眼見到羣道折劍倒地的種種狼狽情狀，就算郭靖解釋再三，他也是決不肯信的。這時他見師父臉色難看，心道：「我拜你為師，實是迫不得已，就算我武功練得跟你一模一樣，又有屁用？還不是大膿包一個？你兇霸霸的幹麼？」當下轉過了頭不答。

趙志敬大怒，嗓門提得更加高了：「我問你話，你膽敢不答？」楊過道：「師父要我答甚麼，我就答甚麼。」趙志敬聽他出言挺撞，怒氣再也按捺不住，反手揮去，拍的一聲，登時將他打得臉頰紅腫。楊過哇的一聲，哭了出來，發足便奔。趙志敬追上去一把抓住，問道：「你到那裏去？」楊過道：「快放手，我不跟你學武功啦。」

趙志敬更怒，喝道：「小雜種，你說甚麼？」楊過此時橫了心，罵道：「臭道士，狗道士，你打死我罷！」其時於師徒之份看得最重，武林之中，師徒就如父子一般，師父就是要處死弟子，為徒的往往也不敢反抗。楊過居然膽敢辱罵師尊，實是罕見罕聞的大逆不道之事。趙志敬氣得臉色焦黃，舉掌又劈臉打了下去。楊過突然間縱身躍起，抱住他手臂，張口牢牢咬住他的右手食指。

楊過自得歐陽鋒授以內功秘訣，間中修習，已有了一些根柢。趙志敬盛怒之下，又道他是小小孩童，絲毫未加提防，給他緊抱狠咬，竟然掙之不脫，常言道十指連心，手指受痛，最是難忍。趙志敬左手在他肩頭重重一拳，喝道：「你作死麼？快放開！」楊過此時心中狂怒，縱然刀槍齊施，他也決意不放，但覺肩頭劇痛，牙齒更加用勁了，喀的一響，直咬抵骨。趙志敬大叫：「哎唷！」左拳狠狠在他天靈蓋上一錘，將他打得昏了過去，這才捏住他下顎，將右手食指抽了出來。但見滿手鮮血淋漓，指骨已斷，雖能續骨接指，但此後這根手指的力道必較往日為遜，武功不免受損，氣惱之餘，在楊過身上又踢了幾腳。

他撕下楊過的衣袖，包了手指創口，四下一瞧，幸好無人在旁，心想此事若被旁人知曉，江湖上傳揚出去，說全真教趙志敬給小徒兒咬斷了指骨，實是顏面無存，當下取過一盆冷水，將楊過潑醒。

楊過一醒轉，發瘋般縱上又打。趙志敬一把扭住他胸口，喝道：「畜生，你當真不想活了？」楊過罵道：「狗賊，臭道士，長鬍子山羊，給我郭伯伯打得爬在地下吃屎討饒的沒用傢伙，你才是畜生！」

趙志敬右手出掌，又打了他一記。此時他有了提防，楊過要待還手，那裏還能近身？瞬息之間，被他連踢了幾個觔斗。趙志敬若要傷他，原是輕而易舉，但想他究是自己徒弟，如下手重了，師父師伯問起來如何對答？可是楊過瞎纏猛打，倒似與他有不共戴天之仇一般，雖然身上連中拳腳，疼痛不堪，竟絲毫沒退縮之意。

趙志敬對楊過拳打足踢，心中卻是好生後悔，眼見他雖然全身受傷，卻是越戰越勇，最後迫於無奈，左手伸指在他脅下一點，封閉了他的穴道。楊過躺在地上動彈不得，眼中滿含怒色。趙志敬道：「你這逆徒，服不服了？」楊過雙眼瞪著他，毫無屈服之意。趙志敬坐在一塊大石上，呼呼喘氣。他若與高手比武過招，打這一時三刻絕不致呼吸急喘，現下手腳自然不累，只是心中惱得厲害，難以寧定。

一師一徒怒目相對，趙志敬竟想不出善策來處置這頑劣的孩兒，正煩惱間，忽聽鐘聲鏜鏜響起，卻是掌教召集全教弟子。趙志敬吃了一驚，對楊過道：「你若不再忤逆，我就放了你。」伸手解開了他穴道。

那知楊過猛地躍起，縱身撲上。趙志敬退開兩步，怒道：「我不打你，你還要怎地？」楊過道：「你以後還打我不打？」趙志敬聽得鐘聲甚急，不敢躭誤，只得道：「你若是乖乖地，我打你作甚？」楊過道：「那也好。師父，你不打我，我就叫你師父。你再打我一記，我永不認你。」趙志敬氣得只有苦笑，點了點頭，道：「掌教召集門人，快跟我去罷。」他見楊過衣衫扯爛，面目青腫，只怕旁人查問，給他略略整理一下，拉了他手，奔到宮前聚集。

趙志敬與楊過到達時，眾道已分班站立。馬鈺、丘處機、王處一三人向外而坐。馬鈺雙手擊了三下，朗聲說道：「長生真人與清淨散人從山西傳來訊息，說道該處之事極為棘手。本座和兩位師弟會商決定，長春真人和玉陽真人帶同十名弟子，即日前去應援。」眾道人面面相覷，有的駭異，有的憤激。丘處機當下叫出十名弟子的姓名，說道：「各人即行收拾，明天一早隨玉陽真人和我前去山西。餘人都散了。」

眾道散班，這才悄悄議論，說道：「那李莫愁不過是個女子，怎地這生了得。連長生子劉師叔也制她不住？」有的道：「清淨散人孫師叔難道不是女子？可見女子之中也儘有能人，卻小覷不得。」有的道：「丘師伯與王師伯一去，那李莫愁自當束手就縛。」

丘處機走到趙志敬身邊，向他道：「我本要帶你同去，但怕耽誤了過兒功夫，這一趟你就不用去了。」一眼瞥見楊過滿臉傷痕，不覺一怔，道：「怎麼？跟誰打架了？」趙志敬大急，心想丘師伯得知實情，必然嚴責，忙向楊過連使眼色。楊過心中早有主意，見到趙志敬惶急之情，只作不知，支支吾吾的卻不回答。丘處機怒道：「是誰將你打得這個樣子？到底是誰不好？快說。」趙志敬聽丘師伯語氣嚴厲，心中更是害怕。

楊過道：「不是打架，是弟子摔了一交，掉下了山坑。」丘處機不信，怒道：「你說謊，好好的怎會摔一交？你臉上這些傷也不是摔的。」楊過道：「適才師祖爺教訓弟子要乖乖的學藝……」丘處機道：「是啊，那怎麼了？」楊過道：「師祖爺走開之後，弟子想師祖爺教訓得是，弟子今後要力求上進，才不負了師祖爺的期望。」他這幾句花言巧語，丘處機聽得臉色漸和，嗯了一聲。楊過接著道：「那知突然之間來了一條瘋狗，不問情由的撲上來便咬，弟子踢牠趕牠，那瘋狗卻越來越兇。弟子只得轉身逃走，一不小心，摔入了山坑。幸好我師父趕來，救了我起來。」

丘處機將信將疑，眼望趙志敬，意思詢問這番話是真是假。趙志敬大怒，心道：「好哇，你這臭小子膽敢罵我瘋狗？」但形格勢禁，不得不為他圓謊，只得點頭道：「是弟子救他起來的。」

丘處機這才信了，道：「我去之後，你好好傳他本門玄功，每隔十天，由掌教師伯覆查一次，指點竅要。」趙志敬心中老大不願，但師伯之言那敢違抗，只得躬身答應。楊過此時只想著逼得師父自認瘋狗的樂趣，丘師祖之言全未聽在耳裏。待丘處機走開了十幾步，趙志敬怒火上衝，忍不住伸手又要往楊過頭頂擊去。楊過大叫：「丘師祖！」丘處機愕然回頭，問道：「甚麼？」趙志敬的手伸在半空，不敢落下，情勢甚是尷尬，勉強回臂用手指去搔鬢邊頭髮。楊過奔向丘處機，叫道：「師祖爺，你去之後，沒人看顧我，這裏好多師伯師叔都要打我。」丘處機臉一板，喝道：「胡說！那有這等事？」他外表嚴厲，內心卻甚慈祥，想起孤兒可憐，朗聲道：「志敬，你好好照料這個孩兒，若有差失，我回來惟你是問。」趙志敬只得又答應了。

當日晚飯過後，楊過慢吞吞的走到師父所住的靜室之中，垂手叫了聲：「師父！」此刻是傳授武功之時，趙志敬盤膝坐在榻上早已盤算了半日，心想：「這孩子這等頑劣，此時已是桀驁不馴，日後武功高了，還有誰更能制得住他？但丘師伯與師父命我傳他功夫，不傳可又不成。」左思右想，好生委決不下，見他慢慢進來，眼光閃動，一副似笑非笑的模樣，更是老大生氣，忽然靈機一動：「有了，他於本門功夫一竅不通，我只傳他玄功口訣，修練之法卻半點不教。他記誦得幾百句歌訣又有何用？師父與師伯們問起，我儘可推諉，說他自己不肯用功。」琢磨已定，和顏悅色的道：「過兒，你過來。」楊過道：「你打不打我？」趙志敬道：「我傳你功夫，打你作甚？」楊過見他如此神情，倒是大出意料之外，當下慢慢走近，心中嚴加戒備，生怕他有甚詭計。趙志敬瞧在眼裏，只作不知，說道：「我全真派功夫，乃是從內練出外，與外家功夫自外向內者不同。現下我傳你本門心法，你要牢牢記住了。」當下將全真派的入門內功口訣，說了一遍。

楊過只聽了一遍，就已記在心裏，尋思：「這長鬍子老山羊惱我恨我，豈肯當真傳授功夫？他多半教我些沒用的假口訣作弄人。」過了一會，假裝忘卻，又向趙志敬請教。趙志敬照舊說了。次日，楊過再問師父，聽他說的與昨日一般無異，這才相信非假，料得他若是胡亂揑造，連說三次，不能字字相同。

如此過了十日，趙志敬只是授他口訣，如何修練的實在法門卻一字不說。到第十天上，趙志敬帶他去見馬鈺，說已授了本門心法，命楊過背給掌教師祖聽。楊過從頭至尾背了一遍，一字不錯。馬鈺甚喜，連讚孩子聰明。他是敦厚謙沖的有道之士，君子可欺以方，那想得到趙志敬另有詭計。

夏盡秋至，秋去冬來，轉瞬過了數月，楊過記了一肚皮的口訣，可是實在功夫卻絲毫沒有學到，若論武藝內功，與他上山之時實無半點差別。楊過於記誦口訣之初，過不了幾天，即知師父是在作弄自己，但他既不肯相授，卻也無法可想，眼見掌教師祖慈和，若是向他訴說，他也不過責備趙志敬幾句，只怕這長鬍子山羊會另使毒計來折磨自己，只有待丘師祖回來再說。但數月之間丘師祖始終不歸。好在楊過對全真派武功本來瞧不起，學不學也不在乎，但趙志敬如此相欺，心中懷恨愈來愈烈，只是不肯吃眼前虧，臉上可越加恭順。趙志敬暗自得意，心道：「你忤逆師父，到頭來瞧是誰吃虧？」

轉眼到了臘月，全真派中自王重陽傳下來的門規，每年除夕前三日，門下弟子大較武功，考查這一年來各人的進境。眾弟子見較武之期漸近，日夜勤練不息。

這一天臘月望日，全真七子的門人分頭較藝，稱為小較。各弟子分成七處，馬鈺的徒子徒孫成一處，丘處機、王處一等的徒子徒孫又各成一處。譚處端雖然已死，他的徒子徒孫仍是極盛。馬鈺、丘處機等憐念他早死，對他的門人加意指點，是以每年大較，譚氏門人倒也不輸於其餘六子的弟子。這一年重陽宮遇災，全真派險遭顛覆之禍，全派上下都想到全真教雖然號稱天下武學正宗，實則武林中各門各派好手輩出，這名號岌岌可危，因此人人勤練苦修，比往日更著意了幾分。

全真教由王重陽首創，乃創教祖師。馬鈺等七子是他親傳弟子，為第二代。趙志敬、尹志平、程瑤迦等為七子門徒，屬第三代。楊過等一輩則是第四代了。這日午後，玉陽子門下趙志敬、崔志方等人齊集東南角曠地之上，較武論藝。王處一不在山上，由大弟子趙志敬主持小較。第四代弟子或演拳腳，或使刀槍，或發暗器，或顯內功，由趙志敬等講評一番，以定甲乙。

楊過入門最遲，位居末座，眼見不少年紀與自己相若的小道士或俗家少年武藝精熟，各有專長，並無羨慕之心，卻生懷恨之意。趙志敬見他神色間忿忿不平，有意要使他出醜，待兩名小道士比過器械，大聲叫道：「楊過出來！」

楊過一呆，心道：「你又沒傳我半點武藝，叫我出來幹麼？」趙志敬又叫道：「楊過，你聽見沒有？快出來！」楊過只得走到座前，打了一躬，道：「弟子楊過，參見師父。」全真門人大都是道人，但也有少數如楊過這般俗家子弟，行的是俗家之禮。

趙志敬指著場中適才比武得勝的小道士，說道：「他也大不了你幾歲，你去和他比試罷。」楊過道：「弟子又不會絲毫武藝，怎能和師兄比試？」趙志敬怒道：「我傳了你大半年功夫，怎說不會絲毫武藝？這大半年中你幹甚麼來著？」楊過無話可答，低頭不語。趙志敬道：「你懶惰貪玩，不肯用功，拳腳自然生疏。我問你：『修真活計有何憑？心死羣情念不生。』下兩句是甚麼？」楊過道：「精氣充盈功行具，靈光照耀滿神京。」趙志敬道：「不錯，我再問你：『秘語師傳悟本初，來時無欠去無餘。』下兩句是甚麼？」楊過答道：「歷年塵垢揩磨盡，偏體靈明耀太虛。」趙志敬微笑道：「很好，一點兒也不錯。你就用這幾句法門，下場和師兄過招罷。」楊過又是一怔，道：「弟子不會。」趙志敬心中得意，臉上卻現大怒之色，喝道：「你學了功訣，卻不練功，只是推三阻四，快快下場去罷。」

這幾句歌訣雖是修習內功的要旨，教人收心息念，練精養氣，但每一句均有幾招拳腳與之相配，合起來便是一套簡明的全真派入門拳法。眾道士親耳聽到楊過背誦口訣，絲毫無誤，只道他臨試怯場，好心的出言鼓勵，幸災樂禍的便嘲諷訕笑。全真弟子大都是良善之士，只因郭靖上終南山時一場大戰，把羣道打得一敗塗地，得罪的人多了，是以頗有不少人遷怒於楊過，盼他多受挫折，雖然未必就是惡意，可是求出一口胸中骯髒之氣，卻也是人之常情。

楊過見眾人催促，有些人更冷言冷語的連聲譏刺，不由得怒氣轉盛，把心一橫，暗道：「今日把命拚了就是。」當下縱躍入場，雙臂舞動，直上直下的往那小道士猛擊過去。那小道士見他一下場既不行禮，亦不按門規謙遜求教，已自詫異，待見他發瘋般亂打，更是吃驚，不由得連連倒退。楊過早把生死置之度外，猛擊上去著著進逼。那小道士退了幾步，見他下盤虛浮，斜身出足，一招「風掃落葉」，往他腿上掃去。楊過不知閃避之法，立足不住，撲地倒了，跌得鼻血長流。

羣道見他跌得狼狽，有的笑了起來。楊過翻身爬起，也不抹拭鼻血，低頭向小道士猛撲。小道士見他來得猛惡，側身讓過。楊過出招全然不依法度，雙手一摟，已抱住對方左腿。小道士右掌斜飛，擊他肩頭，這招「揩磨塵垢」原是拆解自己下盤被襲的正法，但楊過在桃花島既未學到武藝，在重陽宮又未得傳授實用功夫，於對方甚麼來招全不知曉，只聽蓬的一聲，肩頭熱辣辣的一陣疼痛，已被重重的擊中了一拳。他愈敗愈狠，一頭撞正對方右腿，小道士立足不定，已被他壓倒在地。楊過掄起拳頭，狠命往他頭上打去。

小道士敗中求勝，手肘猛地往他胸口撞去，乘他疼痛，已借勢躍起，反手一推一甩，重重將楊過摔了一交，使的正是一招「無欠無餘」。他打個稽首道：「楊師弟承讓！」同門較藝，本來一分勝敗就須住手，那知楊過勢若瘋虎，又是疾衝過來。兩三招之間，又被摔倒，但他越戰越勇，拳腳也越出越快。

趙志敬叫道：「楊過，你早已輸了，還比甚麼？」楊過那裏理會，橫踢豎打，竟無半分退縮。羣道初時都覺好笑，均想：「我全真門中那有這般蠻打的笨功夫？」但後來見他情急拚命，只怕鬧出禍來，紛紛叫道：「算啦，算啦。師兄弟切磋武藝，不必認真。」

再鬥一陣，那小道士已大有怯意，只是閃避擋躲，不敢再容他近身。常言道：一人拚命，萬夫莫當。楊過在終南山上受了大半年怨氣，此時禁不住盡情發洩出來。小道士的武功雖遠勝於他，卻那有這等旺盛的鬥志？眼見抵敵不住，只得在場中繞圈奔逃。楊過在後疾追，罵道：「臭道士，你打得我好，打過了想逃麼？」

此時旁觀的十人中倒有八九個是道士，聽他這麼臭道士、賊道士的亂罵，不由得又是好氣，又是好笑，人人都道：「這小子非好好管教不可。」那小道士給趕得急了，驚叫：「師父，師父！」盼趙志敬出言喝止。趙志敬連聲怒喝，楊過卻毫不理睬。

正沒做理會處，人羣中一聲怒吼，竄出一名胖大道人，縱上前去，一把抓住楊過的後領，提將起來，拍拍拍三記耳光，下的竟是重手，打得他半邊面頰登時腫了起來。楊過險些給這三下打暈了，一看之下，原來是與自己有仇的鹿清篤。楊過首日上山，鹿清篤被他使詐險些燒死，此後受盡師兄弟的訕笑，說他本事還不及一個小小孩兒。他一直懷恨在心，此時見楊過又在胡鬧，忍不住便出來動手。

楊過本就打豁了心，眼見是他，更知無倖，只是後心被他抓住了，動彈不得。鹿清篤一陣獰笑，又是拍拍拍三記耳光，叫道：「你不聽師父的言語，就是本門叛徒，誰都打得。」說著舉手又要打落。

趙志敬的師弟崔志方見楊過出手之際竟似不會半點本門功夫，又知趙志敬心地狹隘，只怕其中另有別情，眼見鹿清篤落手兇狠，恐防打傷了人，當即喝道：「清篤，住手！」

鹿清篤聽師叔叫喝，雖然不願，只得將楊過放下，道：「師叔你有所不知，這小子狡猾無賴之極，不重重教訓，我教中還有甚麼規矩？」

崔志方不去理他，走到楊過面前，只見他兩邊面頰腫得高高的，又青又紫，鼻底口邊都是鮮血，神情甚是可憐，當下柔聲道：「楊過，你師父教了你武藝，你怎不好好用功修習，卻與師兄們撒潑亂打？」楊過恨恨的道：「甚麼師父？他沒教我半點武功。」崔志方道：「我明明聽到你背誦口訣，一點也沒背錯。」

楊過想起黃蓉在桃花島上教他背誦四書五經，只道趙志敬所教的也是與武功絕無關連的經書，道：「我又不想考試中狀元，背這些勞什子何用？」崔志方假意發怒，要試一試他是否當真不會半點本門功夫，當下板起臉道：「對尊長說話，怎麼這等無禮？」倏地伸出手去，在他肩頭一推。

崔志方是全真門下第三代的高手之一，武功雖不及趙志敬、尹志平等人，卻也是內外兼修，功力頗深。這一推輕重疾徐恰到好處，觸手之下，但覺楊過肩頭微側，內力自生，竟把他的推力卸開了一小半，雖然踉踉蹌蹌的退後幾步，竟不跌倒。崔志方一驚，心頭疑雲大起，尋思：「他小小年紀，入我門不過半年，怎能有此功力？他既具此內力，適才比武就絕不該如此亂打，難道當真有詐麼？」他那知楊過修習歐陽鋒所傳內功，不知不覺間已頗有進境。白駝山一派內功上手甚易，進展極速，不比全真派內功在求根基紮實。在初練的十年之中，白駝山的弟子功力必高出甚多，直到十年之後，全真派弟子才慢慢趕將上來。兩派內功本來大不相同，但崔志方隨手那麼一推，自難分辨其間的差別。

楊過被他一推，胸口氣都喘不過來，只道他也出手毆打自己。他此時天不怕，地不怕，縱然丘處機親來，也要上前動手，那裏會忌憚甚麼崔志方、崔志圓？當下低頭直衝，向他小腹撞去。崔志方怎能與小孩兒一般見識，微微一笑，閃身讓開，一心要瞧瞧他的真實功夫，說道：「清篤，你與楊師弟過過招，下手有分寸些，別太重了！」

鹿清篤巴不得有這句話，立時晃身擋在楊過前面，左掌虛拍，楊過向右一躲，鹿清篤右掌打出，這一掌「虎門手」勁力不小，砰的一響，正中楊過胸口。若非楊過已習得白駝山內功，非當場口噴鮮血不可，饒是如此，也是胸前疼痛不堪，臉如白紙。鹿清篤見一掌打他不倒，也是暗自詫異，右拳又擊他面門。楊過伸臂招架，苦在他不明拳理，竟不會最尋常的拆解之法。鹿清篤右拳斜引，左拳疾出，又是砰的一響，打中他小腹。楊過痛得彎下了腰。鹿清篤竟然下手不容情，右掌掌緣猛斬而下，正中項頸。他滿擬這一斬對準要害，要他立時暈倒，以報昔日之仇，那知楊過身子晃了幾下，死命挺住，仍不跌倒，只是頭腦昏眩，已全無還手之力。

崔志方此時已知他確是不會武功，叫道：「清篤，住手！」鹿清篤向楊過道：「臭小子，你服了我麼？」楊過罵道：「賊道士，終有一日要殺了你！」鹿清篤大怒，兩拳連擊，都打在他的鼻樑之上。

楊過被毆得昏天黑地，搖搖晃晃的就要跌倒，不知怎地，忽然間一股熱氣從丹田中直衝上來，眼見鹿清篤第三拳又向面門擊至，閃無可閃，避無可避，自然而然的雙腿一彎，口中閣的一聲叫喝，手掌推出，正中鹿清篤小腹。但見他一個胖大身軀突然平平飛出，騰的一響，塵土飛揚，跌在丈許之外，直挺挺的躺在地下，再也不動。

旁觀眾道見鹿清篤以大欺小，毒打楊過，均有不平之意，長一輩的除趙志敬外都在出聲阻攔，那知奇變陡生，鹿清篤竟被楊過掌力摔出，就此僵臥不動，人人都大為訝異，一起擁過去察看。

楊過於這蛤蟆功的內功原本不會使用，只是在危急拚命之際，自然而然的迸發，第一次在桃花島上擊暈了武修文，相隔數月，內力又已大了不少，而他心中對鹿清篤的憎恨，更非對武氏兄弟之可比，勁由心生，竟將他打得直飛出去。只聽得眾道士亂叫：「啊喲，不好，死了！」「沒氣啦，準是震碎了內臟！」「快稟報掌教祖師。」楊過心知已闖下了大禍，昏亂中不及細想，當下撒腿便奔。

羣道都在查探鹿清篤死活，楊過悄悄溜走，竟無人留心。趙志敬見鹿清篤雙眼上翻，不明生死，又駭又怒，大叫：「楊過，楊過，你學的是甚麼妖法？」他武功雖強，但平日長在重陽宮留守，見聞不廣，竟不識得蛤蟆功的手法。他叫了幾聲，不聞楊過答應。眾道士回過身來，已不見他的蹤影。趙志敬立傳號令，命眾人分頭追拿，料想這小小孩童在這片刻之間又能逃到何處？

楊過慌不擇路，發足亂闖，只揀樹多林密處鑽去，奔了一陣，只聽得背後喊聲大振，四下裏都有人在大叫：「楊過，楊過，快出來。」他心中更慌，七高八低的亂走，忽覺前面人影一晃，一名道士已見到了他，搶著過來。楊過急忙轉身，西邊又有一名道士，大叫：「在這裏啦，在這裏啦。」楊過一矮身，從一叢灌木下鑽了過去。那道士身軀高大，鑽不過去，待得繞過樹叢來尋，楊過已逃得不知去向。

楊過鑽過灌木叢，向前疾衝，奔了一陣，耳聽得羣道呼聲漸遠，但始終不敢停步，避開道路，在草叢亂石中狂跑，到後來全身酸軟，實在再也奔不動了，只得坐在石上喘氣。坐了一會，心中只道：「快逃，快逃。」可是雙腿如千斤之重，說甚麼也站不起來。忽聽身後有人嘿嘿冷笑，楊過大吃一驚，回過頭來，嚇得一顆心幾乎要從口腔中跳將出來，只見身後一個道人橫眉怒目，長鬚垂胸，正是趙志敬。

二人相對怒視半晌，片刻之間，都是一動也不動。楊過突然大叫一聲，轉身便逃。趙志敬搶上前去，伸手抓他後心。楊過向前急撲，幸好差了數寸，沒給抓住，當即拾起一塊石子，用力向後擲出。趙志敬側身避過，足下加快，二人相距更加近了。楊過狂奔十幾步，突見前面似是一道深溝，已無去路，也不知下面是深谷還是山溪，更不思索，便即湧身躍下。

趙志敬走到峭壁邊緣向下張望，眼見楊過沿著青草斜坡，直滾進了樹叢之中。立足處離下面斜坡少說也有六七丈，他可不敢就此躍下，快步繞道來到青草坡上，順著楊過在草地上壓平的一條路綫，尋進樹叢，卻不見楊過的蹤跡，越行樹林越密，到後來竟已遮得不見日光。他走出十數丈，猛地省起，這是重陽祖師昔年所居活死人墓的所在，本派向有嚴規，任誰不得入內一步，可是若容楊過就此躲過，卻是心有不甘，當下高聲叫道：「楊過，楊過，快出來。」

叫了幾聲，林中一片寂靜，更無半點聲息，他大著膽子，又向前走了幾步，朦朧中見地下立著一塊石碑，低頭一看，見碑上刻著四個字道：「外人止步。」趙志敬躊躇半晌，提高嗓子又叫：「楊過你這小賊，再不出來，抓住你活活打死。」叫聲甫畢，忽聞林中起了一陣嗡嗡異聲，接著灰影晃動，一羣白色蜂子從樹葉間飛出，撲了過來。

趙志敬大驚，揮動袍袖要將蜂子驅開，他內力深厚，袖上的勁道原自不小，但揮了數揮，蜂羣突分為二，一羣正面撲來，另一羣卻從後攻至。趙志敬更是心驚，不敢怠慢，雙袖飛舞，護住全身。羣蜂散了開來，上下左右、四面八方的撲擊。趙志敬不敢再行抵禦，揮袖掩住頭臉，轉身急奔出林。

那羣玉蜂嗡嗡追來，飛得雖不甚速，卻是死纏不退。趙志敬逃向東，玉蜂追向東，他逃向西，玉蜂追向西。他衣袖舞得微一緩慢，兩隻蜂子猛地從空隙中飛了進去，在他右頰上各螫了一針。片刻之間，趙志敬只感麻癢難當，似乎五臟六腑也在發癢，心想：「今日我命休矣！」到後來已然立足不定，倒在林邊草坡上滾來滾去，大聲呼叫。蜂羣在他身畔盤旋飛舞了一陣，便回入林中。

第五回

活死人墓

楊過睡在石床上寒冷難當，全身發抖。
只見小龍女取出一根繩索，
在室東的一根鐵釘上繫住，拉繩橫過室中，
將繩子的另一端繫在西壁的一口釘上。
她輕輕縱起，橫臥繩上。

楊過摔在山坡，滾入樹林長草叢中，便即昏暈，也不知過了多少時候，忽覺身上刺痛，睜開眼來，只見無數白色蜂子在身周飛舞來去，耳中聽到的盡是嗡嗡之聲，跟著全身奇癢入骨，眼前白茫茫的一片，不知是真是幻，又暈了過去。

又過良久，忽覺口中有一股冰涼清香的甜漿，緩緩灌入咽喉，他昏昏沉沉的吞入肚內，但覺說不出的受用，微微睜眼，猛見到面前兩尺外是一張生滿雞皮疙瘩的醜臉，正瞪眼瞧著自己。楊過一驚之下，險些又要暈去。那醜臉人伸出左手捏住他下顎，右手拿著一隻杯子，正將甜漿灌在他口裏。

楊過覺得身上奇癢劇痛已減，又發覺自己睡在一張床上，知那醜人救治了自己，微微一笑，意示相謝。那醜臉人也是一笑，餵罷甜漿，將杯子放在桌上。楊過見她的笑容更是十分醜陋，但奇醜之中卻含仁慈溫柔之意，登時心中感到一陣溫暖，求道：「婆婆，別讓師父來捉我去。」

那醜臉老婦柔聲問道：「好孩子，你師父是誰？」楊過已好久沒聽到這般溫和關切的聲音，胸間一熱，不禁放聲大哭起來。那老婦左手握住他手，也不出言勸慰，只是臉含微笑，側頭望著他，目光中充滿愛憐之色，右手輕拍他背心，待他哭了一陣，才道：「你好些了嗎？」楊過聽那老婦語音慈和，忍不住又哭了起來。那老婦拿手帕給他拭淚，安慰道：「乖孩子，別哭，別哭，過一會身上就不痛啦。」她越是勸慰，楊過越是哭得傷心。

忽聽帷幕外一個嬌柔的聲音說道：「孫婆婆，這孩子哭個不停，幹甚麼啊？」楊過抬起頭來，只見一隻白玉般的纖手掀開帷幕，走進一個少女來。那少女披著一襲輕紗般的白衣，猶似身在煙中霧裏，看來約莫十六七歲年紀，除了一頭黑髮之外，全身雪白，面容秀美絕俗，只是肌膚間少了一層血色，顯得蒼白異常。楊過臉上一紅，立時收聲止哭，低垂了頭甚感羞愧，但隨即用眼角偷看那少女，見她也正望著自己，忙又低下頭來。

孫婆婆笑道：「我沒法子啦，還是你來勸勸他罷。」那少女走近床邊，看他頭上被玉蜂螫刺的傷勢，伸手摸了摸他額角，瞧他是否發燒。楊過的額頭與她掌心一碰到，但覺她手掌寒冷異常，不由得機伶伶打個冷戰。那少女道：「沒甚麼。你已喝了玉蜂漿，半天就好。你闖進林子來幹甚麼？」

楊過抬起頭來，與她目光相對，只覺這少女清麗秀雅，莫可逼視，神色間卻是冰冷淡漠，當真是潔若冰雪，也是冷若冰雪，實不知她是喜是怒，是愁是樂，竟不自禁的感到恐怖：「這姑娘是水晶做的，還是個雪人兒？到底是人是鬼，還是神道仙女？」雖聽她語音嬌柔婉轉，但語氣之中似乎也沒絲毫暖意，一時呆住了竟不敢回答。

孫婆婆笑道：「這位龍姊姊是此間主人，她問你甚麼，你都回答好啦！」

這個秀美的白衣少女便是活死人墓的主人小龍女。其時她已過十八歲生辰，只是長居墓中，不見日光，所修習內功又是克制心意的一路，是以比之尋常同年少女似是小了幾歲。孫婆婆是服侍她師父的女僕，自她師父逝世，兩人在墓中相依為命。這日聽到玉蜂的聲音，知道有人闖進墓地外林，孫婆婆出去查察，見楊過已中毒暈倒，當下將他救了回來。本來依照她們門中規矩，任何外人都不能入墓半步，男子進來更是犯了大忌。只是楊過年幼，又見他遍體傷痕，孫婆婆心下不忍，是以破例相救。

楊過從石榻上翻身坐起，躍下地來，向孫婆婆和小龍女都磕了一個頭，說道：「弟子楊過，拜見婆婆，拜見龍姑姑。」

孫婆婆眉花眼笑，連忙扶起，說道：「啊，你叫楊過，不用多禮。」她在墓中住了幾十年，從不與外人來往，此時見楊過人品俊秀，舉止有禮，心中說不出的喜愛。小龍女卻只點了點頭，在床邊一張石椅上坐了。孫婆婆道：「你怎麼會到這裏來？怎生受了傷？那一個歹人將你打成這個樣子的啊？」她口中問著，卻不等他答覆，出去拿了好些點心糕餅，不斷勸他吃。

楊過吃了幾口糕點，於是把自己的身世遭遇從頭至尾的說了。他口齒伶俐，說來本已娓娓動聽，加之新遭折辱，言語之中更是心情激動。孫婆婆不住嘆息，時時插入一句二句評語，竟是語語護著楊過，一會兒說黃蓉偏袒女兒，行事不公，一會兒斥責趙志敬心胸狹隘、欺侮孩子。小龍女卻不動聲色，悠悠閒閒的坐著，只在聽楊過說到李莫愁之時，與孫婆婆對望了數眼。孫婆婆聽楊過說罷，伸臂將他摟在懷裏，連說：「我這苦命的孩子。」小龍女緩緩站起身來，道：「他的傷不礙事，婆婆，你送他出去罷！」

孫婆婆和楊過都是一怔。楊過大聲嚷道：「我不回去，我死也不回去。」孫婆婆道：「姑娘，這孩子若是回到重陽宮中，他師父定要難為他。」小龍女道：「你送他回去，跟他師父說說，教他別難為孩子。」孫婆婆道：「唉，旁人教門中的事，咱們也管不著。」小龍女道：「你送一瓶玉蜂蜜漿去，再跟他說，那老道不能不依。」她說話斯文，但語氣中自有一股威嚴，教人難以違抗。孫婆婆嘆了口氣，知她自來執拗，多說也是無用，只是望著楊過，目光中甚有憐惜之意。

楊過霍地站起，向二人作了一揖，道：「多謝婆婆和姑姑醫傷，我走啦！」孫婆婆道：「你到那裏去？」楊過呆了片刻，道：「天下這麼大，那裏都好去。」但他心中實不知該到何處才是，臉上不自禁的露出淒然之色。孫婆婆道：「孩子，非是我們姑娘不肯留你過宿，實是此處向有嚴規，不容旁人入來，你別難過。」楊過昂然道：「婆婆說那裏話來？咱們後會有期了。」他滿口學的是大人口吻，但聲音稚嫩，孫婆婆聽來又是可笑又是可憐，見他眼中淚珠瑩然，卻強忍著不讓淚水掉將下來，對小龍女道：「姑娘，這深更半夜的，就讓他明兒一早再去罷。」小龍女微微搖頭，道：「婆婆，你難道忘了師父所說的規矩？」孫婆婆嘆了口氣，站起身來，低聲向楊過道：「來，孩子，我給你一件物事玩兒。」楊過伸手背在眼上一抹，低頭向門外奔了出去，叫道：「我不要。我死也不回到臭道士那裏去。」

孫婆婆搖了搖頭，道：「你不認得路，我帶你出去。」上前攜了他手。一出室門，楊過眼前便是漆黑一團，由孫婆婆拉著手行走，只覺轉了一個彎又是一個彎，不知孫婆婆在黑暗之中如何認得這曲曲折折的路徑。

原來這活死人墓雖然號稱墳墓，其實是一座極為寬敞宏大的地下倉庫。當年王重陽起事抗金之前，動用數千人力，歷時數年方始建成，在其中暗藏器甲糧草，作為山陝一帶的根本，外形築成墳墓之狀，以瞞過金人的耳目；又恐金兵終於來攻，墓中更布下無數巧妙機關，以抗外敵。義兵失敗後，他便在此隱居。是以墓內房舍眾多，通道繁複，外人入內，即是四處燈燭輝煌，亦易迷路，更不用說全無絲毫星火之光了。

兩人出了墓門，走到林中，忽聽得外面有人朗聲叫道：「全真門下弟子尹志平，奉師命拜見龍姑娘。」聲音遠隔，顯是從禁地之外傳來。孫婆婆道：「外面有人找你來啦，且別出去。」楊過又驚又怒，身子劇顫，說道：「婆婆，你不用管我。一身作事一身當，我既失手打死了人，讓他們殺我抵命便了。」說著大踏步走出。孫婆婆道：「我陪你去。」

孫婆婆牽著楊過之手，穿過叢林，來到林前空地。月光下只見六七名道人一排站著，另有四名火工道人，抬著身受重傷的趙志敬與鹿清篤。羣道見到楊過，輕聲低語，不約而同的走上了幾步。

楊過掙脫孫婆婆的手，走上前去，大聲道：「我在這裏，要殺要剮，全憑你們就是。」

羣道人料不到他小小一個孩兒居然這般剛硬，都是出乎意料之外。一個道人搶將上來，伸手抓住楊過後領拖了過去。楊過冷笑道：「我又不逃，你急甚麼？」那道人是趙志敬的大弟子，眼見師父為了楊過而身受玉蜂之螫，痛得死去活來，也不知性命是否能保。他向來對師父十分恭敬，心想做徒弟的居然會對師父如此忤逆，實是無法無天之至，聽楊過出言衝撞，順手在他頭上就是一拳。

孫婆婆本欲與羣道好言相說，眼見楊過被人強行拖去，已是大為不忍，突然見他被毆，心頭怒火那裏還按捺得下？立時大踏步上前，衣袖一抖，拂在那道人手上。那人只覺手腕上熱辣辣的一陣劇痛，不由得鬆手，待要喝問，孫婆婆已將楊過抱起，轉身而行。

莫看她似乎只是個龍鍾衰弱的老婦，但這下出手奪人卻是迅捷已極，羣道只一呆間，她已帶了楊過走出丈許之外。三名道人怒喝：「放下人來！」同時搶上。孫婆婆停步回頭，冷笑道：「你們要怎地？」

尹志平知道活死人墓中人物與師門淵源極深，不敢輕易得罪，先行喝止各人：「大家散開，不得在前輩面前無禮。」這才上前稽首行禮，道：「弟子尹志平拜見前輩。」孫婆婆道：「幹甚麼？」尹志平道：「這孩子是我全真教的弟子，請前輩賜還。」孫婆婆雙眉一豎，厲聲道：「你們當我之面，已將他這般毒打，待得拉回道觀之中，更不知要如何折磨他。要我放回，萬萬不能！」尹志平忍氣道：「這孩子頑劣無比，欺師滅祖，大壞門規。武林中人講究的是敬重師長，敝教責罰於他，想來也是應該的。」孫婆婆怒道：「甚麼欺師滅祖，全是一面之詞。」指著躺在擔架中的鹿清篤道：「孩子跟這胖道士比武，是你們全真教自己定下的規矩。他本來不肯比，給你們硬逼著下場。既然動手，自然有輸有贏，這胖道人自己不中用，又怪得誰了？」她相貌本來醜陋，這時心中動怒，紫脹了臉皮，更是怕人。

說話之間，陸陸續續又來了十多名道士，都站在尹志平身後，竊竊私議，不知這個大聲呼喝的醜老婆子是誰。

尹志平心想，打傷鹿清篤之事原也怪不得楊過，但在外人面前可不能自墮威風，說道：「此事是非曲直，我們自當稟明掌教師祖，由他老人家秉公發落。請前輩將孩子交下罷。」孫婆婆冷笑道：「你們的掌教又能秉甚麼公了？全真教自王重陽以下，從來就沒一個好人。若非如此，咱們住得這般近，幹麼始終不相往來？」尹志平心想：「這是你們不跟我們往來，又怎怪得了全真教？你話中連我們創教真人也罵了，未免太也無禮。」但不願由此而啟口舌之爭，致傷兩家和氣，只說：「請前輩成全，敝教若有得罪之處，當奉掌教吩咐，再行登門謝罪。」

楊過攬著孫婆婆的頭頸，在她耳邊低聲道：「這道人鬼計很多，婆婆你別上他當。」

孫婆婆十八年來將小龍女撫養長大，內心深處常盼再能撫養一個男孩，這時見楊過跟自己親熱，極是高興，當下心意已決：「說甚麼也不能讓他們將孩子搶去。」於是高聲叫道：「你定要帶孩子去，到底想怎生折磨他？」尹志平一怔，道：「弟子與這孩子的亡父有同門之誼，決不能難為亡友的孤兒，老前輩大可放心。」孫婆婆搖了搖頭，說道：「老婆子素來不聽外人囉唆，少陪啦。」說著拔步走向樹林。

趙志敬躺在擔架，玉蜂螫傷處痲癢難當，心中卻極明白，聽尹志平與孫婆婆鬥口良久不決，愈聽愈怒，突然間挺身從擔架中躍出，縱到孫婆婆跟前，喝道：「這是我的弟子，愛打愛罵，全憑於我。不許師父管弟子，武林中可有這等規矩？」

孫婆婆見他面頰腫得猶似豬頭一般。聽了他的說話，知道就是楊過的師父，一時之間倒無言語相答，只得強詞奪理：「我偏不許你管教，那便怎麼？」趙志敬喝道：「這孩子是你甚麼人？你憑甚麼來橫加插手？」孫婆婆一怔，大聲道：「他早不是你全真教的門人啦。這孩子已改拜我家小龍女姑娘為師，他好與不好，天下只小龍女姑娘一人管得。你們乘早別來多管閒事。」

此言出口，羣道登時大譁。要知武林中的規矩，若是未得本師允可，決不能另拜別人為師，縱然另遇之明師本領較本師高出十倍，亦不能見異思遷，任意飛往高枝，否則即屬重大叛逆，為武林同道所不齒。昔年郭靖拜江南七怪為師後，再跟洪七公學藝，始終不稱「師父」，直至後來柯鎮惡等正式允可，方與洪七公定師徒名分。此時孫婆婆被趙志敬搶白得無言可對，她又從不與武林人士交往，那知這些規矩，當下信口開河，卻不知犯了大忌。全真諸道本來多數憐惜楊過，頗覺趙志敬處事不合，但聽楊過膽敢公然反出師門，那是全真教創教以來從所未有之事，無不大為惱怒。

趙志敬傷處忽爾劇痛，忽爾奇癢，本已難以忍耐，只覺拚了一死，反而爽快，咬牙問楊過道：「楊過，此事當真？」

楊過原本不知天高地厚，眼見孫婆婆為了護著自己與趙志敬爭吵，她就算說自己做下了千件萬件十惡不赦之事，也都一口應承，何況只不過是改投師門，那正是他心中的意願，又別說是拜小龍女為師，便是說他拜一隻豬、一隻狗為師，他也毫不遲疑的認了，當即大聲叫道：「臭道士，賊頭狗腦的山羊鬍子牛鼻子，你這般打我，我為甚麼還認你為師？不錯，我已拜了孫婆婆為師，又拜了龍姑姑為師啦。」

趙志敬氣得胸口幾欲炸裂，飛身而起，雙手往他肩頭抓去。孫婆婆罵道：「臭雜毛，你作死麼？」右臂格出，碰向趙志敬手腕。趙志敬是全真教第三代弟子中的第一高手，若論武功造詣，猶在尹志平之上，雖然身受重傷，出勢仍是極為猛烈。二人手臂一交，各自倒退了兩步。孫婆婆呸了一聲，道：「好雜毛，倒非無能之輩。」趙志敬一抓不中，二抓又出。這次孫婆婆已不敢小覷於他，側身避過，裙裏腿無影無蹤的忽地飛出。趙志敬聽到風聲，待要躲避，玉蜂所螫之處突然奇癢難當，不禁「噯喲」一聲大叫，抱頭蹲低，就在他大叫聲中，孫婆婆已一腳踢在他脅下。趙志敬身子飛起，在半空中還是癢得「噯喲、噯喲」的大叫。

尹志平搶上兩步，伸臂接住趙志敬，交給身後的弟子。他見這醜婆子武功招數奇異之極，眼見難敵，一聲唿哨，六名道人從兩側圍上，布成天罡北斗之陣，將孫婆婆與楊過包在中間。尹志平叫聲：「得罪！」左右位當天樞、搖光的兩名道人攻了上來。孫婆婆不識陣法，只還了幾招，立知厲害，她又只能一手應敵，拆到十二三招時已是凶險百出，每一下攻著都被尹志平推動陣法化解開去，而北斗陣的攻勢卻是連綿不斷。再拆十餘招，孫婆婆右掌被兩名道士纏住了，左側又有兩名道士攻上，只得放下楊過，出左手相迎，只聽得北斗陣中一聲呼哨，兩名道士搶上來擒拿楊過。

孫婆婆暗暗心驚：「這批臭道士可真的有點本事，老婆子對付不了。」一面出裙裏腿逐開兩人，口中嗡嗡嗡的低吟起來。這吟聲初時極為輕微，眾道並不在意，但她的吟聲後一聲與前一聲相疊，重重疊疊，竟然越來越響。

尹志平與孫婆婆一起手相鬥，即是全神戒備。他知當年住在這墓中的前輩武功可與本教創教祖師並駕爭先，她的後人自然也非等閒之輩，是以聽到嗡嗡之聲，料想是一門傳音攝心之術，急忙屏息寧神，以防為敵所制；可是聽了一陣，她吟聲不斷加響，自己心旌卻毫無動搖之象，正自奇怪，驀地裏想起一事，不由得大驚失色。正欲傳令羣道退開，但聽得遠處的嗡嗡之聲，已與孫婆婆口中的吟聲混成一片，尹志平大叫：「大夥兒快退！」羣道一呆，心想：「我們已佔上風，不久便可生擒這一老一小，老婆子亂叫亂嚷又怕她何來？」突然樹林中灰影閃動，飛出一羣玉蜂，往眾人頭頂撲來。羣道見過趙志敬所吃的苦頭，登時個個嚇得魂不附體，掉頭就逃。蜂羣急飛追趕。

眼見羣道人人難逃蜂螫之厄，孫婆婆哈哈大笑。忽見林中搶出一個老道，手中高舉兩個火把，火頭中有濃煙昇起，揮向蜂羣。羣蜂被黑煙一燻，陣勢大亂，慌不迭的遠遠飛走了。孫婆婆吃了一驚，看那老道時，只見他白髮白眉，臉孔極長，看模樣是全真教中的高手，喝問：「喂，你這老道是誰？幹麼驅趕我的蜂兒。」那老道笑道：「貧道郝大通，拜見婆婆。」

孫婆婆雖然向不與武林中人交往，但與重陽宮近在咫尺，也知廣寧子郝大通是王重陽座下的七大弟子之一，心想趙志敬、尹志平這樣的小道士能為已自不低，這個老道自然更加難纏，鼻中聞到火把上的濃煙，臭得便想嘔吐，料想這火把是以專燻毒蟲的藥草所紮，眼下既無玉蜂可恃，只得乘早收篷，厲聲喝道：「你燻壞了我家姑娘的蜂子，怎生賠法，回頭跟你算帳。」抱起楊過，縱身入林。

尹志平道：「郝師叔，追是不追？」郝大通搖頭道：「創教真人定下嚴規，不得入林，且回觀從長計議，再作道理。」

孫婆婆攜著楊過的手又回墓中。二人共經這番患難，更是親密了一層。楊過擔心小龍女仍是不肯收留自己，孫婆婆道：「你放心，我定要說得她收你為止。」當下命他在一間石室中休息，自行去向小龍女關說。

楊過等了良久，始終不見她回來，越來越是焦慮，尋思：「龍姑姑多半不肯收留，就算孫婆婆強了她答應，我在此處也是無味。」想了片刻，心念已決，悄悄向外走去。

剛走出室門，孫婆婆匆匆走來，問道：「你到那裏去？」楊過道：「婆婆，我去啦，等我年紀大些，再來望你。」孫婆婆道：「不，我送你到一處地方，教別人不能欺你。」楊過聽了這話，知道小龍女果然不肯收留，不禁心中一酸，低頭道：「那也不用了。我是個頑皮孩子，不論到那裏，人家都不要我。婆婆你別多費心。」孫婆婆與小龍女爭了半天，見她執意不肯，心中也自惱了，又見楊過可憐，胸口熱血上湧，叫道：「孩子，別人不要你，婆婆偏喜歡你。你跟我走，不管去那裏，婆婆總是跟你在一起。」

楊過大喜，伸手拉著她手，二人一齊走出墓門。孫婆婆氣憤之下，也不轉頭去取衣物，伸手在懷中一摸，碰到一個瓶子，記起是要給趙志敬療毒的蜂漿，心想這臭道士固然可惡，卻是罪不至死，他不服這蜂漿，不免後患無窮，當下帶著楊過，往重陽宮而去。

楊過見她奔近重陽宮，嚇了一跳，低聲道：「婆婆，你又去幹甚麼？」孫婆婆道：「給你的臭師父送藥。」幾個起落，已奔近道觀之前。她躍上牆頭，正要往院子中縱落，忽然黑暗中鐘聲鏜鏜急響，遠遠近近都是唿哨之聲。在一片寂靜中猛地眾聲齊作，孫婆婆知已陷入重圍，不由得暗暗心驚。

全真教是武林中一等一的大宗派，平時防範布置已異常嚴密，這日接連出事，更是四面八方都有守護，眼見有人闖入宮來，立時示警傳訊，宮中眾弟子當即分批迎敵。更有一羣羣道人遠遠散了出去，一來包圍已入腹地之敵，二來阻擋敵人後援。

孫婆婆暗罵：「老婆子又不是來打架，擺這些臭架子嚇誰了？」高聲叫道：「趙志敬，快出來，我有話跟你說。」大殿上一名中年道人應聲而出，說道：「黃夜闖入敝觀，有何見教？」孫婆婆道：「這是治他蜂毒的藥，拿了去罷！」說著將一瓶玉蜂漿拋了過去。那道人伸手接住，將信將疑，尋思：「她幹麼這等好心，反來送藥。」朗聲道：「那是甚麼藥？」孫婆婆道：「不必多問，你給他盡數喝將下去，自見功效。」那道士道：「我怎知你是好心還是歹意，又怎知是解藥還是毒藥。趙師兄已給你害得這麼慘，怎麼忽然又生出菩薩心腸來啦？」

孫婆婆聽他出言不遜，竟把自己一番好意說成是下毒害人，怒氣再也不可抑制，將楊過往地下一放，急躍而前，夾手將玉蜂漿搶過，拔去瓶塞，對楊過道：「張開嘴來！」楊過不明她用意，但依言張大了口。孫婆婆側過瓷瓶，將一瓶玉蜂漿都倒在他嘴裏，說道：「好，免得讓他們疑心是毒藥。過兒，咱們走罷！」說著攜了楊過之手，走向牆邊。

那道士名叫張志光，是郝大通的第二弟子，這時不由得暗自後悔不該無端相疑，看來她送來的倒真是解藥，趙志敬若是無藥救治，只怕難以挨過，當下急步搶上，雙手攔開，笑道：「老前輩，你何必這麼大的火性？我隨口說句笑話，你又當真了。大家多年鄰居，總該有點兒見面之情，哈哈，既是解藥，就請見賜。」

孫婆婆恨他油嘴滑舌，舉止輕佻，冷笑道：「解藥就只一瓶，要多是沒有的了。趙志敬的傷，你自己想法兒給他治罷！」說著反手一個耳括子，喝道：「你不敬前輩，這就教訓教訓你。」這一掌出手奇快，張志光不及閃避，拍的一聲，正中臉頰，甚是清脆爽辣。

門邊兩名道士臉上變色，齊聲說道：「就算你是前輩，也豈能容你在重陽宮撒野？」一出左掌，一出右掌，從兩側分進合擊。孫婆婆領略過全真教北斗陣的功夫，知道極不好惹，此時身入重地，那能跟他們戀戰？晃身從雙掌夾縫中竄過，抱起楊過就往牆頭躍去。

眼見牆頭無人，她剛要在牆上落足，突然牆外一人縱身躍起，喝道：「下去罷！」雙掌迎面推來。孫婆婆人在半空，無法借勁，只得右手還了一招，單掌與雙掌相交，各自退後，分別落在牆壁兩邊。六七名道士連聲呼嘯，將她擠在牆角。

這六七人都是全真教第三代弟子中的好手，特地挑將出來防守道宮大殿。剎時之間，此上彼退，此退彼上，六七人已波浪般攻了數次。孫婆婆被逼在牆角之中，欲待攜著楊過衝出，那幾名道人所組成的人牆卻硬生生的將她擋住了，數次衝擊，都給逼了回來。

又拆十餘招，主守大殿的張志光知道敵人已無能為力，當即傳令點亮蠟燭。十餘根巨燭在大殿四周燃起，照得孫婆婆面容慘淡，一張醜臉陰森怕人。張志光叫道：「守陣止招。」七名與孫婆婆對掌的道人同時向後躍開，雙掌當胸，各守方位。孫婆婆喘了口氣，冷笑道：「全真教威震天下，果然名不虛傳。幾十個年輕力壯的雜毛合力欺侮一個老太婆、一個小孩子。嘿嘿，厲害啊厲害！」

張志光臉上一紅，說道：「我們只是捉拿闖進重陽宮來的刺客。管你是老太婆也好，男子漢也好，長著身子進來，便得矮著身子出去。」孫婆婆冷笑道：「甚麼叫做矮著身子出去？叫老太婆爬出山門，是也不是！」張志光適才臉上被她一掌打得疼痛異常，那肯輕易罷休，說道：「若要放你，那也不難，只是須依我們三件事。第一，你放蜂子害了趙師兄，須得留下解藥。第二，這孩子是全真教的弟子，不得掌教真人允可，怎能任意反出師門？你將他留下了。第三，你擅自闖進重陽宮，須得在重陽祖師之前磕頭謝罪。」

孫婆婆哈哈大笑，道：「我早跟咱家姑娘說，全真教的道士們全沒出息，老太婆的話幾時說錯了？來來來，我跟你磕頭陪罪。」說著福將下去，就要跪倒。

這一著倒是大出張志光意料之外，一怔之間，只見孫婆婆已然彎身低頭，忽地寒光一閃，一枚暗器直飛過來。張志光叫聲「啊唷」，急忙側身避開，但那暗器來得好快，拍的一下，已打中了他左眼角，暗器粉碎，張志光額上全是鮮血。原來孫婆婆順手從懷中摸出那裝過玉蜂漿的空瓷瓶，冷不防的以獨門暗器手法擲出。她這一派武功係女流所創，招數手法處處出以陰柔，變幻多端，這一招「前踞後恭」更是人所莫測，雖是一個空瓷瓶，但在近處驀地擲出，張志光出其不意，卻也沒能躲開。

羣道見張志光滿臉是血，齊聲驚怒呼喝，紛紛拔出兵刃。全真道人都使長劍，一時之間庭院中劍光耀眼。孫婆婆負隅而立，微微冷笑，心知今日難有了局，但她性情剛硬，老而彌辣，那肯屈服，轉頭問楊過道：「孩子，你怕麼？」楊過見到這些長劍，心中早在暗想：「若是郭伯伯在此，臭道士再多我也不怕。若憑孫婆婆的本事，我們卻闖不出去。」聽孫婆婆相問，朗聲答道：「婆婆，讓他們殺了我便是。此事跟你無關，你快出去罷。」

孫婆婆聽這孩子如此硬氣，又為自己著想，更是愛憐，高聲道：「婆婆跟你一起死在這裏，好讓臭道士們遂了心意。」突然之間大喝一聲：「著！」急撲而前，雙臂伸出，抓住了兩名道士的手腕，一拗一奪，已將兩柄長劍搶了過來。這空手入白刃的功夫怪異之極，似是蠻搶，卻又巧妙非凡。兩道全沒防備，眼睛一霎，手中已失了兵器。

孫婆婆將一柄長劍交給楊過，道：「孩子，你敢不敢跟臭道士們動手？」楊過道：「我自然不怕。就可惜沒旁人在此。」孫婆婆道：「甚麼旁人？」楊過大聲道：「全真教威名蓋世，這等欺侮孤兒老婦的英雄之事，若無旁人宣揚出去，豈不可惜？」他聽了孫婆婆適才與張志光鬥口，已會意到其中關鍵。他說得清脆響亮，卻帶著明顯的童音。

羣道聽了這幾句話，倒有一大半自覺羞愧，心想合眾人之力而與一個老婦一個幼童相鬥，確是勝之不武。有人低聲道：「我去稟告掌教師伯，聽他示下。」此時馬鈺獨自在山後十餘里的一所小舍中清修，教中諸務都已交付於郝大通處理。說這話的是譚處端的弟子，覺得事情鬧大了，涉及全真教的清譽，非由掌教親自主持不可。

張志光臉上被碎瓷片割傷了十多處，鮮血蒙住了左眼，驚怒之中不及細辨，還道左眼已被暗器擊瞎，心想掌教師伯性子慈和，必定吩咐放人，自己這隻眼睛算是白瞎了，當即大聲叫道：「先拿下這惡婆娘，再去請掌教師伯發落。各位師弟齊上，把人拿下了。」

天罡北斗陣漸縮漸小，眼見孫婆婆只有束手被縛的份兒，那知待七道攻到距她三步之處，她長劍揮舞，竟是守得緊密異常，再也進不了一步。這陣法若由張志光主持，原可改變進攻之法，但他害怕對方暗器中有毒，若是出手相鬥，血行加劇，毒性發作得更快，是以瞇著左眼只在一旁喝令指揮。他既不下場，陣法威力就大為減弱。

羣道久鬥不下，漸感焦躁，孫婆婆突然一聲呼喝，抛下手中長劍，搶上三步，從羣道劍光中鑽身出去，抓住一名少年道人的胸口，將他提了起來，叫道：「臭雜毛，你們到底讓不讓路？」羣道一怔之間，忽地身後一人鑽出，伸手在孫婆婆腕上一搭。孫婆婆尚未看清此人面容，只覺腕上酸麻，抓著的少年道人已被他夾手搶了過去，緊接著勁風撲面，那人一掌當面擊來。孫婆婆暗想：「此人出掌好快。」急忙回掌擋格。雙掌相交，拍的一響，孫婆婆退後一步。

此人也是微微一退，但只退了尺許，跟著第二掌毫不停留的拍出。孫婆婆還了一招，雙掌撞擊，她又退後一步。那人踏上半步，第三掌跟著擊出。這三掌一掌快似一掌，逼得孫婆婆連退三步，竟無餘暇去看敵人面目，到第四掌上，孫婆婆背靠牆壁，已是退無可退。那人右掌擊出，與孫婆婆手心相抵，朗聲說道：「婆婆，你把解藥和孩子留下罷！」

孫婆婆抬起頭來，但見那人白鬚白眉，滿臉紫氣，正是日間以毒煙驅趕玉蜂的郝大通，適才交了三掌，已知他內力深厚，遠在自己之上，若是他掌力發足，定然抵擋不住，但她性子剛硬，寧死不屈，喝道：「要留孩子，須得先殺了老太婆。」郝大通知她與先師淵源極深，不願相傷，掌上留勁不發，說道：「你我數十年鄰居，何必為一個小孩兒傷了和氣？」孫婆婆冷笑道：「我原是好意前來送藥，你問問自己弟子，此言可假？」郝大通轉頭欲待詢問，孫婆婆忽地飛出一腿，往他下盤踢去。

這一腿來得無影無蹤，身不動，裙不揚，郝大通待得發覺，對方足尖已踢到小腹，縱然退後，也已不及，危急之下不及多想，掌上使足了勁力，「嘿」的一聲，將孫婆婆推了出去。這一推中含著他修為數十年的全真派上乘玄功內力，但聽喀喇一響，牆上一大片灰泥帶著磚瓦落了下來。孫婆婆噴出一大口鮮血，緩緩坐倒，委頓在地。

楊過大驚，伏在她的身上，叫道：「你們要殺人，殺我便是。誰也不許傷了婆婆。」孫婆婆睜開眼來，微微一笑，說道：「孩子，咱倆死在一塊罷。」楊過張開雙手，護住了她，背脊向著郝大通等人，竟將自己安危全然置之度外。

郝大通這一掌下了重手，眼見打傷了對方，心下也是好生後悔，那裏還會跟著進擊，當下要察看孫婆婆傷勢，想給她服藥治傷，只是給楊過遮住了，無法瞧見，溫言道：「楊過，你讓開，待我瞧瞧婆婆。」楊過那肯信他，雙手緊緊抱住了孫婆婆。郝大通說了幾遍，見楊過不理，焦躁起來，伸手去拉他手臂。楊過高聲大嚷：「臭道士，賊道士，你們殺死我好了，我不讓你害我婆婆。」

正鬧得不可開交，忽聽身後冷冷的一個聲音說道：「欺侮幼兒老婦，算得甚麼英雄？」郝大通聽那聲音清冷寒峻，心頭一震，回過頭來，只見一個極美的少女站在大殿門口，白衣如雪，目光中寒意逼人。重陽宮鐘聲一起，十餘里內外羣道密布，重重疊疊的守得嚴密異常，然而這少女斗然進來，事先竟無一人示警，不知她如何竟能悄沒聲的闖進道院。郝大通問道：「姑娘是誰？有何見教？」

那少女瞪了他一眼，並不答話，走到孫婆婆身邊。楊過抬起頭來，淒然道：「龍姑姑，這惡道士……把……把婆婆打死啦！」這白衣少女正是小龍女。孫婆婆帶著楊過離墓、進觀、出手，她都跟在後面看得清清楚楚，料想郝大通不致狠下殺手，是以始終沒有露面，那知形格勢禁，孫婆婆終於受了重傷，她要待相救，已自不及。楊過捨命維護孫婆婆的情形，她都瞧在眼裏，見他眼中滿是淚水，點了點頭，道：「人人都要死，那也算不了甚麼。」

孫婆婆自小將她撫養長大，直與母女無異，但小龍女十八年來過的都是止水不波的日子，兼之自幼修習內功，竟修得胸中沒了半點喜怒哀樂之情，見孫婆婆傷重難愈，自不免難過，但哀戚之感在心頭一閃即過，臉上竟是不動聲色。

郝大通聽得楊過叫她「龍姑姑」，知道眼前這美貌少女就是逐走霍都王子的小龍女，更是詫異不已。須知霍都王子鎩羽敗逃之事數月來傳遍江湖，小龍女雖未下終南山一步，名頭在武林中卻已頗為響亮。

小龍女緩緩轉過頭來，向羣道臉上逐一望去。除了郝大通內功深湛、心神寧定之外，其餘眾道士見到她澄如秋水、寒似玄冰的眼光，都不禁心中打了個突。

小龍女俯身察看孫婆婆，問道：「婆婆，你怎麼啦？」孫婆婆嘆了口氣，道：「姑娘，我一生從來沒求過你甚麼事，就是求你，你不答允也終是不答允。」小龍女秀眉微蹙，道：「現下你想求我甚麼？」孫婆婆點了點頭，指著楊過，一時卻說不出話來。小龍女道：「你要我照料他？」孫婆婆強運一口氣，道：「我求你照料他一生一世，別讓他吃旁人半點虧，你答不答允？」小龍女躊躇道：「照料他一生一世？」孫婆婆厲聲道：「姑娘，若是老婆子不死，也會照料你一生一世。你小時候吃飯洗澡、睡覺拉尿，難道……難道不是老婆子一手幹的麼？你……你……你報答過我甚麼？」小龍女上齒咬著下唇，說道：「好，我答允你就是。」孫婆婆的醜臉上現出一絲微笑，眼睛望著楊過，似有話說，一口氣卻接不上來。

楊過知她心意，俯耳到她口邊，低聲道：「婆婆，你有話跟我說？」孫婆婆道：「你……你再低下頭來。」楊過將腰彎得更低，把耳朵與她口唇碰在一起。孫婆婆低聲道：「你龍姑姑無依無靠，你……你……也……」說到這裏，一口氣再也提不上來，突然滿口鮮血噴出，只濺得楊過半邊臉上與胸口衣襟都是斑斑血點，就此閉目而死。楊過大叫：「婆婆，婆婆！」

傷心難忍，伏在她身上號啕大哭。

羣道在旁聽著，無不惻然，郝大通更是大悔，走上前去向孫婆婆的屍首行禮，說道：「婆婆，我失手傷你，實非本意。這番罪業既落在我的身上，也是你命中該當有此一劫。你好好去罷！」小龍女站在旁邊，一語不發，待他說完，兩人相對而視。

過了半晌，小龍女才皺眉說道：「怎麼？你不自刎相謝，竟要我動手麼？」郝大通一怔，道：「怎麼？」小龍女道：「殺人抵命，你自刎了結，我就饒了你滿觀道士的性命。」郝大通尚未答話，旁邊羣道已譁然叫了起來。此時大殿上已聚了三四十名道人，紛紛斥責：「小姑娘，快走罷，我們不來難為你。」「瞎說八道！甚麼自刎了結，饒了我們滿觀道士的性命？」「小小女子，不知天高地厚。」郝大通聽羣道喧擾，忙揮手約束。

小龍女對羣道之言恍若不聞，緩緩從懷中取出一團冰綃般的物事，雙手一分，右手將一塊白綃戴在左手之上，原來是一隻手套，隨即右手也戴上手套，輕聲道：「老道士，你既貪生怕死，不肯自刎，取出兵刃動手罷！」

郝大通慘然一笑，說道：「貧道誤傷了孫婆婆，不願再跟你一般見識，你帶了楊過出觀去罷。」他想小龍女雖因逐走霍都王子而名滿天下，終究不過憑藉一羣玉蜂之力。她小小年紀，就算武功有獨得之秘，總不能強過孫婆婆去，讓她帶楊過而去，一來念著雙方師門上代情誼，息事寧人，二來誤殺孫婆婆後心下實感不安，只得盡量容讓。

不料小龍女對他說話仍是恍如沒有聽見，左手輕揚，一條白色綢帶忽地甩了出來，直撲郝大通的門面。這一下來得無聲無息，事先竟沒半點朕兆，燭光照映之下，只見綢帶末端繫著一個金色的圓球。郝大通見她出招迅捷，兵器又是極為怪異，一時不知如何招架，他年紀已大，行事穩重，雖然自恃武功高出對方甚多，卻也不肯貿然接招，當下閃身往左避開。

那知小龍女這綢帶兵刃竟能在空中轉彎，郝大通躍向左邊，這綢帶跟著向左，只聽得玎玎玎三聲連響，金球疾顫三下，分點他臉上「迎香」、「承泣」、「人中」三個穴道。這三下點穴出手之快、認位之準，實是武林中的第一流功夫，又聽得金球中發出玎玎聲響，聲雖不大，卻是十分怪異，入耳蕩心搖魄。郝大通大驚之下，急忙使個「鐵板橋」，身子後仰，綢帶離臉數寸急掠而過。他怕綢帶上金球跟著下擊，也是他武功精純，揮灑自如，便在身子後仰之時，全身忽地向旁搬移三尺。這一著也是出乎小龍女意料之外，錚的一響，金球擊在地下。她這金球擊穴，著著連綿，郝大通竟在極危急之中以巧招避過。

郝大通伸直身子，臉上已然變色。羣道不是他的弟子，就是師姪，向來對他的武功欽服之極，見他雖然未曾受傷，這一招卻避得極是狼狽，無不駭異。四名道人各挺長劍向小龍女刺去。小龍女道：「是啦，早該用兵刃！」雙手齊揮，兩條白綢帶猶如水蛇般蜿蜒而出，玎玎兩響，接著又是玎玎兩響，四名道人手腕上的「靈道」穴都被金球點中，嗆啷、嗆啷兩聲，四柄長劍投在地下。這一下先聲奪人，羣道盡皆變色，無人再敢出手進擊。

郝大通初時只道小龍女武功多半平平，那知一動上手竟險些輸在她的手裏，不由得起了敵愾之心，從一名弟子手中接過長劍，說道：「龍姑娘功夫了得，貧道倒失敬了，來來來，讓貧道領教高招。」小龍女點了點頭，玎琤聲響，白綢帶自左而右的橫掃過去。

按照輩份，郝大通高著一輩，小龍女動手之際本該敬重長輩，先讓三招，但她一上來就下殺手，於甚麼武林規矩全不理會。郝大通心想：「這女孩兒武功雖然不弱，但似乎甚麼也不懂，顯是絕少臨敵接戰的經歷，再強也強不到那裏。」當下左手捏著劍訣，右手擺動長劍，與她的一對白綢帶拆解起來。

羣道團團圍在周圍，凝神觀戰。燭光搖晃下，但見一個白衣少女，一個灰袍老道，帶飛如虹，劍動若電，紅顏華髮，漸鬥漸烈。

郝大通在這柄劍上花了數十載寒暑之功，單以劍法而論，在全真教中可以數得上第三四位，但與這小姑娘翻翻滾滾拆了數十招，竟自佔不到絲毫便宜。小龍女雙綢帶矯矢似靈蛇，圓轉如意，再加兩枚金球不斷發出玎玎之聲，更是擾人心魄。郝大通久戰不下，雖然未落絲毫下風，但想自己是武林中久享盛名的宗匠，若與這小女子戰到百招以上，縱然獲勝，也已臉上無光，不由得焦躁起來，劍法忽變，自快轉慢，招式雖然比前緩了數倍，劍上的勁力卻也大了數倍。初時劍鋒須得避開綢帶的捲引，此時威力既增，反而去削斬綢帶。

再拆數招，只聽錚的一響，金球與劍鋒相撞，郝大通內力深厚，將金球反激起來，彈向小龍女面門，當即乘勢追擊，眾道歡呼聲中劍刃隨著綢帶遞進，指向小龍女手腕，滿擬她非撒手放下綢帶不可，否則手腕必致中劍。那知小龍女右手疾翻，已將劍刃抓住，喀的一響，長劍從中斷為兩截。

這一下羣道齊聲驚叫，郝大通向後急躍，手中拿著半截斷劍，怔怔發呆。他怎想得到對方手套係以極細極韌的白金絲織成，是她師祖傳下的利器，雖然輕柔軟薄，卻是刀槍不入，任他寶刀利劍都難損傷，劍刃被她驀地抓住，隨即以巧勁折斷。

郝大通臉色蒼白，大敗之餘，一時竟想不到她手套上有此巧妙機關，只道她當真是練就了刀槍不入的上乘功夫，顫聲說道：「好好好，貧道認輸。龍姑娘，你把孩子帶走罷。」小龍女道：「你打死了孫婆婆，說一句認輸就算了？」郝大通仰天打個哈哈，慘然道：「我當真老胡塗了！」提起半截斷劍就往頸中抹去。

忽聽錚的一響，手上劇震，卻是一枚銅錢從牆外飛入，將半截斷劍擊在地下。他內力深厚，要從他手中將劍擊落，真是談何容易？郝大通一凜，從這錢鏢打劍的功夫，已知是師兄丘處機到了，抬起頭來，叫道：「丘師哥，小弟無能，辱及我教，你瞧著辦罷。」只聽牆外一人縱聲長笑，說道：「勝負乃是常事，若是打個敗仗就得抹脖子，你師哥再有十八顆腦袋也都割完啦。」人隨聲至，丘處機手持長劍，從牆外躍了進來。

他生性最是豪爽不過，厭煩多鬧虛文，長劍挺出，刺向小龍女手臂，說道：「全真門下丘處機向高鄰討教。」小龍女道：「你這老道倒也爽快。」左掌伸出，又已抓住丘處機的長劍。郝大通大急叫：「師哥，留神！」但為時已經不及，小龍女手上使勁，丘處機力透劍鋒，二人手勁對手勁，喀喇一響，長劍又斷。但小龍女也是震得手臂酸麻，胸口隱隱作痛。只這一招之間，她已知丘處機的武功遠在郝大通之上，自己的「玉女心經」未曾練成，實是勝他不得，當下將斷劍往地下一擲，左手夾著孫婆婆的屍身，右手抱起楊過，雙足一登，身子騰空而起，輕飄飄的從牆頭飛了出去。

丘處機、郝大通等人見她忽然露了這手輕身功夫，不由得相顧駭然。丘郝二人與她交手，已知她武功雖精，比之自己終究尚有不及，但如此了得的輕身功夫卻當真是見所未見。

郝大通長嘆一聲，道：「罷了，罷了！」丘處機道：「郝師弟，枉為你修習了這多年道法，連這一點點挫折也勘不破？咱們師兄弟幾個這次到山西，不也鬧了個灰頭土臉？」郝大通驚道：「怎麼？沒人損傷嗎？」丘處機道：「這事說來話長，咱們見馬師哥去。」

原來李莫愁在江南嘉興連傷陸立鼎等數人，隨即遠走山西，在晉北又傷了幾名豪傑。終於激動公憤，當地的武林首領大撒英雄帖，邀請同道羣起而攻。全真教也接到了英雄帖。當時馬鈺與丘處機等商議，都說李莫愁雖然作惡多端，但她的師祖終究與重陽先師淵源極深，最好是從中調解，給她一條自新之路。當下劉處玄與孫不二兩人連袂北上。那知李莫愁行蹤詭秘，忽隱忽現，劉孫二人竟是奈何她不得，反給她又傷了幾名晉南晉北的好漢。

後來丘處機與王處一帶同十名弟子再去應援。李莫愁自知一人難與眾多好手為敵，便以言語相激，與丘王諸人訂約逐一比武。第一日比試的是孫不二。李莫愁暗下毒手，以冰魄銀針刺傷了她，隨即親上門去，餽贈解藥，叫丘處機等不得不受。這麼一來，全真諸道算是領了她的情，按規矩不能再跟她為敵。諸人相對苦笑，鎩羽而歸。幸好丘處機心急回山，先走一步，沒與王處一等同去太行山遊覽，這才及時救了郝大通的性命。

小龍女出了重陽宮後，放下楊過，抱了孫婆婆的屍身，帶同楊過回到活死人墓中。她將孫婆婆屍身放在她平時所睡的榻上，坐在榻前椅上，支頤於几，呆呆不語。楊過伏在孫婆婆身上，抽抽噎噎的哭個不停。過了良久，小龍女道：「人都死了，還哭甚麼？你這般哭她，她也不會知道了。」楊過一怔，覺得她這話甚是辛辣無情，但仔細想來，卻也當真如此，傷心益甚，不禁又放聲大哭。

小龍女冷冷的望著他，臉上絲毫不動聲色，又過良久，這才說道：「咱們去葬了她，跟我來。」抱起孫婆婆的屍身出了房門。楊過伸袖抹了眼淚，跟在她後面。墓道中沒半點光亮，他盡力睜大眼睛，也看不見小龍女的白衣背影，只得緊緊跟隨，不敢落後半步。她彎彎曲曲的東繞西迴，走了半晌，推開一道沉重的石門，從懷中取出火摺打著了火，點燃石桌上的兩盞油燈。楊過四下裏一看，不由得打個寒噤，只見空空曠曠的一座大廳上並列放著五具石棺。凝神細看，見兩具石棺棺蓋已密密蓋著，另外三具的棺蓋卻只推上一半，也不知其中有無屍體。

小龍女指著右邊第一具石棺道：「祖師婆婆睡在這裏。」指著第二具石棺道：「師父睡在這裏。」楊過見她伸手指向第三具石棺，心中怦怦而跳，不知她要說誰睡在這裏，眼見棺蓋沒有推上，若是有殭屍在內，豈不糟糕之極？只聽她道：「孫婆婆睡在這裏。」楊過才知是具空棺，輕輕吐了一口氣。他望著旁邊兩具空棺，好奇心起，問道：「那兩口棺材呢？」小龍女道：「我師姊李莫愁睡一口，我睡一口。」楊過一呆，道：「李莫愁……李姑娘會回來麼？」小龍女道：「我師父這麼安排了，她總是要回來的。這裏還少一口石棺，因為我師父料不到你會來。」楊過嚇了一跳，忙道：「我不，我不！」小龍女道：「我答允孫婆婆要照料你一生一世。我不離開這兒，你自然也在這兒。」

楊過聽她漠不在乎的談論生死大事，也就再無顧忌，道：「就算你不讓我出去，等你死了，我就出去了。」小龍女道：「我既說要照料你一生一世，就不會比你先死。」楊過道：

「為甚麼？你年紀比我大啊！」小龍女冷冷的道：「我死之前，自然先殺了你。」楊過嚇了一跳，心道：「那也未必。腳生在我身上，我不會逃走麼？」

小龍女走到第三具石棺前，推開棺蓋，抱起孫婆婆便要放入。楊過心中不捨，說道：「讓我再瞧婆婆一眼。」小龍女見他與孫婆婆相識不過一日，卻已如此重情，不由得好生厭煩，皺了皺眉頭，當下抱著孫婆婆的屍身不動。楊過在暗淡燈光下見孫婆婆面目如生，又想哭泣。小龍女橫了他一眼，將孫婆婆的屍身放入石棺，伸手抓住棺蓋一拉，喀隆一聲響，棺蓋與石棺的筍頭相接，蓋得嚴絲合縫。

小龍女怕楊過再哭，對他一眼也不再瞧，說道：「走罷！」左袖揮處，室中兩盞油燈齊滅，登時黑成一團。楊過怕她將自己關在墓室之中，急忙跟出。

墓中天地，不分日夜。二人鬧了這半天也都倦了。小龍女命楊過睡在孫婆婆房中。楊過自幼獨身浪跡江湖，常在荒郊古廟中過夜，本來膽子甚壯，但這時要他在墓中獨睡一室，想起石棺中那些死人，卻是說不出的害怕。小龍女連說幾聲，他只是不應。小龍女道：「你沒聽見麼？」楊過道：「我怕。」小龍女道：「怕甚麼？」楊過道：「我不知道。我不敢一人睡。」小龍女皺眉道：「那麼跟我一房睡罷。」當下帶他到自己的房中。

她在暗中慣了，素來不點燈燭，這時特地為楊過點了一枝蠟燭。楊過見她秀美絕倫，身上衣衫又是皓如白雪，一塵不染，心想她的閨房也必陳設得極為雅致，那知一進房中，不由得大為失望，但見她房中空空洞洞，竟和放置石棺的墓室無異。一塊長條青石作床，床上鋪了張草席，一幅白布當作薄被，此外更無別物。

楊過心想：「不知我睡在那裏？只怕她要我睡在地下。」正想此事，小龍女道：「你睡我的床罷。」楊過道：「那不好，我睡地下好啦。」小龍女臉一板，道：「你要留在這兒，我說甚麼，你就得聽話。你跟全真教的道士打架，那由得你。哼哼，可是你若違抗我半點，立時取你性命。」楊過道：「你不用這麼兇，我聽你話就是。」小龍女道：「你還敢頂嘴？」楊過見她年輕美麗，卻硬裝狠霸霸模樣，伸了伸舌頭，就不言語了。小龍女已瞧在眼裏，道：「你伸舌頭幹甚麼？不服我是不是？」楊過不答，脫下鞋子，逕自上床睡了。

一睡到床上，只覺徹骨冰涼，大驚之下，赤腳跳下床來。小龍女見他嚇得狼狽，雖然矜持，卻也險些笑出聲來，道：「幹甚麼？」楊過見她眼角之間蘊有笑容，便笑道：「這床上有古怪，原來你故意作弄我。」小龍女正色道：「誰作弄你了。這床便是這樣的，快上去睡著。」說著從門角後取出一把掃帚，道：「你若是睡了一陣溜下來，須吃我打十帚。」

楊過見她當真，只得又上床睡倒，這次有了防備，不再驚嚇，只是草席之下似是放了一層厚厚的寒冰，越睡越冷，禁不住全身發抖，上下兩排牙齒相擊，格格作響。再睡一陣，寒氣透骨，實在忍不下去了。

轉眼向小龍女望去，見她臉上似笑非笑，大有幸災樂禍之意，心中暗暗生氣，當下咬緊牙關，全力與身下的寒冷抗禦。只見小龍女取出一根繩索，在室東的一根鐵釘上繫住，拉繩橫過室中，將繩子的另一端繫在西壁的一口釘上，繩索離地約莫一人來高。她輕輕縱起，橫臥繩上，竟然以繩為床，跟著左掌揮出，掌風到處，燭火登熄。

楊過大為欽服，說道：「姑姑，明兒你把這本事教給我好不好？」小龍女道：「這本事算得甚麼？你好好的學，我有好多厲害本事教你呢。」楊過聽得小龍女肯真心教他，登時將初時的怨氣盡數拋到了九霄雲外，感激之下，不禁流下淚來，哽咽道：「姑姑，你待我這麼好，我先前還恨你呢。」小龍女道：「我趕你出去，你自然恨我，那也沒甚麼希奇。」楊過道：「倒不為這個，我只道你也跟我從前的師父一樣，儘教我些不管用的功夫。」

小龍女聽他話聲顫抖，問道：「你很冷麼？」楊過道：「是啊，這張床底下有甚麼古怪，怎地冷得這般厲害？」小龍女道：「你愛不愛睡？」楊過道：「我……我不愛。」小龍女冷笑道：「哼，你不愛睡，普天下武林中的高手，不知道有多少人想睡此床而不得呢。」楊過奇道：「那不是活受罪麼？」小龍女道：「哼，原來我寵你憐你，你還當是活受罪，當真不知好歹。」

楊過聽她口氣，似乎她叫自己睡這冷床確也不是惡意，於是柔聲央求道：「好姑姑，這張冷床有甚麼好處，你跟我說好不好？」小龍女道：「你要在這床上睡一生一世，它的好處將來自然知道。合上眼睛，不許再說。」黑暗中聽得她身上衣衫輕輕的響了幾下，似乎翻了個身，她凌空睡在一條繩索之上，居然還能隨便翻身，實是不可思議。

她最後兩句話聲音嚴峻，楊過不敢再問，於是合上雙眼想睡，但身下一陣陣寒氣透了上來，想著孫婆婆又心中難過，那能睡著？過了良久，輕聲叫道：「姑姑，我抵不住啦。」但聽小龍女呼吸徐緩，已然睡著。他又輕輕叫了兩聲，仍然不聞應聲，心想：「我下床來睡，她不會知道的。」當下悄悄溜下床來，站在當地，大氣也不敢喘一口。

那知剛站定腳步，瑟的一聲輕響，小龍女已從繩上躍了過來，抓住他左手扭在他背後，將他按在地下。楊過驚叫一聲。小龍女拿起掃帚，在他屁股上用力擊了下去。楊過知道求饒也是枉然，於是咬緊牙關強忍。起初五下甚是疼痛，但到第六下時小龍女落手已輕了些，到最後兩下時只怕他挨受不起，打得更輕。十下打過，提起他往床上一擲，喝道：「你再下來，我還要再打。」

楊過躺在床上，不作一聲，只聽她將掃帚放回門角落裏，又躍上繩索睡覺。小龍女只道他定要大哭大鬧一場，那知他竟然一聲不響，倒是大出意料之外，問道：「你幹麼不作聲？」楊過道：「沒甚麼好作聲的，你說要打，總須要打，討饒也是無用。」小龍女道：「哼，你在心裏罵我。」楊過道：「我心裏沒罵你，你比我從前那些師父好得多。」小龍女奇道：「為甚麼？」楊過道：「你雖然打我，心裏卻憐惜我。越打越輕，生怕我疼了。」小龍女被他說中心事，臉上微微一紅，好在黑暗之中，也不致被他瞧見，罵道：「呸，誰憐惜你了，下次你不聽話，我下手就再重些。」

楊過聽她的語氣溫和，嬉皮笑臉的道：「你打得再重，我也喜歡。」小龍女啐道：「賤骨頭，你一日不挨打，只怕睡不著覺。」楊過道：「那要瞧是誰打我。要是愛我的人打我，我一點也不惱，只怕還高興呢。她打我，是為我好。有的人心裏恨我，只要他罵我一句，瞪我一眼，待我長大了，要一個個去找他算帳。」小龍女道：「你倒說說看，那些人恨你，那些人愛你。」楊過道：「這個我心裏記得清清楚楚。恨我的人不必提啦，多得數不清。愛我的有我死了的媽媽，我的義父，郭靖伯伯，還有孫婆婆和你。」

小龍女冷笑道：「哼，我才不會愛你呢。孫婆婆叫我照料你，我就照料你，你這輩子可別盼望我有好心待你。」楊過本已冷得難熬，聽了此言，更如當頭潑下一盆冷水，忍著氣問道：「我有甚麼不好，為甚麼你這般恨我？」小龍女道：「你好不好關我甚麼事？我也沒恨你。我這一生就住在這墳墓之中，誰也不愛，誰也不恨。」楊過道：「那有甚麼好玩？姑姑，你到外面去過沒有？」小龍女道：「我沒下過終南山，外面也不過有山有樹，有太陽月亮，有甚麼好？」

楊過拍手道：「啊喲，那你可真是枉自活這一輩子啦。城裏形形色色的東西，那才教好看呢。」當下把自幼東奔西闖所見的諸般事物一一描述。他口才本好，這時加油添醬，更加說得希奇古怪，變幻百端。好在小龍女活了一十八歲從未下過終南山，不管他如何誇張形容，全都信以為真，聽到後來，不禁嘆了口氣。

楊過道：「姑姑，我帶你出去玩，好不好？」小龍女道：「你別胡說！祖師婆婆留下遺訓，在這活死人墓中住過的人，誰也不許下終南山一步。」楊過嚇了一跳，道：「難道我也不能下山啦？」小龍女道：「自然不能。」楊過聽了倒也並不憂急，心道：「桃花島是海中孤另另的一個島，我去了也能離開，這座大墳又怎當真關得我住？」又問：「你說那個李莫愁李姑娘是你師姊，她自然也在這活死人墓中住過了，怎麼又下終南山去？」小龍女道：「她不聽我師父的話，是師父趕她出去的。」楊過大喜，心想：「有這麼個規矩就好辦，那一天我想出去了，只須不聽你話，讓你趕了出去便是。」但想這番打算可不能露了口風，否則就不靈了。

兩人談談說說，楊過一時之間倒忘了身上的寒冷，但只住口片刻，全身又冷得發抖，當下央求道：「姑姑，你饒了我罷。我不睡這床啦。」小龍女道：「你跟全真教的師父打架，不肯討一句饒，怎麼現下這般不長進？」楊過笑道：「誰待我不好，他就是打我，我也不肯輸一句口。誰待我好呢，我為他死了也是心甘情願，何況討一句饒？」小龍女呸了一聲，道：「不害臊，誰待你好了？」

小龍女自幼受師父及孫婆婆撫養長大，十八年來始終與兩個年老婆婆為伴。二人雖然對她甚好，只是她師父要她修習「玉女心經」，自幼便命她摒除喜怒哀樂之情，只要見她或哭或笑，必有重譴，孫婆婆雖是熱腸之人，卻也不敢礙了她的進修，是以養成了一副冷酷孤僻的脾氣。這時楊過一來，此人心熱如火，年又幼小，言談舉止自與兩位婆婆截然相反。小龍女聽他說話，明知不對，卻也與他談得娓娓忘倦。她初時收留楊過，全為了孫婆婆的一句請託，但後來聽楊過總說自己待他好，自然而然覺得自己確是待他不錯。

楊過聽她語音之中並無怒意，大聲叫道：「冷啊，冷啊，姑姑，我抵不住啦。」其實他身上雖冷，卻也不須喊得如此驚天動地。小龍女道：「你別吵，我把這石床的來歷說給你知道。」楊過喜道：「好。我不叫啦，姑姑你說罷。」

小龍女道：「我說普天下英雄都想睡這張石床，並非騙你。這床是用上古寒玉製成，實是修習上乘內功的良助。」楊過奇道：「這不是石頭麼？」小龍女冷笑道：「你說見過不少古怪事物，可見過這般冰冷的石頭沒有？這是祖師婆婆花了七年心血，到極北苦寒之地，在數百丈堅冰之下挖出來的寒玉。睡在這玉床上練內功，一年抵得上平常修練的十年。」楊過喜道：「啊，原來有這等好處。」小龍女道：「初時你睡在上面，覺得奇寒難熬，只得運全身功力與之相抗，久而久之，習慣成自然，縱在睡夢之中也是練功不輟。常人練功，就算是最勤奮之人，每日總須有幾個時辰睡覺。要知道練功是逆天而行之事，氣血運轉，均與常時不同，但每晚睡將下來，氣血自不免如舊運轉，倒將白天所練成的功夫十成中耗去了九成。但若在這床上睡覺，睡夢中非但不耗白日之功，反而更增功力。」

楊過登時領悟，道：「那麼晚間在冰雪上睡覺，也有好處。」小龍女道：「那又不然。一來冰雪被身子偎熱，化而為水，二來這寒玉勝過冰雪之寒數倍。這寒玉床另有一樁好處，大凡修練內功，最忌的是走火入魔，是以平時練功，倒有一半的精神用來和心火相抗。這寒玉乃天下至陰至寒之物，修道人坐臥其上，心火自清，因此練功時儘可勇猛精進，這豈非比常人練功又快了一倍？」

楊過喜得心癢難搔，道：「姑姑，你待我真好，你借了這床給我睡，我就不怕武家兄弟與郭芙他們了。全真教的趙志敬他們練功雖久，我也追得上。」小龍女冷冷的道：「祖師婆婆傳下的遺訓，既在這墓中住，就得修性養心，絕了與旁人爭競之念。」楊過急道：「難道他們這般欺侮我，又害死了孫婆婆，咱們就此算了。」小龍女道：「一個人總是要死的，孫婆婆若是不死在郝大通手裏，再過幾年，她好端端的自己也會死。多活幾年，少活幾年，又有甚麼分別？報仇雪恨的話，以後不可再跟我提。」

楊過覺得這些話雖然言之成理，但總有甚麼地方不對，只是一時想不出話來反駁。就在此時，寒氣又是陣陣侵襲，不禁發起抖來。小龍女道：「我教你怎生抵擋這床上的寒冷。」於是傳了他幾句口訣與修習內功的法門，正是她那一派的入門根基功夫。楊過依法而練，只練得片刻，便覺寒氣大減，待得內息轉到第三轉，但感身上火熱，再也不嫌冰冷難熬，反覺睡在石床上甚是清涼舒服，雙眼一合，竟迷迷糊糊的睡去了。睡了小半個時辰，熱氣消失，被床上的寒意冷醒了過來，當下又依法用功。如此忽醒忽睡，鬧了一夜，次晨醒轉卻絲毫不覺困倦。原來只一夜之間，內力修為上便已有了好處。

兩人吃了早飯，楊過將碗筷拿到廚下，洗滌乾淨，回到大廳中來。小龍女道：「有一件事，你去想想明白。若是你當真拜我為師呢，一生一世就得聽我的話。若是不拜我為師，我仍然傳你功夫，你將來若是勝得過我，就憑武功打出這活死人墓去。」楊過毫不思索，道：「我自然拜你為師。就算你不傳我半點武藝，我也會聽你的話。」小龍女奇道：「為甚麼？」楊過道：「姑姑，你心裏待我好，難道我不知道麼？」小龍女板起臉道：「我待你好不好，不許你再掛在嘴上說。你既決意拜我為師，咱們到後堂行禮去。」

楊過跟著她走向後堂，只見堂上也是空蕩蕩的沒甚麼陳設，只東西兩壁都掛著一幅畫。西壁畫中是兩個姑娘。一個二十五六歲，正在對鏡梳妝，另一個是十四五歲的丫鬟，手捧面盆，在旁侍候。畫中鏡裏映出那年長女郎容貌極美，秀眉入鬢，眼角之間卻隱隱帶著一層殺氣。楊過望了幾眼，心下不自禁的大生敬畏之念。

小龍女指著那年長女郎道：「這位是祖師婆婆，你磕頭罷。」楊過奇道：「她是祖師婆婆，怎麼這般年輕？」小龍女道：「畫像的時候年輕，後來就不年輕了。」楊過心中琢磨著「畫像的時候年輕，後來就不年輕了」這兩句話，大生淒涼之感，怔怔的望著那幅畫像，不禁要掉下淚來。

小龍女那知他的心意，又指著那丫鬟裝束的少女道：「這是我師父，你快磕頭罷。」楊過側頭看那畫像，見這少女憨態可掬，滿臉稚氣，那知後來竟成了小龍女的師父，當下不遑多想，跪下就向畫像磕頭。

小龍女待他站起身來，指著東壁上懸掛著的畫像道：「向那道人吐一口唾沫。」楊過一看，見像中道人身材甚高，腰懸長劍，右手食指指著東北角，只是背脊向外，面貌卻看不見。他甚感奇怪，問道：「那是誰？幹麼唾他？」小龍女道：「這是全真教的教主王重陽，我們門中有個規矩，拜了祖師婆婆之後，須得向他唾吐。」楊過大喜，他對全真教本來十分憎惡，覺得本門這個規矩妙之極矣，當下大大一口唾沫吐在王重陽畫像的背上，吐了一口頗覺不夠，又吐了兩口，還待再吐，小龍女道：「夠啦！」

楊過問道：「咱們祖師婆婆好恨王重陽麼？」小龍女道：「不錯。」楊過道：「我也恨他。幹麼不把他的畫像毀了，卻留在這裏？」小龍女道：「我也不知道，只聽師父與孫婆婆說，天下男子就沒一個好人。」她突然聲音嚴厲，喝道：「日後你年紀大了，做了壞事出來，瞧我饒不饒你？」楊過道：「你自然饒我。」小龍女本來威嚇示警，不意他竟立即答出這句話來，一怔之下，倒拿他無法可想，喝道：「快拜師父。」

楊過道：「師父自然是要拜的。不過你先須答允我一件事，否則我就不拜。」小龍女心想：「聽孫婆婆說，自來收徒之先，只有師父叫徒兒答允這樣那樣，豈有徒兒反向師父要脅之理？」只是她生性沉靜，倒也並不動怒，道：「甚麼事？你倒說來聽聽。」楊過道：「我心裏當你師父，敬你重你，你說甚麼我做甚麼，可是我口裏不叫你師父，只叫你姑姑。」小龍女又是一呆，問道：「那為甚麼？」楊過道：「我拜過全真教那個臭道士做師父，他待我不好，我在夢裏也咒罵師父。因此還是叫你姑姑的好，免得我罵師父時連累到你。」小龍女啞然失笑，覺得這孩子的想法倒也有趣，便道：「好罷，我答允你便是。」

楊過當下恭恭敬敬的跪下，向小龍女咚咚咚的叩了八個響頭，說道：「弟子楊過今日拜小龍女姑姑為師，自今而後，楊過永遠聽姑姑的話，若是姑姑有甚危難凶險，楊過要捨了自己性命保護姑姑，若是有壞人欺侮姑姑的話，楊過一定將他殺了。」其實此時小龍女的武功不知比他要高出多少，但楊過見她秀雅柔弱，胸中油然而生男子漢保護弱女子的氣慨，到後來竟越說越是慷慨激烈。小龍女聽他語氣誠懇，雖然話中孩子氣甚重，卻也不禁感動。

楊過磕完了頭，爬起身來，滿臉都是喜悅之色。小龍女道：「你有甚麼好高興的？我本事勝不過那全真教的老道丘處機，更加比不上你的郭伯伯。」楊過道：「他們再好也不干我事，但你肯真的教我功夫啊。」小龍女道：「其實學了武功也沒甚麼用。只是在這墓中左右無事，我就教你罷了。」

楊過道：「姑姑，咱們這一派叫作甚麼名字？」小龍女道：「自祖師婆婆入居這活死人墓以來，從來不跟武林人物打交道，咱們這一派也沒甚麼名字。後來李師姊出去行走江湖，旁人說她是『古墓派』弟子，咱們就叫『古墓派』罷！」楊過搖頭道：「古墓派，這名字不好！」他剛拜師入門，便指謫本門的名字，小龍女也不以為意，說道：「名字好不好有甚相干？你在這裏等著，我出去一會。」

楊過想起自己孤另另的留在這墓之中，大是害怕，忙道：「姑姑，我和你同去。」小龍女橫了他一眼，道：「你說永遠聽我話，我第一句話你就不聽。」楊過道：「我怕。」小龍女道：「男子漢大丈夫，怕甚麼了？你還說要幫我打壞人呢。」楊過想了一想，道：「好，那你快些回來。」小龍女冷冷的道：「那也說不定，要是一時三刻捉不到呢？」楊過奇道：「捉甚麼？」小龍女不再答話，逕自去了。

她這一出去，墓中更無半點聲息。楊過心中猜想，不知她去捉甚麼人，但想她不會下終南山，定是去捉全真教的道人了，只是不知捉誰，捉來自然要折磨他一番，倒是大大的妙事，但姑姑孤身一人，別吃虧才好。胡思亂想了一陣，出了大廳，沿著走廊向西走去，走不了十多步，眼前便是一片漆黑。他只怕迷路，摸著牆壁慢慢走回，不料走到二十步以上，仍是不見大廳中的燈光。他驚慌起來，加快腳步向前。本已走錯了路，這一慌亂，更是錯上加錯。越走越快，東碰西撞，黑暗中但覺處處都是歧路岔道，永遠走不回大廳之中。他放聲大叫：「姑姑，姑姑，快來救我。」回音在墓道之中傳來，隱隱發悶。

亂闖了一陣，只覺地下潮濕，拔腳時帶了泥濘上來，原來已非墓道，卻是走進了與墓道相通的地底隧道。他更是害怕，心道：「我若在墓中迷路，姑姑總能找到我。現下我走到了這裏，她遍找不見，只道我逃了出去，她定會傷心得很。」當下不敢再走，摸到一塊石頭，雙手支頤，呆呆的坐著，只想放聲大哭，卻又哭不出聲。

這樣枯坐了一個多時辰，忽然隱隱聽到「過兒，過兒！」的叫聲。楊過大喜，急躍而起，叫道：「姑姑，我在這裏。」可是那「過兒，過兒」的叫聲卻越去越遠。楊過大急，放大了嗓子狂喊：「我在這裏。」過了一陣子，仍不聽見甚麼聲息，突覺耳上一涼，耳朵被人提了起來。

他先是大吃一驚，隨即大喜，叫道：「姑姑，你來啦，怎麼我一點也不知道？」小龍女道：「你到這裏來幹甚麼？」楊過道：「我走錯了路。」小龍女嗯了一聲，拉住他手便走，雖在黑暗之中，然而她便如在太陽下一般，轉彎抹角，行走迅速異常。楊過道：「姑姑，你怎麼能瞧見？」小龍女道：「我一生在黑暗中長大，自然不用光亮。」楊過適才在這一個多時辰中驚悔交集，此時獲救，自是喜不自勝，只不知說些甚麼才好。

片刻之間，小龍女又帶他回到大廳。楊過嘆了一口長氣，道：「姑姑，剛才我真是擔心。」小龍女道：「擔心甚麼？我總會找到你的。」楊過道：「不是擔心這個，我怕你以為我自己逃走了，心裏難過。」小龍女道：「你若是逃走，我對孫婆婆的諾言就不用守了，又有甚麼難過？」

楊過聽了，很覺無味，問道：「姑姑，你捉到了麼？」小龍女道：「捉到了。」楊過道：「你為甚麼捉他？」小龍女道：「給你練習武功啊。跟我來！」楊過心想：原來她去捉個臭道人來給我過招，那倒有趣，最好捉的便是師父趙志敬，他給姑姑制服後，只有挨自己的拳打足踢，無法反抗，當真是大大的過癮，跟隨在後，越想越是開心。

小龍女轉了幾轉，推開一扇門，進了一間石室，室中點著燈火。石室奇小，兩人站著，轉身也不容易，室頂又矮，小龍女伸長手臂，幾可碰到。楊過不見道士，暗暗納罕，問道：

「你捉來的道士呢？」小龍女道：「甚麼道士？」楊過道：「你不是說出去捉人來助我練功麼？」小龍女道：「誰說是人了？就在這兒。」俯身在石室角落裏提起一隻布袋，解開縛在袋口的繩索，倒轉袋子一抖，飛出來三隻麻雀。楊過大是奇怪，心道：「原來姑姑出去是捉麻雀。」

小龍女道：「你把三隻麻雀都捉來給我，可不許弄傷了羽毛腳爪。」楊過喜道：「好啊！」撲過去就抓。可是麻雀靈便異常，東飛西撲，楊過氣喘吁吁，累得滿頭大汗，別說捉到，連羽毛也碰不到一根。

小龍女道：「你這麼捉不成，我教你法子。」當下教了他一些竄高撲低、揮抓拿揑的法門。楊過才知她是經由捉麻雀而授他武功，當下牢牢記住。只是訣竅雖然領會了，一時之間卻不易用得上。小龍女任他在小室中自行琢磨練習，帶上了門出去。

這一日楊過並未捉到一隻，晚飯過後，就在寒玉床上練功。第二日再捉麻雀，躍起時高了數寸，出手時也快捷了許多。到第五日上，終於抓到了一隻。楊過大喜不已，忙奔去告知小龍女。不料她殊無嘉許之意，冷冷的道：「一隻有甚麼用，要連捉三隻。」

楊過心想：「既能捉到一隻，再捉兩隻又有何難？」豈知大謬不然，接連兩日，又是一隻也捉不到了。小龍女見三隻麻雀已累得筋疲力盡，用飯粒飽飽餵了一頓，放出墓去，另行捉了三隻來讓他練習。到了第八日上，楊過才一口氣將三隻麻雀抓住。

小龍女道：「今天該上重陽宮去啦。」楊過驚道：「幹甚麼？」小龍女不答，帶著他走出墓門。楊過已有七日不見日光，乍見之下，眼睛幾乎睜不開來。

兩人來到重陽宮前。楊過心下惴惴，不住斜眼瞧小龍女，卻見她神色漠然，於她心意猜不到半分，只聽她朗聲叫道：「趙志敬，快出來。」

兩人來到宮前，便有人報了進去，小龍女叫聲甫畢，宮中湧出數十名道士。兩名小道士左右扶著趙志敬，只見他形容憔悴，雙目深陷，已無法自行站立。眾道見到二人，都是手按劍柄，怒目而視。

第六回

玉女心經

——

小龍女雙掌這邊擋，那邊拍，
八十一隻麻雀盡數聚在她胸前三尺之內。
她雙臂飛舞，兩隻手掌宛似化成了千手千掌，
任他羣雀如何飛滾翻撲，
始終逃不出她雙掌所圍成的圈子。

小龍女從懷裏取出一個瓷瓶，交在楊過手裏，高聲道：「這是治療蜂毒的蜜漿，拿去給趙志敬罷。」楊過見到趙志敬，早就恨得牙癢癢地，只是不便拂逆小龍女之意，於是快步上前，將蜜漿在趙志敬面前地下重重一放。羣道聽說小龍女又到宮前，只道再次尋釁，來為孫婆婆報仇，一面嚴加戒備，一面飛報馬鈺、丘處機等師尊，那知她竟是來送解毒的蜜漿，愕然之下，都無言可對。楊過放下瓷瓶，向趙志敬望了一眼，滿臉鄙夷之色，轉頭便走。

鹿清篤一見到楊過，發時便怒火上沖，叫道：「好小子，叛出師門，就這麼走了麼？」那日他被楊過以蛤蟆功打暈，雖然一時閉氣，但楊過功力甚淺，畢竟受傷不重，丘處機給他推拿了幾次，將養數日，已然痊愈，此時飛步搶出，要報當日一推之仇。

小龍女道：「過兒，今日且別還手。」楊過聽得背後腳步聲響，接著掌風颯然，有人抓向自己後領。他在活死人墓中睡了八日寒玉床，練了八日捉麻雀，小龍女雖只授了他一些捉雀的法門，但那是古墓派輕功精萃之所在，此時身上功夫與當日小較比武時已頗有不同，當下不先不後，直等鹿清篤手掌剛要抓到，這才矮身竄出，跟著乘勢伸手在他衣角上一帶。鹿清篤說甚麼也想不到短短數日內他輕功便已大有進境，大怒之下出手不免輕敵，急撲不中，身已前傾，再被他一帶，登時立足不住，重重一交仆跌在地。

待得他爬起身來，楊過早已奔到小龍女身畔。鹿清篤大聲怒喝，要待衝過去再打，羣道中突然奔出一人，猶似足不點地般倏忽搶到，拉著他的手臂，回入人叢。鹿清篤被他抓住，登時半身麻木，抬頭看時，原來是師叔尹志平，已罵到口邊的一句話便即縮了回去。

尹志平朗聲叫道：「多謝龍姑娘賜藥。」說著躬身行禮。小龍女並不理睬，牽著楊過的手道：「回去罷。」尹志平道：「龍姑娘，這楊過是我全真教門下弟子，你強行收去，此事到底如何了斷？」小龍女一怔，道：「我不愛聽人囉唆。」挽著楊過手臂，快步入林。

尹志平、趙志敬等羣道呆在當地，相顧愕然。

兩人回入墓室。小龍女道：「過兒，你的功夫是有進益了，不過你打那胖道士，卻很是不對。」楊過道：「這胖道士打得我苦，可惜今日沒打夠他。姑姑，幹嗎我不該打他？」小龍女搖頭道：「不是不該打他，是打法不對。你不該帶他仆跌，應該不出手帶他，讓他自行朝天仰摔一交。」楊過大喜，道：「那可有趣得緊，姑姑，你教我。」小龍女道：「我是過兒，你是胖道人，你就來捉我罷。」說著緩步前行。

楊過笑嘻嘻的伸手去捉她。小龍女背後似乎生了眼睛，楊過跑得快，她腳步也快，楊過走得慢了，她也就放慢腳步，總是與他不即不離的相距約莫三尺。楊過笑道：「我捉你啦！」縱身向前撲去，小龍女竟不閃避。楊過眼見雙手要抱住她的脖子，那知就在兩臂將合未合之際，小龍女斜刺裏向後一滑，脫出了他臂圈。楊過忙回臂去捉，這一下急衝疾縮，自己勢道用逆了，再也立足不穩，仰天一交，跌得背脊隱隱生痛。

小龍女伸手牽住他右手提起，助他站直。楊過喜道：「姑姑，這法兒真好，你身法怎麼能這般快？」小龍女道：「你再捉一年麻雀，那就成啦。」楊過奇道：「我已會捉啦。」小龍女冷笑道：「哼，那就算會捉？我古墓派的功夫這麼容易學會？你跟我來。」

當下帶他到另一間石室之中。這石室比之先前捉麻雀的石室長闊均約大了一倍，室中已有六隻麻雀在內。地方大了這麼多，捕捉麻雀自然遠為艱難，但小龍女又授了他一些輕功提縱術與擒拿功夫，八九日後，楊過已能一口氣將六隻麻雀盡數捉住。

此後石室愈來愈大，麻雀隻數也是愈來愈多，最後是在大廳中捕捉九九八十一隻麻雀。古墓派心法確然神妙，寒玉床對修習內功又輔助奇大，只三個月功夫，八十一隻麻雀楊過已能手到擒來。小龍女見他進步迅速，也覺喜歡，道：「現下咱們要到墓外去捉啦。」楊過在墓中住了三月，大是氣悶，聽說到墓外練功，不由得喜形於色。小龍女道：「有甚麼好喜歡的？這功夫難練得緊。八十一隻麻雀，一隻也不能飛走了。」

兩人來到墓外，此時正當暮春三月，枝頭一片嫩綠，楊過深深吸了幾口氣，只覺一股花香草氣透入胸中，真是說不出的舒適受用。小龍女抖開布袋袋口，麻雀紛紛飛出，就在此時，她一雙纖纖素手揮出，東邊一收，西邊一拍，將幾隻振翅飛出的麻雀擋了回來。羣雀驟得自由，那能不四散亂飛？但說也奇怪，小龍女雙掌這邊擋，那邊拍，八十一隻麻雀盡數聚在她胸前三尺之內。

但見她雙臂飛舞，兩隻手掌宛似化成了千手千掌，任他八十一隻麻雀如何飛滾翻撲，始終飛不出她雙掌所圍成的圈子。楊過只看得目瞪口呆，又驚又喜，一定神間，立時想到：「姑姑是在教我一套奇妙掌法。快用心記著。」當下凝神觀看她如何出手擋擊，如何迴臂反撲。她發掌奇快，但一招一式，清清楚楚，自成段落。楊過看了半晌，雖然不明掌法中的精微之處，但已不似初見時那麼詫異萬分。

小龍女又打了一盞茶時分，雙掌分揚，反手背後，那些麻雀驟脫束縛，紛紛沖天飛去。

小龍女長袖揮處，兩股袖風撲出，羣雀盡數跌落，唧唧亂叫，才一隻隻的振翅飛去。

楊過大喜，牽著她衣袖，道：「姑姑，我猜郭伯伯也不會你這本事。」小龍女道：「我這套掌法叫作『天羅地網勢』，是古墓派武功的入門功夫。你好好學罷！」於是授了他十幾招掌法，楊過一一學了。十餘日內，楊過將八十一招「天羅地網勢」學全了，練習純熟。小龍女捉了一隻麻雀，命他用掌法攔擋。最初擋得兩三下，麻雀就從他手掌的空隙中竄了出去。小龍女候在一邊，素手一伸，將麻雀擋了回來。楊過繼續展開掌法，但不是出招未夠快捷，就是時刻拿捏不準，只兩三招，又給麻雀逃走。小龍女便擋回讓他再練。

如此練習不輟，春盡夏來，日有進境。楊過天資穎悟，用功勤奮，所能擋住的麻雀不斷增加，到了中秋過後，這套「天羅地網勢」已然練成，掌法展了開來，已能將八十一隻麻雀全數擋住，偶爾有幾隻漏網，那是因功力未純之故，卻非一蹴可至了。

這日小龍女說道：「你已練成了這套掌法，再遇到那胖道士，便可毫不費力的摔他幾個觔斗了。」楊過道：「若和趙志敬動手呢？」小龍女不答，心想：「瞧那趙志敬和孫婆婆動手時的身手，他若不是中了蜂毒，孫婆婆也未必能贏。你目下的功夫可還遠不及他。」楊過明白她這不答之答的含意，說道：「現下我打不過他也不要緊，再過幾年，就能勝過他了。姑姑，咱們古墓派的武功確比全真教要厲害些，是不是？」

小龍女仰頭望著室頂石板，道：「這句話世上只有你我二人相信。上次我和全真教姓丘的老道動手，武功我不及他，然而這並非古墓派不及全真教，只是我還沒練成我派最精奧的功夫而已。」楊過一直以小龍女難勝丘處機為憂，聽了此言，不由得喜上眉梢，道：「姑姑，那是甚麼功夫？很難練麼？你就起始練，好不好？」

小龍女道：「我跟你說個故事，你才知道我派的來歷。你拜我為師之前，曾拜過祖師婆婆。她姓林，名字叫做朝英，數十年前，武林中以祖師婆婆與王重陽二人武功最高。本來兩人難分上下，後來王重陽因組義師反抗金兵，日夜忙碌，祖師婆婆卻潛心練武，終於高出他一籌，但祖師婆婆向來不問武林中的俗事，不喜炫耀，因此江湖上知道她名頭的人卻是絕少。後來王重陽舉義失敗，憤而隱居在這活死人墓中，日夜無事，以鑽研武學自遣，祖師婆婆那時卻心情不佳，接連生了兩場大病，因此待得王重陽二次出山，祖師婆婆卻又不及他了。最後兩人不知如何比武打賭，王重陽竟輸給了祖師婆婆，這古墓就讓給她居住。來，我帶你去看看這兩位先輩留下來的遺跡。」

楊過拍手道：「原來這座古墓是祖師婆婆從王重陽手裏硬搶來的。早知如此，我住在這裏可又加倍開心了。」小龍女微微一笑，領著他來到一間石室。楊過見這座石室形狀甚是奇特，前窄後寬，成為梯形，東邊半圓，西邊卻作三角形狀，問道：「姑姑，這間屋子為何建成這個怪模樣？」小龍女道：「這是王重陽鑽研武學的所在，前窄練掌，後寬使拳，東圓研劍，西角發鏢。」楊過在屋室中走來走去，只覺莫測高深。

小龍女伸手向上一指，說道：「王重陽武功的精奧，盡在於此。」楊過抬頭看時，但見室頂石板上刻滿了諸般花紋符號，均是以利器刻成，或深或淺，殊無規則，一時之間，那能領略得出其中的奧妙？

小龍女走到東邊，伸手到半圓的弧底推了幾下，一塊大石緩緩移開，現出一扇洞門。她手持蠟燭，領楊過進去。裏面又是一室，卻和先一間處處對稱，而又處處相反，乃是後窄前寬，西圓東角。楊過抬頭仰望，見室頂也是刻滿了無數符號。

小龍女道：「這是祖師婆婆的武功之秘。她贏得古墓，乃是用智，若論真實功夫，確是未及王重陽。她移居古墓之後，先參透了王重陽所遺下的這些武功，更潛心苦思，創出了剋制他諸般武功的法子。那就都刻在這裏了。」楊過喜道：「這可妙極了。丘處機、郝大通他們武功再高，總也強不過王重陽去，你只消將祖師婆婆的武功學會了，自然勝過了這些臭道士。」小龍女道：「話是不錯，只可惜沒人助我。」楊過昂然道：「我助你。」小龍女橫了他一眼，道：「只可惜你本事不夠。」楊過滿臉通紅，甚感羞愧。

小龍女道：「祖師婆婆這套功夫叫作『玉女心經』，須得二人同練，互為臂助。當時祖師婆婆是和我師父一起練的。祖師婆婆練成不久，便即去世，我師父卻還沒練成。」楊過轉愧為喜，道：「我是你徒兒，也能與你同練。」小龍女沉吟道：「好！咱們走著瞧罷。第一步，你先得練成本門各項武功。第二步是學全真派武功。第三步再練剋制全真派武功的玉女心經。我師父去世之時，我還只十四歲，本門功夫是學全了，全真派武功卻只練了個開頭，更不用說玉女心經了。第一步我可教你，第二步、第三步咱倆須得一起琢磨著練。」

從那日起，小龍女將古墓派的內功所傳，拳法掌法，兵刃暗器，一項項的傳授。如此過得兩年，楊過已盡得所傳，藉著寒玉床之助，進境奇速，只功力尚淺而已。古墓派武功創自女子，師徒三代又都是女人，不免柔靈有餘，沉厚不足。但楊過生性浮躁輕動，這武功的路子倒也合於他的本性。

小龍女年紀漸長，越來越是出落得清麗無倫。這年楊過已十六歲了，身材漸高，喉音漸粗，已是個俊秀少年，非復初入古墓時的孩童模樣，但小龍女和他相處慣了，仍當他孩童看待。楊過對師父越來越是敬重，兩年之間，竟無一事違逆師意。小龍女剛想到要做甚麼，他不等師父開口，早就搶先辦好。但小龍女冷冰冰的性兒仍與往時無異，對他不苟言笑，神色冷漠，似沒半點親人情份。楊過卻也不以為意。小龍女有時撫琴一曲，琴韻也是平和沖淡。楊過便在一旁靜靜聆聽。

這一日小龍女說道：「我古墓派的武功，你已學全啦，明兒咱們就練全真派的武功。這些全真老道的功夫，練起來可著實不容易，當年師父也不十分明白，我更加沒能領會多少。咱們一起從頭來練。我若是解得不對，你儘管說好了。」次日師徒倆到了第一間奇形石室之中，依著王重陽當年刻在室頂的文字符號修習。

楊過練了幾日，這時他武學的根柢已自不淺，許多處所一點即透，初時進展極快。但十餘日後，突然接連數日不進反退，愈練愈是別扭。

小龍女和他拆解研討，卻也感到疑難重重。楊過心下煩躁，大發自己脾氣。小龍女道：「我與師父學練全真武功，練不多久，便難進展一步，其時祖師婆婆已不在世，無處可請教益。明知由於未得門徑口訣，卻也無法可想。我曾說要到全真教去偷口訣，給師父重重訓斥了一頓。這門功夫就此擱下了，反正是全真派武功，不練也不打緊。你也不用生氣，此事不難，咱們只消去捉個全真道士來，逼他傳授入門口訣，那就行了。跟我走罷。」這一言提醒了楊過，忽然想起趙志敬傳過他的「全真大道歌」中有云：「大道初修通九竅，九竅原在尾閭穴。先從湧泉腳底衝，湧泉衝起漸至膝。過膝徐徐至尾閭，泥丸頂上迴旋急。金鎖關穿下鵲橋，重樓十二降宮室。」於是將這幾句話背了出來。

小龍女細辨歌意，說道：「聽來這確是全真派武功的要訣。你既知道，那再好也沒有了。」當下楊過將趙志敬所傳的口訣，逐一背誦出來。當日趙志敬所傳，確是全真派上乘內功的基本秘訣，只是未授其用法，至於甚麼「湧泉」、「十二重樓」、「泥丸」等等名稱更是毫不解說，楊過只是熟記在心，自是毫無用處。此時小龍女一加推究，指出其中關鍵，楊過立時便明白了。數月之間，兩人已將王重陽在室頂所留的武功精要大致參究領悟。

這一日兩人在石室中對劍已畢，小龍女嘆道：「初時我小覷全真派的武功，只道它雖號稱天下武學正宗，其實也不過如此，但到今日，始知此道實是深不可測。咱們雖盡知其法門秘要，但要練到得心應手，勁力自然而至，卻不知何年何月方能成功。」楊過道：「全真派武功雖精，但祖師婆婆既留下剋制之法，自然尚有勝於它的本事。這叫做一山還有一山高。」小龍女道：「從明日起，咱們要練玉女心經了。」

次日兩人同到第二間石室，依照室頂的符號練功。這番修習卻比學練全真派武功容易得多，林朝英所創破解王重陽武功的法門，還是源自她原來的武學。

過得數月，二人已將「玉女心經」的外功練成。有時楊過使全真劍法，小龍女就以玉女劍法破解，待得小龍女使全真劍法，楊過便以玉女劍法剋制。那玉女劍法果是全真劍法的剋星，一招一式，恰好把全真劍法的招式壓制得動彈不得，步步針鋒相對，招招制敵機先，全真劍法不論如何騰挪變化，總是脫不了玉女劍法的籠罩。

外功初成，轉而進練內功。全真內功博大精深，欲在內功上創制新法而勝過之，真是談何容易？那林朝英也真是聰明無比，居然別尋蹊徑，自旁門左道力搶上風。小龍女抬頭望著室頂的圖文，沉吟不語，一動不動的連看數日，始終皺眉不語。

楊過道：「姑姑，這功夫很難練麼？」小龍女道：「我從前聽師父說，這心經的內功須二人同練，只道能與你合修，那知卻不能夠。」楊過大急，忙問：「為甚麼？」小龍女道：「若是女子，那就可以。」楊過急道：「那有甚麼分別？男女不是一樣麼？」小龍女搖頭道：「不一樣，你瞧這頂上刻著的是甚麼圖形？」楊過向她所指處望去，見室頂角落處刻著無數人形，不下七八十個，瞧模樣似乎均是女相，姿式各不相同，全身有一絲絲細線向外散射。楊過仍是不明原由，轉頭望著她。

小龍女道：「這經上說，練功時全身熱氣蒸騰，須揀空曠無人之處，全身衣服暢開而修習，使得熱氣立時發散，無片刻阻滯，否則轉而鬱積體內，小則重病，大則喪身。」楊過道：「那麼咱們解開衣服修習就是了。」小龍女道：「到後來二人以內力導引防護，你我男女有別，解開了衣服相對，成何體統？」

楊過這兩年來專心練功，並未想到與師父男女有別，這時覺得與師父解開全身衣衫而相對練功確然不妥，到底有何不妥，卻也說不上來。小龍女其時已年逾二十，可是自幼生長古墓，於世事可說一無所知，本門修練的要旨又端在克制七情六欲，是以師徒二人雖是少年男女，但朝夕相對，一個冷淡，一個恭誠，絕無半點越禮之處。此時談到解衣練功，只覺是個難題而已，亦無他念。楊過忽道：「有了！咱倆可以並排坐在寒玉床上練。」小龍女道：

「萬萬不行。熱氣給寒玉床逼回，練不上幾天，你和我就都死啦。」

楊過沉吟半晌，問道：「為甚麼定須兩人在一起練？咱倆各練各的，我遇上不明白地方，慢慢再問你不成嗎？」小龍女搖頭道：「不成。這門內功步步艱難，時時刻刻會練入岔道，若無旁人相助，非走火入魔不可，只有你助我、我助你，合二人之力方能共渡險關。」

楊過道：「練這門內功，果然有些麻煩。」小龍女道：「咱們將外功再練得熟些，也足夠打敗全真老道了。何況又不是真的要去跟他們打架，就算勝他們不過，又有甚麼了？這內功不練也罷。」楊過聽師父這般說，當下答應了，便也不將此事放在心上。

這日他練完功夫，出墓去打些獐兔之類以作食糧，打到一隻黃麞後，又去追趕一頭灰兔，這灰兔東閃西躲，靈動異常，他此時輕身功夫已甚是了得，一時之間竟也追不上。他童心大起，不肯發暗器相傷，卻與牠比賽輕功，要累得兔兒無力奔跑為止。一人一兔越奔越遠，兔兒轉過山坳，忽然在一大叢紅花底下鑽了過去。

這叢紅花排開來長達數丈，密密層層，奇香撲鼻，待他繞過花叢，兔兒已影蹤不見。楊過與牠追逐半天，已生愛惜之念，縱然追上，也會相饒，找不到也就罷了。但見花叢有如一座大屏風，紅瓣綠枝，煞是好看，四下裏樹蔭垂蓋，便似天然結成的一座花房樹屋。楊過心念一動，忙回去拉了小龍女來看。

小龍女淡然道：「我不愛花兒，你既喜歡，就在這兒玩罷。」楊過道：「不，姑姑，這真是咱們練功的好所在，你在這邊，我到花叢的那一邊去。咱倆都解開了衣衫，可是誰也瞧不見誰。豈不絕妙？」

小龍女聽了大覺有理。她躍上樹去，四下張望，見東南西北都是一片清幽，只聞泉聲鳥語，杳無人跡，確是個上好的練功所在，於是說道：「虧你想得出，咱們今晚就來練罷。」

當晚二更過後，師徒倆來到花蔭深處。靜夜之中，花香更是濃郁。小龍女將修習玉女心經的口訣法門說了一段，楊過問明了其中疑難不解之處，二人各處花叢一邊，解開衣衫，修習起來。楊過左臂透過花叢，與小龍女右掌相抵，只要誰在練功時遇到難處，對方受到感應，立時能運功為助。

兩人自此以夜作晝。晚上練功，白日在古墓中休息。時當盛暑，夜間用功更為清涼，如此兩月有餘，相安無事。那玉女心經共分九段行功，這一晚小龍女已練到第七段，楊過也已練到第六段。當晚兩人隔著花叢各自用功，全身熱氣蒸騰，將那花香一薰，更是芬芳馥郁。漸漸月到中天，再過半個時辰，兩人六段與七段的行功就分別練成了。突然間山後傳來腳步聲響，兩個人一面說話，一面走近。

這玉女心經單數行功是「陰進」，雙數為「陽退」。楊過練的是「陽退」功夫，隨時可以休止，小龍女練的「陰進」卻須一氣呵成，中途不能微有頓挫。此時她用功正到要緊關頭，對腳步聲和說話聲全然不聞。楊過卻聽得清清楚楚，心下驚異，忙將丹田之氣逼出體外，吐納三次，止了練功。只聽那二人漸行漸近，語音好生熟悉，原來一個是他以前的師父趙志敬，一個卻是尹志平。兩人越說越大聲，竟是在互相爭辯。

只聽趙志敬道：「尹師弟，此事你再抵賴也是無用。我去稟告丘師伯，憑他查究罷。」

尹志平怒道：「你苦苦逼我，為了何來？難道我就不知？你不過想做第三代弟子的首座弟子，將來好做我教的掌門人。」趙志敬冷笑道：「你不守清規，犯了我教的大戒，怎能再做首座弟子？」尹志平道：「我犯了甚麼大戒？」趙志敬大聲喝道：「全真教第四條戒律，淫戒！」

楊過隱身花叢，偷眼外望，只見兩個道人相對而立。尹志平臉色鐵青，在月光映照下更是全無血色，沉著嗓子道：「甚麼淫戒？」說了這四字，伸手按住劍柄。趙志敬道：「你自從見了活死人墓中的那個小龍女，整日價神不守舍，胡思亂想，你心中不知幾千百遍的想過，要將小龍女摟在懷裏，溫存親熱，無所不為。我教講究的是修心養性。你心中這麼想，難道不是已犯了淫戒麼？」

楊過對師父尊敬無比，聽趙志敬這麼說，不由得怒發欲狂，對二道更是恨之切骨。但聽尹志平顫聲道：「胡說八道，連我心中想甚麼，你也知道了？」趙志敬冷笑道：「你心中所思，我自然不知，但你晚上說夢話，卻不許旁人聽見麼？你在紙上一遍又一遍書寫小龍女的名字，不許旁人瞧見麼？」尹志平身子搖晃了兩下，默然不語。趙志敬得意洋洋，從懷中取出一張白紙，揚了幾揚，說道：「這是不是你的筆跡？咱們交給掌門馬師伯、你座師丘師伯認認去。」尹志平再也忍耐不住，刷的一聲，長劍出鞘，分心便刺。

趙志敬側身避開，將白紙塞入懷內，獰笑道：「你想殺我滅口麼？只怕沒這等容易。」尹志平一言不發，疾刺三劍，但每一劍都被他避開了。到第四劍上，錚的一聲，趙志敬也是長劍出手，雙劍相交，當下便在花叢之旁劇鬥起來。這兩人都是全真派第三代高弟，一個是丘處機的首徒，一個是王處一的首徒，武功原在伯仲之間。尹志平咬緊牙關狠命相撲，趙志敬卻在惡鬥之中不時夾著幾句譏嘲，意圖激怒對方，造成失誤。

此時楊過已將全真派的劍法盡數學會，見二人酣鬥之際，進擊退守，招數雖然變化多端，但大致盡在意料之中，心想姑姑教的本事果然不錯。只見二人翻翻滾滾的拆了數十招，尹志平使的盡是進手招數，趙志敬不斷移動腳步，冷笑道：「我會的你全懂，你會的我也都練過。要想殺我，休想啊休想。」他守得穩凝無比，尹志平奮力全撲，每一招卻都被他擋開。再鬥一陣，眼見二人腳步不住移向小龍女身邊，楊過大驚，心想：「這兩名賊道若是打到我姑姑身畔，那可糟啦！」

驀地裏趙志敬突然反擊，將尹志平逼了回去。他急進三招，尹志平連退三步。楊過見二人離師父遠了，心中暗喜，那知尹志平忽然劍交左手，右臂倏出，呼的一掌，當胸拍去。趙志敬笑道：「你就是有三隻手，也只有妙手偷香的本事，終難殺我。」當下舉左掌相迎。兩人劍刺掌擊，比適才鬥得更加兇了。

小龍女潛心內用，對外界一切始終不聞不見。楊過見二人走近幾步，心中就焦急萬分，移遠幾步，又略略放心。

鬥到酣處，尹志平大聲怒喝，連走險招，竟然不再擋架對方來劍，一味猛攻。趙志敬暗呼不妙，知他處境尷尬，寧可給自己刺死，也不能讓暗戀人家姑娘的事洩漏出去。他與尹志平雖然素來不睦，卻絕無害死他之意，這麼一來，登時落在下風。再拆數招，尹志平左劍平刺，右掌正擊，同時左腿橫掃而出，正是全真派中的「三連環」絕招。趙志敬高縱丈餘，揮劍下削。尹志平長劍脫手，猛往對方擲去，跟著「嘿」的一聲，雙掌齊出。

楊過見這幾招淩厲變幻，已非己之所知，不禁手心中全是冷汗，眼見趙志敬身在半空，一個勢虛，一個勢實，看來這兩掌要打得他筋折骨斷。豈知趙志敬竟在這情勢危急異常之際忽地空中翻身，急退尋丈，輕輕巧巧的落了下來。

瞧他身形落下之勢，正對準了小龍女坐處花叢，楊過大驚之下再無細思餘暇，縱身而起，左掌從右掌下穿出，托在趙志敬背心，一招「綵樓拋球」，使勁揮出，將他龐大的身軀拋在兩丈以外。但他此時內力未足，這一下勁力使得猛了，勁集左臂，下盤便虛，登時站立不穩，身子一側，左足踏上了一根花枝。那花枝迅即彈回，碰在小龍女臉上。

只這麼輕輕一彈，小龍女已大吃一驚，全身大汗湧出，正在急速運轉的內息阻在丹田之中，再也回不上來，立即昏暈。

尹志平斗然間見楊過出現，又斗然間見到自己晝思夜想的意中人竟隱身在花叢之中，登時呆了，實不知是真是幻。此時趙志敬已站直身子，月光下已瞧清楚小龍女的面容，叫道：「妙啊，原來她在這裏偷漢子。」

楊過大怒，厲聲喝道：「兩個臭道士都不許走，回頭找你們算帳。」見小龍女摔倒後便即不動，想起她曾一再叮囑，練功之際必須互相全力防護，縱然是獐兔之類無意奔到，也能闖出大禍，這時她大受驚嚇，定然為害非小，心下惶恐無比，伸手去摸她的額頭，只覺一片冰涼，忙將她衣襟拉過，遮好她身子，將她抱起，叫道：「姑姑，你沒事麼？」

小龍女「嗯」了一聲，卻不答話。楊過稍稍放心，道：「姑姑，咱們先回去，回頭再來殺這兩個賊道。」小龍女全身無力，偎倚在他懷裏。楊過邁開大步，走過二人身邊。尹志平癡癡呆呆的站在當地。趙志敬哈哈大笑，道：「尹師弟，你的意中人在這裏跟旁人幹那無恥的勾當，你與其殺我，還不如殺他！」尹志平聽而不聞，不作一聲。

楊過聽了「幹那無恥的勾當」七字，雖不明他意之所指，但知總是極惡毒的咒罵，盛怒之下，將小龍女輕輕放在地下，讓她背脊靠在一株樹上，折了一根樹枝拿在手中，向趙志敬戟指喝道：「你胡說些甚麼？」

事隔兩年，楊過已自孩童長成一個長身玉立的少年，趙志敬初時並不知道是他，待得聽他二次喝罵，臉龐又轉到月光之下，這才瞧清楚原來是自己的徒兒，自己忙亂中竟被他摔了一交，不由得慚怒交迸，見他上身赤裸，喝道：「楊過，原來是你這小畜生！」楊過道：「你罵我也還罷了，你罵我姑姑甚麼？」趙志敬哈哈一笑，道：「人言道古墓派是姑娘派，向來傳女不傳男，個個是冰清玉潔的處女，卻原來汚穢不堪，暗中收藏男童，幕天席地的幹這調調兒！」

小龍女適於此時醒來，聽了他這幾句話，驚怒交集，剛調順了的氣息又復逆轉，雙氣相激，胸口鬱悶無比，知道已受內傷，只罵得一聲：「你胡說，咱們沒有……」突然口中鮮血狂噴，如一根血柱般射了出來。

尹志平與楊過一齊大驚，雙雙搶近。尹志平道：「你怎麼啦？」俯身察看她的傷勢。楊過只道他意欲加害，左手推向他胸口。尹志平順手一格。楊過對全真派的武功招招熟習，手掌一翻，已抓住他手腕，先拉後送，將他摔了出去。

此時楊過的武功其實遠不及尹志平，如與別派武學之士相鬥，對手武功與尹志平相若，楊過非輸不可。但林朝英當年鑽研剋制全真武功之法，每一招每一式都是配合得絲絲入扣，而她創成之後從未用過，是以全真弟子始終不知世上竟有這一門本門剋星的武功。此時楊過突然使將出來，尹志平猝不及防，又當心神激盪之際，竟全無招架之功，這一交雖未跌倒，但身子已在兩丈之外，站在趙志敬身旁。

楊過道：「姑姑，你莫理他們，我先扶你回去。」小龍女氣喘吁吁的道：「不，你殺了他們，別……別讓他們在外邊說……說我……」楊過道：「好。」縱身而前，手中樹枝向趙志敬當胸點去。趙志敬那將他放在眼裏，長劍微擺，削他樹枝。那知楊過所使劍招正是全真劍法的對頭，樹枝尖頭一顫，倏地彎過，已點中趙志敬手腕上穴道。趙志敬手腕一麻，暗叫不好。楊過左掌橫劈，直擊他左頰，這一劈來勢怪極，乃是從最不可能處出招。趙志敬要保住長劍，就得挺頭受了他這一劈，若要避招，長劍非撒手不可。

趙志敬武功了得，雖處劣勢，竟是絲毫不亂，放手撒劍，低頭避過，跟著左掌前探，就在這一瞬之間要奪回長劍。豈知林朝英在數十年前早已料敵機先，對全真高手或能使用的諸般巧妙厲害變著，盡數預擬了對付之策。趙志敬這一招自覺別出心裁，定能敗中求勝，那想到楊過與小龍女早就將此招拆解得爛熟於胸。楊過奪到敵劍，見他左掌一閃，已知他要用此著，長劍刺去，搶先削他手掌。趙志敬大驚，急忙縮手。楊過劍尖已指在他胸口，喝道：「躺下」左腳勾出。趙志敬要害被刺，動彈不得，被他一勾，當即仰天摔倒。楊過提起長劍，疾往他小腹刺下。

忽聽身後風聲颯然，一劍刺到，厲聲喝道：「你膽敢弒師麼？」這一劍攻敵之必救，楊過於大驚大怒交攻之際，仍能審察緩急，立時回劍擋格，噹的一聲，雙劍相交。尹志平見他迴劍既快且準，不禁暗暗稱讚，突覺自己手中長劍不挺自伸，竟被對方黏了過去，一驚之下，急運內力回奪。他內力自是遠為深厚，雙力互奪，楊過長劍反被牽引過去。不料楊過正是要誘他使這一著，只微一凝持，突然放劍，雙掌直欺，猛擊他前胸，同時劍柄反彈上來，雙掌一劍，三路齊至，尹志平武功再高，也擋不住這怪異之極的奇襲。

當此之時，尹志平只得撒劍迴掌，並手橫胸，急擋一招，只是手臂彎得太內，已難以發勁，總算楊過功力不深，未能將他雙臂立時折斷，但也已震得他胸口劇痛，兩臂酸麻，急忙倒退三步，運氣護住胸前要穴。趙志敬已乘機跳起身來。楊過雙劍在手，向二人攻去。

趙尹二人數招之間，被一個初出茅廬的少年殺得手忙腳亂，都是既驚且怒，再也不敢大意。兩人並肩而立，使開掌法，只守不攻，要先摸清對方的武功路子再說。這麼一來，楊過雖雙手皆有利器而對方赤手空拳，但二人守得嚴密異常，再也不能如初交手時那麼殺他們個措手不及。玉女心經劍術之中，並無剋制全真派拳腳的招數。要知林朝英旨在蓋過王重陽，如以利劍制敵肉掌，非但勝之不武，抑且自失身分，她於此自是不屑去費絲毫心思，加之趙尹二人功力固然遠勝，又是聯防而求立於不敗之地，楊過雙劍閃爍，縱橫揮動，卻無可乘之機，到後來便漸落下風。趙志敬掌力沉厚，不斷催勁，壓向他劍上。

尹志平定了定神，暗想兩個長輩合鬥一個少年，那成甚麼樣子？眼見勝算已然在握，又記掛小龍女的安危，喝道：「楊過，你快扶你姑姑回去，跟我們瞎纏甚麼？」楊過道：「姑姑恨你們胡說八道，叫我非殺了你們不可。」尹志平呼的一掌，將他左手劍震歪了，向左躍開三步，叫道：「且住！」楊過道：「你想逃麼？」尹志平道：「楊過，你想殺我們兩個，這叫做千難萬難，不過好教你姑姑放心，今日之事，我姓尹的若是吐露了半句，立時自刎相謝。倘有食言……」說到此處，忽然身形一晃，夾手將楊過左手中長劍搶過，說道：「有如此指！」左手豎掌，右手揮劍，將左手的小指與無名指削了下來。

這幾下行動有似兔起鶻落，迅捷無比，楊過絲毫沒有提防。他一呆之下，已知尹志平之言確是出自真心，心想：「我同時鬥他們兩個，果然難勝，不如先殺了姓趙的，回頭再來殺他。」當即喝道：「姓尹的，你割手指有甚麼用？除非把腦袋割下來，我才信你的。」尹志平慘笑道：「要我性命，嘿嘿，只要你姑姑說一句話，有何不可？」楊過道：「行！」向前踏上兩步，驀地裏挺劍向背後刺出，直指趙志敬胸口。

這一招「木蘭迴射」陰毒無比，趙志敬正自全神傾聽二人說話，那料到他忽施偷擊，待得驚覺，劍尖已刺上了小腹。趙志敬只感微微一痛，立時氣運丹田，小腹斗然間向後縮了半尺，疾起右腿，竟將楊過手中長劍踢飛。楊過不等他右腿縮回，伸指向他膝彎裏點去，正中穴道。趙志敬雖然逃脫性命，卻再也站立不住，右腿跪倒在楊過面前。

楊過伸手接住從空中落下的長劍，指在趙志敬咽喉，道：「我曾拜你為師，磕過你八個頭，現下你已非我師，這八個頭快磕回來。」趙志敬氣得幾欲暈去，臉皮紫脹，幾成黑色。楊過手上稍稍用力，劍尖陷入他喉頭肉裏。趙志敬罵道：「你要殺便殺，多說甚麼？」楊過挺劍正要刺去，忽聽小龍女在背後說道：「過兒，弒師不祥，你叫他立誓不說今日之事，就……就饒了他罷！」

楊過對小龍女之言奉若神明，聽她這般說，便道：「你發個誓來。」趙志敬雖然氣極，畢竟性命要緊，說道：「我不說就是，發甚麼誓？」楊過道：「不成，非發個毒誓不可。」趙志敬道：「好，今日之事，咱們這裏只有四人知道。我若對第五人提起，教我身敗名裂，逐出師門，為武林同道所不齒，終於不得好死！」

小龍女與楊過都不諳世事，只道他當真發了毒誓。尹志平卻聽出他誓言之中另藏別意，待要提醒楊過，又覺不便明助外人；只見楊過抱著小龍女，腳步迅捷，轉過山腰去了。他左手兩根手指上鮮血不住直流，癡癡的站著，竟自不知疼痛。

楊過抱著小龍女回到古墓，將她放在寒玉床上。小龍女嘆道：「我身受重傷，怎麼還能與寒氣相抗？」楊過「啊」了一聲，心中愈驚，暗想：「原來姑姑受傷如此之重。」當下抱她到隔壁她自己臥房。她自將寒玉床讓給楊過後，初時仍與他同室而臥，過了年餘，才搬入隔壁石室。小龍女剛一臥倒，又是「哇」的一聲，噴出了大口鮮血，楊過赤裸的上身被噴得滿胸是血。她喘息幾下，便噴一口血。楊過嚇得手足無措，只是流淚。

小龍女淡淡一笑，說道：「我把血噴完了，就不噴了，又有甚麼好傷心的？」楊過道：「姑姑，你別死。」小龍女道：「你自己怕死，是不是？」楊過愕然道：「我？」小龍女道：「我死之前，自然先將你殺了。」這話她在兩年多前曾說過一次，楊過早就忘了，想不到此時重又提起。小龍女見他滿臉訝異之色，道：「我若不殺你，死了怎有臉去見孫婆婆？你獨個兒在這世上，又有誰來照料你？」楊過腦中一片惶亂，不知說甚麼好。

小龍女吐血不止，神情卻甚為鎮定，渾若無事。楊過靈機一動，奔去舀了一大碗玉蜂蜜漿來，餵她喝了下去。這蜜漿療傷果有神效，過不多時，她終於不再吐血，躺在床上沉沉睡去。楊過心中略定，只是驚疲交集，再也支持不住，坐在地下，也倚牆睡著了。

不知過了多少時候，忽覺咽喉上一涼，當即驚醒。他在古墓中住了多年，雖不能如小龍女般黑暗中視物有如白晝，但在墓中來去，也已不須秉燭點燈。睜開眼來，只見小龍女坐在床沿，手執長劍，劍尖指在他的喉頭，一驚之下，叫道：「姑姑！你……」

小龍女淡然道：「過兒，我這傷勢是好不了啦，現下殺了你，咱們一塊兒見孫婆婆去罷！」楊過只是急叫：「姑姑！」小龍女道：「你心裏害怕，是不是？挺快的，只一劍就完事。」楊過見她眼中忽發異光，知她立時就要下殺手，胸中求生之念熱切無比，再也顧不得別的，一個打滾，飛腿去踢她手中長劍。

小龍女雖然內傷沉重，身手迅捷，竟是不減平時，側身避開了他這一腳，劍尖又點在他的喉頭。楊過連變幾下招數，但他每一招每一式全是小龍女所點撥，那能不在她意料之中？長劍如影隨形，始終不離他咽喉三寸之處。楊過嚇得全身都是冷汗，暗想：「今日逃不了性命，定要給姑姑殺了。」危急中雙掌一併，憑虛擊去，欺她傷後無力，招數雖精，該無勁力與自己對掌。

小龍女識得他的用意，仍是上身微側，讓他的掌力呼呼兩響在自己肩頭掠過，叫道：「過兒，不用鬥了！」長劍略挺，劍尖顫了幾顫，一招巧妙無比的「分花拂柳」，似左實右，已點在楊過喉頭。她運勁前送，正要在他喉頭刺落，見到他乞憐的眼色，突然心中傷痛難禁，登時眼前發黑，全身酸軟，噹的一聲，長劍落地，接著便暈了過去。

這一劍刺來，楊過只是待死，不料她竟會在這緊急關頭昏去。他一呆之下，當真是死裏逃生，急步奔出古墓。但見陽光耀目，微風拂衣，花香撲面，好鳥在樹，那裏還是墓中陰沉慘怛的光景？

他驚魂略定，當即展開輕功，向山下急奔，下山的路子越跑越快，只中午時分，已到了山腳。他見小龍女不曾追來，稍稍放心，才放慢腳步而行。走了一陣，腹中餓得咕咕直響。他自幼闖蕩江湖，找東西吃的本事著實了得，四下張望，見西邊山坡上長著一大片玉米，於是過去摘了五根棒子。玉米尚未成熟，但已可食得。他拾了一些枯柴，正想設法生火燒烤來吃，忽聽樹後腳步聲細碎，有人走近。

他側身先擋住了玉米，以免給鄉農捉賊捉贓，再斜眼看時，卻見是個妙齡道姑，身穿杏黃道袍，腳步輕盈，緩緩走近。她背插雙劍，劍柄上血紅絲絛在風中獵獵作響，顯是會武。楊過心想此人定是山上重陽宮裏的，多半是清淨散人孫不二的弟子。他心悸之餘，不敢多生事端，低了頭自管在地下掇拾枯枝。

那道姑走到他身前，問道：「喂，上山的路怎生走法？」楊過暗道：「這女子是全真教弟子，怎能不識上山路徑？定是不懷好意。」當下也不轉頭，隨手向山上一指，道：「順大路上去便是。」那道姑見他上身赤裸，下身一條褲子甚是敝舊，蹲在道旁執拾柴草，料想是個尋常莊稼漢。她自負美貌，任何男子見了都要目不轉瞬的呆看半晌，這少年居然瞥了自己一眼便不再瞧第二眼，竟是瞎了眼一般，不禁有氣，但隨即轉念：「這些蠢牛笨馬一般的鄉下人又懂得甚麼？」說道：「你站起來，我有話問你。」

楊過對全真教上上下下早就盡數恨上了，當下裝聾作啞，只作沒聽見。那道姑道：「傻小子，我的話你聽見沒有？」楊過道：「聽見啦，可是我不愛站起來。」那道姑聽他這麼說，不禁嗤的一笑，說道：「你瞧瞧我，是我叫你站起來啊！」這兩句話聲音嬌媚，又甜又膩。楊過心中一凜：「怎麼她說話這等怪法？」抬起頭來，只見她膚色白潤，雙頰暈紅，兩眼水汪汪的斜睨自己，似乎並無惡意；一眼看過之後，又低下頭來拾柴。

那道姑見他滿臉稚氣，雖然瞧了自己第二眼，仍是毫不動心，不怒反笑，心想：「原來是個不懂事的孩子。」從懷裏取出兩錠銀子，叮叮的相互撞了兩下，說道：「小兄弟，你聽我話，這兩錠銀子就給你。」

楊過原不想招惹她，但聽她說話奇怪，倒要試試她有何用意，於是索性裝癡喬獃，怔怔的望著銀子，道：「這亮晶晶的是甚麼啊？」那道姑一笑，說道：「這是銀子。你要新衣服啦、大母鷄啦、白米飯啦，都能用銀子去買來。」楊過裝出一股茫然不解的神情，道：「你又騙我啦，我不信。」那道姑笑道：「我幾時騙過你了？喂，小子，你叫甚麼名字？」楊過道：「人人都叫我傻蛋，你不知道麼？你叫甚麼名字？」那道姑笑道：「傻蛋，你只叫我仙姑就得啦，你媽呢？」楊過道：「我媽剛才臭罵了我一頓，到山上砍柴去啦。」那道姑道：「嗯，我要用一把斧頭，你去家裏拿來，借給我使使。」楊過心中大奇，雙眼發直，口角流涎，傻相卻裝得越加像了，不住搖頭，道：「那使不得，我家斧頭不能借人的。要是爹爹知道我借給你，定要用扁擔揍我。」那道姑笑道：「你爹媽見了銀子，歡喜還來不及啦，一定不會揍你。」說著揚手將一錠銀子向他擲去。

楊過伸手去接，假裝接得不準，讓那銀子撞在肩頭，落下來時，又碰上了右腳，他捧住右腳，左足單腳而跳，大叫：「噯喲，噯喲，你打我！我跟媽媽說去！」說著大叫大嚷，銀子也不要了，向前急奔。

那道姑見他傻得有趣，微微而笑，解下身上腰帶，向著楊過的右足揮出。楊過聽到風聲，回頭一望，見到腰帶來勢，吃了一驚：「這是我古墓派的功夫！難道她不是全真派的道姑？」當下也不閃避，讓她腰帶纏住右足，撲地摔倒，全身放鬆，任她橫拖倒曳的拉回來，只是心下戒懼：「她上山去，難道是衝著姑姑？」

他一想到小龍女，不知她此時生死如何，不由得憂急無比，心念已決，縱然死在她的手裏，也要再去看看她。這念頭在他腦海中兜了幾轉，那道姑已將他拉到面前，見他雖然滿臉灰土，卻是眉清目秀，心道：「這鄉下小子生得倒俊，只可惜繡花枕頭，肚子裏卻是一包亂草。」聽他兀自大叫大嚷，胡言亂語，微微笑道：「傻蛋，你要死還是要活？」說著拔出長劍，抵在他胸口。

楊過見她出手這招「錦筆生花」正是古墓派嫡傳劍法，心下更無疑惑：「此人多半是師伯李莫愁的弟子，上山找我姑姑，定然不懷好意，從她揮腰帶、出長劍的手法看來，武功頗為了得，我便裝傻到底，好教她全不提防。」於是滿臉惶恐，求道：「仙姑，你……你別殺我，我聽你的話。」那道姑笑道：「好，你如不聽我吩咐，一劍就將你殺了。」楊過叫道：「我聽，我聽。」那道姑揮起腰帶，拍的一聲輕響，已纏回腰間，姿態飄逸，甚是瀟脫。楊過暗讚一聲：「好！」臉上卻仍是一股茫然之色。道姑心道：「這傻子又怎懂得這一手功夫之難？我這可是俏媚眼做給瞎子看了。」說道：「你快回家去拿斧頭。」

楊過依言奔向前面的農舍，故意足步蹣跚，落腳極重，搖搖擺擺，顯得笨拙異常。那道姑瞧得極不順眼，叫道：「你可別跟人說起，快去快回。」楊過應道：「是啦！」悄悄在一所農舍的門邊一張，見屋內無人，想是都在田地裏耕作，當下在壁上取了一柄伐樹砍柴用的短斧，順手又在板凳上取過一件破衣披在身上，傻裏傻氣的回來。

他雖在作弄那道姑，心中總是掛念著小龍女的安危，臉上不禁深有憂色。那道姑嗔道：「你哭喪著臉幹麼？快給我笑啊。」楊過咧開了嘴，傻笑幾聲。那道姑秀眉微蹙，道：「跟我上山去。」楊過忙道：「不，不，我媽吩咐我不可亂走。」那道姑喝道：「你不聽話，我立時殺了你。」說著伸左手扭住他耳朵，右手長劍高舉，作勢欲斬。楊過殺豬也似的大嚷起來：「我去啊，我去啊！」

那道姑心想：「這人蠢如豬羊，正合我用。」於是拉住他袖子，走上山去。她輕功不弱，行路自然極快。楊過卻跌跌撞撞，左腳高，右腳低，遠遠跟在後面，走了一陣，便坐在路邊石上不住拭汗，呼呼喘氣。那道姑連聲催促快走。楊過道：「你走起路來像兔子一般，我怎跟得上？」那道姑見日已偏西，心中老大不耐煩，回過來挽住他手臂，向山上急奔。楊過只是跟不上，雙腳亂跨，忽爾在她腳背上重重踹了一腳。

那道姑「噯喲」一聲，怒道：「你作死麼？」但見他氣息粗重，實在累得厲害，當下伸出左臂托在他腰裏，喝一聲：「走罷！」攬著他身子向山上疾馳，輕功施展開來，片刻間就奔出數里。

楊過被她攬在臂彎，背心感到的是她身上溫軟，鼻中聞到的是她女兒香氣，索性不使半點力氣，任她帶著上山。那道姑奔了一陣，俯下頭來，只見他臉露微笑，顯得甚是舒服，不禁有氣，鬆開手臂，將他擲在地上，嗔道：「你好開心麼？」楊過摸著屁股大叫：「哎唷，哎唷，仙姑摔痛傻蛋屁股啦。」

那道姑又好氣又好笑，罵道：「你怎麼這生傻？」楊過道：「是啊，我本來就叫傻蛋嘛。仙姑，我媽說我不姓傻，姓張。你可是姓仙麼？」那道姑道：「你叫我仙姑就得啦，管我姓甚麼呢。」原來她正是赤練仙子李莫愁的大弟子洪凌波，便是當日去殺陸立鼎滿門而被武三娘逐走的小道姑。楊過想探聽她的姓名，那知她竟不吐露。

她在石上坐下，整理被風吹散了的秀髮。楊過側頭看她，心道：「這道姑也算得美了，只是還不及桃花島郭伯母，更加不及我姑姑。」洪凌波向他橫了一眼，笑道：「傻蛋，你儘瞧著我幹甚？」楊過道：「我瞧著就是瞧著，又有甚麼幹不幹的？你不許我瞧，我不瞧就是了，有甚麼希罕？」洪凌波噗哧一笑，道：「你瞧罷！喂，你說我好不好看？」從懷裏摸出一隻象牙小梳，慢慢梳著頭髮。

楊過道：「好看啊，就是，就是……」洪凌波道：「就是甚麼？」楊過道：「就是不大白。」洪凌波向來自負膚色白膩，肌理晶瑩，聽他這麼說，不禁勃然而怒，站起身來喝道：

「傻蛋，你要死了，說我不夠白？」楊過搖頭道：「不大白。」洪凌波怒道：「誰比我更白了？」楊過道：「昨晚跟我一起睡的，就比你白得多。」洪凌波道：「誰？是你媳婦兒，還是你娘？」心中轉過一個念頭，就想將這膚色比自己更白的女人殺了。楊過道：「都不是，是我家的白羊兒。」洪凌波轉怒為笑，道：「真是傻子，人怎能跟畜牲比？快去罷。」挽著他臂膀，快步上山。

將至直赴重陽宮的大路時，洪凌波折而向西，朝活死人墓的方向走去。楊過心想：「她果然去找我姑姑。」洪凌波走了一會，從懷中取出一張地圖，找尋路徑。楊過道：「仙姑，前面走不通啦，樹林子裏有鬼。」洪凌波道：「你怎知道？」楊過道：「林子裏有個大墳，墳裏有惡鬼，誰也不敢走近。」洪凌波大喜，心道：「活死人墓果然是在此處。」

原來洪凌波近年得師父傳授，武功頗有進益，在山西助師打敗武林羣豪，更得李莫愁的歡心。她聽師父談論與全真諸子較量之事，說道若是練成了「玉女心經」，便不用畏懼全真教這些牛鼻子老道，只可惜記載這門武學的書冊留在終南山古墓之中。洪凌波問她為甚麼不到墓中去研習這門功夫。李莫愁含糊而答，只說已把這地方讓給了小師妹，師姊妹倆不大和睦，向來就沒來往。她極其好勝，自己曾數度闖入活死人墓、鎩羽被創、狼狽逃走之事，自不肯對徒兒說起，反說那小師妹年紀幼小，武功平平，做師姊可不便以大欺小。當下洪凌波極力慫恿師父去佔墓奪經。其實李莫愁此念無日或忘，但對墓中機關始終參詳不透，是以遲遲不敢動手，聽徒兒說得熱切，只是微笑不答。

洪凌波提了幾次，見師父始終無可無不可，當下暗自留了心，向師父詳問去終南山古墓的道路，私下繪了一圖，卻不知李莫愁其實並未盡舉所知以告。這次師父派她上長安殺一個仇家，事成之後，便逕自上終南山來，不意卻與楊過相遇；當下命楊過使短斧砍開阻路荊棘，覓路入墓。

楊過心想這般披荊斬棘而行，攪上一年半載也走不近古墓，當下癡癡呆呆的只是依命而行。鬧了大半個時辰，天色全黑，還行不到里許路，離古墓仍極遙遠。他記掛小龍女之心越來越是熱切，暗想不如帶這道姑進去，瞧她能有甚麼古怪，當下舉斧亂劈幾下，對準一塊石頭砍了下去，火星四濺，斧口登時捲了。他大聲叫道：「噯喲，噯喲，這兒有一塊大石頭。斧頭壞啦，回頭爹爹準要打我。仙姑，我……我要回家去啦。」

洪凌波早已十分焦急，瞧這等走法，今晚無論如何不能入墓，口中只罵：「傻蛋，不許回去！」楊過道：「仙姑，你怕不怕鬼？」洪凌波道：「鬼才怕我呢，我一劍就將惡鬼劈成兩半。」楊過喜道：「你不騙我麼？」洪凌波道：「我騙你幹麼？」楊過道：「惡鬼既然怕你，我就帶你到大墳去。那惡鬼出來，你可要趕跑他啊！」洪凌波大喜道：「你識得到大墳去的路？快帶我去。」楊過怕她疑心，嘮嘮叨叨的再三要她答應，定要殺了惡鬼。洪凌波連聲安慰，叫他放心，說道便有十個惡鬼也都殺了。

楊過道：「早幾年，我到大墳邊放羊，睡了一覺，醒來時已經半夜啦。我瞧見墳裏出來一個白衣女鬼，嚇得我沒命的逃走，路上摔了一交，頭也跌破了，你瞧，這兒還有一個疤兒。」說著湊近身去，要她來摸。他一路上給她攬著之時，但覺她吹氣如蘭，挨近她身子很是舒暢，這時乘機使詐，將腦袋湊近她臉邊。洪凌波笑著叫了一聲：「傻蛋！」隨手一摸，並不覺得有甚麼疤痕，也不以為意，只道：「快領我去。」

楊過牽著她手，走出花木叢來，轉到通往古墓的秘道。此時已近中夜，星月無光。楊過拉著她手，只覺溫膩軟滑，心中暗暗奇怪：「姑姑與她都是女子，怎麼姑姑的手冰冰冷的，她卻這麼溫暖。」不自禁手上用勁，揑了幾揑。若是武林中有人對洪凌波這般無禮，她早已拔劍殺卻，但她只道楊過是個傻瓜，此時又有求於他，再者見他俊美，心中也有幾分喜歡，竟未動怒，暗道：「這傻蛋倒也不是傻得到底，卻也知道我生得好看。」

不到一頓飯功夫，楊過已將洪凌波領到墓前。他出來時心慌意亂，未將墓門關上，但見那塊作為墓門的大石碑仍是倒在一邊。他心中怦怦亂跳，暗暗禱告：「但願姑姑沒死，讓我得能再見她一面。」這時再也沒心緒和洪凌波搗鬼，只道：「仙姑，我帶你進去，可是惡鬼倘若吃了我，我變了鬼，那就永遠纏住你不放啦。」當即舉步入內。

洪凌波心想：「這傻蛋忽然大膽，倒也奇怪。」當下不暇多想，在黑暗中緊緊跟隨，她聽師父說活死人墓中道路迂迴曲折，只要走錯一步，立時迷路，卻見楊過毫不遲疑的快步而前，東一轉，西一繞，這邊推開一扇門，那邊拉開一塊大石，竟是熟悉異常。洪凌波暗暗生疑：「墓中道路有甚麼難走？難道師父騙我，她是怕我私自進入麼？」片刻之間，楊過已帶她走到古墓中心的小龍女臥室。

他輕輕推開了門，側耳傾聽，不聞半點聲響，待要叫喚：「姑姑！」想起洪凌波在側，急忙忍住，低聲道：「到啦！」

洪凌波此時深入古墓，雖然藝高人膽大，畢竟也是惴惴不安，聽了楊過之言，忙取出火摺，打火點燃了桌上的蠟燭，只見一個白衣女子躺在床上。她早料到會在墓中遇到師叔小龍女，卻想不到她竟是這般泰然高臥，不知是睡夢正酣，還是沒將自己放在眼裏，當下平劍當胸，說道：「弟子洪凌波，拜見師叔。」

楊過張大了口，一顆心幾乎從胸腔中跳了出來，全神注視小龍女的動靜，只見她一動不動，隔了良久，才輕輕「嗯」了一聲。從洪凌波說話到小龍女答應，楊過等得焦急異常，恨不得撲上前去，抱住師父放聲大哭，待聽她出聲，心頭有如一塊大石落地，喜悅之下，再也克制不住，「哇」的一聲，哭了出來。洪凌波問道：「傻蛋，你幹甚麼？」楊過嗚咽道：「我……我好怕。」

小龍女緩緩轉過身來，低聲道：「你不用怕，剛才我死過一次，一點也不難受。」洪凌波斗然間見到她秀麗絕俗的容顏，大吃一驚：「世上居然有這等絕色美人！」不由得自慚形穢，又道：「弟子洪凌波，拜見師叔。」小龍女輕輕的道：「我師姊呢？她也來了麼？」洪凌波道：「我師父命弟子先來，請問師叔安好。」小龍女道：「你出去罷，這個地方莫說是你，連你師父也是不許來的。」

洪凌波見她滿臉病容，胸前一灘灘的都是血漬，說話中氣短促，顯是身受重傷，當下將提防之心去了一半，問道：「孫婆婆呢？」小龍女道：「她早死啦，你快出去罷。」洪凌波更是放心，暗想：「當真是天緣巧合，不想我洪凌波竟成了這活死人墓的傳人。」眼見小龍女命在頃刻，只怕她忽然死去，無人能知收藏「玉女心經」的所在，忙道：「師叔，師父命弟子來取玉女心經。你交了給我，弟子立時給你治傷。」

小龍女長期修練，七情六欲本來皆已壓制得若有若無，可說萬事不縈於懷，但此時重傷之餘，失了自制，聽她這麼說，不由得又急又怒，暈了過去。洪凌波搶上去在她人中上捏了幾下。小龍女悠悠醒來，說道：「師姊呢？你請她來，我有話……有話跟她說。」洪凌波眼見本門的無上秘笈竟然唾手可得，實是迫不及待，一聲冷笑，從懷裏取出兩枚長長的銀針，厲聲道：「師叔，你認得這針兒，不快交出玉女心經，可莫怪弟子無禮。」

楊過曾吃過這冰魄銀針的大苦頭，只不過無意捏在手裏，便即染上劇毒，若是刺在身上，那還了得？眼見事勢危急，叫道：「仙姑，那邊有鬼，我怕！」說著撲將過去，抱住她背心，順手便在她「肩貞」「京門」兩穴上各點一指。洪凌波做夢也想不到這「傻蛋」竟有一身上乘武功，要待罵他胡說八道，已是全身酸麻，軟癱在地。楊過怕她有自通經脈之能，隨即在她「巨骨」穴上又再重重點上幾指，說道：「姑姑，這女人真壞，我用銀針來刺她幾下好不好？」說著用衣襟裹住手指，拾起銀針。

洪凌波身子不能動彈，這幾句話卻清清楚楚的聽在耳裏，見他拾起銀針，笑嘻嘻的望住自己，只嚇得魂飛魄散，要待出言求情，苦在張口不得，只是目光露出哀憐之色。小龍女道：「過兒，關上了門，防我師姊進來。」楊過應道：「是！」剛要轉身，忽聽身後一個嬌媚的女子聲音說道：「師妹，你好啊？我早來啦。」

楊過大驚轉身，燭光下只見得門口俏生生的站著一個美貌道姑，杏臉桃腮，嘴角邊似笑非笑，正是赤練仙子李莫愁。

當洪凌波打聽活死人墓中道路之時，李莫愁早料到她要自行來盜玉女心經，派她到長安殺人等等，其實都是有意安排。她一直悄悄跟隨其後，見到她如何與楊過相遇，如何入墓，如何逼小龍女獻經，又如何中計失手，只因她身法迅捷，腳步輕盈，洪凌波與楊過竟是絲毫沒有察覺，直至斯時，方始現身。

小龍女矍然而起，叫了聲：「師姊！」跟著便不住咳嗽。李莫愁冷冷的指著楊過道：「這人是誰？祖師婆婆遺訓，古墓中不准臭男子踏進一步，你幹麼容他在此？」小龍女猛烈咳嗽，無法答話。楊過擋在小龍女身前相護，朗聲道：「她是我姑姑，這裏的事，不用你多管！」李莫愁冷笑道：「好傻蛋，真會裝蒜！」拂塵揮動，呼呼呼進了三招。這三招雖先後而發，卻似同時而到，正是古墓派武功的厲害招數，別派武學之士若不明此中奧妙，一上手就給她擊得筋斷骨折。楊過對這門功夫習練已熟，雖遠不及李莫愁功力深厚，仍是輕描淡寫的閃開了她三招混一的「三燕投林」。

李莫愁拂塵回收，暗暗吃驚，瞧他閃避的身法竟是本門武學，厲聲道：「師妹，這小賊是誰？」小龍女怕再嘔血，不敢高聲說話，低低的道：「過兒，拜見了大師伯。」楊過呸了一聲道：「這算甚麼師伯？」小龍女道：「你俯耳過來，我有話說。」

楊過只道她要勸自己向李莫愁磕頭，心下不願，但仍是俯耳過去。小龍女聲細若蚊，輕輕道：「腳邊床角落裏，有一塊突起的石板，你用力向左邊扳，然後立即跳上床來。」李莫愁也當她是在囑咐徒兒向自己低頭求情，眼前一個身受重傷，一個是後輩小子，那裏放在心上，自管琢磨怎生想個妙法，勒逼師妹獻出玉女心經。

楊過點點頭，朗聲道：「好，弟子拜見大師伯！」慢慢伸手到小龍女腳邊床邊裏一摸，觸手處果有一塊突起的石板，當下用力扳動，跟著躍上床去。只聽得軋軋幾響，石床突然下沉。李莫愁一驚，知道古墓中到處都是機關，當年師父偏心，瞞過了自己，卻將運轉機關的法門盡數傳給師妹，立即搶上來向小龍女便抓。

此時小龍女全無抵禦之力，石床雖然下沉，但李莫愁見機奇快，出手迅捷之極，這一下竟要硬生生將她抓下床來。楊過大驚，奮力拍出一掌，將她手爪擊開，只覺眼前一黑，砰嘭兩響，石床已落入下層石室。室頂石塊自行推上，登時將小龍女師徒與李莫愁師徒四人一上一下的隔成兩截。

楊過朦朧中見室中似有桌椅之物，於是走向桌旁，取火摺點燃了桌上的半截殘燭。小龍女嘆道：「我血行不足，難以運功治傷。但縱然身未受傷，咱師徒倆也鬥不過我師姊……」楊過聽到她「血行不足」四字，也不待她說完，提起左手，看準了腕上筋脈，狠命咬落，登時鮮血迸出。他將傷口放在小龍女嘴邊，鮮血便汩汩從她口中流入。

小龍女本來全身冰冷，熱血入肚，身上便微有暖意，但知此舉不妥，待要掙扎，楊過早已料到，伸指點了她腰間穴道，教她動彈不得。過不多時，傷口血凝，楊過又再咬破，然後再咬右腕，灌了幾次鮮血之後，楊過只感頭暈眼花，全身無力，這才坐直身子，解開她的穴道。小龍女對他凝視良久，不再說話，幽幽嘆了口氣，自行練功。楊過見蠟燭行將燃盡，換上了一根新燭。

這一晚兩人各自用功。楊過是補養失血後的疲倦。小龍女服食楊過的鮮血後精神大振，兩個時辰後，自知性命算是保住了，睜開眼來，向他微微一笑。楊過見她雙頰本來慘白，此時忽然有兩片紅暈，有如白玉上抹了一層淡淡的胭脂，大喜道：「姑姑，你好啦。」小龍女點點頭。楊過欣喜異常，卻不知說甚麼好。

小龍女道：「咱們到孫婆婆的屋裏去，我有話跟你說。」楊過道：「你不累麼？」小龍女道：「不礙事。」伸手在石壁的機括上扳了幾下，石塊轉動，露出一道門來。此處的道路楊過亦已全不識得。小龍女領著他在黑暗中轉來轉去，到了孫婆婆屋中。

她點亮燭火，將楊過的衣服打成一個包裹，將自己的一對金絲手套也包在裏面。楊過呆呆的望著她，奇道：「姑姑，你幹甚麼？」小龍女不答，又將兩大瓶玉蜂漿放在包中。楊過喜道：「姑姑，咱們要出去了，是麼？那當真好得很。」

小龍女道：「你好好去罷，我知道你是好孩子，你待我很好。」楊過大驚，問道：「姑姑你呢？」小龍女道：「我向師父立過誓，是終身不出此墓的。除非……除非……嗯，我不出去。」說著黯然搖頭。

楊過見她臉色嚴正，語氣堅定，顯是決計不容自己反駁，當下不敢再說，但此事實在重大，終於又鼓起勇氣道：「姑姑，你不去，我也不去。我陪著你。」小龍女道：「此時我師姊定是守住了出墓的要道，要逼我交出玉女心經。我功夫遠不如她，又受了傷，定然鬥她不過，是不是？」楊過道：「是。」小龍女道：「咱們留著的糧食，我看勉強也只吃得二十來天，再吃些蜂蜜甚麼，最多支持一個月。一個月之後，那怎麼辦？」楊過一呆，道：「咱們強衝出去，雖然打不過師伯，卻也未必不能逃命。」小龍女搖頭道：「你若知道你師伯的武功脾氣，就知咱們決不能逃命。那時不但要慘受折辱，而且死時苦不堪言。」楊過道：「若是如此，我一個人更是難以逃出。」

小龍女搖頭道：「不！我去邀她相鬥，一路引她走入古墓深處，你就可乘機逃出。你出去之後，搬開墓左的大石，拔出裏面的機括，就有兩塊萬斤巨石落下，永遠封住了墓門。」楊過愈聽愈驚，道：「姑姑，你會開動機括出來，是不是？」

小龍女搖頭道：「不是。當年王重陽起事抗金，圖謀大舉，這座石墓是他積貯錢糧兵器的大倉庫。是以機關重重，布置周密，又在墓門口安下這兩塊萬斤巨石，稱為『斷龍石』。萬一義師未興，而金兵已得知風聲先行來攻，要是寡不敵眾，他就放下巨石，閉墓而終，攻入墓來的敵人也決計難以生還。因斷龍石既落之後，不能再啟。你知入墓甬道甚是狹窄，只容一人通行，就算進墓的敵人有千人之眾，卻也只能排成長長的一列，僅有當先的一人能摸到堵塞了墓門的巨石，一個人不論力氣多大，終究抬它不起。那老道如此安排，自是寧死不屈、又與敵人同歸於盡的意思。他抗金失敗後，獨居石墓，金主偵知他的所在，曾前後派了數十名高手來殺他，都被他或擒或殺，竟無一人得能逃脫。後來金主暴斃，繼位的皇帝不知原委，便放過了他，因此這兩塊斷龍石始終不曾用過。王重陽讓出活死人墓時，將墓中一切機關盡數告知了祖師婆婆。」

楊過越聽越是心驚，垂淚道：「姑姑，我死活都要跟著你。」小龍女道：「你跟著我有甚麼好？你說外面的世界好玩得很，你就出去玩罷。以你現下的功夫，全真教的臭道士們已不能跟你為難。你騙過洪凌波，比我聰明得多，以後也不用我來照料你了。」楊過奔上去抱住她，哭道：「姑姑，我若不能跟你在一起，一生一世也不會快活。」

小龍女本來冷傲絕情，說話斬釘截鐵，再無轉圜餘地，但此時不知怎的，聽了楊過這幾句話不禁胸中熱血沸騰，眼中一酸，忍不住要流下淚來。她大吃一驚，想起師父臨終時對她千叮萬囑的言語：「你所練功夫，乃是斷七情、絕六欲的上乘功夫，日後你若是為人流了眼淚，動了真情，不但武功大損，且有性命之憂，切記切記。」當下用力將楊過推開，冷冷的道：「我說甚麼，你就得依我吩咐。」

楊過見他突然嚴峻，不敢再說。小龍女將包裹縛在他背上，從壁上摘下長劍，遞在他手中，厲聲道：「待會我叫你走，你立刻就走，一出墓門，立即放下巨石閉門。你師伯厲害無比，時機稍縱即逝，你聽不聽我話？」楊過哽咽著聲音道：「我聽話。」小龍女道：「你若不依言而行，我死於陰間，也是永遠恨你。走罷！」說著拉了楊過的手，開門而出。

楊過從前碰到她手，總是其寒如冰，但此時被她握住，卻覺她手掌一陣熱一陣冷，與平昔大異，只是心煎如沸，無暇去想此種小事，當下跟隨著她一路走出。行了一陣，小龍女摸著一塊石壁，低聲道：「她們就在裏面，我一將師姊引開，你便從西北角傷門衝出。洪凌波若是追你，你就用玉蜂針傷她。」楊過心亂如麻，點頭答應。

玉蜂針是古墓派的獨門暗器，林朝英當年有兩件最厲害的暗器，一是冰魄銀針，另一就是玉蜂針。這玉蜂針乃是細如毛髮的金針，六成黃金、四成精鋼，以玉蜂尾刺上毒液鍊過，雖然細小，但因黃金沉重，擲出時仍可及遠。只是這暗器太過陰毒，林朝英自來極少使用，中年後武功出神入化，更加不須用此暗器。小龍女的師父因李莫愁不肯立誓永居古墓以承衣缽，傳了她冰魄銀針後，玉蜂針的功夫就沒傳授。

小龍女凝神片刻，按動石壁機括，軋軋聲響，石壁緩緩向左移開。她雙綢帶立即揮出，左攻李莫愁，右攻洪凌波，身隨帶進，去勢迅捷已極。這時李莫愁早已解開了洪凌波身上穴道，斥責了她幾句，正在推算墓中方位，想覓路出室，突見小龍女攻進，師徒倆都是一驚。李莫愁拂塵揮出，擋開了她綢帶。拂塵與綢帶都是至柔之物，以柔敵柔，但李莫愁功力遠勝，兩件兵器一交，小龍女的綢帶登時倒捲回來。

小龍女左帶迴轉，右帶繼出，剎時間連進數招，兩條綢帶夭矯靈動。李莫愁又驚又怒：「師父果然好生偏心，她幾時傳過我這門功夫？」但自忖盡可抵敵得住，也不必便下殺手，一來玉女心經未得，若是殺了她，在這偌大石墓中實難尋找，二來也要瞧瞧師父究竟傳了她甚麼厲害本事。

洪凌波向來自負精明強幹，不意今日折在一個少年手裏，給他裝傻喬獃的作弄了半天，居然沒瞧出半點破綻，一直便在氣惱，眼見師父與師叔鬥得熱鬧，叱道：「傻蛋，你這臭小子心眼兒可壞得到了家。」雙手持劍，踏上半步，叫道：「瞧我削不削下你的鼻子來。」雙劍左刺右擊，嗤嗤嗤連進數招。楊過見她來勢凌厲，只得舉劍相擋。若在平時，他定要出言譏嘲，跟她再開開玩笑，但此時想起與小龍女分手在即，眼眶中滿蘊熱淚，望出來模糊一片，只是順手招架，殊無還擊之意。洪凌波遞了數劍，雖然傷他不得，但見他出手無力，只道他本領平常，更是自恨先前大意，竟不提防的給他點中了穴道。

李莫愁與師妹拆了十餘招，拂塵一翻，捲住了她左手綢帶，笑道：「師妹，瞧瞧你姊姊的本事。」手勁到處，綢帶登時斷為兩截。尋常使兵刃鬥毆，以刀劍震斷對方的刀劍已屬難能，拂塵和綢帶均是極柔軟之物，她居然能以剛勁震斷綢帶，比之震斷刀劍可就更難上十倍。李莫愁顯了這一手，臉上大有得色。

小龍女不動聲色，道：「你本事好便怎樣？」半截斷帶揚出，已裹住了她拂塵的絲線，右手綢帶倏地飛去，捲住了拂塵木柄，一力向左，一力向右，拍的一聲，拂塵斷為兩截。這一手論功力遠比李莫愁適才震斷綢帶為淺，但出手奇快，運勁巧妙，卻也使李莫愁措手不及。她微微一驚，拋下拂塵柄，空手來奪綢帶，直逼得小龍女連連倒退。

又拆了十餘招，小龍女已退到了東邊石壁之前，眼見身後已無退路，忽地反手在石壁上一抹，叫道：「過兒，快走！」喀喇一響，西北角露出一個洞穴。李莫愁大吃一驚，急忙轉身，要攔住楊過。小龍女拋下綢帶，撲上去雙掌連下殺手。李莫愁只得迴身抵擋。小龍女喝道：「過兒，還不快走？」

楊過望著小龍女，知道此事已無可挽回，叫道：「姑姑，我去啦！」刷刷刷突進三劍，劍尖直指洪凌波面門。洪凌波一直見他劍招軟弱，那知驀地裏劍勢陡強，危急中只得向後躍開。楊過彎腰衝出石門，回過頭來，要向小龍女再瞧最後一眼。

小龍女與師姊赤手對掌，雖在重傷之餘，但習了玉女心經後招數變幻，數十招內原可不落下風，但她見楊過的背影在洞口一晃，想到此後與他永遠不能再見，忽地胸口一熱，眼中發酸，似要流下淚來。她從來不動真情，今日卻兩番要哭，不禁大是驚懼。高手對掌，那容得有絲毫疏神？李莫愁見她一呆，立即乘隙而入，一把抓住她左手手腕的「會宗穴」，出腳勾去。小龍女站立不定，倒在地下。

楊過回頭過來，正見到小龍女被師姊勾倒，但見李莫愁撲上去要傷害師父，胸中熱血上湧，大叫：「別傷我姑姑！」又從石門中竄入，自後撲上，攔腰抱住了李莫愁。這一抱是各家招數之所無，卻是他情急之下胡打蠻來。李莫愁一心要拿師妹，竟未提防他去而復回，被他雙手牢牢抱住，一時竟掙扎不脫。

她雖出手殘暴，任性橫行，不為習俗所羈，但守身如玉，在江湖上闖蕩多年，仍是處女，斗然間被楊過牢牢抱住，但覺一般男子熱氣從背脊傳到心裏，蕩心動魄，不由得全身酸軟，滿臉通紅，手臂上登時沒了力氣。小龍女乘機出手反扣她手腕脈門，可是洪淩波的劍尖卻也指到了楊過背心。

小龍女仰臥在地，眼見劍到，當即向左滾動，將楊過與李莫愁同時帶在一旁，洪淩波這一劍便刺了個空。小龍女躍起身來，喝道：「過兒，快出去！」

楊過牢牢抱住李莫愁的腰，叫道：「姑姑，你快出去！我抱著她，她走不了。」這瞬息之間，李莫愁已連轉了十幾次念頭，知道事勢危急，生死只間一髮，然而被他抱在懷中，卻是心魂俱醉，快美難言，竟然不想掙扎。

小龍女好生奇怪：「師姊如此武功，怎麼竟會被過兒制得動彈不得？難道是穴道給扣住了？」見洪淩波左手劍又向楊過刺去，當即伸出雙指在她右手劍的平面劍刃上推去，那劍斗地跳起，碰向她左手長劍。噹的一聲，洪淩波雙手虎口發麻，兩柄長劍同時落地，嚇了一跳，向後躍開。

這雙劍相交，迸出幾星火花，就在這火花的一下閃爍之中，李莫愁覺到師妹瞧向自己的眼光中露出奇異之色，不禁大羞，罵道：「臭小子，你作死麼？」雙臂運勁掙卸，脫出了楊過的懷抱，跳起身來，隨即發掌向小龍女拍去。

小龍女正注視著楊過的動靜，突覺李莫愁掌到，不及以招數化解，只得還掌擋架，但覺師姊掌力沉厚，被她震得胸口隱隱作痛，見楊過爬起後仍來相助自己，喝道：「過兒，你當真不聽我的話，是不是？」楊過道：「你甚麼話都聽，就是這一句不聽。好姑姑，我跟你死活都在一起。」小龍女聽他說得誠摯，心中又動真情，眼見李莫愁又是揮掌拍來，自知此刻功力大損，這一掌萬萬接她不得，當下低頭旁竄，抓起楊過，從石門中奔了出去。

李莫愁如影隨形，伸手向她背心抓去，叫道：「別走！」小龍女回手一揚，十餘枚玉蜂針擲了過去。李莫愁驀地聞到一股蜜糖的甜香，知道暗器厲害，大駭之下，急忙挺腰向後摔出，撞正洪凌波身上，兩人一齊跌倒。

但聽得叮叮極輕微的幾響，幾枚玉蜂針都打在石壁之上，接著又是軋軋兩聲，卻是小龍女帶著楊過逃出石室，開動機關，又將室門堵住了。

第七回

重陽遺刻

——

楊過依言推開棺蓋，
抱起小龍女輕輕放入石棺，
隨即躍入棺中，和她並頭臥倒。
兩人擠在一起，已無轉側餘地。
小龍女又是歡喜，又是奇怪。

楊過隨著小龍女穿越甬道，奔出古墓，大喜無已，在星光下吸了幾口氣，道：「姑姑，我去放下斷龍石，將兩個壞女子悶死在墓裏。」說著便要去找尋機關。小龍女搖搖頭，道：「且慢，等我先回進去。」楊過一驚，忙問：「為甚麼？」小龍女道：「師父囑咐我好好看守此墓，決不能讓旁人佔了去。」

楊過道：「咱們封住墓門，她們就活不成。」小龍女道：「可是我也回不進去啦。師父的話我永遠不敢違抗。可不像你！」說著瞪了他一眼。楊過胸口熱血上湧，伸手挽住她手臂，道：「姑姑，我聽你的話就是。」小龍女克制心神，生怕激動，一句話也不敢多說，摔脫了他手，走進墓門，道：「你放石罷！」說著背脊向外，只怕自己終於變卦，更不回頭瞧他一眼。

楊過心意已決，深深吸了口氣，胸臆間盡是花香與草木的清新之氣，抬頭上望，但見滿天繁星，閃爍不已，暗道：「這是我最後一次瞧見天星了。」奔到墓碑左側，依著小龍女先前指點，運勁搬開巨石，果然下面有一塊圓圓的石子，當下抓住圓石，用力一拉。圓石離開原位後露出一孔，一股細沙迅速異常的從孔中向外流出，墓門上邊兩塊巨石便慢慢落下。這兩塊斷龍石重逾萬斤，當年王重陽構築此墓之時，合百餘人之力方始安裝完成，此時將墓門堵死，李莫愁、小龍女、洪凌波三人武功再高，也決不能生出此墓了。

小龍女聽到巨石下落之聲，忍不住淚流滿面，回過頭來。楊過待巨石落到離地約有二尺之時，突然一招「玉女投梭」，身子如箭一般從這二尺空隙中竄了進去。小龍女一聲驚叫，楊過已站直身子，笑道：「姑姑，你再也趕我不出去啦。」一言甫畢，騰騰兩聲猛響，兩塊巨石已然著地。

小龍女驚喜交集，激動過度，險些又要暈去，倚靠在石壁之上，只是喘氣，過了良久，才道：「好罷，咱兩個便死在一起。」牽著楊過的手，走向內室。

李莫愁師徒正在四周找尋機關，東敲西打，茫無頭緒，實是焦急萬狀，突見二人重又現身，不由得喜出望外。李莫愁身形一晃，搶到小龍女與楊過身後，先擋住了二人退路。小龍女冷冷的道：「師姊，我帶你去一個地方。」李莫愁遲疑不答，心道：「這墓中到處都是機關，莫要著了她的道兒。她若是要使甚手腳，我可是防不勝防。」小龍女道：「我帶你去拜見師父靈柩，你不願去也就罷了。」李莫愁道：「你可不能憑師父之名來騙我。」小龍女微微冷笑，也不答話，逕向門口走去。李莫愁見她言語舉止之中自有一股威儀，似乎令人違抗不得，當下師徒兩人跟隨在後，只是步步提防，不敢有絲毫怠忽。小龍女攜著楊過之手前行，也不怕師姊在後暗算，帶著她們進了放石棺的靈室。

李莫愁從未來過此處，念及先師教養之恩，心中微覺傷感，但隨即想起師父偏心，哀戚之念立時轉為憤怒，竟不向師父靈柩磕拜，怒道：「我們師徒之間早已情斷義絕，你帶我來作甚？」小龍女淡淡的道：「這裏還空著兩具石棺，一具是你用的，一具是我用的。我就這麼跟你說一聲，你愛那一具可以任揀。」說著伸手向兩具石棺一指。

李莫愁大怒，喝道：「你膽敢恁地消遣我？」語歇招出，發掌擊向小龍女胸前。那知小龍女眼見掌到，竟不還手。李莫愁一怔，心道：「這一掌可莫劈死了她。」掌緣離她胸口數寸，硬生生的收了轉來。小龍女心平氣和的道：「師姊，墓門的斷龍石已經放下啦！」

李莫愁臉色立時慘白，墓中諸般機關她雖不盡曉，卻知「斷龍石」是閉塞墓門的最厲害殺著，當年師父曾遇大敵，險些不能抵禦，幾乎要放「斷龍石」將敵人擋在外面，後來終於連使冰魄銀針和玉蜂針傷了強敵。不料師妹竟將自己閉在墓內，驚惶之下，顫聲道：「你另有出去的法子，是不是？」

小龍女淡然道：「斷龍石一閉，墓門再不能開，你難道不知？」李莫愁伸臂揪住她胸口衣襟，厲聲道：「你騙人！」小龍女仍是不動聲色，說道：「師父留下的玉女心經就在那邊，你要看，只管去看好啦。我和過兒在這兒，你要殺，儘管下手。但你想生離古墓，我瞧是不成的啦！」

李莫愁抓住小龍女胸口的手慢慢鬆開，凝神瞪視，但見她一副漫不在乎的神氣，知她並非說謊，隨即念頭一轉，道：「也好，我先殺了你師徒倆！」揮掌擊向她面門。楊過閃身而上，擋在小龍女身前，叫道：「你先殺我罷！」李莫愁手掌下沉，轉到了小龍女胸口，留勁不發，惡狠狠的瞧著楊過，說道：「你這般護著她，就是為她死了也是心甘，是不是？」楊過朗聲道：「正是！」李莫愁左手斜出，將楊過腰中長劍搶在手裏，指住他的咽喉，厲聲道：「我只要殺一個人。你再說一遍，你死還是她死？」楊過不答，只是朝著小龍女一笑。此時二人早已把生死置之度外，不論李莫愁施何殺手，也都不放在心上。

李莫愁長嘆一聲，說道：「師妹，你的誓言破了，你可下山去啦。」

古墓派祖師林朝英當年苦戀王重陽，終於好事難諧。她傷心之餘，立下門規，凡是得她衣缽真傳之人，必須發誓一世居於古墓，終身不下終南山，但若有一個男子心甘情願的為她而死，這誓言就算破了。不過此事決不能事先讓那男子得知。只因林朝英認定天下男子無不寡恩薄情，王重陽英雄俠義，尚自如此，何況旁人？決無一個能心甘情願為心愛的女子而死，若是真有此人，那麼她後代弟子跟他下山也自不枉了。李莫愁比小龍女早入師門，原該承受衣缽，但她不肯立那終身不下山之誓，是以後來反由小龍女得了真傳。

此時李莫愁見楊過這般誠心對待小龍女，不由得又是羨慕，又是惱恨，想起陸展元對自己的負心薄倖，雙眉揚起，叫道：「師妹，你當真有福氣。」長劍疾向楊過喉頭刺去。小龍女見她真下毒手，事到臨頭，卻也不由得不救，左手揮動，十餘枚玉蜂針擲了過去。

李莫愁雙足一點，身子躍起，避開毒針。小龍女已拉了楊過奔向門口，回頭說道：「師姊，我誓言破也好，不破也好，咱們四個命中是要在這墓中同歸於盡。我不願再見你面，咱們各死各的罷。」伸手在壁角一按，石門落下，又將四人隔開。

小龍女心情激動，一時難以舉步。楊過扶著她到孫婆婆房中休息，倒了兩杯玉蜂漿，服侍她喝了一杯，自己也喝了一杯。小龍女幽幽的嘆了口氣，道：「過兒，你為甚麼甘願為我死？」楊過道：「天下就只你待我好，我怎麼不肯為你死？」小龍女不語，隔了半晌，才道：「早知這樣，咱們也不用回進墓來陪她們一起死啦。不過，若不回來，不知你甘願為我而死，我這誓言也不能算破。」楊過道：「咱們想法子出去，好不好？」小龍女道：「你不知這古墓的構築多妙，咱們是不能再出去啦。」楊過嘆了口氣。

小龍女道：「你後悔了，是不是？」楊過道：「不，在這裏我是跟你在一起，外邊世界上又沒疼我的人。」小龍女以前不許他說「你疼我甚麼」，楊過自後就一直不提，這時她心情已變，聽了不禁大有溫暖之感，問道：「那你幹麼又嘆氣了？」楊過道：「我想若是咱倆一塊兒下山，天下好玩的事真多，有你和我在一起，當真是快活不過。」

小龍女自嬰兒之時即在古墓之中長大，向來心如止水，師父與孫婆婆從來不跟她說外界之事，她自然無從想像，此時給楊過一提，不由心事如潮，但覺胸口熱血一陣陣的上湧，待欲運氣克制，總是不能平靜，不禁暗暗驚異，自覺生平從未經歷此境，想必是重傷之後，功力難復。她卻不知以靜功壓抑七情六欲，原是逆天行事，並非情欲就此消除，只是嚴加克制而已。她此時已年過二十，突遭危難，卻有一個少年男子甘心為她而死，自不免激動真情，有如堤防潰決，諸般念頭紛至沓來。

她坐在床上運了一會功，但覺浮躁無已，當下在室中走來走去，卻越走越是鬱悶，當下腳步加快，奔跑起來。楊過見她雙頰潮紅，神情激動，自與她相識以來從未見她如此，不禁大是駭異。小龍女奔了一陣，重又坐到床上，向楊過望去，但見他臉上滿是關切之情，心中忽然一動：「反正我就要死了，他也要死了。咱們還分甚麼師徒姑姪？若是他來抱我，我決不會推開，便讓他緊緊的抱著我。」

楊過見她眼波流動，胸口不住起伏喘氣，只道她傷勢又發，急道：「姑姑，你怎麼啦？」小龍女柔聲道：「過兒，你過來。」楊過依言走到床邊，小龍女握住他手，輕輕在自己臉上撫摸，低聲道：「過兒，你喜不喜歡我？」楊過只感她臉上燙熱如火，心中大急，顫聲道：

「你胸口好痛麼？」小龍女微笑道：「不，我心裏舒服得很。過兒，我快死啦，你跟我說，你是不是真的很喜歡我？」楊過道：「當然啦，這世上就只你是我的親人。」小龍女道：「要是另外有個女子，也像我這樣待你，你會不會也待她好？」楊過道：「誰待我好，我也待她好。」他此言一出，突覺小龍女握著他的手顫了幾顫，登時變得冰冷，抬起頭來，見她本來暈紅嬌艷的俏臉忽又回復了一向的蒼白。

楊過驚道：「我說錯了麼？」小龍女道：「你若要再去喜歡世上別的女子，那還是別喜歡我的好。」楊過笑道：「咱們沒幾天就要死啦，我還去喜歡甚麼別的女子？難道我會去待李莫愁和她那個徒兒很好嗎？」

小龍女嫣然一笑，道：「我當真胡塗啦。不過我還是愛聽你親口發一個誓。」楊過道：「發甚麼誓？」小龍女道：「我要你說，你今後心中就只有我一個兒，若是有了別個女子，就得給我殺死。」

楊過笑道：「莫說我永遠不會，要是我當真不好，不聽你話，你殺我也是該的。」於是依言發誓道：「弟子楊過，這一生一世，心中就只有姑姑一個，倘若日後變了心，不用姑姑來殺，只要一見姑姑的臉，弟子就親手自殺。」小龍女很是開心，嘆道：「你說得很好，這麼我就放心啦。」緊緊握著他手不放。楊過但覺一陣陣溫熱從她手上傳來。

小龍女道：「過兒，我真是不好。」楊過忙道：「不，你一直都好。」小龍女搖頭道：「我以前對你很兇，起初要趕你出去，幸虧孫婆婆留住了你。要是我不趕走你，孫婆婆也不會死啊！」說到這裏，眼淚不禁奪眶而出。她自五歲開始練功，就不再流淚，這時重又哭泣，心神大震，全身骨節格格作響，似覺功勁內力正在離身而去。楊過大駭，只叫：「你……姑姑，你怎麼了？覺得怎樣？」

就在這當口，忽然軋軋聲響，石門推開，李莫愁與洪凌波走了進來。原來李莫愁心想斷龍石已下，左右是個死，也不再顧忌墓中到處伏有厲害機關，鼓勇前闖，竟被她連過幾間石室，到了孫婆婆房裏。她暗自慶幸，只道此番運氣奇佳，竟沒觸發機關受困，卻沒想到墓中機關原為抵擋大隊金兵而設，皆是巨石所構，粗大笨重，須有人操縱方能抗敵，小龍女既不施暗算，諸般機關自也全無動靜。

楊過立即搶過，擋在小龍女身前。李莫愁道：「你讓開，我有話跟師妹說。」楊過防她使詐傷害師父，不肯讓開，道：「你說便是。」李莫愁瞪眼向他望了一陣，嘆道：「似你這般男子，當真是天下少有。」小龍女忽地站起，問道：「師姊，你說他怎麼啦，好還是不好？」李莫愁道：「師妹，你從未下過山，不知世上人心險惡，似他這等情深義重之人，普天下再難找出第二個來。」她在情場中傷透了心，悲憤之餘，不免過甚其辭，把普天下所有真情的男子都抹殺了。

小龍女極是喜慰，低聲道：「那麼，有他陪著我一起死，也自不枉了這一生。」李莫愁道：「師妹，他到底是你甚麼人？你已嫁了他麼？」小龍女道：「不，他是我徒兒。他說我待他很好。但到底好不好，我也不知道。」

李莫愁大是奇怪，搖頭道：「師妹，我瞧瞧你的手臂。」伸出左手輕輕握住小龍女的手，右手捋起她衣袖，但見雪白的肌膚上殷紅一點，正是師父所點的守宮砂。李莫愁暗暗欽佩：「這二人在古墓中耳鬢廝磨，居然能守之以禮，她仍是個冰清玉潔的處女。」當下捲起自己衣袖，一點守宮砂也是嬌艷欲滴，兩條白臂傍在一起，煞是動人，不過自己是無可奈何才守身完貞，師妹卻是有人心甘情願的為她而死，幸與不幸，大相逕庭，想到此處，不禁長長嘆了口氣，放開了小龍女的手。

小龍女道：「你有甚麼話要跟我說？」李莫愁本意要羞辱她一番，說她勾引男子，敗壞師門，想激得她於慚怒交迸之際無意中透露出墓的機關，但此時已無言可說，沉吟片刻，又有了主意，說道：「師妹，我是來向你陪不是啦。」小龍女大出意外，她素知這位師姊心高氣傲，決不肯向人低頭，這句話不知是何用意，當下淡淡的道：「你做你的事，我做我的，各行其是，那也不用陪甚麼不是。」李莫愁道：「師妹，你聽我說，我們做女子的，一生最有福氣之事，乃是有一個真心的郎君。古人有言道：易求無價寶，難得有情郎。做姊姊的命苦，那是不用說了。這少年待你這麼好，你實是甚麼都不欠缺的了。」小龍女微微一笑，道：「我確是很開心啊。他永遠不會對我負心的，我知道。」

李莫愁心中一酸，接著道：「那你該當下山去好好快活一番才是啊。花花世界，你二人雙宿雙飛，賞心樂事，當真無窮無盡。」小龍女抬起頭來，出了一會神，輕輕道：「是啊，可惜現下已經遲了。」李莫愁道：「為甚麼？」小龍女道：「斷龍石已經放下，縱然師父復生，咱們也不能再出去了。」李莫愁低聲下氣，費了一番唇舌，原盼引起她求生之念，憑著她對古墓地形的熟習，找尋一條生路，那知到頭來仍然無望，急怒之下，不由得殺意驟生，手腕微翻，舉掌往她頭頂擊落。

楊過在旁怔怔的聽著她二人對答，驀見李莫愁忽施殺手，慌亂中自然而然的蹲下身子，閣的一聲大叫，雙掌推出，使出了歐陽鋒所授的蛤蟆功。這是他幼時所學功夫，自進古墓後從來沒有練過，但深印腦海之中，於最危急時不思自出。李莫愁這一掌將落未落，突覺一股凌厲之極的掌風從旁壓到，急忙迴掌向下擋架。楊過在古墓中修習兩年，內力已強，雖跟蛤蟆功全不相干，這一推之力卻也已大非昔比，砰的一聲，竟將李莫愁推得向後飛出，在石壁上重重一撞，只感背脊劇痛。

李莫愁大怒，雙掌互擦，斗室中登時腥臭瀰漫，中人欲嘔。小龍女知道楊過適才這一擊只是僥倖得手，師姊真正厲害的「赤練神掌」功夫施展出來，合自己與楊過二人之力也是抵擋不住，當即拉著楊過手臂，閃身穿出室門。

李莫愁揮掌拍出，那知手掌尚在半空，左頰上忽地吃了一記耳光，雖然不痛，聲音卻甚清脆，但聽小龍女叫道：「你想學玉女心經的功夫，這就是了！」李莫愁只一怔間，右頰上又中了一掌。她素知師父「玉女心經」的武功厲害之極，此時但見小龍女出手快捷無比，而手掌之來又是變幻無方，明明是本門武功路子，偏生自己全然不解其中奧妙，自是玉女心經功夫無疑，心中立時怯了，眼睜睜望著師妹攜同楊過走入另室，關上了室門。她兀自撫著臉頰，暗道：「總算她手下留情，若是這兩掌中使了勁力，我這條命還在麼？」卻不知小龍女這門功夫尚未練成，掌法雖然精妙，掌力卻不能傷人。

楊過見師父乾淨利落的打了李莫愁兩下耳光，大是高興，道：「姑姑，這心經的功夫，李莫愁便敵不過……」一言未畢，忽見小龍女顫抖不止，似乎難以自制，驚叫：「姑姑，你怎麼……你……」小龍女顫聲道：「我……我好冷……」適才她擊出這兩掌，雖然發勁極輕，使的卻是內家真力，重傷後元功未復，這一牽動實是受損不小。她一生在寒玉床上練功，原是至寒的底子，此時制力一去，猶如身墮萬仞玄冰之中，奇冷徹骨，牙齒不住打戰。楊過急得只叫：「怎麼辦？」情急之下，將她緊緊摟在懷中，欲以自身的熱氣助她抗寒，只抱了一會，但覺小龍女身子越來越冷，漸漸自己也抵擋不住。

小龍女自覺內力在一點一滴的不斷消失，說道：「過兒，我是不成的啦，你……你抱我到……到那放石棺的地方去。」楊過一陣傷心欲絕，說不出話來，但隨即想起，反正大家已沒幾天好活，這時陪她一起死了也是一樣，於是快快活活的道：「好。」抱著她走到放石棺的室中，將她放在一具石棺的蓋上，點燃了蠟燭。燭光映照之下，石棺厚重，更顯得小龍女柔纖脆弱。

小龍女道：「你推開這……這具石棺的蓋兒，把我放進去。」楊過道：「好！」小龍女察覺他語音中並無傷感之意，微覺奇怪。楊過推開棺蓋，抱起她輕輕放入，隨即躍進棺中，和她並頭臥倒。兩人擠在一起，已無轉側餘地。

小龍女又是歡喜，又是奇怪，問道：「你幹甚麼？」楊過道：「我自然跟你在一起。讓那兩個壞女人睡那口石棺。」小龍女長長嘆了口氣，心中十分平安，身上寒意便已不如先前厲害，轉眼向楊過瞧去，只見他目光也正凝視著自己。她偎依在楊過身上，心頭一陣火熱，只盼他伸臂來摟抱自己，但楊過兩條手臂伸直了，規規矩矩的放在他自己大腿之上，似乎惟恐碰到了她身子。

小龍女微感害羞，臉上一紅，轉過了頭不敢再去瞧他，心頭迷亂了半晌，忽然見到棺蓋內側似乎寫得有字，凝目瞧去，果見是十六個大字：

「玉女心經，技壓全真。重陽一生，不弱於人。」

這十六個字以濃墨所書，筆力蒼勁，字體甚大。其時棺蓋只推開了一半，但斜眼看去，仍是清清楚楚。小龍女「咦」的一聲，道：「那是甚麼意思？」楊過順著她目光瞧去，見到那十六個大字，微一沉吟，說道：「是王重陽寫的？」小龍女道：「好像是他寫的。他似說咱們的玉女心經雖然勝得過全真派武功，然而他自己卻並不弱於咱們祖師婆婆，是不是？」楊過笑道：「這牛鼻子老道吹牛。」小龍女再看那十六個字時，只見其後還寫得有許多小字，只是字體既小，又是在棺蓋的彼端，她睡在這一頭卻已難以辨認，說道：「過兒，你出去。」楊過搖頭道：「我不出去。」小龍女微笑道：「你先出去一會兒，待會再進來陪我。」楊過這才爬出石棺。

小龍女坐起身來，要楊過遞過燭台，轉身到彼端臥倒，觀看小字。此時看來，這些小字都已顛倒，她逐一慢慢讀去，連讀了兩遍，忽感手上無力，燭台一晃，跌在胸前。楊過忙伸手搶起，扶她出了石棺，問道：「怎麼？那些字寫的是甚麼？」

小龍女臉色異樣，定神片刻，才嘆了口氣道：「原來祖師婆婆死後，王重陽又來過古墓。」楊過道：「他來幹麼？」小龍女道：「他來弔祭祖師婆婆。他見到石室頂上祖師婆婆留下的玉女心經，竟把全真派所有的武功盡數破去。他便在這石棺的蓋底留字說道，咱們祖師婆婆所破去的，不過是全真派的粗淺武功而已，但較之最上乘的全真功夫，玉女心經又何足道哉？」

楊過「呸」了一聲道：「反正祖師婆婆已經過世，他愛怎麼說都行。」小龍女道：「他在留言中又道：他在另一間石室中留下破解玉女心經之法，後人有緣，一觀便知。」楊過好奇心起，道：「姑姑，咱們瞧瞧去。」小龍女道：「王重陽的遺言中說道，那間石室是在此室之下。我在這裏一輩子，卻不知尚有這間石室。」楊過央求道：「姑姑，咱們想法子下去瞧瞧。」

此時小龍女對他已不若往時嚴厲，雖然身子疲倦，仍覺還是順著他的好，微微一笑，說道：「好罷！」在室中巡視沉思，最後向適才睡臥過的石棺內注視片刻，道：「原來這具石棺也是王重陽留下的。棺底可以掀開。」

楊過大喜，道：「啊，我知道啦，那是通向石室的門兒。」當即躍入棺中，四下摸索，果然摸到個可容一手的凹處，於是緊緊握住了向上一提，卻是紋絲不動。小龍女道：「先朝左轉動，再向上提。」楊過依言轉而後提，只聽喀喇一響，棺底石板應手而起，大喜叫道：「行啦！」小龍女道：「且莫忙，待洞中穢氣出盡後再進去。」

楊過坐立不安，過了一會，道：「姑姑，行了嗎？」小龍女嘆道：「似你這般急性兒，也真難為你陪了我這幾年。」緩緩站起，拿了燭台，與他從石棺底走入，下面是一排石級，石級盡處是條短短甬道，再轉了個彎，果然走進了一間石室。

室中也無特異之處，兩人不約而同的抬頭仰望，但見室頂密密麻麻的寫滿了字跡符號，最右處寫著四個大字：「九陰真經」。

兩人都不知九陰真經中所載實乃武學最高的境界，看了一會，但覺奧妙難解。小龍女道：「就算這功夫當真厲害無比，於咱們也是全無用處了。」

楊過嘆了口氣，正欲低頭不看，一瞥之間，突見室頂西南角繪著一幅圖，似與武功無關，凝神細看，倒像是幅地圖，問道：「那是甚麼？」小龍女順著他手指瞧去，只看了片刻，全身登時便如僵住了，再也不動。

過了良久，她兀自猶如石像一般，凝望著那幅圖出神。楊過害怕起來，拉拉她衣袖，問道：「姑姑，怎麼啦？」小龍女「嗯」的一聲，忽然伏在他胸口抽抽噎噎的哭了起來。楊過柔聲道：「你身上又痛了，是不是？」小龍女道：「不，不是。」隔了半晌，才道：「咱們可以出去啦。」楊過大喜，一躍而起，大叫：「當真？」小龍女點了點頭，輕聲道：「那幅圖畫，繪的是出墓的秘道。」她熟知墓中地形，是以一見便明白此圖含義。

楊過歡喜無已，道：「妙極了！那你幹麼哭啊？」小龍女含著眼淚，嫣然笑道：「我以前從來不怕死，反正一生一世是在這墓中，早些死、晚些死又有甚麼分別？可是，可是這幾天啊，我老是想到，我要到外面去瞧瞧。過兒，我又是害怕，又是歡喜。」

楊過拉著她手，說道：「姑姑，你和我一起出去，我採花兒給你戴，捉蟋蟀給你玩，好不好？」他雖然長大了，但所想到的有趣之事，還是兒時的那些玩意。小龍女從來沒與人玩過，聽他興高采烈的說著，也就靜靜的傾聽，心中雖想：「還是儘快出去的好」，但身子酸軟無力，又實是不想離開古墓，過了好一會，終於支持不住，慢慢靠向楊過肩頭。楊過說了一會，不聽她回答，轉過頭來，只見她雙眼微閉，呼吸細微，竟自沉沉睡去了。他心中一暢，倦困暗生，迷糊之間竟也入了睡鄉。

過了不知多少時候，突然腰間一酸，腰後「中樞穴」上被人點了一指。他一驚而醒，待要躍起抵禦，後頸已被人施擒拿手牢牢抓住，登時動彈不得，側過頭來，但見李莫愁師徒笑吟吟的站在身旁，師父也已被點中了穴道。原來楊、龍兩人殊無江湖上應敵防身的經歷，喜悅之餘，竟沒想到要回上去安上棺底石板，卻被李莫愁發現了這地下石室，偷襲成功。

李莫愁冷笑道：「好啊，這裏竟還有一個如此舒服的所在，兩個娃兒躲了起來享福。師妹，你倒用心推詳推詳，說不定會有一條出墓的道路。」小龍女道：「我就算知道，也不會跟你說。」李莫愁本來深信她先前所說並無虛假，斷龍石既已放下，更無出墓之望，但她剛才說這兩句話的語氣神情，顯然是知道出墓的法子。李莫愁一聽之下，不由得喜從天降，說道：「好師妹，你帶我們出去，從此我不再跟你為難便了。」小龍女道：「你們自己進來，便自己想法子出去，為甚麼要我帶領你們？」

李莫愁素知這個師妹倔強執拗，即令師父在日，也常容讓她三分，用強脅迫九成無效，但當此生死關頭，不管怎麼也都要逼一逼了，於是伸指在兩人頸下「天突穴」上重重一點，又在兩人股腹之間的「五樞穴」上點了一指。那「天突穴」是人身陰維、任脈之會，「五樞穴」是足少陽、帶脈之會，李莫愁使的是古墓派秘傳點穴手法，料知兩人不久便周身麻癢難當，非吐露秘密不可。

小龍女閉上了眼，渾不理會。楊過道：「若是我姑姑知道出路，咱們幹麼不逃出去，卻還留在這兒？」李莫愁笑道：「她剛才話中已露了口風，再也賴不了啦。她自然知道這古墓另有秘密出口，等你們養足了精神，當然便出去了。師妹，你到底說是不說？」小龍女輕輕的道：「你到了外面，也不過是想法子去殺人害人，出去又有甚麼好？」

李莫愁抱膝坐在一旁，笑吟吟的不語。過了一會，楊過已先抵受不住，叫道：「喂，李莫愁，祖師婆婆傳下這手點穴法來，是叫你對付敵人呢還是欺侮自己人？你用來害自己師妹，可對得住祖師婆婆麼？」李莫愁微笑道：「你叫我李莫愁，咱們早就不是自己人了。」

楊過在小龍女耳邊低聲道：「你千萬別說出墓的秘密，李莫愁若不知道，始終不會殺死我們，等得她一知出路，立刻就下毒手了。」小龍女道：「啊，你說得對，我倒沒想到。我本來就只是偏偏不肯跟她說。」此時她臥倒在地，睜眼便見到室頂的地圖，心想：「這地圖若給師姊發現，那可糟了。我眼光決不能瞧向地圖。」

當年王重陽得知林朝英在活死人墓中逝世，想起她一生對自己情癡，這番恩情實是非同小可，此時人鬼殊途，心中傷痛實難自已，於是悄悄從密道進墓，避開她的丫鬟弟子，對這位江湖舊侶的遺容熟視良久，仰住聲息痛哭了一場，這才巡視自己昔時所建的這座石墓，見到了林朝英所繪自己背立的畫像，又見到兩間石室頂上她的遺刻。但見玉女心經中所述武功精微奧妙，每一招都是全真武功的剋星，不由得臉如死灰，當即退了出來。

他獨入深山，結了一間茅蘆，一連三年足不出山，精研這玉女心經的破法，雖然小處也有成就，但始終組不成一套包蘊內外、融會貫串的武學。心灰之下，對林朝英的聰明才智更是佩服，甘拜下風，不再鑽研。十餘年後華山論劍，奪得武學奇書九陰真經。他決意不練經中功夫，但為好奇心所驅使，禁不住翻閱一遍。

他武功當時已是天下第一，九陰真經中所載的諸般秘奧精義，一經過目，思索上十餘日，即已全盤豁然領悟，當下仰天長笑，回到活死人墓，在全墓最隱秘的地下石室頂上刻下九陰真經的要旨，並一一指出破除玉女心經之法。他看了古墓的情景，料想那幾具空棺將來是林朝英的弟子所用。她們多半是臨終時自行入棺等死，其時自當能得知全真派祖師一生不輸於人。於是在那具本來留作己用的空棺蓋底寫下了十六字，好教林朝英的後人於臨終之際，得知全真教創教祖師的武學，實非玉女心經所能剋制。

這只是他一念好勝，卻非有意要將九陰真經洩漏於世，料想待得林朝英的弟子見到九陰真經之時，也已奄奄一息，只能將這秘密帶入地下了。

王重陽與林朝英均是武學奇才，原是一對天造地設的佳偶。二人之間，既無或男或女的第三者引起情海波瀾，亦無親友師弟間的仇怨糾葛。王重陽先前尚因專心起義抗金大事，無暇顧及兒女私情，但義師毀敗、枯居石墓，林朝英前來相慰，柔情高義，感人實深，其時已無好事不諧之理，卻仍是落得情天長恨，一個出家做了黃冠，一個在石墓中鬱鬱以終。此中原由，丘處機等弟子固然不知，甚而王林兩人自己亦是難以解說，惟有歸之於「無緣」二字而已。卻不知無緣係「果」而非「因」，二人武功既高，自負益甚，每當情苗漸茁，談論武學時的爭競便隨伴而生，始終互不相下，兩人一直至死，爭競之心始終不消。林朝英創出了剋制全真武功的玉女心經，而王重陽不甘服輸，又將九陰真經刻在墓中。只是他自思玉女心經為林朝英自創，自己卻依傍前人的遺書，相較之下，實遜一籌，此後深自謙抑，常常告誡弟子以容讓自克、虛懷養晦之道。

至於室頂秘密地圖，卻是當石墓建造之初即已刻上，原是為防石墓為金兵長期圍困，得以從秘道脫身。這條秘道卻連林朝英也不知悉。林朝英只道一放下「斷龍石」，即與敵人同歸於盡，卻沒想到王重陽建造石墓之時，正謀大舉以圖規復中原，滿腔雄心壯志，豈肯一敗之下便自處於絕地？後來王重陽讓出石墓之時，深恐林朝英識其預留逃命退步，失了慷慨男兒的氣概，是以並不告知，卻也是出於一念好勝。

小龍女不敢去看地圖，眼光只望著另一個角落，突然之間，「解穴秘訣」四個小字有如電光般閃入眼中。她心中一凜，將秘訣仔細看了幾遍，一時大喜過望，若不是素有自制，幾乎便叫了出來。秘訣中講明自通穴道之法，若是修習內功時走火，穴道閉塞，即可以此法自行打通。本來若有人練到九陰真經，武功必已到了一流境界，絕少再會給人點中穴道，這秘訣原本用以對付自身內心所起的魔頭。但在小龍女此時處境，卻是救命的妙訣。

她轉念又想：「我縱然通了穴道，但打不過師姊，仍是無用。」當即細看室頂經文，要找一門即知即用的武功，一出手就將李莫愁制住，但約略瞥去，每一項皆是艱深繁複，料想就算是最易的功夫，也須數十日方能練成，卻又不敢多看，生恐李莫愁順著自己目光抬頭仰望，即便發見室頂的地圖與九陰真經。耳聽得楊過大呼小叫，不住與李莫愁鬥口，幸得如此，這個向來細心的師姊才沒留心自己的眼光，突然間心念一動，想到了計策，抬頭將九陰真經中「解穴秘訣」與「閉氣秘訣」兩項默念一遍，俯嘴在楊過耳邊，輕輕教給了他。

楊過登時便即領會。小龍女輕聲道：「先解穴道。」楊過生怕李莫愁師徒發覺，口中大聲呻吟，不斷胡言亂語，叫道：「啊喲，李師伯，你下手實在太也狠毒，對不住祖師婆婆，更對不住祖師婆婆的婆婆，婆婆的太婆……」

兩人依著王重陽遺篇中所示的「解穴秘訣」默運玄功，兩人內功本有根柢，片刻間已將身上被點的兩處穴道解開。兩人外表一無動靜，但李莫愁還是立即察覺有異，喝道：「幹甚麼？」縱身過來。

小龍女躍起身來，反手出掌，在她肩頭輕輕一拍，正是玉女心經中的上乘武功。李莫愁萬料不到她竟能自解穴道，大驚之下，急忙後躍。小龍女道：「師姊，你想不想出去？」

李莫愁一聽大喜，她自負武功高強，才智更是罕逢匹敵，此時竟被一個從未見過世面的小師妹玩弄於掌股之上，不由得憤恚異常，但想且當忍一時之氣，先求出墓，再治她不遲，她雖有幾下怪招，但著身無力，這時已覺到似乎並非她手下容情，而實是內勁不足，沒甚麼了不起，當即笑道：「這才是好師妹呢，我跟你陪不是啦，你帶我出去罷。」

楊過心想，眼前機會大好，正可乘機離間她師徒，說道：「我姑姑說，只能帶你們之中一個人出去，你說是帶你呢，還是帶你徒兒？」李莫愁道：「你這壞小廝，乘早給我閉嘴。」小龍女還沒明白楊過的用意，但處處護著他，隨即道：「正是，我只能帶一個人，多了不行。」楊過笑道：「師伯，還是讓洪師姊跟我們出去的好，你年紀大了，活得夠啦。洪師姊相貌又比你美得多。」其實李莫愁年紀雖然較大，美貌卻猶勝徒兒，聽了這話，更是惱怒，卻仍不作聲。楊過道：「好罷！我們走！姑姑在前帶路，我走第二，走在最後的就不能出去。」

小龍女此時已然會意，輕輕一笑，攜著楊過的手，走出石室。李莫愁與洪凌波不約而同的搶在後面，兩人同時擠在門口，只怕小龍女當真放下機關，將最後一人隔在墓中。李莫愁怒道：「你跟我搶麼？」左手伸出，已扳住了洪凌波肩頭。洪凌波知道師父出手狠辣，若不停步，立時會斃於她掌下，只得讓師父走在前頭，心中又恨又怕。

李莫愁緊緊跟在楊過背後，一步也不敢遠離，只覺小龍女東轉西彎，越走越低。同時腳下漸漸潮濕，心知早已出了古墓，只是在暗中隱約望去，到處都是岔道。再走一會，道路奇陡，竟是筆直向下，若非四人武功均高，早已摔了下去。李莫愁暗想：「終南山本不甚高，這般走法，不久就到山下，難道我們是在山腹中麼？」

下降了約莫半個時辰，道路漸平，只是濕氣卻也漸重，到後來更聽到了淙淙水聲，路上水沒至踝。越走水越高，自腿而腹，漸與胸齊。小龍女低聲問楊過道：「那閉氣秘訣你記得明白罷？」楊過低聲道：「記得。」小龍女道：「待會你閉住氣，莫喝下水去。」楊過道：「嗯，姑姑，你自己要小心了。」小龍女點點頭。

說話之間，水已浸及咽喉。李莫愁暗暗吃驚，叫道：「師妹，你會泅水嗎？」小龍女道：「我一生長於墓中，怎會泅水？」李莫愁略覺放心，踏出一步，不料腳底忽空，一股水流直衝口邊。她大驚之下，急忙後退，但小龍女與楊過卻已鑽入了水中，到此地步，前面縱是刀山劍海，也只得闖了過去，突覺後心一緊，衣衫已被洪凌波拉住，忙反手迴擊，這一下出手不輕，卻甩她不脫。此時水聲轟轟，雖是地下潛流，聲勢卻也驚人。李莫愁與洪凌波都不通水性，被潛流一衝，立足不定，都漂浮了起來。

李莫愁雖然武功精湛，此刻也是驚慌無已，伸手亂抓亂爬，突然間觸到一物，當即用力握住，卻是楊過的左臂。楊過正閉住呼吸，與小龍女攜著手在水底一步步向前而行。斗然被李莫愁抓到，忙運擒拿法卸脫，但李莫愁既已抓住，那裏還肯放手？一股股水往她口中鼻中急灌，直至昏暈，仍是牢牢抓住。楊過幾次甩解不脫，生怕用力過度，喝水入肚，也就由得她抓著。

四人在水底拖拖拉拉，行了約莫一頓飯時分，小龍女與楊過氣悶異常，漸漸支持不住，兩人都喝了一肚子水，差幸水勢漸緩，地勢漸高，不久就露口出水。又行了一炷香時刻，越走眼前越亮，終於在一個山洞裏鑽了出來。二人筋疲力盡，先運氣吐出腹中之水，躺在地下喘息不已。

此時李莫愁仍牢牢抓著楊過手臂，直至楊過逐一扳開她的手指，方始放手。小龍女先點了李莫愁師徒二人肩上的穴道，才將她們放在一塊圓石之上，讓腹中之水慢慢從口中流出。

過了良久，李莫愁「啊、啊」幾聲，先自醒來，但見陽光耀眼，當真是重見天日，回想適才坐困石墓、潛流遭厄的險狀，兀自不寒而慄，雖然上身麻軟，心中卻遠較先前寬慰。又過良久，洪凌波才慢慢甦醒。

小龍女對李莫愁道：「師姊，你們請便罷！」李莫愁師徒雙手癱瘓，下半身卻行動自如，當下站起身來，默默無言的對望一眼，一前一後的去了。

楊過遊目四顧，但見濃蔭匝地，花光浮動，心中喜悅無限，只道：「姑姑，你說好看麼？」小龍女點頭微笑。兩人想起過去這數天的情景，真是恍同隔世。四下裏寂無人聲，原來這山洞是在終南山山腳一處極為荒僻的所在。當晚二人就在樹蔭下草地上睡了。

次晨醒來，依楊過說就要出去遊玩，但小龍女從未見過繁華世界，不知怎的，竟自大為害怕，說道：「不，我得先養好傷，然後咱們須得練好玉女心經。」楊過在自己頭頂重擊一掌，說道：「該死！打你這胡塗小子！我竟忘了你的傷。」又想下山之後，再要和師父解開衣衫一同練功，實是諸多不便，當下便助她運功療傷。不到半月，小龍女內傷已然痊愈。

兩人在一株大松樹下搭了兩間小茅屋以蔽風雨。茅屋上扯滿了紫藤。楊過喜歡花香濃郁，更在自己居屋前種了些玫瑰茉莉之類香花。小龍女卻愛淡雅，說道松葉清香，遠勝異花奇卉，她所住的茅屋前便一任自然，惟有野草。

師徒倆日間睡眠，晚上用功。數月過去，先是小龍女練成，再過月餘，楊過也功行圓滿了。兩人反覆試演，已是全無窒礙，楊過又提入世之議。

小龍女但覺如此安穩過活，世上更無別事能及得上，但想他留戀紅塵，終是難以長羈他在荒山之中，於是說道：「過兒，咱倆的武功雖已大非昔比，但跟你郭伯父、郭伯母相較，又是怎地？」楊過道：「那自然還遠遠及不上。」小龍女道：「你郭伯父將功夫傳了他女兒，又傳了武氏兄弟，他日相遇，咱們仍會受他們欺辱。」

一聽此言，楊過跳了起來，怒道：「他們若再欺侮我，豈能與他們干休？」小龍女冷冷的道：「你打他們不過，可也是枉然。」楊過道：「那你幫我。」小龍女道：「我打不贏你郭伯母，仍是無用。」楊過低頭不語，籌思對策。沉吟了一會，說道：「瞧在郭伯伯的份上，我不跟他們爭鬧就是。」小龍女心想：他在墓中住了兩年多，練了古墓派內功，居然火性大減，倒也難得。其實楊過只是年紀長了，多明事理，想起郭靖相待自己確是一片真情，心下感激，是以甘願為他而退讓一步，何況與郭芙、武氏兄弟也無甚麼深仇大恨，只不過幼時為了蟋蟀而爭鬧而已，此時回想，早已淡然。

小龍女道：「你肯不跟人爭競，那是再好也沒有了。不過聽你說道，到了外邊，就算你肯讓了別人，別人還是會來欺侮你，咱們若不練成王重陽遺下來的功夫，遇上了武功高強之人，終究還是抵敵不過。」楊過知她雅不欲離開這清靜的所在，不忍拂逆其意，便道：「姑姑，我聽你話，打從明兒起，咱們起手練那九陰真經。」

就因這一席話，兩人在山谷中又多住了一年有餘。小龍女和楊過重經秘道潛入墓中，將重陽遺刻誦讀數日，記憶無誤，這才出來修習。年餘之間，師徒倆內功外功俱皆精進。但墓中的重陽遺刻只是對付玉女心經的法門，僅為九陰真經的一小部份，是以二人所學，比之郭靖、黃蓉畢竟尚遠為不如，但此卻非二人所知了。

這一日練武已畢，兩人均覺大有進境。楊過跳上跳下的十分開心，小龍女卻愀然不樂。楊過不住說笑話給她解悶。小龍女只是不聲不響。楊過知道此時重陽遺刻上的功夫已然學會，若說要融會貫通，自不知要到何年何月，但其中訣竅奧妙卻已盡數知曉，只要日後繼續修習，功夫越深，威力就必越強。料想小龍女不願下山，卻無藉口相留，是以煩惱，便道：「姑姑，你不願下山，咱們就永遠在這裏便是。」小龍女喜道：「好極啦……」只說了三個字，便即住口，明知楊過縱然勉強為己而留，心中也難真正快活，幽幽的道：「明兒再說罷。」一晚飯也不吃，回到小茅屋中睡了。

楊過坐在草地上發了一陣獃，直到月亮從山後升起，這才回屋就寢。睡到午夜，睡夢中隱隱聽得呼呼風響，聲音勁急，非同尋常。他一驚而醒，側耳聽去，正是有人相鬥的拳聲掌風。他急忙竄出茅屋，奔到師父的茅屋外，低聲道：「姑姑，你聽到了麼？」

此時掌風呼呼，更加響了，按理小龍女必已聽見，但茅屋中卻不聞回答。楊過又叫了兩聲，推開柴扉，只見榻上空空，原來師父早已不在了。他更是心驚，忙尋聲向掌聲處奔去。奔出十餘丈，未見相鬥之人，單聽掌風，已知其中之一正是師父，但對手掌風沉雄凌厲，武功似猶在師父之上。

楊過急步搶去，月光下只見小龍女與一個身材魁梧的人盤旋來去，鬥得正急。小龍女雖然身法輕盈，但那人武功高強之極，在他掌力籠罩之下，小龍女只是勉力支撐而已。楊過大駭，叫道：「師父，我來啦！」兩個起落，已縱到二人身邊，與那人一朝相，不禁驚喜交集，原來那人滿腮虬髯，根根如戟，一張臉猶如刺蝟相似，正是分別已久的義父歐陽鋒。

但見他凝立如山，一掌掌緩緩的劈將出去，小龍女只是閃避，不敢正面接他掌力。楊過叫道：「都是自己人，且莫鬥了。」小龍女一怔，心想這大鬍子瘋漢怎會是自己人，一凝思間，身法略滯。歐陽鋒斜掌從左肘下穿出，一股勁風直撲她面門，勢道雄強無比。楊過大駭，急縱而前，只見小龍女左掌已與歐陽鋒右掌抵上，知道師父功力遠遠不及義父，時刻稍久，必受內傷，當即伸五指在歐陽鋒右肘輕輕一拂，正是他新學九陰真經中的「手揮五絃」上乘功夫。他雖習練未熟，但落點恰到好處，歐陽鋒手臂微酸，全身消勁。

小龍女見機何等快捷，只感敵人勢弱，立即催擊，此一瞬間歐陽鋒全身無所防禦，雖輕加一指，亦受重傷。楊過翻手抓住了師父手掌，夾在二人之間，笑道：「兩位且住，是自己人。」歐陽鋒尚未認出是他，只覺這少年武功奇高，未可小覷，怒道：「你是誰，甚麼自己人不自己人？」

楊過知他素來瘋瘋顛顛，只怕他已然忘了自己，大叫道：「爸爸，是我啊，是你的兒子啊。」這幾句話中充滿了激情。歐陽鋒一呆，拉著他手，將他臉龐轉到月光下看去，正是數年來自己到處找尋的義兒，只是一來他身材長高，二來武藝了得，是以初時難以認出。他當即抱住楊過，大叫大嚷：「孩兒，我找得你好苦！」兩人緊緊摟在一起，都流下淚來。

小龍女自來冷漠，只道世上就只楊過一人情熱如火，此時見歐陽鋒也是如此，心中對下山一事更是凜然有畏，靜靜坐在一旁，愁思暗生。

歐陽鋒那日在嘉興王鐵槍廟中與楊過分手，躲在大鐘之下，教柯鎮惡奈何不得。他潛運神功，治療內傷，七日七夜之後內力已復，但給柯鎮惡鐵杖所擊出的外傷實也不輕，一時難以痊可。他掀開巨鐘，到客店中又去養了二十來天傷，這才內外痊愈，便去找尋楊過，但一隔匝月，大地茫茫，那裏還能尋到他的蹤跡？尋思：「這孩子九成是到了桃花島上。」當即弄了一隻小船，駛到桃花島來，白天不敢近島，直到黑夜，方始在後山登岸。他自知非郭靖、黃蓉二人之敵，又不知黃藥師不在島上，就算自己本領再大一倍，也打這三人不過，是以白日躲在極荒僻的山洞之中，每晚悄悄巡遊。島上布置奇妙，他也不敢隨意亂走。

如此一年有餘，總算他謹慎萬分，白天不敢出洞一步，蹤跡始終未被發覺，直到一日晚上聽到武修文兄弟談話，才知郭靖送楊過到全真教學藝之事。歐陽鋒大喜，當即偷船離島，趕到重陽宮來。那知其時楊過已與全真教鬧翻，進了活死人墓。此事在全真教實是奇恥大辱，全教上下，人人絕口不談，歐陽鋒雖千方百計打聽，卻探不到半聲消息。這些時日中，他踏遍了終南山周圍數百里之地，卻那裏知道楊過竟深藏地底，自然尋找不著。

這一晚事有湊巧，他行經山谷之旁，突見一個白衣少女對著月亮抱膝長嘆。歐陽鋒瘋瘋顛顛的問道：「喂，我的孩兒在那裏？你有沒見他啊？」小龍女橫了他一眼，不加理睬。歐陽鋒縱身上前，伸手便抓她臂膀，喝道：「我的孩兒呢？」小龍女見他出手強勁，武功之高，生平從所未見，即是全真教的高手，亦是遠遠不及，不由得大吃一驚，忙使小擒拿手卸脫。歐陽鋒這一抓原期必中，那知竟被對方輕輕巧巧的拆解開了，也不問她是誰，左手跟著又上。兩人就這麼毫沒來由的鬥了起來。

義父義子各敘別來之情。歐陽鋒神智半清半迷，過去之事早已說不大清楚，而對楊過所述也是不甚了了，只知他這些年來一直在跟小龍女練武，大聲道：「她武功又不及我，何必跟她練？讓我來教你。」小龍女那裏跟他計較，聽見後淡淡一笑，自行走在一旁。

楊過卻感到不好意思，說道：「爸爸，師父待我很好。」歐陽鋒妒忌起來，叫道：「她好，我就不好麼？」楊過笑道：「你也好。這世界上，就只你兩個待我好。」歐陽鋒的話雖然說得不明不白，楊過卻也知他在幾年中到處找尋自己，實是費盡了千辛萬苦。

歐陽鋒抓住他的手掌，嘻嘻傻笑，過了一陣，道：「你的武功倒練得不錯，就可惜不會世上最上乘的兩大奇功。」楊過道：「那是甚麼啊？」歐陽鋒濃眉倒豎，喝道：「虧你是練武之人，世上兩大奇功都不知曉。你拜她為師有甚麼用？」楊過見他忽喜忽怒，不由得暗自擔憂，心道：「爸爸患病已深，不知何時方得痊愈？」歐陽鋒哈哈大笑，道：「嘿，讓爸爸教你。那兩大奇功第一是蛤蟆功，第二是九陰真經。我先來教你蛤蟆功的入門功夫。」說著便背誦口訣。楊過微笑道：「你從前教過我的，你忘了嗎？」歐陽鋒搔搔頭皮，道：「原來你已經學過，再好也沒有了。你練給我瞧瞧。」

楊過自入古墓之後，從未練過歐陽鋒昔日所授的怪異功夫，此時聽他一說，欣然照辦。他在桃花島時便已練過，現下以上乘內功一加運用，登時使得花團錦簇。歐陽鋒笑道：「好看，好看！就是不對勁，中看不中用。我把其中訣竅盡數傳了你罷！」當下指手劃腳、滔滔不絕的說了起來，也不理會楊過是否記得，只是說個不停，說一段蛤蟆功，又說一段顛倒錯亂的九陰真經。楊過聽了半晌，但覺他每句話中都似妙義無窮，但既繁複，又古怪，一時之間又那能領會得了這許多？

歐陽鋒說了一陣，瞥眼忽見小龍女坐在一旁，叫道：「啊喲，不好，莫要給你的女娃娃師父偷聽了去。」走到小龍女跟前，說道：「喂，小丫頭，我在傳我孩兒功夫，你別偷聽。」

小龍女道：「你的功夫有甚麼希罕？誰要偷聽了？」歐陽鋒側頭一想，道：「好，那你走得遠遠地。」小龍女靠在一株花樹之上，冷冷的道：「我幹麼要聽你差遣？我愛走就走，不愛走就不走。」歐陽鋒大怒，鬚眉戟張，伸手要往她臉上抓去，但小龍女只作不見，理也不理。楊過大叫：「爸爸，你別得罪我師父。」歐陽鋒縮回了手，說道：「好好，那就我們走得遠遠地，可是你跟不跟來偷聽？」

小龍女心想過兒這個義父為人極是無賴，懶得再去理他，轉過了頭不答，不料背心上突然一麻，原來歐陽鋒忽爾長臂，在她背心穴道上點了一指，這一下出手奇快，小龍女又全然不防，待得驚覺想要抵禦，上身已轉動不靈。歐陽鋒跟著又伸指在她腰裏點了一下，笑道：「小丫頭，你莫心焦，待我傳完了我孩兒功夫，就來放你。」說著大笑而去。

楊過正在默記義父所傳的蛤蟆功與九陰真經，但覺他所說的功訣有些纏夾不清，亂七八糟，然而其中妙用極多，卻是絕無可疑，潛心思索，毫不知小龍女被襲之事。歐陽鋒走過來牽了他手，道：「咱們到那邊去，莫給你的小師父聽去了。」楊過心想小龍女怎會偷聽，你就是硬要傳她，她也決不肯學，但義父心性失常，也不必和他多所爭辯，於是隨著他走遠。

小龍女麻軟在地，又是好氣又是好笑，心想自己武功雖然練得精深，究是少了臨敵的經驗，以致中了李莫愁暗算之後，又遭這鬍子怪人的偷襲，於是潛運九陰神功，自解穴道，吸一口氣向穴道衝襲幾次。豈知兩處穴道不但毫無鬆動之象，反而更加酸麻，不由得大駭。原來歐陽鋒的手法剛與九陰真經逆轉而行，她以王重陽的遺法衝解，竟然是求脫反固。試了幾次，但覺被點處隱隱作痛，當下不敢再試，心想那瘋漢傳完功夫之後，自會前來解救，她萬事不縈於懷，當下也不焦急，仰頭望著天上星辰出了一會神，便合眼睡去。

過了良久，眼上微覺有物觸碰，她黑夜視物如同白晝，此時竟然不見一物，原來雙眼被人用布蒙住了，隨覺有人張臂抱住了自己。這人相抱之時，初時極為膽怯，後來漸漸放肆，漸漸大膽。小龍女驚駭無已，欲待張口而呼，苦於口舌難動，但覺那人以口相就，親吻自己臉頰。她初時只道是歐陽鋒忽施強暴，但與那人面龐相觸之際，卻覺他臉上光滑，決非歐陽鋒的滿臉虬髯。她心中一蕩，驚懼漸去，情欲暗生，心想原來楊過這孩子卻來戲我。只覺他雙手越來越不規矩，緩緩替自己寬衣解帶，小龍女無法動彈，只得任其所為，不由得又是驚喜，又是害羞。

歐陽鋒見楊過甚是聰明，自己傳授口訣，他雖不能盡數領會，卻很快便記住了，心中欣喜，越說興致越高，直說到天色大明，才將兩大奇功的要旨說完。楊過默記良久，說道：「我也學過九陰真經，但跟你說的卻大不相同。卻不知是何故？」歐陽鋒道：「胡說，除此之外，還有甚麼九陰真經？」楊過道：「比如練那易筋鍛骨之術，你說第三步是氣血逆行，衝天柱穴。我師父卻說要意守丹田，通章門穴。」歐陽鋒搖頭道：「不對，不對……嗯，慢來……」他照楊過所說一行，忽覺內力舒發，意境大不相同。他自想不到郭靖寫給他的經文其實已加顛倒竄改，不由得心中混亂一團，喃喃自語：「怎麼？到底是我錯了，還是你的女娃娃師父錯了？怎會有這等事？」

楊過見他兩眼發直，一副神不守舍的模樣，連叫他幾聲，不聞答應，怕他瘋病又要發作，心下甚是擔憂，忽聽得數丈外樹後忽喇一聲，人影一閃，花叢中隱約見到杏黃道袍的一角。此處人跡罕至，怎會有外人到此？而且那人行動鬼鬼祟祟，顯似不懷好意，不禁疑心大起，急步趕去。那人腳步迅速，向前飛奔，瞧他後心，乃是一個道人。楊過叫道：「喂，是誰？你來幹甚麼？」施展輕功，提步急追。

那道人聽到呼喝，奔得更加急了，楊過微一加勁，身形如箭般直縱過去，一把抓住了他肩頭，扳將過來，原來是全真教的尹志平。楊過見他衣冠不整，臉上一陣紅一陣白，喝道：「你幹甚麼？」尹志平是全真教第三代弟子的首座，武功既高，平素舉止又極有氣派，但不知怎的，此時竟是滿臉慌張，說不出話來。楊過見他怕得厲害，想起那日他自斷手指立誓，為人倒是不壞，於是放鬆了手，溫言道：「既然沒事，你就走罷！」尹志平回頭瞧了幾眼，慌慌張張的急步去了。

楊過暗笑：「這道士失魂落魄似的，甚是可笑。」當下回到茅屋之前，只見花樹叢中露出小龍女的兩隻腳來，一動不動，似乎已睡著了。楊過叫了兩聲：「姑姑！」不聞答應，鑽進樹叢，只見小龍女臥在地下，眼上卻蒙著一塊青布。

楊過微感驚訝，解開了她眼上青布，但見她眼中神色極是異樣，暈生雙頰，嬌羞無限。楊過問道：「姑姑，誰給你包上了這塊布兒？」小龍女不答，眼中微露責備之意。楊過見她身子軟癱，似乎被人點中了穴道，伸手拉她一下，果然她動彈不得。楊過念頭一轉，已明原委：「定是我義父用逆勁點穴法點中了她，否則任他再厲害的點穴功夫，姑姑也能自行通解。」於是依照歐陽鋒適才所授之法，給她解開了穴道。

不料小龍女穴道被點之時，固然全身軟癱，但楊過替她通解了，她仍是軟綿綿的倚在楊過身上，似乎周身骨骼盡皆熔化了一般。楊過伸臂扶住她肩膀，柔聲道：「姑姑，我義父做事顛三倒四，你莫跟他一般見識。」小龍女將臉藏在他的懷裏，含含糊糊的道：「你自己才顛三倒四呢，不怕醜，還說人家！」楊過見她舉止與平昔大異，心中稍覺慌亂，道：「姑姑，我……我……」小龍女抬起頭來，嗔道：「你還叫我姑姑？」楊過更加慌了，順口道：「我不叫你姑姑叫甚麼？要我叫師父麼？」小龍女淺淺一笑，道：「你這般對我，我還能做你師父麼？」楊過奇道：「我……我怎麼啦？」

小龍女捲起衣袖，露出一條雪藕也似的臂膀，但見潔白似玉，竟無半分瑕疵，本來一點殷紅的守宮砂已不知去向，羞道：「你瞧。」楊過摸不著頭腦，搔搔耳朵，道：「姑姑，我不懂啊。」小龍女嗔道：「我跟你說過，不許再叫我姑姑。」她見楊過滿臉惶恐，心中頓生說不盡的柔情，低聲道：「咱們古墓派的門人，世世代代都是處女傳處女。我師父給我點了這點守宮砂，昨晚……昨晚你這麼對我，我手臂上怎麼還有守宮砂呢？」楊過道：「我昨晚怎麼對你啊？」小龍女臉一紅，道：「別說啦。」隔了一會，輕輕的道：「以前，我怕下山去，現下可不同啦，不論你到那裏，我總是心甘情願的跟著你。」

楊過大喜，叫道：「姑姑，那好極了。」小龍女正色道：「你怎麼仍是叫我姑姑？難道你沒真心待我麼？」她見楊過不答，心中焦急起來，顫聲道：「你到底當我是甚麼人？」楊過誠誠懇懇的道：「你是我師父，你憐我教我，我發過誓，要一生一世敬你重你，聽你的話。」小龍女大聲道：「難道你不當我是你妻子？」

楊過從未想到過這件事，突然被她問到，不由得張皇失措，不知如何回答才好，喃喃的道：「不，不！你不能是我妻子，我怎麼配？你是我師父，是我姑姑。」小龍女氣得全身發抖，突然「哇」的一聲，噴出一口鮮血。

楊過慌了手腳，只是叫道：「姑姑，姑姑！」小龍女聽他仍是這麼叫，狠狠凝視著他，舉起左掌，便要向他天靈蓋拍落，但這一掌始終落不下去，她目光漸漸的自惱恨轉為怨責，又自怨責轉為憐惜，嘆了一口長氣，輕輕的道：「既是這樣，以後你別再見我。」長袖一拂，轉身疾奔下山。

楊過大叫：「姑姑，你到那裏去？我跟你同去。」小龍女回過身來，眼中淚珠轉來轉去，緩緩說道：「你若再見我，就只怕……只怕我……我管不住自己，難以饒你性命。」楊過道：「你怪我不該跟義父學武功，是不是？」小龍女淒然道：「你跟人學武功，我怎會怪你？」轉身快步而行。

楊過一怔之下，更是不知所措，眼見她白衣的背影漸漸遠去，終於在山道轉角處隱沒，不禁悲從中來，伏地大哭。左思右想，實不知如何得罪了師父，何以她神情如此特異，一時溫柔纏綿，一時卻又怨憤決絕？為甚麼說要做自己「妻子」，又不許叫她姑姑，想了半天，心道：「此事定然與我義父有關，必是他得罪我師父了。」

於是走到歐陽鋒身前，只見他雙目呆瞪，一動也不動。楊過道：「爸爸，你怎麼得罪我師父啦？」歐陽鋒道：「九陰真經，九陰真經。」楊過道：「你幹麼點了她的穴道，惹得她生這麼大氣？」歐陽鋒道：「到底該是逆衝天柱，還是順通章門？」楊過急道：「爸爸，我師父幹麼走了？你說啊，你對她怎麼啦？」歐陽鋒道：「你師父是誰？我是誰？誰是歐陽鋒？」

楊過見他瘋病大發，又是害怕，又是難過，溫言道：「爸爸，你累啦，咱們到屋裏歇歇去罷。」歐陽鋒突然一個觔斗，倒轉了身子，以頭撐地，大叫：「我是誰？我是誰？歐陽鋒到那裏去了？」雙掌亂舞，身子急轉，以手行路，其快如風的衝下山去。楊過大叫：「爸爸！」想要拉他，被他飛足踢來，正中下巴。這一腳踢得勁力好不沉重，楊過站立不定，仰後便倒。待得立直身子，只見歐陽鋒已在十餘丈外。

楊過追了幾步，猛地住足，只呆得半晌，歐陽鋒已然不見人影，四顧茫然，但見空山寂寂，微聞鳥語。他滿心惶急，大叫：「姑姑，姑姑！爸爸，爸爸！」隔了片刻，四下裏山谷回音，也是叫道：「姑姑，姑姑！爸爸，爸爸！」

他數年來與小龍女寸步不離，既如母子，又若姊弟，突然間她不明不白的絕裾而去，豈不叫他肝腸欲斷？傷心之下，幾欲在山石上一頭撞死。但心中總還存著一個指望，師父既突然而去，多半也能突然而來。義父雖得罪了她，她想到我卻並無過失，自然會回頭尋我。

這一晚他又怎睡得安穩？只要聽到山間風聲響動，或是蟲鳴斗起，都疑心是小龍女回來了，一骨碌爬起身來，大叫：「姑姑！」出去迎接，每次總是悽然失望。到後來索性不睡了，奔上山巔，睜大了眼四下眺望，直望到天色大亮，惟見雲生谷底，霧迷峯巔，天地茫茫，就只他楊過一人而已。

楊過搥胸大號，驀地想起：「師父既然不回，我這就找她去。只要見得著她，不管她如何打我罵我，我總是不離開她。她要打死我，就讓她打死便了。」心意既決，登時精神大振，將小龍女與自己的衣服用物胡亂包了一包，負在背上，大踏步出山而去。

一到有人家處，就打聽有沒見到一個白衣美貌女子。大半天中，他接連問了十幾個鄉民，都是搖頭說並沒瞧見。楊過焦急起來，再次詢問，出言就不免欠缺了禮貌。那些山民見他一個年輕小夥子，冒冒失失的打聽甚麼美貌閨女，心中先就有氣，有一人就反問那閨女是他甚麼人。楊過道：「你不用管。我只問你有沒見到她從此間經過？」那人便要反唇相稽。旁邊一個老頭拉了拉他衣袖，指著東邊一條小路，笑道：「昨晚老漢見到有個仙女般的美人向東而去，還道是觀世音菩薩下凡，卻原來是老弟的相好……」楊過不聽他說完，急忙一揖相謝，順著他所指的小路急步趕了下去，雖聽得背後一陣轟笑，卻也沒在意，怎知道那老者見他年輕無禮，故意胡扯騙他。

奔了一盞茶時分，眼前出現兩條岔路，不知向那一條走才是。尋思：「姑姑不喜熱鬧，多半是揀荒僻的路走。」當下踏上左首那條崎嶇小路。豈料這條路越走越寬，幾個轉彎，竟轉到了一條大路上來。他一日一晚沒半點水米下肚，眼見天色漸晚，腹中餓得咕咕直響，只見前面房屋鱗次櫛比，是個市鎮，當下快步走進一家客店，叫道：「拿飯菜來。」

店伴送上一份家常飯菜，楊過扒了幾口，胸中難過，喉頭噎住，竟是食不下咽，心道：「雖然天黑，我還是得去找尋姑姑，錯過了今晚，只怕今後永難相見。」當下將飯菜一推，叫道：「店伴，我問你一句話。」店伴笑著過來，道：「小爺有甚吩咐？可是這飯菜不合口味？小的吩咐去另做，小爺愛吃甚麼？」

楊過連連搖手，道：「不是說飯菜。我問你，可有見到一個穿白衫子的美貌姑娘，從此間過去麼？」店伴沉吟道：「穿白衣，嗯，這位姑娘可是戴孝？家中死了人不是？」楊過好不耐煩，問道：「到底見是沒見？」店伴道：「姑娘倒有，確也是穿白衫子的……」楊過喜道：「向那條路走？」店伴道：「可過去大半天啦！小爺，這娘兒可不是好惹的……」突然放低聲音，說道：「我勸你啊！還是別去找她的好。」楊過又驚又喜，知是尋到了姑姑的蹤跡，忙問：「她……怎麼啦？」問到此句，聲音也發顫了。

那店伴道：「我先問你，你知不知道那姑娘是會武的？」楊過心道：「我怎會不知？」忙道：「知道啊，她是會武的。」那店伴道：「那你還找她幹麼？可險得緊哪。」楊過道：「到底是甚麼事？」那店伴道：「你先跟我說，那白衣美女是你甚麼人？」楊過無奈，看來不先說些消息與他，他決不能說小龍女的行蹤，於是說道：「她是我……是我的姊姊，我要找她。」那店伴一聽，肅然起敬，但隨即搖頭道：「不像，不像。」楊過焦躁起來，一把抓住他衣襟，喝道：「你到底說是不說？」那店伴一伸舌頭，道：「對，對，這可像啦！」

楊過喝道：「甚麼又是不像、又是像的？」那店伴道：「小爺，你先放手，我喉管給你抓得閉住了氣，嘿嘿，說不出話。要勉強說當然也可以，不過……」楊過心想此人生性如此，對他用強也是枉然，當下鬆開了手。那店伴咳嗽幾聲，道：「小爺，我說你不像，只為那娘……那女……嘿嘿，你姊姊，透著比你年輕貌美，倒像是妹子，不是姊姊。說你像呢，為的是你兩位都是火性兒，有一門子愛掄拳使棍的急脾氣。」楊過只聽得心花怒放，笑逐顏開，道：「我……我姊姊跟人動武了嗎？」

那店伴道：「可不是麼？不但動武，還傷了人呢，你瞧，你瞧。」指著桌上幾條刀劍砍起的痕跡，得意洋洋的道：「這事才教險呢，你姊姊本事了得，一刀將兩個道爺的耳朵也削了下來。」楊過笑問：「甚麼道爺？」心想定是全真教的牛鼻子道人給我姑姑教訓了一番。那店伴道：「就是那個……」說到這裏，突然臉色大變，頭一縮，轉身便走。

楊過料知有異，不自追出，端起飯碗，舉筷只往口中扒飯，放眼瞧去，只見兩個道人從客店門外並肩進來。兩人都是二十六七歲年紀，臉頰上都包了繃帶，走到楊過之旁的桌邊坐下。一個眉毛粗濃的道人一疊連聲的只催快拿酒菜。那店伴含笑過來，偷空向楊過眨下眼睛，歪了歪嘴。楊過只作不見，埋頭大嚼。他聽到了小龍女的消息，心中極是歡暢，吃了一碗又添一碗。他身上穿的是小龍女縫製的粗布衣衫，本就簡樸，一日一夜之間急趕，更是塵土滿身，便和尋常鄉下少年無異。那兩個道士一眼也沒瞧他，自行低聲說話。

楊過故意唏哩呼嚕的吃得甚是大聲，卻自全神傾聽兩個道人說話。

只聽那濃眉道人道：「皮師弟，你說韓陳兩位今晚準能到麼？」另一個道人嘴巴甚大，喉音嘶啞，粗聲道：「這兩位都是丐幫中鐵錚錚的漢子，與申師叔有過命的交情，申師叔出面相邀，他們決不能不到。」楊過斜眼微睨，向兩人臉上瞥去，並不相識，心想：「重陽宮中牛鼻子成千，我認不得他們，他們卻都認得我這反出全真教的小子，可不能跟他們朝相。哼，他們打不過我姑姑，又去約甚麼丐幫中的叫化子作幫手。」聽那濃眉道人道：「說不定路遠了，今晚趕不到……」那姓皮的道人道：「哼，姬師兄，事已如此，多擔心也沒用，諒她一個娘們，能有多大……」那姓姬的道人忙道：「喝酒，別說這個。」隨即招呼店伴，吩咐安排一間上房，當晚就在店中歇息。

楊過聽了二人寥寥幾句對話，料想只消跟住這兩個道人，便能見著師父。想到此處，心中歡欣無限。待二人進房，命店伴在他們隔壁也安排一間小房。

那店伴掌上燈，悄聲在楊過耳畔道：「小爺，你可得留神啊，你姊姊割了那兩個道爺耳朵，他們準要報仇。」楊過悄聲道：「我姊姊脾氣再好不過，怎會割人家耳朵？」那店伴陰陽怪氣的一笑，低聲道：「她對你自然好啦，對旁人可好不了。你姊姊正在店裏吃飯……嘿嘿，當真是姊姊？小的可不大相信，就算是姊姊罷，那道爺坐在她旁邊，就只向她的腿多瞧了幾眼，你姊姊就發火啦，拔劍跟人家動手……」他滔滔不絕，還要說下去，楊過聽得隔壁已滅了燈，忙搖手示意，叫他免開尊口，心中暗暗生氣：「那兩個臭道人定是見到姑姑美貌，不住瞧她，惹得她生氣。哼，全真教中又怎有好人？」又想：「姑姑曾到重陽宮中動手，那兩個道人自然認得她，臉上的模樣還能好看得了？」

他等店伴出去，熄燈上炕，這一晚是決意不睡的了，默默記誦了一遍歐陽鋒所授的兩大神功秘訣，但這兩項秘訣本就十分深奧，歐陽鋒說得又太也雜亂無章，他記得住的最多也不過兩三成而已，這時也不敢細想，生怕想得出了神，對隔房動靜竟然不知。

這般靜悄悄的守到中夜，突然院子中登登兩聲輕響，有人從牆外躍了進來。接著隔房窗子啊的一聲推開。姓姬的道人問道：「是韓陳兩位麼？」院子中一人答道：「正是。」姬道人道：「請進罷！」輕輕打開房門，點亮油燈。楊過全神貫注，傾聽四人說話。

只聽那姓姬的道人說道：「貧道姬清虛，皮清玄，拜見韓陳兩位英雄。」楊過心道：「全真教下以『處志清靜』四字排行，這兩個牛鼻子是全真教中的第四代弟子，不知是郝大通還是劉處玄那一條老牛的門下。」聽得一個嗓音尖銳的人說道：「我們接到你申師叔的帖子，馬不停蹄的趕來。那小賤人當真十分了得麼？」姬清虛道：「說來慚愧，我們師兄弟跟她打過一場，不是她的對手。」

那人道：「這女子的武功是甚麼路數？」姬清虛道：「申師叔疑心她是古墓派傳人，是以年紀雖小，身手著實了得。」楊過聽到「古墓派」三個字，不自禁輕輕「哼」了一聲。只聽姬清虛又道：「可是申師叔提起古墓派，這小丫頭卻對赤練仙子李莫愁口出輕侮言語，那麼又不是了。」那人道：「既是如此，料來也沒甚麼大來頭。明兒在那裏相會？對方有多少人？」姬清虛道：「申師叔和那女子約定，明兒正午，在此去西南四十里的豺狼谷相會，雙方比武決勝。對方有多少人，現下還不知道。我們既有丐幫英雄韓陳兩位高手壓陣助拳，也不怕他們人多。」另一個聲音蒼老的人道：「好，我哥兒倆明午準到，韓老弟，咱們走罷。」

姬清虛送到門口，壓低了語聲說道：「此處離重陽宮不遠，咱們比武的事，可不能讓宮中馬、劉、丘、王幾位師祖知曉，否則我們會受重責。」那姓韓的哈哈一笑，說道：「你們申師叔的信中早就說了，否則的話，重陽宮中高手如雲，何必又來約我們兩個外人作幫手？」那姓陳的道：「你放心，咱們決不洩漏風聲就是。別說不能讓馬劉丘王郝孫六位真人得知，你們別的師伯、師叔們知道了恐怕也不大妥當。」兩名道人齊聲稱是。楊過心想：

「他們聯手來欺我姑姑，卻又怕教裏旁人知道，哼，鬼鬼祟祟，作賊心虛。」
只聽那四人低聲商量了幾句，韓陳二人越牆而出，姬清虛和皮清玄送出牆去。

第八回

白衣少女

楊過見陸無雙危在頃刻，再也延緩不得，伸指在牛臀上一戳。那牯牛放開四蹄，向六人直衝過去。六人惡鬥正酣，突然見到瘋牛衝來，都吃了一驚，四下縱開避讓。

楊過輕輕推開窗門，閃身走進姬皮二道房中，但見炕上放著兩個包裹，拿起一個包裹一掂，裏面有二十來兩銀子，心想：「正好用作盤纏。」當下揣在懷裏。另一個包裹四尺來長，卻是包著兩柄長劍。他分別拔出，使重手法將兩柄劍都折斷了，重行還歸入鞘，再將包裹包好，正要出房，轉念一想，拉開褲子，在二道被窩中拉了一大泡尿。

耳聽得有人上牆之聲，知道這兩個道士的輕身功夫也只尋常，不能一躍過牆，須得先跳上牆頭，再縱身下地，當下閃身回房，悄悄掩上房門，兩個道人竟然全無知覺。楊過俯耳於牆，傾聽隔房動靜。

只聽兩個道人低聲談論，對明日比武之約似乎勝算在握，一面解衣上炕，突然皮清玄叫了起來：「啊，被窩中濕漉漉的是甚麼？啊，好臭，姬師兄，你這麼懶，在被窩中拉尿？」姬清虛啐道：「甚麼拉尿？」接著也大叫了起來：「那裏來的臭貓子到這兒拉尿。」皮清玄道：「貓兒拉尿那有這樣多？」姬清虛道：「咦，奇怪……哎，銀子呢？」房中霎時一陣大亂，兩人到處找尋放銀兩的包裹。楊過暗暗好笑。只聽得皮清玄大聲叫道：「店伴兒，店伴兒，你們這裏是黑店不是？半夜三更偷客人銀子？」

兩人叫嚷了幾聲，那店伴睡眼惺忪的起來詢問。皮清玄一把抓住他胸口，說他開黑店。那店伴叫起撞天屈來，驚動了客店中掌櫃的、燒火的、站堂的都紛紛起來，接著住店的客人也擠過來看熱鬧。楊過混在人叢之中，只見那店伴大逞雄辯，口舌便給，滔滔不絕，只駁得姬皮二道啞口無言。這店伴生性最愛與人鬥口，平素沒事尚要撩撥旁人，何況此時有人惹上頭來，更何況他是全然的理直氣壯？只說得口沫橫飛，精神越來越旺。姬皮二道老羞成怒，欲待動手，但想到教中清規，此處是終南山腳下，怎敢胡來？只得忍氣吞聲，關門而睡。那店伴兀自在房外嘮叨不休。

次日清晨，楊過起來吃麵，那多嘴店伴過來招呼，口中喃喃不絕的還在罵人。楊過笑問：「那兩個賊道怎麼啦？」店伴得意洋洋，說道：「直娘賊，這兩個臭道士想吃白食、住白店，本來瞧在重陽宮的份上，那也不相干，可是他們竟敢說我們開黑店。今兒天沒亮，兩個賊道就溜走了。哼，老子定要告到重陽宮去，全真教的道爺成千成萬，那一個不是嚴守清規戒律？這兩個賊道的賊相我可記得清清楚楚，定要認了他們出來……」楊過暗暗好笑，又挑撥了幾句，給了房飯錢，問明白去豺狼谷的路徑，邁步便行。

轉瞬間行了三十餘里，豺狼谷已不在遠，眼見天色尚只辰初。楊過心道：「我且躲在一旁，瞧姑姑怎生發付那些歹人。最好別讓姑姑先認出我來。」想起當日假扮莊稼少年耍弄洪凌波之事，心下甚是得意，決意依樣葫蘆，再來一次，當下走到一家農舍後院，探頭張望，只見牛欄中一條大牯牛正在發威，低頭挺角，向牛欄的木柵猛撞，登登大響。楊過心念一動：「我就扮成個牧童，姑姑乍見之下，定然認我不出。」

他悄悄躍進農舍，屋中只有兩個娃娃坐在地下玩土，見到了嚇得不敢作聲。他找了套農家衣服換上，穿上草鞋，抓一把土搓勻了抹在臉上，走近牛欄，只見壁上掛著一個斗笠、一枝短笛，正是牧童所用之物，心中甚喜，這樣一來，扮得更加像了，於是摘了斗笠戴起，拿一條草繩縛在腰間，將短笛插在繩裏，然後開了欄門。那牯牛見他走近，已在嘀嘀發怒，一見欄門大開，登時發足急衝出來，猛往他身上撞去。

楊過左掌在牛頭上一按，飛身上了牛背。這牯牛身高肉壯，足足有七百來斤重，毛長角利，甚是雄偉，一轉眼已衝上了大路。牠正當發情，暴躁異常，出力跳躍顛盪，要將楊過震下背來。楊過穩穩坐著，極是得意，笑叱道：「你再不聽話，可有苦頭吃了。」提起手掌，用掌緣在牛肩上一斬。這一下他只使了二成內力，可是那牯牛便已痛得抵受不住，大聲吽叫，正要躍起發威，楊過又是一掌斬了下去。這般連斬十餘下，那牯牛終於不敢再行倔強。楊過又試出只要用手指戳牠左頸，牠就轉右，戳牠右頸，立即轉左，戳後則進，戳前即退，居然指揮如意。

楊過大喜，猛力在牛臀上用手指一戳，牯牛向前狂奔，竟是迅速異常，幾若奔馬，不多時穿過一座密林，來到一個四周羣山壁立的山谷，正與那店伴所說的無異。當下躍落牛背，任由牯牛在山坡上吃草，手中牽著繩子，躺在地下裝睡。

他不住望著頭頂太陽，只見紅日漸漸移到中天，心中越來越是慌亂，生怕小龍女不理對方的約會，竟然不來。四下裏一片寂靜，只有那牯牛不時發出幾下嗚聲。突然山谷口有人擊掌，接著南邊山後也傳來幾下掌聲。楊過躺在坡上，蹺起一隻泥腿，擱在膝上，將斗笠遮住了大半邊臉，只露出右眼在外。

過了一會，谷口進來三個道人。其中兩個就是昨日在客店中見過的姬清虛與皮清玄，另一個約莫四十來歲年紀，身材甚矮，想來就是那個甚麼「申師叔」了，凝目看他相貌，依稀在重陽宮曾經見過。跟著山後也奔來兩人。一個身材粗壯，另一個面目蒼老，滿頭白髮，兩人都是乞丐裝束，自是丐幫中的韓陳二人。五人相互行近，默默無言的只一拱手，各人排成一列，臉朝西方。

就在此時，谷口外隱隱傳來一陣得得蹄聲，那五人相互望了一眼，一齊注視谷口，只聽得蹄聲細碎，越行越近，谷口黑白之色交映，一匹黑驢馱著一個白衣女子疾馳而來。楊過遙見之下，心中一凜：「不是姑姑！難道又是他們的幫手？」只見那女子馳到距五人數丈處勒定了黑驢，冷冷的向各人掃了一眼，臉上全是鄙夷之色，似乎不屑與他們說話。

姬清虛叫道：「小丫頭，瞧你不出，居然有膽前來，把幫手都叫出來罷。」那女子冷笑一聲，刷的一聲，從腰間拔出一柄又細又薄的彎刀，宛似一彎眉月，銀光耀眼。姬清虛道：「我們這裏就只五個，你的幫手幾時到來，我們可不耐煩久等。」那女子一揚刀，說道：「這就是我的幫手。」刀鋒在空中劃過，發出一陣嗡嗡之聲。

此言一出，六個人盡皆吃驚。那五人驚的是她孤身一個女子，居然如此大膽，也不約一個幫手，竟來與武林中的五個好手比武。楊過卻是失望傷痛之極，滿心以為在此必能候到小龍女，豈知所謂「白衣美貌女子」，竟是另有其人，斗然間胸口逆氣上湧，再也難以自制，「哇」的一聲，放聲大哭。

他這一哭，那六個人卻也吃了一驚，但見是山坡上一個牽牛放草的牧童，自是均未在意，料來鄉下一個小小孩童受了甚麼委屈，因而在此啼哭。姬清虛指著那姓韓的道：「這位是丐幫中的韓英雄。」指著那姓陳的道：「這位是丐幫中的陳英雄。」又指著「申師叔」道：「我們師叔申志凡申道長，你曾經見過的。」那女子全不理睬，眼光冷冷，在五人臉上掃來掃去，竟將對方視若無物。

申志凡道：「你既只一人來此，我們也不能跟你動手。給你十日限期，十天之後，你再約四個幫手，到這裏相會。」那女子道：「我說過已有幫手，對付你們這批酒囊飯袋，還約甚麼人？」申志凡怒道：「你這女娃娃，當真狂得可以……」他本待破口喝罵，終於強忍怒氣，問道：「你到底是不是古墓派的？」那女子道：「是又怎樣？不是又怎樣？牛鼻子老道，你敢跟姑娘動手呢還是不敢？」申志凡見她孤身一人，卻是有恃無恐，料得她必定預伏好手在旁，古墓派的李莫愁卻是個惹不得的人物，於是說道：「姑娘，我倒要請問，你平白無端的傷了我派門人，到底是甚麼原因？倘若曲在我方，小道登門向你師父謝罪，要是姑娘說不出一個緣由，那可休怪無禮。」

那女子冷然一笑，道：「自然是因你那兩個牛鼻子無禮，我才教訓他們。不然天下雜毛甚多，何必定要削他們兩個的耳朵？」申志凡愈是見她托大，愈是驚疑不定。那姓陳乞丐年紀雖老，火氣卻是不小，搶上一步，喝道：「小娃娃，跟前輩說話，還不下驢？」說著身形晃處，已欺到黑驢跟前，伸手去抓她右臂。這一下出手迅速之極，那女子不及閃躲，立時被他抓住，她右手握刀，右臂被抓，已不能揮刀擋架。

不料冷光閃動，那女子手臂一扭，一柄彎刀竟然還是劈了下來。那陳姓乞丐大駭，急忙撒手，總算他見機極快，變招迅捷，但兩根手指已被刀鋒劃破。他急躍退後，拔出單刀，哇哇大叫：「賊賤人，你當真活得不耐煩啦。」那姓韓乞丐從腰間取出一對鏈子錘，申志凡亮出長劍。姬清虛與皮清玄也抓住劍柄，拔劍出鞘，斗覺手上重量有異，兩人不約而同「咦」

的一聲，大吃一驚，原來手中抓住的各是半截斷劍。

那女子見到二道狼狽尷尬的神態，不禁噗哧一笑。楊過正自悲傷，聽到那女子笑聲，見到二道的古怪模樣，也不自禁的破涕為笑。只見那女子一彎腰，刷的一刀，往皮清玄頭上削去。皮清玄急忙縮頭，那知她這一刀意勢不盡，手腕微抖，在半空中轉了個彎，終於劃中皮清玄的右額，登時鮮血迸流。其餘四人又驚又怒，團團圍在她黑驢四周。姬皮二人退在後面，手裏各執半截斷劍，拋去是捨不得，拿著可又沒用，不知如何是好。

那女子一聲清嘯，左手一提韁繩，胯下黑驢猛地縱出數丈。韓陳二丐當即追近，刀錘紛舉，攻了上去。申志凡跟著搶上，使開全真派劍法，劍劍刺向敵人要害。楊過看他劍法雖狠，但比之尹志平、趙志敬等大有不如，料來是「志」字輩中的三四流腳色。

他此時心神略定，方細看那女子容貌，只見她一張瓜子臉，頗為俏麗，年紀似尚比自己小著一兩歲，無怪那店伴不信這個「白衣美貌女子」是他姊姊。她雖也穿著一身白衣，但膚色微黑，與小龍女的皎白勝雪截然不同。但見她刀法輕盈流動，大半卻是使劍的路子，刺削多而砍斫少。楊過只看了數招，心道：「她使的果然是我派武功，難道又是李莫愁的弟子？」心想兩邊都不是好人，不論誰勝誰敗，都不必理會，又想：「憑你也配稱甚麼『白衣美貌女子』了？你給我姑姑做丫鬟也不配。」於是曲臂枕頭，仰天而臥，斜眼觀鬥。

起初十餘招那少女居然未落下風，她身在驢背，居高臨下，彎刀揮處，五人不得不跳躍閃避。又鬥十餘招，姬清虛見手中這柄斷劍實在管不了用，心念一動，叫道：「皮師弟，跟我來。」一奔向旁邊樹叢，揀了一株細長小樹，用斷劍齊根斬斷，削去枝葉，儼然是一根桿棒。皮清玄依樣削棒。二道左右夾攻，挺棒向黑驢刺去。

那少女輕叱：「不要臉！」揮刀擋開雙棒，就這麼一分心，那姓韓乞丐的鏈子錘與申志凡的長劍前後齊到。那少女急使險招，低頭橫身，鐵錘夾著一股勁風從她臉上掠過。噹的一聲，彎刀與長劍相交，就在此時，黑驢負痛長嘶，前足提了起來，原來被姬清虛刺了一棒。那姓陳乞丐就地打個滾，展開地堂刀法，刀背在驢腿上重重一擊，黑驢登時跪倒。這麼一來，那少女再也不能乘驢而戰，眼見劍錘齊至，當即飛身而起，左手已抓住皮清玄的桿棒，用力一拗，桿棒斷成兩截。她雙足著地，回刀橫削，格開那姓陳乞丐砍來的一刀。楊過一驚：「怎麼？她已受了傷？」

原來那少女左足微跛，縱躍之間顯得不甚方便，一直不肯下驢，自是為了這個緣故。楊過俠義之心頓起，待要插手相助，轉念想到：「我和姑姑好端端在古墓中長相廝守，都是那惡女人李莫愁到來，才鬧到這步田地。這女子又冒充我姑姑，要人叫她『白衣美貌女子』，好不要臉！」當下轉過了頭，不去瞧她。

耳聽得兵刃相交叮噹不絕，好奇心終於按捺不住，又回過頭來，但見相鬥情勢已變，那少女東閃西避，已是遮攔多還手少。突然那姓韓乞丐鐵錘飛去，那少女側頭讓過，正好申志凡長劍削到，玎的一聲輕響，將她束髮的銀環削斷了一根，半邊鬢髮便披垂下來。那少女秀眉微揚，嘴唇一動，臉上登如罩了一層嚴霜，反手還了一刀。

楊過見她揚眉動唇的怒色，心中劇烈一震：「姑姑惱我之時，也是這般神色。」只因那少女這一發怒，楊過立時決心相助，當下拾起七八塊小石子放入懷中，但見她左支右絀，神情已十分狼狽。申志凡叫道：「你與赤練仙子李莫愁到底怎生稱呼？再不實說，可莫怪我們不客氣了！」那少女彎刀橫迴，突從他後腦鉤了過來。申志凡沒料到她會忽施突襲，擋架不及。姓陳乞丐急叫：「留神！」姬清虛猛力舉桿棒向彎刀背上擊去，才救了申志凡性命。五人見她招數如此毒辣，下手再不容情。霎時之間，那少女連遇險招。申志凡料想這少女與李莫愁必有淵源，日後被那赤練魔頭得知訊息，那可禍患無窮，眼見她並無後援，正好殺了滅口，於是招招指向她的要害。

楊過見她危在頃刻，再也延緩不得，翻身上了牛背，隨即溜到牛腹之下，雙足勾住牛背，伸指在牛臀上一戳。那牯牛放開四蹄，向六人直衝過去。

六人惡鬥正酣，突然見到瘋牛衝來，都吃了一驚，四下縱開避讓。

楊過伏在牛腹之下，看準了五個男子的背心穴道，小石子一枚枚擲出，或中「魂門」，或中「神堂」，但聽得嗆啷、拍喇、「哎唷」連響，五人雙臂酸麻，手中兵刃紛紛落地。楊過卻已驅趕牯牛回上山坡。他從牛腹下翻身落地，大叫大嚷：「啊喲，大牯牛發瘋啦，這可不得了啦！」

申志凡穴道被點，兵刃脫手，又不見敵人出手，自料是那少女的幫手所為，此人武功如此高明，那裏還敢戀戰？幸好雙腿仍能邁步，發足便奔，總算他尚有義氣，叫道：「陳大哥，韓兄弟，咱們走罷！」餘人不暇細想，也都跟著逃走。皮清玄慌慌張張，不辨東西，反而向那少女奔去。姬清虛大叫：「皮師弟，到這裏來！」皮清玄待要轉身，那少女搶上一步，彎刀斫將下來。皮清玄大驚，手中又無兵刃，急忙偏身閃避，豈知那少女彎刀斫出時方向不定，似東實西，如上卻下，冷光閃處，已砍到了他面門。皮清玄危急中舉手擋格，擦的一聲，彎刀已削去了他四根手指。他尚未覺得疼痛，回頭急逃。

姓韓乞丐逃出十餘步，見那少女不再追來，心道：「這丫頭跛了腳，怎追我得上？」想到她足跛，不自禁的向她左腿瞧了一眼，轉身又奔。豈知這一下正犯了那少女的大忌，登時怒氣勃發，不可抑止，叫道：「賊叫化，你道我追你不上麼？」舞動彎刀，揮了幾轉，呼的一聲，猛地擲出。只見那彎刀在半空中銀光閃閃，噗的一聲，插入那姓韓乞丐左肩。那人一個踉蹌，肩頭帶著彎刀，狂奔而去。不多時五人均已竄入了樹林。

那少女冷笑幾聲，心中大是狐疑：「難道有人伏在左近？他為甚麼要助我？」自己使慣了的銀弧刀給那姓韓乞丐帶了去，不禁有些可惜，拾起那姓陳乞丐掉在地下的單刀拿在手裏，急步往四下樹林察看，靜悄悄的沒半個人影，回到谷中。但見楊過哭喪著臉坐在地下，呼天搶地的叫苦。

那少女問道：「喂，牧童兒，你叫甚麼苦？」楊過道：「這牛兒忽然發瘋，身上撞爛了這許多毛皮，回去主人家定要打死我。」那少女看那牯牛，但見毛色光鮮，也沒撞損甚麼，說道：「好罷，總算你這牛兒幫了我一個忙，給你一錠銀子。」說著從懷中掏出一錠三兩銀子的元寶，擲在地下。她想楊過定要大喜稱謝，那知他仍是愁眉苦臉，搖著頭不拾銀子。那少女道：「你怎麼啦？傻瓜，這是銀子啊。」楊過道：「一錠不夠。」那少女又取出一錠銀子擲在地下。楊過有意逗她，仍是搖頭。

那少女惱了，秀眉一揚，沉臉罵道：「沒啦，傻瓜！」轉身便走。楊過見了她發怒的神情，不自禁的胸頭熱血上湧，眼中發酸，想起小龍女平日責罵自己的模樣，心意已決：「一時之間若是尋不著姑姑，我就儘瞧這姑娘惱怒的樣兒便了。」當下伸手抱住她右腿，叫道：「你不能走！」那少女用力一掙，卻被他牢牢抱住了掙不脫，更是發怒，叫道：「放開！你拉著我幹麼？」楊過見她怒氣勃勃，心中愈是樂意，叫道：「我回不了家啦，你救命。」跟著便大叫：「救命，救命！」

那少女又好氣又好笑，舉刀喝道：「你再不放手，我一刀砍死你。」楊過抱得更加緊了，假意哭了起來，說道：「你砍死我算啦，反正我回家去也活不成。」那少女道：「你要怎地？」楊過道：「我不知道，我跟著你去。」那少女心想：「沒來由的惹得這傻瓜跟我胡纏。」提刀便砍了下去。楊過料想她不會真砍，仍是抱住她小腿不放，那知這少女出手狠辣，這一刀真是砍向他頭頂，雖不想取他性命，卻要在他頭頂砍上一刀，好叫他吃點苦頭，不敢再來歪纏。楊過見單刀直砍下來，待刀鋒距頭不過數寸，一個打滾避開，大叫：「殺人哪，殺人哪！」

那少女更加惱怒，搶上又是揮刀砍去。楊過橫臥地下，雙腳亂踢，大叫：「我死啦，我死啦！」他一雙泥足瞎伸亂撐，模樣要有多難看就有多難看，但那少女幾次險些被他踢中手腕，始終砍他不中。楊過見她滿臉怒色，正是要瞧這副嗔態，不由得癡癡的凝望。那少女見他神色古怪，喝道：「你起來！」楊過道：「那你殺我不殺？」那少女道：「好，我不殺你就是。」楊過慢慢爬起，呼呼呼的大聲喘息，暗中運氣閉血，一張臉登時慘白，全無血色，就似嚇得魂不附體一般。

那少女心中得意，「呸」了一聲道：「瞧你還敢不敢胡纏？」舉刀指著山坡上皮清玄那幾根被割下來的手指，說道：「人家這般兇神惡煞，我也砍下他的爪子來。」楊過裝出惶恐畏懼模樣，不住退縮。那少女將單刀插在腰帶上，轉身找尋黑驢，可是那驢子早已逃得不知去向，只得徒步而行。

楊過拾起銀子，揣在懷裏，牽了牛繩跟在她後面，叫道：「姑姑，你帶我去。」那少女那加理睬，加快腳步，轉眼間將他拋得影蹤不見。那知剛歇得一歇，只見他牽著牯牛遠遠奔來，叫道：「帶我去啊，帶我去啊。」那少女秀眉緊蹙，展開輕功，一口氣奔出數里，只道他再也追趕不上，不料過不多時，又隱隱聽到「帶我去啊」的叫聲。那少女怒從心起，反身奔去，拔出單刀，高高舉起。楊過叫道：「啊喲！」抱頭便逃。那少女只要他不再跟隨，也就罷了，轉身再行。

走了一陣，聽得背後一聲牛鳴，回頭望時，但見楊過牽了牯牛遙遙跟在後面，相距約有三四十步。那少女站定腳步等他過來。可是楊過見她不走，也就立定不動，她如前行，當即跟隨，若是返身舉刀追來，他轉頭就逃。這般追追停停，天色已晚，那少女始終擺脫不了他的糾纏。她見這小牧童雖然傻裏傻氣，腳步卻是異常迅捷，想是在山地中奔跑慣了，要待追上去打暈了他，或是砍傷他兩腿，每次總是給他連滾帶爬、驚險異常的溜脫。

又纏了幾次，那少女左足跛了，行得久後，甚感疲累，於是心生一計，高聲叫道：「好罷，我帶你走便是，你可得聽我的話。」楊過喜道：「你當真帶我去？」那少女道：「是啊，幹麼要騙你？我走得累了，你騎上牛背，也讓我騎著。」楊過牽了牯牛快步走近，暮靄蒼茫中見她眼光閃爍，知她不懷好意，當下笨手笨腳的爬上了牛背。那少女右足一點，輕輕巧巧的躍上，坐在楊過身前，心想：「我驢子逃走了，騎這牯牛倒也不壞。」足尖在牛脅上重重一踢。牯牛吃痛，發蹄狂奔。那少女微微冷笑，驀地裏手肘用力向後撞去，正中楊過胸口。楊過叫聲「啊喲！」一個觔斗翻下了牛背。

那少女甚是得意，心想：「任你無賴，此次終須著了我的道兒。」伸指在牛脅裏一戳，那牯牛奔得更加快了，忽聽楊過仍是大叫大嚷，聲音就在背後，一回頭，只見他兩手牢牢拉住牛尾，雙足離地，給牯牛拖得騰空飛行，滿臉又是泥沙，又是眼淚鼻涕，情狀之狼狽實是無以復加，可偏偏就是不放牛尾。那少女無法可施，提起單刀正要往他手上砍去，忽聽人聲喧譁，原來牯牛已奔到了一個市集上。人眾擁擠，牯牛無路可走，終於停了下來。

楊過有意要逗那少女生氣以瞧她的怒色，躺在地下大叫：「我胸口好疼啊，你打死我啦！」市集上眾人紛紛圍攏，探問緣由。

那少女鑽入人叢，便想乘機溜走，豈知楊過從地下爬將過去，又已抱住她右腿，大叫：「別走，別走啊！」旁人問道：「幹甚麼？你們吵些甚麼？」楊過叫道：「她是我媳婦兒，我媳婦兒不要我，還打我。」那人道：「媳婦兒打老公，那還成甚麼世界？」那少女柳眉倒豎，左腳踢出。楊過把身旁一個壯漢一推，這一腳正好踢在他的腰裏。那大漢怒極，罵道：「小賤人，踢人麼？」提起醋缽般的拳頭搥去。那少女在他手肘上一托，借力揮出，那大漢二百來斤的身軀忽地飛起，在空中哇哇大叫，跌入人叢，只壓得眾人大呼小叫，亂成一團。

那少女竭力要掙脫楊過，被他死命抱住了卻那裏掙扎得脫？眼見又有五六人搶上要來為難，只得低頭道：「我帶你走便是，快放開。」楊過道：「你還打不打我？」那少女道：「好，不打啦！」楊過這才鬆手，爬起身來。二人鑽出人叢，奔出市集，但聽後面一片叫嚷之聲。楊過居然在百忙之中仍是牽著那條牯牛。

楊過笑嘻嘻的道：「人家也說，媳婦兒不可打老公。」那少女惡狠狠的道：「死傻蛋，你再胡說八道，說我是你媳婦兒甚麼，瞧我不把你的腦袋瓜子砍了下來。」說著提刀一揚。楊過抱住腦袋，向旁逃過幾步，求道：「好姑娘，我不敢說啦。」那少女啐道：「瞧你這副髒模樣，醜八怪也不肯嫁你做媳婦兒。」楊過嘻嘻傻笑，卻不回答。

此時天色昏暗，兩人站在曠野之中，遙望市集中炊煙裊裊升起，腹中都感飢餓。那少女道：「傻蛋，你到市上去買十個饅頭來。」楊過搖頭道：「我不去。」那少女臉一沉，道：「你幹麼不去？」楊過道：「我才不去呢！你騙我去買饅頭，自己偷偷的溜了。」那少女道：「我說過不溜就是了。」楊過只是搖頭。那少女握拳要打，他卻又快步逃開。兩人繞著大牯牛，捉迷藏般團團亂轉。那少女一足跛了，行走不便，眼見這小子跌倒爬起，大呼小叫，自己雖有輕身功夫，卻總是追他不上。

她惱怒已極，心想自己空有一身武功，枉稱機智乖巧，卻給這個又髒又臭的鄉下小傻蛋纏得束手無策，算得無能之至。也是楊過一副窩囊相裝得實在太像，否則她幾次三番殺不了這小傻蛋，心中早該起疑。她沿著大道南行，眼見楊過牽著牯牛遠遠跟隨，心中計算如何出其不意的將他殺了。走了一頓飯功夫，天色更加黑了，只見道旁有一座破舊石屋，似乎無人居住，尋思：「今晚我就睡在這裏，等那傻瓜半夜裏睡著了，一刀將他砍死。」當即向石屋走去，推門進去，只覺塵氣撲鼻，屋中桌椅破爛，顯是廢棄已久。她割些草將一張桌子抹乾淨了，躺在桌上閉目養神。

只見楊過並不跟隨進來，她叫道：「傻蛋，傻蛋！」不聽他答應，心想：「難道這傻蛋知道我要殺他，因而逃了！」當下也不理會，過了良久，迷迷糊糊的正要入睡，突然一陣肉香撲鼻。她跳起身來，走到門外，但見楊過坐在月光之下，手中拿著一大塊肉，正自張口大嚼，身前生了一堆火，火上樹枝搭架，掛著野味燒烤，香味一陣陣的送來。

楊過見她出來，笑了笑道：「要吃麼？」將一塊烤得香噴噴的腿肉擲了過去。那少女接在手中，似是一塊黃麖腿肉，肚中正餓，撕下一片來吃了，雖然沒鹽，卻也甚是鮮美，當下坐在火旁，斯斯文文的吃了起來。她先將腿肉一片片的撕下，再慢慢咀嚼，但見楊過吃得唾沫亂濺，嗒嗒有聲，不由得噁心，欲待不吃，腹中卻又飢餓，只見轉過了頭不去瞧他。

她吃完一塊，楊過又遞了一塊給她。那少女道：「傻蛋，你叫甚麼名字？」楊過楞楞的道：「你是神仙不是？怎知道我名叫傻蛋？」那少女心中一樂，笑道：「哈，原來你就叫傻蛋。你爸爸媽媽呢？」楊過道：「都死光啦。你叫甚麼名字？」那少女道：「我不知道。你問來幹麼？」楊過心想：「你不肯說，我且激你一激。」得意洋洋的道：「我知道啦，你也叫傻蛋，因此不肯說。」那少女大怒，縱起身來，舉拳往他頭上猛擊一記，罵道：「誰說我叫傻蛋？你自己才是傻蛋。」楊過哭喪著臉，抱頭說道：「人家問我叫甚麼名字，我說不知道，人家就叫我傻蛋，你也說不知道，自然也是傻蛋啦。」那少女道：「誰說不知道了？我不愛跟你說就是。我姓陸，知不知道？」

這少女就是當日在嘉興南湖中採蓮的幼女陸無雙。她與表姊程英、武氏兄弟採摘花朵時摔斷了腿，武三娘為她接續斷骨，適在此時洪凌波奉師命來襲，以致接骨不甚妥善，傷愈之後左足短了寸許，行走時略有跛態。她皮色雖然不甚白皙，但容貌秀麗，長大後更見嬌美，只是一足跛了，不免引以為恨。

那日李莫愁殺了她父母婢僕，將她擄去，本來也要殺害，但見到她頸中所繫的錦帕，記起她伯父陸展元昔日之情，遲遲不忍下手。陸無雙聰明精乖，知道落在這女魔頭手中，生死繫於一線，這魔頭來去如風，要逃是萬萬逃不走的，於是一起始便曲意迎合，處處討好，竟奉承得那殺人不眨眼的赤練仙子加害之意日漸淡了。李莫愁有時記起當年恨事，就將她叫來折辱一場。陸無雙故意裝得蓬頭垢面，一蹺一拐。李莫愁見了她這副可憐巴巴的模樣，胡亂打罵一番，出了心中之氣，也就不為已甚。陸無雙如此委曲求全，也虧她一個小小女孩，居然在這大魔頭門下挨了下來。

她將父母之仇暗藏心中，絲毫不露。李莫愁問起她的父母，她總是假裝想不起來。當李莫愁與洪凌波練武之時，她就在旁遞劍傳巾、斟茶送果的侍候，十分殷勤。她武學本有些根柢，看了二人練武，心中暗記，待李洪二人出門時便偷偷練習，平時更加意討好洪凌波。後來洪凌波乘著師父心情甚佳之時代陸無雙求情，也拜在她門下作了徒弟。

如是過了數年，陸無雙武功日進，只是李莫愁對她總是心存疑忌，別說最上乘的武功，就是第二流的功夫也不肯傳授。倒是洪淩波見她可憐，暗中常加點撥，因此她的功夫說高固然不高，說低卻也不低。這日李莫愁與洪淩波師徒先後赴活死人墓盜「玉女心經」，陸無雙見她們長久不歸，決意就此逃離魔窟，回江南去探訪父母的生死下落。她幼時雖見父母被李莫愁打得重傷，料來凶多吉少，究未親見父母逝世，心中總存著一線指望，要去探個水落石出。臨走之時，心想一不做，二不休，竟又盜走了李莫愁的一本「五毒秘傳」，那是記載諸般毒藥和解藥的抄本。

她左足跛了，最恨別人瞧她跛足，那日在客店之中，兩個道人向她的跛足多看了幾眼，她立即出言斥責，那兩個道人脾氣也不甚好，三言兩語，動起手來，她使彎刀削了兩個道人的耳朵，才有日後豺狼谷的約鬥。當日李莫愁擄她北去之時，她在窯洞口與楊過曾見過一面，但其時二人年幼，日後都變了模樣，數年前匆匆一會，這時自然誰都記不起了。

陸無雙吃完兩塊烤肉，也就飽了。楊過卻借著火光掩映，看她的臉色，心道：「我姑姑此刻不知身在何處？眼前這女子若是姑姑，我烤麞腿給她吃，豈不是好？」心下尋思，獃獃的凝望著她，竟似癡了。陸無雙哼了一聲，心道：「你這般無禮瞧我，現下且自忍耐，半夜裏再殺你。」當即回入石屋中睡了。

睡到中夜，她悄悄起來，走到屋外，只見火堆邊楊過一動不動的睡著，火堆早已熄了，於是躡手躡足的走到他身後，手起刀落，往他背心砍去，突然手腕一抖，虎口震得劇痛，登時把捏不定，噹的一聲，單刀脫手，只覺中刀之處似鐵似石。她一驚非小，急忙轉身逃開，心道：「難道這傻蛋竟練得周身刀槍不入？」奔出數丈，見楊過並不追來，回頭一望，只見他仍是伏在火邊不動。

陸無雙疑心大起，叫道：「傻蛋，傻蛋！我有話跟你說。」楊過只是不應。她凝神細看，但見楊過身形縮成一團，模樣極是古怪，當下大著膽子走近，見他竟然不似人形，伸手摸了摸，衣服下硬硬的似是一塊大石。抓住衣服向上提起，衣服下果然是一塊岩石，又那裏有楊過的人在？

她呆了一呆，叫道：「傻蛋，傻蛋！」不聽答應，當下側耳傾聽，似乎屋子中傳出一陣陣鼾聲，循聲尋去，只見楊過正睡在她適才所睡的桌上，背心向外，鼾聲大作，濃睡正酣。陸無雙盛怒之下，也不去細想他怎會突然睡到了桌上，立即縱身而上，提起單刀，挺刀尖向他背心插落。

這一下刀鋒入肉，手上絕無異感，卻聽楊過打了幾下鼾，說起夢話來：「誰在我背上搔癢，嘻嘻，別鬧，別鬧，我怕癢。」

陸無雙驚得臉都白了，雙手發顫，心道：「此人難道竟是鬼怪？」轉身欲逃，一時之間雙足竟然不聽使喚。只聽他又說夢話：「背上好癢，定是小老鼠來偷我的黃麖肉。」伸手背後，從衣衫底下拉出半爿黃麖，拍的一聲，拋在地下。陸無雙舒了一口長氣，這才明白：「原來這傻蛋將黃麖肉放在背上，剛才這刀刺在獸肉上啦，卻教我虛驚一場。」

她連刺兩次失誤，對楊過憎恨之心更加強了，咬牙低聲道：「臭傻蛋，瞧我這次要不要了你的小命。」一閃身撲上，舉刀向他背心猛砍。楊過於鼾聲呼呼中翻了個身，這一刀拍的一聲，砍在桌上，深入木裏。

陸無雙手上運勁，待要拔刀，楊過正做甚麼惡夢，大叫：「媽啊，媽啊，小老鼠來咬我啊。」兩條泥腿倏地伸出，左腿擱在陸無雙臂彎裏的「曲池穴」，右腿卻擱在她肩頭的「肩井穴」。這兩處都是人身大穴，他兩條泥腿摔將下來，無巧不巧，恰好撞正這兩處穴道。陸無雙登時動彈不得，呆呆的站著，讓身子作了他擱腿的架子。

她心中怒極，身子雖不能動，口中卻能說話，喝道：「喂，傻蛋，快把臭腳拿開。」只聽他打呼聲愈加響了。她不知如何是好，惱恨之下，張口將唾沫向他吐去。楊過翻了個身，右腳尖漫不經意的掠了過來，正好在她「巨骨穴」上輕輕一碰。陸無雙立時全身酸麻，連嘴也張不開了，鼻中只聞到他腳上臭氣陣陣衝來。

就這麼擱了一盞茶時分，陸無雙氣得幾欲暈去，心中賭咒發誓：「明日待我穴道鬆了，定要在這傻蛋身上斬他十七八刀。」再過一陣，楊過心想也作弄她夠了，放開雙足，轉過身來，雖在黑暗之中，她臉上的氣惱神色仍是瞧得清清楚楚。她越是發怒，似乎越是與小龍女相似，楊過癡癡的瞧著，那裏捨得閉眼？其實陸無雙相貌和小龍女全不相似，只是天下女子生氣的模樣總是大同小異，楊過念師情切，百無聊賴之中，瞧瞧陸無雙的嗔態怒色，自覺是依稀瞧到了小龍女，那也是畫餅之意、望梅之思而已。

過了一會，月光西斜，從大門中照射進來。陸無雙見楊過雙眼睜開，笑咪咪的瞧著自己，心中一凜：「莫非這傻蛋喬獃扮癡？他點我穴道，並非無意碰巧撞中？」想到此處，不由得出了一身冷汗。就在此時，忽見楊過斜眼望著地下，她歪過眼珠，順著他眼光看去，只見地下並排列著三條黑影，原來有三個人站在門口。凝神再看，三條黑影的手中都拿著兵刃，她暗暗叫苦：「糟啦，糟啦，對頭找上了門來，偏生給這傻蛋撞中了穴道。」她連遭怪異，心中雖然起疑，卻總難信如此骯髒猥瑣的一個牧童竟會有一身高明武功。

楊過閉上了眼大聲打鼾。只聽門口一人叫道：「小賤人，快出來，你站著不動，就想道爺饒了你麼？」楊過心道：「原來又是個牛鼻子。」又聽另一人道：「我們也不要你的性命，只要削你兩隻耳朵、三根手指。」第三人道：「老子在門外等著，爽爽快快的出來動手罷。」說著向外躍出。三人圍成半圓，站在門外。

楊過伸個懶腰，慢慢坐起，說道：「外面叫甚麼啊，陸姑娘，你在那裏？咦，你幹麼站著不動？」在她背上推了幾下。陸無雙但覺一股強勁力道傳到，全身一震，三處被封的穴道便即解開，當下也不及細想，俯身拾起單刀，躍出大門，只見三個男人背向月光而立。

她更不打話，翻腕向左邊那人挺刀刺去。那人手中拿的是條鐵鞭，看準尖刀砸將下來。他鐵鞭本就沉重，兼之膂力甚強，砸得又準，噹的一聲，陸無雙單刀脫手。楊過橫臥桌上，見陸無雙向旁跳開，左手斜指，心道：「好，那道人的長劍保不住。」果然她手腕斗翻，已施展古墓派武功，奪過道人手中長劍，順手斫落，噗的一聲，道人肩頭中劍。他大聲咒罵，躍開去撕道袍裹傷。

陸無雙舞劍與使鞭的漢子鬥在一起。另一個矮小漢子手持花槍，東一槍西一槍的攢刺，不敢過份逼近。那使鞭的猛漢武藝不弱，鬥了十餘合，陸無雙漸感不支。那人出手與步履之間均有氣度，似乎頗為自顧身分，陸無雙數次失手，他竟並不過分相逼。

那道人裹好傷口，空手過來，指著陸無雙罵道：「古墓派的小賤人，下手這般狠毒！」挺臂舞拳，向她急衝過去。白光閃動，那道人背上又吃了一劍，可是那矮漢的花槍卻也刺到了陸無雙背心，使鞭猛漢的鐵鞭戳向她肩頭。楊過暗叫：「不好！」雙手握著的兩枚石子同時擲出，一枚盪開花槍，另一枚打中了猛漢右腕。

不料那猛漢武功了得，右腕中石，鐵鞭固然無力前伸，但左掌快似閃電，倏地穿出，噗的一聲，擊正陸無雙胸口。楊過大驚，他究竟年輕識淺，看不透這猛漢左手上拳掌功夫的了得，急忙搶出，一把抓住他後領運勁甩出。那猛漢騰空而起，跌出丈許之外。那道人與矮漢子見楊過如此厲害，忙扶起猛漢，頭也不回的走了。

楊過俯頭看陸無雙時，見她臉如金紙，呼吸甚是微弱，受傷實是不輕，伸左手扶住她背脊，讓她慢慢坐起，但聽得格啦、格啦兩聲輕響，卻是骨骼互撞之聲，原來她兩根肋骨被那猛漢一掌擊斷了。她本已昏暈過去，兩根斷骨一動，一陣劇痛，便即醒轉，低低呻吟。楊過道：「怎麼啦？很痛麼？」陸無雙早痛得死去活來，咬牙罵道：「問甚麼？自然很痛。抱我進屋去。」楊過托起她身子，不免略有震動。陸無雙斷骨相撞，又是一陣難當劇痛，罵道：「好，鬼傻蛋，你……你故意折磨我。那三個傢伙呢？」楊過出手之時，她已被擊暈，是以不知是他救了自己性命。

楊過笑了笑，道：「他們只道你已經死了，拍拍手就走啦。」陸無雙心中略寬，罵道：「你笑甚麼？死傻蛋，見我越痛就越開心，是不是？」楊過每聽她罵一句，就想起小龍女當日叱罵自己的情景來。他在活死人墓中與小龍女相處這幾年，實是他一生中最歡悅的日子，小龍女縱然斥責，他因知師父真心相待，仍是內心感到溫暖。此時找尋師父不到，恰好碰到另一個白衣少女，淒苦孤寂之情，竟得稍卻。實則小龍女秉性冷漠，縱對楊過責備，也不過不動聲色的淡淡數說幾句，那會如陸無雙這麼亂罵？但在楊過此時心境，總是有一個年輕女子斥罵自己，遠比無人斥罵為佳，對她的惡言相加只是微笑不理，抱起她放在桌上。陸無雙橫臥下去時斷骨又格格作聲，忍不住大聲呼痛，呼痛時肺部吸氣，牽動肋骨，痛得更加厲害了，咬緊牙關，額頭上全是冷汗。

楊過道：「我給你接上斷骨好麼？」陸無雙罵道：「臭傻蛋，你會接甚麼骨？」楊過道：「我家裏的癩皮狗跟隔壁的大黃狗打架，給咬斷了腿，我就給牠接過骨。還有，王家伯伯的母豬撞斷了肋骨，也是我給接好的。」陸無雙大怒，卻又不敢高聲呼喝，低沉著嗓子道：「你罵我癩皮狗，又罵我母豬。你才是癩皮狗，你才是母豬。」楊過笑道：「就算是豬，我也是公豬啊。再說，那癩皮狗也是雌的，雄狗不會癩皮。」陸無雙雖然伶牙利齒，但每說一句，胸口就一下牽痛，滿心要跟他鬥口，卻是力所不逮，只得閉眼忍痛，不理他的嘮叨。楊過道：「那癩皮狗的骨頭經我一接，過不了幾天就好啦，跟別的狗打起架來，就和沒斷過骨頭一樣。」

陸無雙心想：「說不定這傻蛋真會接骨。何況若是無人醫治，我準沒命。可是他跟我接骨，便得碰到我胸膛，那……那怎麼是好？哼，他若治我不好，我跟他同歸於盡。若是治好了，我也決不容這見過我身子之人活在世上。」她幼遭慘禍，忍辱掙命，心境本已大異常人，跟隨李莫愁日久，耳染目濡，更學得心狠手辣，小小年紀，卻是滿肚子的惡毒心思，低聲道：「好罷！你若騙我，哼哼，小傻蛋，我決不讓你好好的死。」

楊過心道：「此時不加刁難，以後只怕再沒機緣了。」於是冷冷的道：「王家伯伯的母豬撞斷了肋骨，他閨女向我千求萬求，連叫我一百聲『好哥哥』，我才去給接骨……」陸無雙連聲道：「呸，呸，呸，臭傻蛋……臭傻蛋……啊唷……」胸口又是一陣劇痛。楊過笑道：「你不肯叫，那也罷了。我回家啦，你好好兒歇著。」說著站起身來，走向門口。

陸無雙心想：「此人一去，我定要痛死在這裏了。」只得忍氣道：「你要怎地？」楊過道：「本來嘛，你也得叫我一百聲好哥哥，但你一路上罵得我苦了，須得叫一千聲才成。」陸無雙心下計議：「一切且答應他，待我傷愈，再慢慢整治他不遲。」於是說道：「我就叫你好哥哥，好哥哥，好哥哥……哎唷……哎唷……」楊過道：「好罷，還有九百九十七聲，那就記在帳上，等你好了再叫。」走近身來，伸手去解她衣衫。

陸無雙不由自主的一縮，驚道：「走開！你幹甚麼？」楊過退了一步，道：「隔著衣服接斷骨我可不會，那些癩皮狗、老母豬都是不穿衣服的。」陸無雙也覺好笑，可是若要任他解衣，終覺害羞，過了良久，才低頭道：「好罷，我鬧不過你。」楊過道：「你不愛治就不治，我又不希罕……」

正說到此處，忽聽得門外有人說道：「這小賤人定然在此方圓二十里之內，咱們趕緊搜尋……」陸無雙一聽到這聲音，只嚇得面無人色，當下顧不得胸前痛楚，伸手按住了楊過的嘴巴，原來外面說話的正是李莫愁。

楊過聽了她聲音，也是大吃一驚。只聽另一個女子聲音道：「那叫化子肩頭所插的那把彎刀，明明是師妹的銀弧刀，就可惜沒能起出來認一下。」此人自是洪凌波了。

她師徒倆從活死人墓中死裏逃生，回到赤霞莊來，發現陸無雙竟已逃走，這也罷了，不料她還把一本「五毒秘傳」偷了去。李莫愁橫行江湖，武林人士盡皆忌憚，主要還不因她武功，而在她五毒神掌與冰魄銀針的劇毒。「五毒秘傳」中載得有神掌與銀針上毒藥及解藥的藥性、製法，倘若流傳了出去，赤練仙子便似赤練蛇給人拔去了毒牙。秘傳中所載她早熟爛於胸，自不須帶在身邊，在赤霞莊中又藏得機密萬分，那知陸無雙平日萬事都留上了心，得知師父收藏的所在，既然決意私逃，便連這本書也偷了去。

李莫愁這一怒真是非同小可，帶了洪凌波連日連夜的追趕，但陸無雙逃出已久，所走的又是荒僻小道。李莫愁師徒自北至南、自南回北兜截了幾次，始終不見她的蹤影。這一晚事有湊巧，師徒倆行至潼關附近，聽得丐幫弟子傳言，召集西路幫眾聚會。李莫愁心想丐幫徒眾遍於天下，耳目靈通，當會有人見到陸無雙，於是師徒倆趕到集會之處，想去打探消息，在路上恰好撞到一名五袋弟子由一名丐幫幫眾背著飛跑，另外十七八名乞兒在旁衛護。李莫愁見那人肩頭插了一柄彎刀，正是陸無雙的銀弧刀。她閃身在旁竊聽，隱約聽到那些乞丐憤然叫嚷，說給一個跛足丫頭用彎刀擲中了肩頭。

李莫愁大喜，心想他既受傷不久，陸無雙必在左近，當下急步追趕，尋到了那破屋之前。但見屋前燒了一堆火，又微微聞到血腥氣，忙晃亮火摺四下照看，果見地下有幾處血跡，血色尚新，顯是惡鬥未久。李莫愁一拉徒兒的衣袖，向那破屋指了指。洪凌波點點頭，推開屋門，舞劍護身，闖了進去。

陸無雙聽到師父與師姊說話，已知無倖，把心一橫，躺著等死。只聽得門聲輕響，一條淡黃人影閃了進來，正是師姊洪凌波。

洪凌波對師妹情誼倒甚不錯，知道此次師父定要使盡諸般惡毒法兒，折磨得師妹痛苦難當，這才慢慢處死，眼見她躺在桌上，當下舉劍往她心窩中刺去，免她零碎受苦。

劍尖剛要觸及陸無雙心口，李莫愁伸手在她肩頭一拍，洪凌波手臂無勁，立時垂下。李莫愁冷笑道：「難道我不會動手殺人？要你忙甚麼？」對陸無雙道：「你見到師父也不拜了麼？」她此時雖當盛怒，仍然言語斯文，一如平素。陸無雙心想：「今日既已落在她手中，不論哀求也好，挺撞也好，總是要苦受折磨。」於是淡淡的道：「你與我家累世深仇，甚麼話也不必說啦。」李莫愁靜靜的望著她，目光中也不知是喜是愁。洪凌波臉上滿是哀憐之色。陸無雙上唇微翹，反而神情倨傲。

三人這麼互相瞪視，過了良久，李莫愁道：「那本書呢？拿來。」陸無雙道：「給一個惡道士、一個臭叫化子搶去啦！」李莫愁暗吃一驚。她與丐幫雖無樑子，跟全真教的過節卻是不小，素知丐幫與全真教淵源極深，這本「五毒秘傳」落入了他們手中，那還了得？

陸無雙隱約見到師父淡淡輕笑，自是正在思量毒計。她在道上遁逃之際，提心吊膽的只怕師父追來，此刻當真追上了，反而不如先時恐懼，突然間想起：「傻蛋到那裏去了？」她命在頃刻，想起那個骯髒癡呆的牧童，不知不覺竟有一股溫暖親切之感。突然間火光閃亮，蹄聲騰騰直響。

李莫愁師徒轉過身來，只見一頭大牯牛急奔入門，那牛右角上縛了一柄單刀，左角上縛著一叢燒得正旺的柴火，眼見衝來的勢道極是威猛，李莫愁當即閃身在旁，但見牯牛在屋中打了個圈子，轉身又奔了出去。牯牛進來時橫衝直撞，出去時也是發足狂奔，轉眼間已奔出數丈之外。李莫愁望著牯牛後影，初時微感詫異，隨即心念一動：「是誰在牛角上縛上柴火尖刀？」轉過身來，師徒倆同聲驚呼，躺在桌上的陸無雙已影蹤不見。

洪凌波在破屋前後找了一遍，躍上屋頂。李莫愁料定是那牯牛作怪，當即追出屋去。黑暗中但見牛角上火光閃耀，已穿入了前面樹林。她在火光照映下見牛背上無人，看來陸無雙並非乘牛逃走，轉念一想：「是了，定是有人在外接應，趁這怪牛來分我之心，乘亂救了她去。」但一時之間不知向何方追去才是，當下腳步加快，片刻間已追上牯牛，縱身躍上牛背，卻瞧不出甚麼端倪，立即躍下，在牛臀上踢了一腳，撮口低嘯，與洪凌波通了訊號，一個自北至南，一個從西到東的追去。

這牯牛自然是楊過趕進屋去的。他聽到李莫愁師徒的聲音，當即溜出後門，站在窗外偷聽，只一句話，便知李莫愁是要來取陸無雙性命，靈機一動，奔到牯牛之旁，將陸無雙那柄給鐵鞭砸落在地的單刀拾起，再拾了幾根枯柴，分別縛上牛角，取火燃著了柴枝，伏在牛腹之下，手腳抱住牛身，驅牛衝進屋去，一把抱起陸無雙，仍是藏在牛腹底下逃出屋來。他行動迅捷，兼之那牯牛模樣古怪，饒是李莫愁精明，事出不意，卻也沒瞧出破綻。待得她追上牯牛，楊過早已抱著陸無雙躍入長草中躲起。

這一番顛動，陸無雙早痛得死去活來，於楊過怎樣相救、怎樣抱著她藏身在牛腹之下、怎樣躍入草叢，她都是迷糊不清，過了好一陣，神智稍復，「啊」的一聲叫了出來。楊過忙按住她口，在她耳邊低聲道：「別作聲！」只聽腳步聲響，洪凌波道：「咦，怎地一霎眼就不見了人？」遠處李莫愁道：「咱們走罷。這小賤人定是逃得遠了。」但聽洪凌波的腳步聲漸漸遠去。陸無雙極是氣悶，又待呼痛，楊過仍是按住她嘴不放。

陸無雙微微一掙，發覺被他摟在懷內，又羞又急，正想出手打去。楊過在她耳邊低聲道：「別上當，你師父在騙你。」這句話剛說完，果然聽得李莫愁道：「當真不在此處。」說話聲音極近，幾乎就在二人身旁。陸無雙吃了一驚，心道：「若不是傻蛋見機，這番可沒命了！」原來李莫愁疑心她就藏在附近，口中說走，其實是施展輕功，悄沒聲的掩了過來。陸無雙險些中計。

楊過側耳靜聽，這次她師徒倆才當真走了，鬆開按在陸無雙嘴上的手，笑道：「好啦，不用怕啦。」陸無雙道：「放開我。」楊過輕輕將她平放草地，說道：「我立時給你接好斷骨，咱們須得趕快離開此地，待得天明，可就脫不了身啦。」陸無雙點了點頭。楊過怕她接骨時掙扎叫痛，驚動李莫愁師徒，當即點了她的麻軟穴，伸手去解她衣上扣子，說道：「千萬別作聲。」

解開外衣後，露出一件月白色內衣，內衣之下是個杏黃色肚兜。楊過不敢再解，目光上移，但見陸無雙秀眉雙蹙，緊緊閉著雙眼，又羞又怕，渾不似一向的橫蠻模樣。楊過情竇初開，聞到她一陣陣處女體上的芳香，一顆心不自禁的怦怦而跳。陸無雙睜開眼來，輕輕的道：「你給我治罷！」說了這句話，又即閉眼，側過頭去。楊過雙手微微發顫，解開她的肚兜，看到她乳酪一般的胸脯，怎麼也不敢用手觸摸。

陸無雙等了良久，但覺微風吹在自己赤裸的胸上，頗有寒意，轉頭睜眼，卻見楊過正自癡癡的瞪視，怒道：「你……你瞧……瞧……甚麼？」楊過一驚，伸手去摸她肋骨，一碰到她滑如凝脂的皮膚，身似電震，有如碰到炭火一般，立即縮手。陸無雙道：「快閉上眼睛，你再瞧我一眼，我……我……」說到此處，眼淚流了下來。

楊過忙道：「是，是。我不看了。你……你別哭。」果真閉上眼睛，伸手摸到她斷了的兩根肋骨，將斷骨仔細對準，忙拉她肚兜遮住她胸脯，心神略定，於是折了四根樹枝，兩根放在她胸前，兩根放在背後，用樹皮牢牢綁住，使斷骨不致移位，這才又扣好她裏衣與外衣的扣子，鬆了她的穴道。

陸無雙睜開眼來，但見月光映在楊過臉上，雙頰緋紅，神態忸怩，正自偷看她的臉色，與她目光一碰，急忙轉過頭去。此時她斷骨對正，雖然仍是疼痛，但比之適才斷骨相互銼軋時的劇痛已大為緩和，心想：「這傻蛋倒真有點本事。」她此時自已看出楊過實非常人，更不是傻蛋，但她一起始就對之嘲罵輕視，現下縱然蒙他相救，卻也不肯改顏尊重，當下問道：「傻蛋，你說怎生好？猷在這兒呢，還是躲得遠遠地？」楊過道：「你說呢？」陸無雙道：「自然走啊，在這兒等死麼？」楊過道：「到那兒去？」陸無雙道：「我要回江南，你肯不肯送我去？」楊過道：「我要尋我姑姑，不能去那麼遠。」陸無雙一聽，臉色沉了下來，道：「好罷，那你快走！讓我死在這兒罷。」

陸無雙若是溫言軟語的相求，楊過定然不肯答應，但見她目蘊怒色，眉含秋霜，依稀是小龍女生氣的模樣，不由得難以拒卻，心想：「說不定姑姑恰好到了江南，我送陸姑娘去，常言道好心有好報，天可憐見，卻教我撞見了姑姑。」他明知此事渺茫之極，只是無法拒絕陸無雙所求，只好向自己巧所辯解罷了，當下嘆了口氣，俯身將她抱起。

陸無雙怒道：「你抱我幹麼？」楊過笑道：「抱你到江南去啊。」陸無雙大喜，噗嗤一笑，道：「傻蛋，江南這麼遠，你抱得我到麼？」話雖這麼說，卻安安靜靜的伏在他懷裏，一動也不動了。

這時那頭大牯牛早奔得不知去向。楊過生怕給李莫愁師徒撞見，儘揀荒僻小路行走。他腳下迅捷，上身卻是穩然不動，全沒震痛陸無雙的傷處。陸無雙見身旁樹木不住倒退，他這一路飛馳，竟然有如奔馬，比自己空身急奔還要迅速，輕功實不在師父之下，心中暗暗驚奇：「原來這傻蛋身負絕藝，他小小年紀，怎能練到這一身本事？」不久東方漸白，她抬起頭來，見楊過臉上雖然骯髒，卻是容貌清秀，雙目更是靈動有神，不由得心中一動，漸漸忘了胸前疼痛，過了一陣，竟爾沉沉睡去。

待得天色大明，楊過有些累了，奔到一棵大樹底下，輕輕將她放下，自己坐在她身邊休息。陸無雙睜開眼來，淺淺一笑，說道：「我餓啦，你餓不餓？」楊過道：「我自然也餓，好罷，咱們找家飯店吃飯。」站起身來，又抱起了她，只是抱了半夜，雙臂微感酸麻，當下舉起她坐在自己肩頭，緩緩而行。

陸無雙兩隻腳在楊過胸前輕輕的一盪一盪，笑道：「傻蛋，你到底叫甚麼名字？總不成在別人面前，我也叫你傻蛋。」楊過道：「我沒名字，人人都叫我傻蛋。」陸無雙惱道：「你不說就算啦！那你師父是誰？」楊過聽她提到「師父」二字，他對小龍女極是敬重，那敢輕忽玩鬧，正色答道：「我師父是我姑姑。」陸無雙信了，心道：「原來他是家傳的武藝。」又問：「你姑姑是那一家那一派？」楊過呆頭呆腦的道：「她是住在家裏的，派甚麼的我可不知道啦。」陸無雙嗔道：「你裝傻！我問你，你學的是那一門子武功？」楊過道：「你問我家的大門嗎？怎麼說是紙糊的，那明明是木頭的。」陸無雙心下沉吟：「難道此人當真是個傻蛋？武功雖好，人卻癡呆麼？」於是溫言道：「傻蛋，你好好跟我說，你為甚麼救我性命？」

楊過一時難以回答，想了一陣，道：「我姑姑叫我救你，我就救你。」陸無雙道：「你姑姑是誰？」楊過道：「姑姑就是姑姑。她叫我幹甚麼，我就幹甚麼。」陸無雙嘆了口氣，心想：「這人原來真是傻的。」本來已對他略有溫柔之意，此時卻又轉生厭憎。楊過聽她不再說話，問道：「你怎麼不說話啦？」陸無雙哼了一聲。楊過又問一句。陸無雙嗔道：「我不愛說話就不說話，傻蛋，你閉著嘴巴！」楊過知她此時臉色定然好看，只是她坐在自己肩頭，難以見到，不禁暗感可惜。

不多時，來到一個小市鎮。楊過找了一家飯店，要了飯菜，兩人相對而坐。陸無雙聞到他身上的牛糞氣息，眉頭一皺，道：「傻蛋，你坐到那邊去，別跟我一桌。」楊過笑了笑，走到另一張桌旁坐了。陸無雙見他仍是面向自己，心中煩躁，越瞧越覺此人傻得討厭，沉臉道：「你別瞧我。」指著遠處一張桌子道：「坐到那邊去。」楊過裂嘴一笑，捧了飯碗，坐在門檻上吃了起來。陸無雙道：「這才對啦。」她肚中雖餓，但胸口刺痛，難以下咽，只感一百個的不如意，欲待拿楊過出氣，他又坐得遠了，呼喝不著。

正煩惱間，忽聽門外有人高聲唱道：「小小姑娘做好事哪。」又有人接唱道：「施捨化子一碗飯哪！」陸無雙抬起頭來，只見四名乞丐一字排在門外，一齊望著自己，眼見這四人來意不善，心中暗暗吃驚。又聽第三個化子唱道：「天堂有路你不走哪！」第四個唱道：「地獄無門你進來喲！」四個乞丐唱的都是討飯的「蓮花落」調子，每人都是右手持一隻破碗，左手拿一根樹枝，肩頭負著四隻麻布袋子。陸無雙曾聽師姊閒談時說起，丐幫幫眾以所負麻袋數目分輩分高低，這四人各負四袋，那均是四袋弟子了，想起昨天在豺狼谷中相鬥的那韓陳二人，背上似乎各負五隻麻袋，比之眼前這四人還高了一級。自己若是身上無傷，對這四丐自是不懼，可是現下提筷子都沒力氣，卻如何迎敵？傻蛋輕功雖然了得，但這麼瘋瘋顛顛的，就算會武，也決不能高，一時不禁彷徨無計。

楊過自管自吃飯，對這四個化子恍若未見。他吃完了一碗，自行走到飯桶邊滿滿的又裝一碗，伸手到陸無雙面前的菜盤中抓起一條魚來，湯水魚汁，淋得滿桌都是，傻笑道：「嘻嘻，我吃魚！」

陸無雙秀眉微蹙，已無餘暇斥罵。只聽那四個乞丐又唱了起來，唱的仍是「小小姑娘」那四句。四個乞丐連唱三遍，八隻眼睛瞪視著她。陸無雙不知如何應付才是，當下緩緩扒著飯粒，只作沒有聽見，心中卻是焦急萬分。

一個化子大聲說道：「小姑娘，你既一碗飯也不肯施捨，就再施捨一柄彎刀罷。」另一個道：「你跟我們去，我們也不能難為你。只要問明是非曲直，自有公平了斷。」隔了一會，第三個道：「快走罷，難道真要我們用強不成？」陸無雙回答也不是，不答也不是，不知如何是好。第四個化子道：「我們不能強丐惡化，四個大男人欺侮一個小姑娘，也教江湖上好漢笑話，只是要你去評一評理。」陸無雙聽了四人語氣，知道片刻之間就要動武，雖然明知難敵，卻也不能束手待斃，左手撫著長凳，只待對方上來，就挺凳拒敵。

楊過心想：「該出手啦！」走到陸無雙桌邊，端起湯碗，口中咬著一大塊魚，含含糊糊的道：「我……我要泡點兒湯！」湯碗一側，把半碗熱湯倒在陸無雙右臂上。她坐西朝東，右臂處於內側，這半碗湯倒將下去，她立時身子一縮，轉頭去看。楊過叫道：「啊喲！」毛手毛腳的去替她抹拭，就在此時，左手向外一揚，四根竹筷激飛而出，分射四名化子。

這四根竹筷去勢實在太快，那四個化子還沒看清，只覺臂彎處一痛，嗆啷啷聲響，四隻破碗一齊摔在地下砸得粉碎。楊過拉起身上破衣，不住價往陸無雙袖子上抹去，說道：「你……你別生氣……我……我……我給你抹乾淨。」陸無雙叱道：「別瞎搗亂！」回頭瞧那四個化子時，登時驚得呆了。

只見四個乞丐的背影在街角處一晃而沒，地下滿是破碗的碎片。陸無雙大是驚疑：「這四人忒也古怪，怎地平白無端的突然走了？」

她見楊過雙手都是魚湯菜汁，還在桌上亂抹，斥道：「快走開，也不怕髒？」楊過道：「是，是！」雙手在衣襟上大擦一陣。陸無雙皺起眉頭，問道：「那四個叫化怎麼走啦？」楊過道：「他們見姑娘小氣，不肯施捨，再求也是無用，這就走啦。」

陸無雙沉吟片刻，不明所以，取出銀子，叫楊過去買了一頭驢子，付了飯錢後，跨上驢背。但剛上驢背，斷骨處便是劇痛，忍不住呻吟出聲。楊過道：「可惜我又髒又臭，要不然倒可扶著你。」陸無雙道：「哼，儘說廢話。」韁繩一抖，那驢子的脾氣甚是倔強，挨到牆邊，將她身子往牆上擦去。陸無雙手腳都無力氣，驚呼一聲，竟從驢子上摔了下來。她右足著地，穩穩站定，可是牽動傷處，疼痛難當，怒道：「你明明見我摔下來，也不來扶。」楊過道：「我……身上髒啊。」陸無雙道：「你就不會洗洗麼？」楊過傻笑幾下，卻不說話。陸無雙道：「你扶我騎上驢子去。」楊過依言扶她上了驢背。那驢子一覺背上有人，立時又要搗鬼。

陸無雙道：「你快牽著驢子。」楊過道：「不，我怕驢子踢我。要是我那條大牯牛跟著來，可就好了。」陸無雙氣極：「這傻蛋說他不傻卻傻，說他傻呢，卻又不傻。他明明是想抱著我。」無可奈何，只得道：「好罷，你也騎上驢背來。」楊過道：「是你叫我的，可別嫌我髒，又罵我打我。」陸無雙道：「是啦，囉囉唆唆的多說幹麼？」楊過這才一笑跨上驢背，雙手摟住了她，兩腿微一用力，那驢子但感腹邊大痛，那裏還敢作怪，乖乖的走了。

楊過道：「向那兒走？」陸無雙早已打聽過路徑，本想東行過潼關，再經中州，折而南行，那是大道，但見了丐幫這四個化子後，尋思前邊路上必定還有丐幫徒眾守候，不如走小路，經竹林關，越龍駒寨，再過紫荊關南下，雖然路程迂遠些，卻是太平得多，也更加不易給師父追上，沉吟一會，向東南方一指，道：「往那邊去。」

驢子蹄聲得得，緩緩而行，剛出市集，路邊一個農家小孩奔到驢前，叫道：「陸姑娘，有件物事給你。」說著將手中一束花擲了過來，轉頭撒腿就跑。陸無雙伸手接過，見是一束油菜花，花束上縛著一封信，忙撕開封皮，抽出一張黃紙，見紙上寫道：

「尊師轉眼即至，即速躲藏，切切！」

黃紙甚是粗糙，字跡卻頗為秀雅。陸無雙「咦」了一聲，驚疑不定：「這小孩是誰？他怎知我姓陸？又怎知我師父即會追來？」問楊過道：「你識得這小孩，是不是？又是你姑姑派來的了？」

楊過在她腦後早已看到了信上字跡，心想：「這明明是個尋常農家孩童，定是受人差遣送信。只不知寫信的人是誰？看來倒是好意。當真李莫愁追來，那便如何是好？」他雖學了玉女心經和九陰真經，一身而兼修武林中兩大秘傳，但究竟時日太淺，雖知秘奧，功力未至，也是枉然，若給李莫愁趕上，可萬萬不是敵手，青天白日的實是無處躲藏，正自沉吟無計，聽陸無雙問起，答道：「我不識得這小傻蛋，看來也不是我姑姑派來的。」

剛說了這兩句話，只聽吹打聲響，迎面抬來一乘花轎，數十人前後簇擁，原來是迎娶新娘。雖是鄉間村夫的粗鄙鼓樂，卻也喜氣洋洋，自有一股動人心魄的韻味。楊過心念一動，問道：「你想不想做新娘子？」

第九回

百計避敵

但見陸無雙眉頭微蹙，
似乎睡夢中也感到斷骨處的痛楚，
楊過登時想起小龍女來，
跟著記起她要自己立過的誓，全身冷汗直冒，
拍拍兩下，重重打了自己兩個耳光。

陸無雙正自惶急，聽他忽問傻話，怒道：「傻蛋！又胡說甚麼？」楊過笑道：「咱們來玩拜天地成親。你扮新娘子好不好？那才教美呢？臉上披了紅布，別人說甚麼也瞧你不見。」陸無雙一怔，道：「你教我扮新娘子躲過師父？」楊過嘻嘻笑道：「我不知道，你扮新娘子，我就扮新官人。」

此時事勢緊迫，陸無雙也無暇斥罵，心想：「這傻蛋的主意當真古怪，但除此之外，實在亦無別法。」問道：「怎麼扮法啊？」楊過也不敢多挨時刻，揚鞭在驢臀上連抽幾鞭，驢子發足直奔。

鄉間小路狹窄，一頂八人抬的大花轎塞住了路，兩旁已無空隙。迎親人眾見驢子迎面奔來，齊聲叱喝，叫驢上乘客勒韁緩行。楊過雙腿一夾，卻催得驢子更加快了，轉眼間已衝到迎親的人眾跟前。早有兩名壯漢搶上前來，欲待拉住驢子，以免衝撞花轎。楊過皮鞭揮處，捲住了二人手臂，一提一放，登時將二人都摔在路旁，向陸無雙道：「我要扮新郎啦！」身子前探，右手伸出，已將騎在一匹白馬上的新郎提將過來。

那新郎十七八歲年紀，全身新衣，頭戴金花，突然被楊過抓住，自是嚇得魂不附體。楊過舉起他身子往空中一拋，待他飛上一丈有餘，再跌下來時，在眾人驚呼聲中伸手接住。迎親的共有三十來人，半數倒是身長力壯的關西大漢，但見他如此本領，新郎又落入他手中，那敢上前動手？一個老者見事多了，料得是大盜攔路行劫，搶上前來唱個肥喏，說道：「大王請饒了新官人。大王需用多少盤纏使用，大家儘可商量。」楊過向陸無雙笑道：「媳婦兒，怎麼他叫我大王？我又不姓王？我瞧他比我還傻。」陸無雙道：「別瞎纏啦，我好似聽到了師父花驢上的鈴子聲響。」

楊過一驚，側耳靜聽，果然遠處隱隱傳來一陣鈴聲，心想：「她來得好快啊。」說道：「鈴子？甚麼鈴子？是賣糖的麼？那好極啦，咱們買糖吃。」轉頭向那老者道：「你們全都聽我的話，就放了他，要不然……」說著又將新郎往空中一拋。那新郎嚇得哇哇大叫，哭將起來。那老者只是作揖，道：「全憑大王吩咐。」楊過指著陸無雙道：「她是我媳婦兒，她見你們玩拜天地成親，很是有趣，也要來玩玩……」陸無雙斥道：「傻蛋，你說甚麼？」楊過不去理她，說道：「你們快把新娘子的衣服給她穿上，我就扮新官人玩兒。」

兒童戲耍，原是常有假扮新官人、新娘子拜天地成親之事，天下皆然，不足為異。但萬料不到一個攔路行劫的大盜忽然要鬧這玩意，眾人都是面面相覷，做聲不得。看楊陸二人時，一個是弱冠少年，一個是妙齡少女，說是一對夫妻，倒也相像。眾人正沒做理會處，楊過聽金鈴之聲漸近，躍下驢背，將新郎橫放驢子鞍頭，讓陸無雙守住了，自行到花轎跟前，掀開轎門，拉了新娘出來。

那新娘嚇得尖聲大叫，臉上兜著紅布，不知外面出了甚麼事。楊過伸手拉下她臉上紅布，但見她臉如滿月，一副福相，笑道：「新娘子美得緊啊。」在她臉頰上輕輕一摸。新娘子這時嚇得呆了，反而不敢作聲。楊過左手提起新娘，叫道：「若要我饒她性命，快給我媳婦兒換上新娘的打扮。」

陸無雙耳聽得師父花驢的鸞鈴聲越來越近，向楊過橫了一眼，心道：「這傻蛋不知天高地厚，這當口還說笑話？」但聽迎親的老者連聲催促：「快，快！快換新郎新娘的衣服。」

送嫁喜娘當即七手八腳的除下新娘的鳳冠霞帔、錦衣紅裙，替陸無雙穿戴。楊過自己動手，將新郎的吉服穿上，對陸無雙道：「乖媳婦兒，進花轎去罷。」陸無雙叫新娘先進花轎，自己坐在她身上，這才放下轎帷。

楊過看了看腳下的草鞋，欲待更換，鈴聲卻已響到山角之處，叫道：「回頭向東南方走，快吹吹打打！有人若來查問，別說見到我們。」縱身躍上白馬，與騎在驢背上的新郎並肩而行。眾人見新夫婦都落入了強人手中，那敢違抗，嗩吶鑼鈸，一齊響起。

花轎轉過頭來，只行得十來丈地，後面鸞鈴聲急，兩匹花驢踏著小步，追了上來。陸無雙在轎中聽到鈴響，心想能否脫卻大難，便在此一瞬之間了，一顆心怦怦急跳，傾聽轎外動靜。楊過裝作害羞，低頭瞧著馬頸，只聽得洪凌波叫道：「喂，瞧見一個跛腳姑娘走過沒有？」迎親隊中的老者說道：「沒……沒有啊？」洪凌波再問：「有沒見一個年輕女子騎了牲口經過？」那老者仍道：「沒有。」師徒倆縱驢從迎親人眾身旁掠過，急馳而去。

過不多時，李洪二人兜過驢頭，重行回轉。李莫愁拂塵揮出，捲住轎帷一拉，嗤的一聲，轎帷撕下了半截。楊過大驚，躍馬近前，只待她拂塵二次揮出，立時便要出手救人，那知李莫愁向轎中瞧了一眼，笑道：「新娘子挺俊呀。」抬頭向楊過道：「小子，你福氣不小。」楊過低下了頭，那敢與她照面，但聽蹄聲答答，二人竟自去了。

楊過大奇：「怎麼她竟然放過了陸姑娘？」向轎中張去，但見那新娘嚇得面如土色，簌簌發抖，陸無雙竟已不知去向。楊過更奇，叫道：「哎唷，我的媳婦兒呢？」陸無雙笑道：「我不見啦。」但見新娘裙子一動，陸無雙鑽了出來，原來她低身躲在新娘裙下。她知師父行事素來周密，任何處所決不輕易放過，料知她必定去後復來，是以躲了起來。楊過道：「你安安穩穩的做新娘子罷，坐花轎比騎驢子舒服。」陸無雙點了點頭，對新娘道：「你擠得我好生氣悶，快給我出去。」新娘無奈，只得下轎，騎在陸無雙先前所乘的驢上。

新郎和新娘從未見過面，此時新郎見新娘肥肥白白，頗有幾分珠圓玉潤；新娘偷看新郎，倒也五官端正。二人心下竊喜，一時倒忘了身遭大盜劫持，後果大是不妙。

一行人行出二十來里，眼見天色漸漸晚了。那老者不住向楊過哀求放人，以免誤了拜天地的吉期。楊過斥道：「你嚕唆甚麼？」

一句話剛出口，忽然路邊人影一閃，兩個人快步奔入樹林。楊過心下起疑，追了下去，依稀見到二人的背影，衣衫襤褸，卻是化子打扮。楊過勒住了馬，心想：「莫非丐幫已瞧出了蹊蹺，又在前邊伏下人手？事已如此，只得向前直闖。」

不久花轎抬到，陸無雙從破帷裏探出頭來，問道：「瞧見了甚麼？」楊過道：「花轎帷子破了，你臉上又不兜紅布。扮新娘子嘛，總須得哭哭啼啼，就算心裏一百個想嫁人，也得一把眼淚一把鼻涕，喊爹叫娘，不肯出門。天下那有你這般不怕醜的新娘子？」

陸無雙聽他話中之意，似乎自己行藏已被人瞧破，只輕輕罵了聲「傻蛋」，不再言語。又行一陣，前面山路漸漸窄了，一路上嶺，甚是崎嶇難行，迎親人眾早已疲累不堪，但生怕惹惱了楊過，沒一個敢吐半句怨言。

轉眼間夕陽在山，歸鴉啞啞的叫著從空中飛過。正行之間，忽然山角後幾個人齊聲唱道：「小小姑娘做好事哪，施捨一把銀彎刀哪。」

陸無雙臉上變色，心道：「原來那四個化子埋伏在這兒。」花轎轉過山角，只見迎面站著三個乞丐，三人都是身材高大，與日間在飯店中所見的四人截然不同。楊過見他們每人肩頭都負著五隻麻布袋，心想：「這三個五袋叫化，定比那四個四袋的要厲害些，看來非當真動手不可了。」

迎親人眾與轎夫等正行得沒好氣，早有人揮鞭向一個乞丐頭上擊去，高聲叫道：「快讓路，快讓路！」那乞丐也不閃避，抓住鞭梢一拉，那人撲地倒了，跌了個狗吃屎。若在平時，眾人定是一擁而上，但先前給楊過嚇得怕了，人人均想：「原來這三個叫化跟那強盜是一夥。」沒一人敢再向前，反而退了幾步。

一名乞丐朗聲說道：「恭喜姑娘大喜啊，小叫化要討幾文賞錢。」陸無雙回頭低聲道：「傻蛋，我身上有傷，動手不得，你給我打發了去。」楊過道：「好。」縱馬上前，喝道：「呸，今兒是我娶媳婦的好日子，叫化兒莫要嘰哩咕嚕，快給讓開了。」一名叫化向楊過打量了幾眼，一時摸不準他的來歷。那四個四袋弟子先前給竹筷打中手腕，都以為是陸無雙所出手，並未向師伯師叔們提到楊過。

一名叫化右手一揚，楊過的坐騎受驚，前足提起。楊過假裝乘坐不穩，晃了幾下便摔落馬背，半晌爬不起身。三個乞丐心想：「原來此人是真的新郎。」丐幫是俠義道的幫會，向來鋤強扶弱，濟困拯危，所以跟陸無雙為難，只為她傷了幫中兄弟，眼見楊過不會武功，這般摔了他一交，均覺歉然，一名乞丐當即伸手拉了他起來，說道：「對不住，您包涵些。」楊過喃喃罵道：「你們，哎，真是……討錢就討錢，怎地驚了我的牲口？」摸出三枚小錢，每人給了一枚。三丐依照丐幫規矩，接過謝了。

楊過笑嘻嘻的向陸無雙道：「你要我打發，我已經打發啦。」陸無雙嗔道：「你儘跟我裝傻，有甚麼好？」楊過道：「是，是！」退在一旁，揮袖撲打身上的灰土。

陸無雙見三個化子仍是攔在路口，冷然道：「你們要怎地？」一名化子說道：「姑娘是古墓派的高手，我兄弟三人好生仰慕，要請姑娘指點幾招。」陸無雙道：「我身負重傷，還能動甚麼手？你們既然不服氣，那就約定日子，待我傷愈，自會前來領教。你們三位是丐幫高手，今日合力來欺侮一個身上負傷的年輕女子，那才是英雄好漢呢！」

三個化子給她這幾句話一擋，果覺己方理虧。其中二人齊聲說道：「好罷！待你傷愈之後，再來找你理論。」另一人卻道：「慢來，你傷在何處？到底是真是假，須得讓我瞧瞧。倘若真的有傷，今日就饒過了你。」他不知她傷在胸口，原是言出無心。陸無雙卻登時雙頰飛紅，不由得大怒，氣憤之下，一時說不出話來，隔了半晌，才罵道：「江湖上說甚麼丐幫英雄仗義，卻原來盡是無恥之徒。」三個乞丐聽她辱及丐幫名聲，臉色立變，一丐性子甚是暴躁，搶上一步，伸出大手就要往花轎中抓她出來。

楊過見情勢緊迫，叫道：「慢來，慢來。你們討錢，我已經給了，怎麼又來跟我媳婦兒囉唣？」說著搶過來攔在轎前，又道：「看三位仁兄雖然做了化子，但個個相貌堂堂，將來必定升官發財，怎地來調戲我的新媳婦，幹這般輕薄無賴的勾當？」

三個化子一怔，倒也無言可答。那火爆性子的化子道：「你讓開，我們只是要領教她古墓派的武功，誰輕薄來？」說著用手輕輕一推。楊過大叫一聲，往路旁摔去。丐幫自來相傳有個規矩，決不許先行出手毆打不會武藝之人。那化子料不到這新郎如此不濟，只這麼輕輕一推便即摔倒，若是摔傷了他，幫中必有重罰，其餘兩個同伴也脫不了干係。三人大驚，同時搶上來扶起。楊過只叫得驚天動地：「哎唷，哎唷！我的媽啊！」三個化子也瞧不清他到底傷了沒有。

楊過一面呼痛，一面說道：「你這三人也是傻的，我新媳婦兒怕羞，怎肯跟不相識之人說話。這樣罷！你們要領教甚麼？先跟我說。我悄悄問了我新媳婦，再來跟你們說，好是不好？」

三個化子見他半傻不傻，實是老大不耐煩，但又不便對他動手。三丐中年紀最大的那人尋思：「這姓陸的女子假扮新娘，這人若是真新郎，就不該如此出力迴護。若是假新郎，又不該如此膿包。」細細打量他身形舉止，始終瞧不出端倪。

那火爆性子的化子將手一揚，喝道：「你讓是不讓？」楊過雙手張開，大聲道：「你們要欺侮我媳婦兒，那是萬萬不可。」另一個化子叫道：「陸姑娘，你叫這傻蛋擋著，難道還能擋一輩子不成？爽爽快快，拿句話出來罷。」楊過奇道：「咦，你也知道我叫傻蛋，真是奇哉怪也。」那火爆性子的化子向陸無雙道：「我們也不領教別的，只想見識一下你那彎刀斬肩的功夫，這一招叫做甚麼？」

陸無雙也知楊過儘這麼跟他們歪纏，總是沒個了結，心中正自尋思脫身之計，聽那化子問起，順口答道：「那叫『貂蟬拜月』，怎麼啊？」楊過接口道：「不錯，我媳婦兒那彎刀這麼呼的一聲，就砍在你肩頭啦。」右手一探，從那化子肩頭繞了過去，拍的一下，掌緣在他肩後輕輕斬了一下。

這一下出手，三個化子都是吃了一驚，立時躍開，均想：「這廝原來假扮新郎，戲弄我們。」那火性化子肩頭吃了一掌，雖然楊過未運勁力，卻已大感臉上無光，叫道：「好啊，賊廝鳥裝傻，來來來，先領教你的高招。」

楊過道：「你說向我媳婦領教，怎麼又向我領教？」那化子怒道：「跟閣下領教也是一樣。」楊過道：「那就糟啦，我甚麼也不會。」轉頭向陸無雙問道：「好媳婦兒，我的親親小媳婦兒，你說我該教他甚麼？」

陸無雙此時再無懷疑，知他定然身負絕藝，剛才他這反手一斬，乾淨利落，自己就決計辦不了，只是不知他武功家數，便隨口說道：「再來一招『貂蟬拜月』。」楊過道：「好！」腰一彎，手一長，拍的一聲，又在那化子後肩斬了一掌。這一下出手，三丐更是驚駭。楊過明明與那丐相對而立，並不移步轉身，只一伸手，手掌就斬到了他的肩後，這招掌法實是怪異之極。陸無雙心中也是一震：「這明明是我古墓派的武功，他怎麼也會？」又道：「你再來一招『西施捧心』。」楊過道：「好啊！」左拳打出，正中對方心口。

那化子身上中拳，只覺一股大力推來，不由自主的飛出一丈開外，卻仍是穩穩站立，胸口中拳處也不覺疼痛，倒似給人抱起來放在一丈之外一般。另外兩名化子左右搶上。楊過急叫：「媳婦兒，我對付不了，快教我。」陸無雙道：「昭君出塞，麻姑獻壽。」楊過左手斜舉，右手五指彈起，作了個彈琵琶的姿式，五根手指一一彈在右首化子身上，正是「昭君出塞」；隨即側身讓開左首化子踢來的一腳，雙手合拳向上抬擊，砰的一聲，擊中對方下巴，說道：「這是『麻姑獻壽』，對不對啊？」他不欲傷人，是以手上並未用勁。

他連使四招，招招是古墓派「美女拳法」的精奧功夫。古墓派自林朝英開派，從來傳女不傳男。林朝英創下這套「美女拳法」，每一招都取了個美女的名稱，使出來時嬌媚婀娜，卻也均是凌厲狠辣的殺手。楊過跟小龍女學武，這套拳法自然也曾學過，只是覺得拳法雖然精妙，總是扭扭捏捏，男人用之不雅，當練習之時，不知不覺的在純柔的招數中注入了陽剛之意，變嫵媚而為瀟灑，然氣韻雖異，拳式仍是一如原狀。

三個化子莫名其妙的中招，卻又不覺疼痛，對楊過的功夫並未佩服，齊聲呼嘯，攻了上來。楊過東閃西避，叫道：「媳婦兒，不得了，你今兒要做小寡婦！」陸無雙嗤的一笑，叫道：「『天孫織錦！』」楊過右手揮左，左手送右，作了個擲梭織布之狀，這一揮一送，雙手分別又都打在兩名化子的肩頭。陸無雙又叫：「文君當爐，貴妃醉酒！」楊過舉手作提鐺斟酒之狀，在那火性化子頭上一鑿，接著身子搖晃，跌跌撞撞的向右歪斜出去，肩頭正好撞中另一個化子的胸口。

三個化子又驚又怒，三人施展平生武功，竟然連他衣服也碰不到，而這小子手揮目送，要打那裏就是那裏，雖然打在身上不痛，卻也是古怪之極。陸無雙連叫三招「弄玉吹蕭」、「洛神凌波」、「鉤弋握拳」，楊過一一照做。陸無雙佩服已極，故意出個難題，見他正伸拳前擊，立即叫道：「則天垂簾。」當他此時身形，按理萬不能發這一招，但楊過自恃內力高出敵手甚多，竟爾身子前撲，雙掌以垂簾式削將下來。三個化子見他前胸露出老大破綻，心中大喜，同時搶功，那知為他內力所逼，都是騰騰騰的退出數步。

陸無雙驚喜交集，叫道：「一笑傾國！」這卻是她杜撰的招數，美人嫣然一笑固能傾國傾城，但怎能用以與人動手過招？楊過一怔，立即縱聲大笑，哈哈哈哈，嘿嘿嘿嘿，呼呼呵呵，運起了「九陰真經」中的極高深內功。雖然他尚未練得到家，不能用以對付真正高手，但那三名五袋弟子究只是三四流腳色，聽得笑聲怪異，不禁頭暈目眩，身子搖了幾搖，撲地跌倒。須知每人耳中有一半月形小物，專司人身平衡，若此半月形物受到震盪，勢不免頭重腳輕，再也站立不穩。楊過的笑聲以強勁內力吐出，人人耳鼓連續不斷的受到衝擊，驀地裏均感天旋地轉。陸無雙幾欲暈倒，急忙抓住轎中扶手。只聽啊唷、砰嘭之聲響成一片，迎親人眾與新郎、新娘一一摔倒在地。

楊過笑聲止息，三名化子躍起身來，臉如土色，頭也不回的走了。

眾人休息半晌，才抬起花轎又行，此時對楊過奉若神明，更是不敢有半點違抗。二更時分，到了一個市鎮，楊過才放迎親人眾脫身。

眾人只道這番為大盜所擄，扣押勒贖固是意料中事，多半還要大吃苦頭，豈知那大盜當真只是玩玩假扮新郎新娘，就此了事，實是意外之喜，不由得對楊過千恩萬謝。隨伴的喜娘更是口彩連篇：「大王和壓寨娘子百年好合、白頭偕老、多生幾位小大王！」只惹得楊過哈哈大笑，陸無雙又羞又嗔。

楊過與陸無雙找了一家客店住下，叫了飯菜，正坐下吃飯，忽見門口人影一閃，有人探頭進來，見到楊陸二人，立即縮頭轉身。楊過見情勢有異，追到門口，見院子中站著兩人，正是在豺狼谷中與陸無雙相鬥的申志凡與姬清虛。二道拔出長劍，縱身撲上。楊過心想：「你們找我晦氣幹麼？想自討苦吃？」兩個道士撲近，卻是側身掠過，奔入大堂，搶向陸無雙。就在此時，驀地裏傳來叮玲、叮玲一陣鈴響。

鈴聲突如其來，待得入耳，已在近處，兩名道士臉色大變，互相瞧了一眼，急忙退向西首第一間房裏，砰的一聲關上了門，再也不出來了。楊過心想：「臭道士，多半也吃過那李莫愁的苦頭，竟嚇成這個樣子。」

陸無雙低聲道：「我師父追到啦，傻蛋，你瞧怎麼辦？」楊過道：「怎麼辦？躲一躲罷！」剛伸出手去扶她，鈴聲斗然在客店門口止住，只聽李莫愁的聲音道：「你到屋上去守住。」洪凌波答應了，颼的一聲，上了屋頂。又聽掌櫃的說道：「仙姑，你老人家住店……哎唷，我……」噗的一聲，仆跌在地，再無聲息。他怎知李莫愁最恨別人在她面前提到一個「老」字，何況當面稱她為「老人家」？拂塵揮出，立時送了掌櫃他老人家的老命。她問店小二：「有個跛腳姑娘，住在那裏？」那店小二早已嚇得魂不附體，只說：「我……我……」一句話也答不出來。李莫愁左足將他踢開，右足踹開西首第一間房的房門，進去查看，那正是申姬二道所住之處。

楊過尋思：「只好從後門溜出去，雖然定會給洪凌波瞧見，卻也不用怕她。」低聲道：「媳婦兒，跟我逃命罷。」陸無雙白了他一眼，站起身來，心想這番如再逃得性命，當真是老天爺太瞧得起啦。

兩人剛轉過身，東角落裏一張方桌旁一個客人站了起來，走近楊陸二人身旁，低聲道：

「我來設法引開敵人，快想法兒逃走。」這人一直向內坐在暗處，楊陸都沒留意他的面貌。他說話之時臉孔向著別處，話剛說完，已走出大門，只見到他的後影。這人身材不高，穿一件寬大的青布長袍。

楊陸二人只對望得一眼，猛聽得鈴聲大振，直向北響去。洪凌波叫道：「師父，有人偷驢子。」黃影一閃，李莫愁從房中躍出，追出門去。陸無雙道：「快走！」楊過心想：「李莫愁輕功迅捷無比，立時便能追上此人，轉眼又即回來。我背了陸姑娘行走不快，仍是難以脫身。」靈機一動，闖進了西首第一間房。

只見申志凡與姬清虛坐在炕邊，臉上驚惶之色兀自未消，此時片刻也延挨不得，楊過不容二道站起喝問，搶上去手指連揮，將二人點倒，叫道：「媳婦兒，進來。」陸無雙走進房來。楊過掩上房門，道：「快脫衣服！」陸無雙臉上一紅，啐道：「傻蛋，胡說甚麼？」楊過道：「脫不脫由你，我可要脫了。」除了外衣，隨即將申志凡的道袍脫下穿上，又除了他的道冠，戴在自己頭上。陸無雙登時醒悟，道：「好，咱們扮道士騙過師父。」伸手去解衣鈕，臉上又是一紅，向姬清虛踢了一腳，道：「閉上眼睛啦，死道士！」姬清虛與申志凡不能轉動的只是四肢而非五官，當即閉上眼睛，那敢瞧她？

陸無雙又道：「傻蛋，你轉過身去，別瞧我換衣。」楊過笑道：「怕甚麼，我給你接骨之時，豈不早瞧過了？」此語一出，登覺太過輕薄無賴，不禁訕訕的有些不好意思。陸無雙秀眉一緊，反手就是一掌。

楊過只消頭一低，立時就輕易避過，但一時失魂落魄，怔怔的出了神，拍的一下，這一記重重擊在他的左頰。陸無雙萬萬想不到這掌竟會打中，還著實不輕，也是一呆，心下歉然，笑道：「傻蛋，打痛了你麼？誰叫你瞎說八道？」

楊過撫著面頰，笑了一笑，當下轉過身去。陸無雙換上道袍，笑道：「你瞧！我像不像個小道士？」楊過道：「我瞧不見，不知道。」陸無雙道：「傻蛋，轉過身來啦。」楊過回過頭來，見她身上那件道袍寬寬蕩蕩，更加顯得她身形纖細，正待說話，陸無雙忽然低呼一聲，指著炕上，只見炕上棉被中探出一個道士頭來，正是豺狼谷中被她砍了幾根手指的皮清玄。原來他一直便躺在炕上養傷，一見陸無雙進房，立即縮頭進被。楊陸二人忙著換衣，竟沒留意。陸無雙道：「他……他……」想說「他偷瞧我換衣」卻又覺不便出口。

就在此時，花驢鈴聲又起。楊過聽過幾次，知道花驢已被李莫愁奪回，那青衫客騎驢奔出時鈴聲雜亂，李莫愁騎驢之時，花驢奔得雖快，鈴聲卻疾徐有致。他一轉念間，將皮清玄一把提起，順手閉住了他的穴道，揭開炕門，將他塞入炕底。北方天寒，冬夜炕底燒火取暖，此時天尚暖熱，炕底不用燒火，但裏面全是煙灰黑炭，皮清玄一給塞入，不免滿頭滿臉全是灰土。

只聽得鈴聲忽止，李莫愁又已到了客店門口。楊過向陸無雙道：「上炕去睡。」陸無雙皺眉道：「臭道士睡過的，髒得緊，怎能睡啊？」楊過道：「隨你便罷！」說話之間，又將申志凡塞入炕底，順手解開了姬清虛的穴道。陸無雙雖覺被褥骯髒，但想起師父手段的狠辣，只得上炕，面向裏床。剛剛睡好，李莫愁已踢開房門，二次來搜。楊過拿著一隻茶杯，低頭喝茶，左手卻按住姬清虛背心的死穴。李莫愁見房中仍是三個道士，姬清虛臉如死灰，神魂不定，於是笑了一笑，去搜第二間房。她第一次來搜時曾仔細瞧過三個道人的面貌，生怕是陸無雙喬裝改扮，二次來搜時就沒再細看。

這一晚李莫愁、洪凌波師徒搜遍了鎮上各處，吵得家家雞犬不寧。楊過卻安安穩穩的與陸無雙並頭躺在炕上，聞到她身上一陣陣少女的溫馨香味，不禁大樂。陸無雙心中思潮起伏，但覺楊過此人實是古怪之極，說他是傻蛋，卻又似聰明無比，說他聰明罷，又老是瘋瘋顛顛的。她躺著一動也不敢動，心想那傻蛋定要伸手相抱，那時怎生是好？過了良久良久，楊過卻沒半點動靜，反而微覺失望，聞到他身上濃重的男子氣息，竟爾顛倒難以自已，過了良久，才迷迷糊糊的睡了。

楊過一覺醒來，天已發白，見姬清虛伏在桌上沉睡未醒，陸無雙鼻息細微，雙頰暈紅，兩片薄薄紅唇略見上翹，不由得心中大動，暗道：「我若是輕輕的親她一親，她決不會知道。」少年人情竇初開，從未親近過女子，此刻朝陽初升，正是情慾最盛之時，想起接骨時她胸脯之美，更是按捺不住，伸過頭去，要親她口唇。尚未觸到，已聞一陣香甜，不由得心中一蕩，熱血直湧上來，卻見她雙眉微蹙，似乎睡夢中也感到斷骨處的痛楚。楊過見到這般模樣，登時想起小龍女來，跟著記起她要自己立過的誓：「我這一生一世心中只有姑姑一個，若是變心，不用姑姑殺我，我立刻就殺了自己。」全身冷汗直冒，當即拍拍兩下，重重打了自己兩個耳光，一躍下炕。

這一來陸無雙也給驚醒了，睜眼問道：「傻蛋，你幹甚麼？」楊過正自羞愧難當，含含糊糊的道：「沒甚麼？蚊子咬我的臉。」陸無雙想起整晚和他同睡，突然間滿臉通紅，低下了頭，輕輕的道：「傻蛋，傻蛋！」話聲中竟是大有溫柔纏綿之意。

過了一會，她抬起頭來，問道：「傻蛋，你怎麼會使我古墓派的美女拳法？」楊過道：「我晚上做夢，那許多美女西施啦、貂嬋啦，每個人都來教我一招，我就會了。」陸無雙呸了一聲，料知再問他也不肯說，正想轉過話頭說別的事，忽聽得李莫愁花驢的鈴聲響起，向西北方而去，卻又是回頭往來路搜尋，料來她想起那部「五毒秘傳」落入陸無雙手中，遲一日追回，便多一日危險，是以片刻也不敢躭擱，天色微明，就騎驢動身。

楊過道：「她回頭尋咱們不見，又會趕來。就可惜你身上有傷，震盪不得，否則咱們盜得兩匹駿馬，一口氣奔馳一日一夜，她那裏還追得上？」陸無雙嗔道：「你身上可沒傷，幹麼你不去盜一匹駿馬，一口氣奔馳一日一夜？」楊過心想：「這姑娘當真是小心眼兒，我隨口一句話，她就生氣。」只是愛瞧她發怒的神情，反而激她道：「若不是你求我送到江南，我早就去了。」陸無雙怒道：「你去罷，去罷！傻蛋，我見了你就生氣，寧可自個兒死了的好。」楊過笑道：「嘿，你死了我才捨不得呢。」

他怕陸無雙真的大怒，震動斷骨，一笑出房，到櫃台上借了墨筆硯台，回進房來，將墨在水盆中化開了，雙手醮了墨水，突然抹在陸無雙臉上。

陸無雙未曾防備，忙掏手帕來抹，不住口的罵道：「臭傻蛋，死傻蛋。」只見楊過從炕裏掏出一大把煤灰，用水和了塗在臉上，一張臉登時凹凹凸凸，有如生滿了疙瘩。她立時醒悟：「我雖換了道人裝束，但面容未變，若給師父趕上，她豈有不識之理？」當下將淡墨水勻勻的塗在臉上。女孩兒家生性愛美，雖然塗黑臉頰，仍是猶如搽脂抹粉一般細細整容。

兩人改裝已畢，楊過伸腳到炕下將兩名道人的穴道踢開。陸無雙見他看也不看，隨意踢了幾腳，兩名道人登時發出呻吟之聲，心下暗暗佩服：「這傻蛋武功勝我十倍。」但欽佩之意，絲毫不形於色，仍是罵他傻蛋，似乎渾不將他瞧在眼裏。

楊過去市上想僱一輛大車，但那市鎮太小，無車可僱，只得買了兩匹劣馬。這日陸無雙傷勢已輕了些，兩人各自騎了一匹，慢慢向東南行去。

行了一個多時辰，楊過怕她支持不住，扶她下馬，坐在道旁石上休息。他想起今晨居然對陸無雙有輕薄之意，輕薄她也沒甚麼，但如此對不起姑姑，自己真是大大的混帳王八蛋，正在深深自責，陸無雙忽道：「傻蛋，怎麼不跟我說話？」楊過微笑不答，忽然想到一事，叫道：「啊喲，不好，我真胡塗。」陸無雙道：「你本就胡塗嘛！」楊過道：「咱們改裝易容，那三個道人盡都瞧在眼裏，若是跟你師父說起，豈不是糟了？」陸無雙抿嘴一笑，道：「那三個臭道人先前騎馬經過，早趕到咱們頭裏去啦，師父還在後面。你這傻蛋失魂落魄的，也不知在想些甚麼，竟沒瞧見。」

楊過「啊」了一聲，向她一笑。陸無雙覺得他這一笑之中似含深意，想起自己話中「失魂落魄的，也不知想些甚麼」那幾個字，不禁臉兒紅了。就在此時，一匹馬突然縱聲長嘶。陸無雙回過頭來，只見道路轉角處兩個老丐並肩走來。

楊過見山角後另有兩個人一探頭就縮了回去，正是申志凡和姬清虛，心下了然：「原來這三個臭道士去告知了丐幫，說我們改了道人打扮。」當下拱手說道：「兩位叫化大爺，你們討米討八方，貧道化緣卻化十方，今日要請你們布施布施了。」一個化子聲似洪鐘，說道：「你們就是剃光了頭，扮作和尚尼姑，也休想逃得過我們耳目。快別裝傻啦，爽爽快快的，跟我們到執法長老跟前評理去罷。」楊過心想：「這兩個老叫化背負八隻布袋，只怕武功甚是了得。」那二人正是丐幫中的八袋老丐，眼見楊陸二人都是未到二十歲的少年，居然連敗四名四袋弟子、三名五袋弟子，料想這中間定然另有古怪。

雙方均自遲疑之際，西北方金鈴響起，玎鈴，玎鈴，輕快流動，抑揚悅耳。陸無雙暗想：「糟了，糟了。我雖改了容貌裝束，偏巧此時又撞到這兩個死鬼化子，給他們一揭穿，怎能脫得師父的毒手？唉，當真運氣太壞，魔劫重重，偏有這麼多人吃飽了飯沒事幹，儘是找上了我，纏個沒了沒完。」

片刻之間，鈴聲更加近了。楊過心想：「這李莫愁我是打不過的，只有趕快向前奪路逃走。」說道：「兩位不肯化緣，也不打緊，就請讓路罷。」說著大踏步向前走去。兩個化子見他腳下虛浮，似乎絲毫不懂武功，各伸右手抓去。楊過右掌劈出，與兩人手掌相撞，三隻手掌略一凝持，各自退了三步。這兩名八袋老丐練功數十年，均是內力深湛，在江湖上已是少逢敵手，要論武功底子，實是遠勝楊過，只是論到招數的奇巧奧妙，卻又不及。楊過借力打力，將二人掌力化解了，但要就此闖過，卻也不能。三人心中各自暗驚。

就在此時，李莫愁師徒已然趕到。洪凌波叫道：「喂，叫化兒，小道士，瞧見一個跛腳姑娘過去沒有？」兩個老丐在武林中行輩甚高，聽洪凌波如此詢問，心中有氣，只是丐幫幫規嚴峻，絕不許幫眾任意與外人爭吵，二人順口答道：「沒瞧見！」李莫愁眼光銳利，見了楊陸二人的背影，心下微微起疑：「這二人似乎曾在那裏見過。」又見四人相對而立，劍拔弩張的便要動武，心想在旁瞧個熱鬧再說。

楊過斜眼微睨，見她臉現淺笑，袖手觀鬥，心念一動：「有了，如此這般，就可去了她的疑心。」轉身走到洪凌波跟前，打個問訊，嘶啞著嗓子說道：「道友請了。」洪凌波以道家禮節還禮。楊過道：「小道路過此處，給兩個惡丐平白無端的攔住，定要動武。小道未攜兵刃，請道友瞧在老君面上，相借寶劍一用。」說罷又是深深一躬。洪凌波見他臉上凹凹凸凸，又黑又醜，但神態謙恭，兼之提到道家之祖的太上老君，似乎不便拒卻，於是拔出長劍，眼望師父，見她點頭示可，便倒轉劍柄，遞了過去。楊過躬身謝了，接過長劍，劍尖指地，說道：「小道若是不敵，還請道友念在道家一派，賜予援手。」洪凌波皺眉哼了一聲，卻不答話。

楊過轉過身來，大聲向陸無雙道：「師弟，你站在一旁瞧著，不必動手，教他丐幫的化子們見識見識我全真教門下的手段。」李莫愁一凜：「原來這兩個小道士是全真教的。可是全真教跟丐幫素來交好，怎地兩派門人卻鬧將起來？」楊過生怕兩個老丐喝罵出來，揭破了陸無雙的秘密，挺劍搶上，叫道：「來來來，我一個鬥你們兩個。」陸無雙卻大為擔憂：「傻蛋不知我師父曾與全真教的道士大小十餘戰，全真派的武功有那一招一式逃得過她的眼去？天下道教派別多著，正乙、大道、太一，甚麼都好冒充，怎地偏偏指明了全真教？」

兩個老丐聽他說道「全真教門下」五字，都是一驚，齊聲喝道：「你當真是全真派門人？你和那……」

楊過那容他們提到陸無雙，長劍刺出，分攻兩人胸口小腹，正是全真嫡傳劍法。兩個老丐輩份甚高，決不願合力鬥他一個後輩，但楊過這一招來得奇快，不得不同時舉棒招架。鐵棒剛舉，楊過長劍已從鐵棒空隙中穿了過去，仍是疾刺二人胸口。兩個老丐萬料不到他劍法如此迅捷，急忙後退。楊過毫不容情，著著進逼，片刻之間，已連刺二九一十八劍，每一劍都是一分為二，刺出時只有一招，手腕抖處，劍招卻分而為二。這是全真派上乘武功中的「一炁化三清」劍術，每一招均可化為三招。楊過每一劍刺出，兩個老丐就倒退三步，這一十八劍刺過，兩個老丐竟然一招也還不了手，一共倒退了五十四步。玉女心經的武功專用以剋制全真派，楊過未練玉女心經，先練全真武功，只是練得並不精純，「一炁化三清」是化不來的，「化二清」倒也化得似模似樣。

李莫愁見小道士劍法精奇，不禁暗驚，心道：「無怪全真教名頭這等響亮，果然是人才輩出，這人再過十年，我那裏還能是他對手？看來全真教的掌教，日後定要落在這小道人身上。」她若跟楊過動手，數招之間便能知他的全真劍法似是而非，底子其實是古墓派功夫，但外表看來，卻是真偽難辨。楊過從趙志敬處得到全真派功夫的歌訣，此後曾加修習，因此他的全真派武功卻也不是全盤冒充。洪凌波與陸無雙自然更加瞧得神馳目眩。

楊過心想：「我若手下稍緩，讓兩個老叫化一開口說話，那就凶多吉少。」這一十八劍刺過，長劍急抖，卻已搶到了二丐身後，又是一劍化為兩招刺出。二丐急忙轉身招架，楊過不容他們鐵棒與長劍相碰，晃身閃到二丐背後，兩丐急忙轉身，楊過又已搶到他們背後。他自知若憑真實功夫，莫說以一敵二，就是一個化子也抵敵不過，是以迴旋急轉，一味施展輕功繞著二丐兜圈。

全真派每個門人武功練到適當火候，就須練這輕功，以便他日練「天罡北斗陣」時搶位之用。楊過此時步伐雖是全真派武功，但呼吸運氣，使的卻是「玉女心經」中的心法。古墓派輕功乃天下之最，他這一起腳，兩名丐幫高手竟然跟隨不上，但見他急奔如電，白光閃處，長劍連刺。若是他當真要傷二人性命，二十個化子也都殺了。二丐身子急轉，掄棒防衛要害，此時已顧不得抵擋來招，只是盡力守護，憑老天爺的慈悲了。

如此急轉了數十圈，二丐已累得頭暈眼花，腳步踉蹌，眼見就要暈倒。李莫愁笑道：「喂，丐幫的朋友，我教你們個法兒，兩個人背靠背站著，那就不用轉啦。」這一言提醒，二丐大喜，正要依法施為，楊過心想：「不好！給他們這麼一來，我可要輸。」當下不再轉身移位，一招兩式，分刺二丐後心。

二丐只聽得背後風聲勁急，不及回棒招架，急忙向前邁了一步，足剛著地，背後劍招便到，大驚之下，只得提氣急奔。那知楊過的劍尖直如影子一般，不論兩人跑得如何迅捷，劍招始終是在他兩人背後晃動。二丐腳步稍慢，背上肌肉就被劍尖刺得劇痛。二丐心知楊過並無相害之意，否則手上微一加勁，劍尖上前一尺，刃鋒豈不穿胸而過？但腳下始終不敢有絲毫停留。三人都是發力狂奔，片刻間已奔出兩里有餘，將李莫愁等遠遠拋在後面。

楊過突然足下加勁，搶在二丐前頭，笑嘻嘻的道：「慢慢走啊，小心摔交！」二丐不約而同的雙棒齊出。楊過左手一伸，已抓住一根鐵棒，同時右手長劍平著劍刃，搭在另一根鐵棒上向左推擠，左掌張處，兩根鐵棒一齊握住。二丐驚覺不妙，急忙運勁裏奪。楊過功力不及對方，那肯與他們硬拚，長劍順著鐵棒直劃下去。二丐若不放手，八根手指立時削斷，只得撒棒後躍，臉上神色極是尷尬，鬥是鬥不過，就此逃走，卻又未免丟人太甚。

楊過說道：「敝教與貴幫素來交好，兩位千萬不可信了旁人挑撥。冤有頭，債有主，古墓派的赤練仙子李莫愁明明在此，兩位何不找她去？」二丐並不識得李莫愁，但素知她的厲害，聽了楊過之言，心中一凜，齊聲道：「此話當真？」楊過道：「我幹麼相欺？小道也是給這魔頭逼得走投無路，這才與兩位動手。」說到此處，雙手捧起鐵棒，恭恭敬敬的還了二丐，又道：「那赤練仙子隨身攜帶之物天下聞名，兩位難道不知麼？」一個老丐恍然而悟，說道：「啊，是了，她手中拿著拂塵，花驢上繫有金鈴。那個穿黃衫的就是她了？」楊過笑道：「不錯，不錯。用銀弧飛刀傷了貴幫弟子的那個姑娘，就是李莫愁的弟子……」微一沉吟，又道：「就只怕……不行，不行……」那聲若洪鐘的老丐性子甚是急躁，忙問：「怕甚麼？」楊過道：「不行，不行。」那丐急道：「不行甚麼？」楊過道：「想那李莫愁橫行天下，江湖上人物個個聞名喪膽，貴幫雖然厲害，卻沒一個是她的敵手。既然傷了貴幫朋友的是她弟子，那也只好罷休。」

那老丐給他激得哇哇大叫，拖起鐵棒，說道：「哼，管她甚麼赤練仙子、黑練仙子，今日非去鬥鬥她不可！」說著就要往來路奔回。另一個老丐卻甚為持重，心想我二人連眼前這個小道人也鬥不過，還去惹那赤練仙子，豈非白白送死？當下拉住他手臂，道：「也不須急在一時，咱們回去從長計議。」向楊過一拱手，說道：「請教道友高姓大名。」楊過笑道：「小道姓薩，名叫華滋。後會有期。」打個問訊，回頭便走。

兩丐喃喃自語：「薩華滋，薩華滋？可沒聽過他的名頭，此人年紀輕輕，武功居然如此了得……」一丐突然跳了起來，罵道：「直娘賊，狗廝鳥！」另丐問道：「甚麼？」那丐道：「他名叫薩華滋，那是殺化子啊，給這小賊道罵了還不知道。」兩丐破口大罵，卻也不敢回去尋他算帳。

楊過心中暗笑，生怕陸無雙有失，急忙回轉，只見陸無雙騎在馬上，不住向這邊張望，顯是等得焦急異常。她一見楊過，臉有喜色，忙催馬迎了上來，低聲道：「傻蛋，你好，你撇下我啦。」

楊過一笑，雙手橫捧長劍，拿劍柄遞到洪凌波面前，躬身行禮，道：「多謝借劍。」洪凌波伸手接過。楊過正要轉身，李莫愁忽道：「且慢。」她見這小道士武藝了得，心想留下此人，必為他日之患，乘他此時武功不及自己，隨手除掉了事。

楊過一聽「且慢」二字，已知不妙，當下將長劍又遞前數寸，放在洪凌波手中，隨即撒手離劍。洪凌波只得抓住劍柄，笑道：「小道人，你武功好得很啊。」

李莫愁本欲激他動手，將他一拂塵擊斃，但他手中沒了兵刃，自己是何等身分，那是不能用兵刃傷他的了，於是將拂塵往後領中一插，問道：「你是全真七子那一個的門下？」

楊過笑道：「我是王重陽的弟子。」他對全真諸道均無好感，心中沒半點尊敬之意，丘處機雖相待不錯，但與之共處時刻甚暫，臨別時又給他狠狠的教訓了一頓，固也明白他並無惡意，心下卻總不憤，至於郝大通、趙志敬等，那更是想起來就咬牙切齒。他在古墓中學練王重陽當年親手所刻的九陰真經要訣，若說是他的弟子，勉強也說得上。但照他的年紀，只能是趙志敬、尹志平輩的徒兒，李莫愁見他武功不弱，才問他是全真七子那一個的門人，實已抬舉了他。楊過若是隨口答一個丘處機、王處一的名字，李莫愁倒也信了。但他不肯比殺死孫婆婆的郝大通矮著一輩，便抬出王重陽來。重陽真人是全真教創教祖師，生平只收七個弟子，武林中眾所周知，這小道人降生之日，重陽真人早已不在人世了。

李莫愁心道：「你這小醜八怪不知天高地厚，也不知我是誰，在我面前膽敢搗鬼。」轉念一想：「全真教道士那敢隨口拿祖師爺說笑？又怎敢口稱『王重陽』三字？但他若非全真弟子，怎地武功招式又明明是全真派的？」

楊過見她臉上雖然仍是笑吟吟地，但眉間微蹙，正自沉吟，心想自己當日扮了鄉童，跟洪凌波鬧了好一陣，在古墓中又和她們師徒數度交手，別給她們在語音舉止中瞧出破綻，事不宜遲，走為上策，舉手行了一禮，翻身上馬，就要縱馬奔馳。

李莫愁輕飄飄的躍出，攔在他馬前，說道：「下來，我有話問你。」楊過道：「我知道你要問甚麼？你要問我，有沒見到一個左腿有些不便的美貌姑娘？可知她帶的那本書在那裏？」李莫愁心中一驚，淡淡的道：「是啊，你真聰明。那本書在那裏？」楊過道：「適才我和這個師弟在道旁休息，見那姑娘和三個化子動手。一個化子給那姑娘砍了一刀，但又有兩個化子過來，那姑娘不敵，終於給他們擒住……」

李莫愁素來鎮定自若，遇上天大的事也是不動聲色，但想到陸無雙既被丐幫所擒，那本「五毒秘傳」勢必也落入他們手中，不由得微現焦急之色。

楊過見謊言見效，更加誇大其詞：「一個化子從那姑娘懷裏掏出一本甚麼書來，那姑娘不肯給，卻讓那化子打了老大一個耳括子。」陸無雙向他橫了一眼，心道：「好傻蛋，你胡說八道損我，瞧我不收拾你？」楊過明知陸無雙心中駭怕，故意問她道：「師弟，你說這豈不叫人生氣？那姑娘給幾個化子又摸手、又摸腳，吃了好大的虧哪，是不是？」陸無雙低垂了頭，只得「嗯」了一聲。

說到此處，山角後馬蹄聲響，擁出一隊人馬，儀仗兵勇，聲勢甚盛，原來是一隊蒙古官兵。其時金國已滅，淮河以北盡屬蒙古。李莫愁自不將這些官兵放在眼裏，但她急欲查知陸無雙的行蹤，不想多惹事端，於是避在道旁，只見鐵蹄揚塵，百餘名蒙古兵將擁著一個官員疾馳而過。那蒙古官員身穿錦袍，腰懸弓箭，騎術甚精，臉容雖瞧不清楚，縱馬大跑時的神態卻頗為剽悍。

李莫愁待馬隊過後，舉拂塵拂去身上給奔馬揚起的灰土。她拂塵每動一下，陸無雙的心就劇跳一下，知道這一拂若非拂去塵土，而是落在自己頭上，勢不免立時腦漿迸裂。

李莫愁拂罷塵土，又問：「後來怎樣了？」楊過道：「幾個化子擄了那姑娘，向北方去啦。小道路見不平，意欲攔阻，那兩個老叫化就留下來跟我打了一架。」

李莫愁點了點頭，微微一笑，道：「很好，多謝你啦。我姓李名莫愁，江湖上叫我赤練仙子，也有人叫我赤練魔頭。你聽見過我的名字麼？」楊過搖頭道：「我沒聽見過。姑娘，你這般美貌，真如天仙下凡一樣，怎可稱為魔頭啊？」李莫愁這時已三十來歲，但內功深湛，皮膚雪白粉嫩，臉上沒一絲皺紋，望之仍如二十許人。她一生自負美貌，聽楊過這般當面奉承，心下自然樂意，拂塵一擺，道：「你跟我說笑，自稱是王重陽門人，本該好好叫你吃點苦頭再死。既然你還會說話，我就只用這拂塵稍稍教訓你一下。」

楊過搖頭道：「不成，不成，小道不能平白無端的跟後輩動手。」李莫愁道：「死到臨頭，還在說笑。我怎麼是你的後輩啦？」楊過道：「我師父重陽真人，跟你祖師婆婆是同輩，我豈非長著你一輩？你這麼一個年輕貌美的小姑娘，我老人家是不能欺侮你的。」李莫愁淺淺一笑，對洪凌波道：「再將劍借給他。」楊過搖手道：「不成，不成，我……」他話未說完，洪凌波已拔劍出鞘，只聽擦的一響，手中拿著的只是個劍柄，劍刃卻留在劍鞘之內。她愕然之間，隨即醒悟，原來楊過還劍之時暗中使了手腳，將劍刃揑斷，但微微留下幾分勉強牽連，拔劍時稍一用力，當即斷截。

李莫愁臉上變色。楊過道：「本來嘛，我是不能跟後輩的年輕姑娘們動手的，但你既然定要逼我過招，這樣罷，我空手接你拂塵三招。咱們把話說明在先，只過三招，只要你接得住，我就放你走路。但三招一過，你卻不能再跟我糾纏不清啦。」他知當此情勢，不動手是不成的了，但若當真比拚，自然絕不是她對手，索性老氣橫秋，裝出一派前輩模樣，再以言語擠兌，要她答應只過三招，不能再發第四招，自己反正是鬥她不過，用不用兵刃也是一樣，最好她也就此不使那招數厲害之極的拂塵。

李莫愁豈不明白他的用意，心道：「憑你這小子也接得住我三招？」說道：「好啊，老前輩，後輩領教啦。」

楊過道：「不敢……」突然間只見黃影晃動，身前身後都是拂塵的影子。李莫愁這一招

「無孔不入」，乃是向敵人周身百骸進攻，雖是一招，其實千頭萬緒，一招之中包含了數十招，竟是同時點他全身各處大穴。她適才見楊過與兩丐交手，劍法精妙，確非庸手，定要在三招之內傷他，倒也不易，是以一上手就使出生平最得意的「三無三不手」來。

這三下招數是她自創，連小龍女也沒見過。楊過突然見到，嚇了一跳。這一招其實是無可抵擋之招，閃得左邊，右邊穴道被點，避得前面，後面穴道受傷，只有武功遠勝於李莫愁的高手，以狠招正面撲擊，纔能逼得她回過拂塵自救。楊過自然無此功力，情急之下，突然一個觔斗，頭下腳上，運起歐陽鋒所授的功夫，經脈逆行，全身穴道盡數封閉，只覺無數穴道上同時微微一麻，立即無事。他身子急轉，倒立著飛腿踢出。

李莫愁眼見明明已點中他多處穴道，他居然仍能還擊，心中大奇，跟著一招「無所不至」。這一招點的是他周身諸處偏門穴道。楊過以頭撐地，伸出左手，伸指戳向她右膝彎「委中穴」。李莫愁更驚，急忙避開，「三無三不手」的第三手「無所不為」立即使出。

這一招不再點穴，專打眼睛、咽喉、小腹、下陰等人身諸般柔軟之處，是以叫作「無所不為」，陰狠毒辣，可說已有些無賴意味。當她練此毒招之時，那想得到世上竟有人動武時會頭下腳上，匆忙中一招發出，自是照著平時練得精熟的部位攻擊敵人，這一來，攻眼睛的打中了腳背，攻咽喉的打中了小腿，攻小腹的打中了大腿，攻下陰的打中了胸膛，攻其柔虛，逢其堅實，竟然沒半點功效。

李莫愁這一驚真是非同小可，她一生中見過不少大陣大仗，武功勝過她的人也曾會過，只是她事先料敵周詳，或攻或守，或擊或避，均有成竹在胸，卻萬料不到這小道士竟有如此不可思議的功夫，只一呆之下，楊過突然張口，已咬住了她拂塵的塵尾，一個翻身，直立起來。李莫愁手中一震，竟被他將拂塵奪了過去。

當年二次華山論劍，歐陽鋒逆運經脈，一口咬中黃藥師的手指，險些送了他的性命。蓋逆運經脈之時，口唇運氣，一張一合，自然而然會生咬人之意。一人全身諸處之力，均不及齒力厲害，常人可用牙齒咬碎胡桃，而大力士手力再強，亦難握破胡桃堅殼。因此楊過內力雖不及李莫愁遠甚，但牙齒一咬住拂塵，竟奪下她用以揚威十餘載的兵刃。

這一下變生不測，洪凌波與陸無雙同時驚叫。李莫愁雖然驚訝，卻絲毫不懼，雙掌輕拍，施展赤練神掌，撲上奪他拂塵。她一掌剛要拍出，突然叫道：「咦，是你！你師父呢？」原來楊過臉上塗了泥沙，頭下腳上的急轉幾下，泥沙剝落，露出了半邊本來面目。同時洪凌波也已認出了陸無雙，叫道：「師父，是師妹啊。」先前陸無雙一直不敢與李莫愁、洪凌波正面相對，此時楊過與李莫愁激鬥，她凝神觀看，忘了側臉避開洪凌波的眼光。

楊過左足一點，飛身上了李莫愁的花驢，同時左手彈處，一根玉蜂針射進了洪凌波所乘驢子的腦袋。

李莫愁盛怒之下，飛身向楊過撲去。楊過縱身離鞍，倒轉拂塵柄，噗的一聲，將花驢打了個腦漿迸裂，大叫：「媳婦兒，快隨你漢子走。」身子落在馬背，揮拂塵向後亂打。陸無雙立即縱馬疾馳。李莫愁的輕功施展開來，一二里內大可趕上四腿的牲口，但被楊過適才的怪招嚇得怕了，不敢過份逼近，只是施展小擒拿手欲奪還拂塵，第四招上左手三指碰上了拂塵絲，反手抓住一拉，楊過拿揑不住，又給她奪回。

洪凌波胯下的驢子腦袋中了玉蜂針，突然發狂，猛向李莫愁衝去，張嘴大咬。李莫愁喝道：「凌波，你怎麼啦？」洪凌波道：「驢子鬧倔性兒。」用力勒韁，拉得驢子滿口是血。猛地裏那驢子四腿一軟，翻身倒斃，洪凌波躍起身來，叫道：「師父，咱們追！」但此時楊陸二人早已奔出半里之外，再也追趕不上了。

陸無雙與楊過縱騎大奔一陣，回頭見師父不再追來，叫道：「傻蛋，我胸口好疼，抵不住啦！」楊過躍下馬背，俯耳在地上傾聽，並無蹄聲追來，道：「不用怕啦，慢慢走罷。」當下兩人並轡而行。

陸無雙嘆了口氣，道：「傻蛋，怎麼連我師父的拂塵也給你奪來啦？」楊過道：「我跟她胡混亂搞，她心裏一樂，就將拂塵給了我。我老人家不好意思要她小姑娘的東西，又還了給她。」陸無雙道：「哼，她為甚麼心裏一樂，瞧你長得俊麼？」說了這句話，臉上微微一紅。楊過笑道：「她瞧我傻得有趣，也是有的。」陸無雙道：「呸！好有趣麼？」

兩人緩行一陣，怕李莫愁趕來，又催坐騎急馳。如此快一陣、慢一陣的行到黃昏。楊過道：「媳婦兒，你若要保全小命，只好拚著傷口疼痛，再跑一晚。」陸無雙道：「你再胡說八道，瞧我理不理你？」楊過伸伸舌頭，道：「可惜是坐騎累了，再跑得一晚準得拖死。」此時天色漸黑，猛聽得前面幾聲馬嘶，楊過喜道：「咱們換馬去罷。」兩人催馬上前，奔了里許，見一個村莊外繫著百餘匹馬，原來是日間所見的那隊蒙古騎兵。楊過道：「你待在這兒，我進村探探去。」當下翻身下馬，走進村去。

只見一座大屋的窗中透出燈光，楊過閃身窗下，向內張望，見一個蒙古官員背窗而坐。楊過靈機一動：「與其換馬，不如換人。」待了片刻，只見那蒙古官站起身來，在室中來回走動。這人約莫二十來歲，正是日間所見的那錦袍官員，神情舉止，氣派甚大，看來官職不小。楊過待他背轉身時，輕輕揭起窗格，縱身而入。那官員聽到背後風聲，倏地搶上一步，左臂橫揮，一轉身，雙手十指猶似兩把鷹爪，猛插過來，竟是招數凌厲的「大力鷹爪功」。楊過微感詫異，不意這個蒙古官員手下倒也有幾分功夫，當下側身從他雙手間閃過。那官員連抓數下，都被他輕描淡寫的避開。

那官員少時曾得鷹爪門的名師傳授，自負武功了得，但與楊過交手數招，竟是全然無法施展手腳。楊過見他又是雙手惡狠狠的插來，突然縱高，左手按他左肩，右手按他右肩，內力直透雙臂，喝道：「坐下！」那官員雙膝一軟，坐在地下，但覺胸口鬱悶，似有滿腔鮮血急欲噴出。楊過伸手在他乳下穴道上揉了兩揉，那官員胸臆登鬆，一口氣舒了出來，慢慢站起，怔怔的望著楊過，隔了半晌，這才問道：「你是誰？來幹麼？」這兩句漢話倒是說得字正腔圓。

楊過笑了笑，反問：「你叫甚麼名字？做的是甚麼官？」那官員怒目圓瞪，又要撲上。楊過毫不理睬，卻去坐在他先前坐過的椅中。那官員雙臂直上直下的猛擊過來，楊過隨手推卸，毫不費力的將他每一招都化解了去，說道：「喂，你肩頭受了傷，別使力才好。」那官員一怔，道：「甚麼受了傷？」左手摸摸右肩，有一處隱隱作痛，忙伸右手去摸左肩，同樣部位也是一般的隱痛，這處所先前沒去碰動，並無異感，手指按到，卻有細細一點地方似乎直疼到骨裏。那官員大驚，忙撕破衣服，斜眼看時，只見左肩上有個針孔般的紅點，右肩上也是如此。他登時醒悟，對方剛才在他肩頭按落之時，手中偷藏暗器，已算計了他，不禁又驚又怒，喝道：「你使了甚麼暗器？有毒無毒？」

楊過微微一笑，道：「你學過武藝，怎麼連這點規矩也不知？大暗器無毒，小暗器自然有毒。」那官員心中信了九成，但仍盼他只是出言恐嚇，神色間有些將信將疑。楊過微笑道：「你肩頭中了我的神針，毒氣每天伸延一寸，約莫六天，毒氣攻心，那就歸天了。」

那官員雖想求他解救，卻不肯出口，急怒之下，喝道：「既然如此，老爺跟你拚個同歸於盡。」縱身撲上。楊過閃身避開，雙手各持了一枚玉蜂針，待他又再舉手抓來，雙手伸出，將兩枚玉蜂針分別插入了他掌心。那官員只感掌心中一痛，當即停步，舉掌見到掌心中的細針，隨即只覺兩掌麻木，大駭之下，再也不敢倔強，過了半晌，說道：「算我輸了！」

楊過哈哈大笑，問道：「你叫甚麼名字？」那官員道：「下官耶律晉，請問英雄高姓大名？」楊過道：「我叫楊過。你在蒙古做甚麼官？」耶律晉說了。原來他是蒙古大丞相耶律楚材的兒子。耶律楚材輔助成吉思汗和窩闊台平定四方，功勳卓著，是以耶律晉年紀不大，卻已做到汴梁經略使的大官，這次是南下到河南汴梁去就任。

楊過也不懂汴梁經略使是甚麼官職，只是點點頭，說道：「很好，很好。」耶律晉道：「下官不知何以得罪了楊英雄，當真胡塗萬分。楊英雄但有所命，請吩咐便是。」楊過笑了笑，道：「也沒甚麼得罪了。」突然一縱身，躍出窗去。耶律晉大驚，急叫：「楊英雄……」奔到窗邊，楊過早已影蹤全無。耶律晉驚疑不定：「此人倏忽而來，倏忽而去，我身上中了他的毒針，那便如何是好？」忙拔出掌心中的細針，肩頭和掌心漸感麻癢難當。

正心煩意亂間，窗格一動，楊過已然回來，室中又多了一個少女，正是陸無雙。耶律晉道：「啊，你回來了！」楊過指著陸無雙道：「她是我的媳婦兒，你向她磕頭罷！」陸無雙喝道：「你說甚麼？」反手就是一記巴掌。楊過若是要避，這一記如何打他得著？但不知怎的，只覺受她打上一掌、罵得幾句，實是說不出的舒服受用，當下竟不躲開，拍的一響，面頰上熱辣辣的吃了一掌。

耶律晉不知二人平時鬧著玩慣了的，只道陸無雙的武功比楊過還要高強，呆呆的望著二人，不敢作聲，楊過撫了撫被打過的面頰，對耶律晉笑道：「你中了我神針之毒，但一時三刻死不了。只要乖乖聽話，我自會給你治好。」耶律晉道：「下官生平最仰慕的是英雄好漢，只可惜從來沒見過真正有本領之人，今日得能結識高賢，實慰平生之望。楊英雄縱然不叫下官活了，下官死亦瞑目。」這幾句話既自高身分，又將對方大大的捧了一下。

楊過從來沒跟官府打過交道，不知居官之人最大的學問就是奉承上司，越是精通做官之道的，諂諛之中越是不露痕跡。蒙古的官員本來粗野誠樸，但進入中原後，漸漸也沾染了中國官場的習氣。楊過給他幾句上乘馬屁一拍，心中大喜，翹起拇指讚道：「瞧你不出，倒是個挺有骨氣的漢子。來，我立刻給你治了。」當下用吸鐵石將他肩頭的兩枚玉蜂針吸了出來，再給他在肩頭和掌心敷上解藥。

陸無雙從未見過玉蜂針，這時見那兩口針細如頭髮，似乎放在水面也浮得起來，心想：「一陣風就能把這針吹得不知去向，卻如何能作為暗器？」對楊過佩服之心不由得又增了一分，口中卻道：「使這般陰損暗器，沒點男子氣概，也不怕旁人笑話。」

楊過笑了笑，卻不理會，向耶律晉道：「我們兩個，想投靠大人，做你的侍從。」耶律晉一驚，忙道：「楊英雄說笑話了，有何囑咐，請說便是。」楊過道：「我不說笑話，當真是要做大人的侍從。」耶律晉心想：「原來這二人想做官，圖個出身。」不由得架子登時大了起來，咳嗽一聲，正色道：「嗯，學了一身武藝，賣與帝皇家，那才是正途啊。」楊過笑道：「這個你又想錯了。我們有個極厲害的仇家對頭，一路在後追趕。咱倆打她不過，想裝成你的侍從，暫時躲她一躲。」耶律晉好生失望，一張板了起來的臉重又放鬆，陪笑道：「想兩位這等武功，區區仇家，何足道哉。若是他們人多勢眾，下官招集兵勇，將他們拿來聽憑處置便是。」楊過道：「連我也打她不過，大人那就不必費事啦。快吩咐侍從，給我們拿衣服更換。」

他這幾句話說得甚是輕鬆，但語氣中自有一股威嚴，耶律晉連聲稱是，命侍從取來衣服。楊陸二人到另室去更換了。陸無雙取過鏡子一照，鏡中人貂衣錦袍，明眸皓齒，居然是個美貌的少年蒙古軍官，自覺甚是有趣。

次晨一早起程。楊過與陸無雙各乘一頂轎子，由轎夫抬著，耶律晉仍是騎馬，未到午時，但聽得鸞鈴之聲隱隱響起，由遠而近，從一行人身邊掠了過去。陸無雙大喜，心道：「在這轎中舒舒服服的養傷，真是再好不過。傻蛋想出來的傻法兒倒也有幾分道理。我就這麼讓他們抬到江南。」

如此行了兩日，不再聽得鸞鈴聲響，想是李莫愁一直追下去，不再回頭尋找。向陸無雙尋仇的道人、丐幫等人，也沒發覺她的蹤跡。

第三日上，一行人到了龍駒寨，那是秦汴之間的交通要地，市肆頗為繁盛。用過晚飯後，耶律晉踱到楊過室中，向他請教武學，高帽一頂頂的送來，將楊過奉承得通體舒泰。楊過也就隨意指點一二。耶律晉正自聚精會神的傾聽，一名侍從匆匆進來，說道：「啟稟大人，京裏老大人送家書到。」耶律晉喜道：「好，我就來。」正要站起身向楊過告罪，轉念一想：「我就在他面前接見信使，以示我對他無絲毫見外之意，那麼他教我武功時也必盡心。」於是向侍從道：「叫他到這裏見我。」

那侍從臉上有異樣之色，道：「那……那……」耶律晉將手一揮，道：「不礙事，你帶他進來。」那侍從道：「是老大人自己……」耶律晉臉一沉道：「有這門子囉唆，快去……」話未說完，突然門帷掀處，一人笑著進來，說道：「晉兒，你料不到是我罷。」

耶律晉一見，又驚又喜，急忙搶上跪倒。叫道：「爹爹，怎麼你老人家……」那人笑道：「是啊！是我自己來啦。」那人正是耶律晉的父親，蒙古國大丞相耶律楚材。當時蒙古官制稱為中書令。

楊過聽耶律晉叫那人為父親，不知此人威行數萬里，乃是當今一人之下、萬人之上，最有權勢的大丞相，向他瞧去，但見他年紀也不甚老，相貌清雅，威嚴之中帶著三分慈和，心中不自禁的生了敬重之意。

那人剛在椅上坐定，門外又走進兩個人來，上前向耶律晉見禮，稱他「大哥」。這兩人一男一女，男的二十三、四歲，女的年紀與楊過相仿。耶律晉喜道：「二弟，三妹，你們也都來啦。」向父親道：「爹爹，你出京來，孩兒一點也不知道。」耶律楚材點頭道：「是啊，有一件大事，若非我親來主持，實是放心不下。」他向楊過等眾侍從望了一眼，示意要他們退下。

耶律晉好生為難，本該揮手屏退侍從，但楊過卻是個得罪不得之人，不由得臉現猶豫之色。楊過知他心意，笑了一笑，自行退了出去。耶律楚材早見楊過舉止有異，自己進來時，眾侍從拜伏行禮，只這一人挺身直立，此時翩然而出，更有獨來獨往、傲視公侯之概，不禁心中一動，問耶律晉道：「此人是誰？」

耶律晉是開府建節的封疆大吏，若在弟妹之前直說楊過的來歷，未免太過丟臉，當下含糊答道：「是孩兒在道上結識的一個朋友。爹爹親自南下，不知為了何事？」耶律楚材嘆了口氣，臉現憂色，緩緩說明情由。

原來蒙古國大汗成吉思汗逝世後，第三子窩闊台繼位。窩闊台做了十三年大汗逝世，他兒子貴由繼位。貴由胡塗酗酒，只做了三年大汗便短命而死，此時是貴由的皇后垂簾聽政。皇后信任羣小，排擠先朝的大將大臣，朝政甚是混亂。宰相耶律楚材是三朝元老，又是開國功臣，遇到皇后措施不對之處，時時忠言直諫。皇后見他對自己諭旨常加阻撓，自然甚是惱怒，但因他位高望重，所說的又都是正理，輕易動搖不得。耶律楚材自知得罪皇后，全家百口的性命直是危如累卵，便上了一道奏本，說道河南地方不靖，須派大臣宣撫，自己請旨前往。皇后大喜，心想此人走得越遠越好，免得日日在眼前惹氣，當即准奏。於是耶律楚材帶了次子耶律齊、三女耶律燕，逕來河南，此行名為宣撫，實為避禍。

楊過回到居室，跟陸無雙胡言亂語的說笑，陸無雙偏過了頭不加理睬。楊過逗了她幾次全無回答，當即盤膝而坐，用起功來。

陸無雙卻感沒趣了，見他垂首閉目，過了半天仍是不動，說道：「喂，傻蛋，怎麼這當兒用起功來啦？」楊過不答。陸無雙怒道：「用功也不急在一時，你陪不陪我說話兒？」正要伸手去呵他癢，楊過忽然一躍而起，低聲道：「有人在屋頂窺探！」陸無雙沒聽到絲毫聲息，抬頭向屋頂瞧了一眼，低聲道：「又來騙人？」楊過道：「不是這裏，在那邊兩間屋子之外。」陸無雙更加不信，笑了笑，低低罵了聲：「傻蛋。」只道他是在裝傻說笑。

楊過扯了扯她衣袖，低聲道：「別要是你師父尋來啦，咱們先躲著。」陸無雙聽到「師父」兩字，背上登時出了一片冷汗，跟著他走到窗口。楊過指向西邊，陸無雙抬起頭來，果見兩間屋子外的屋頂上黑黝黝的伏著一個人影。此時正當月盡夜，星月無光，若非凝神觀看，還真分辨不出，心中佩服：「不知傻蛋怎生察覺的？」她知師父向來自負，夜行穿的還是杏黃道袍，決不改穿黑衣，在楊過耳邊低聲道：「不是師父。」

一言方畢，那黑衣人突然長身而起，在屋頂飛奔過去，到了耶律父子的窗外，抬腿踢開窗格，執刀躍進窗中，叫道：「耶律楚材，今日我跟你同歸於盡罷。」卻是女子聲音。

楊過心中一動：「這女子身法好快，武功似在耶律晉之上，老頭兒只怕性命難保。」陸無雙叫道：「快去瞧！」兩人奔將過去，伏在窗外向內張去。

只見耶律晉提著一張板凳，前支後格，正與那黑衣女子相鬥。那女子年紀甚輕，但刀法狠辣，手中柳葉刀鋒利異常，連砍數刀，已將板凳的四隻凳腳砍去。耶律晉眼見不支，叫道：「爹爹，快避開！」隨即縱聲大叫：「來人哪！」那少女忽地飛起一腿，耶律晉猝不及防，正中腰間，翻身倒地。那少女搶上一步，舉刀朝耶律楚材頭頂劈落。

楊過暗道：「不好！」心想先救了人再說，手中扣著一枚玉蜂針，正要往少女手腕上射去，只聽得耶律楚材的女兒耶律燕叫道：「不得無禮！」右手出掌往那少女臉上劈落，左手以空手奪白刃手法去搶她刀子。這兩下配合得頗為巧妙，那少女側頭避開來掌，手腕已被耶律燕搭住，百忙中飛腿踢出，教她不得不退，手中單刀才沒給奪去。楊過見這兩個少女都是出手迅捷，心中暗暗稱奇。霎時之間，兩人已砍打閃劈，拆解了七八招。

這時門外擁進來十餘名侍衛，見二人相鬥，均欲上前。耶律晉道：「慢著！三小姐不用你們幫手。」

楊過低聲向陸無雙道：「媳婦兒，這兩個姑娘的武功勝過你。」陸無雙大怒，側身就是一掌。楊過一笑避開，道：「別鬧，還是瞧人打架的好。」陸無雙道：「那麼你跟我說真個的，到底是我強，還是她們強？」楊過低聲道：「一個對一個，這兩個姑娘都不如你。你一個打她們兩個呢，單論武功你就要輸。只不過她們的打法也太老實，遠不及你詭計多端、陰險毒辣，因此畢竟還是你贏。」陸無雙心下喜歡，低聲道：「甚麼『詭計多端、陰險毒辣』的，可有多難聽！說到詭計多端，世上沒人及得上咱們的傻蛋傻大爺。」楊過微笑道：「那你豈不成了傻大娘？」陸無雙輕輕啐了一口。

只見兩女又鬥一陣，耶律燕終究沒有兵刃，數次要奪對方的柳葉刀沒能奪下，反給逼得東躲西閃，無法還手。耶律齊道：「三妹，我來試試。」斜身側進，右手連發三掌。耶律燕退在牆邊，道：「好，瞧你的。」

楊過只瞧了耶律齊出手三招，不由得暗暗驚詫。只見他左手插在腰裏，始終不動，右手一伸一縮，也不移動腳步，隨手應付那少女的單刀，招數固然精妙，而時刻部位拿捏之準，更是不凡，心道：「此人好生了得，似乎是全真派的武功，卻又頗有不同。」

陸無雙道：「傻蛋，他武功比你強得多啦。」楊過瞧得出神，竟沒聽見她說話。

第十回

少年英俠

李莫愁見楊過劍法精奇，
自己每招每式都在他意料之中，
心下怨恨師父偏心，突然縱身躍到桌上，
右足斜踢，左足踏在桌邊，
身子前後晃動，飄逸有致。

耶律齊道：「三妹，你瞧仔細了。我拍她臂臑穴，她定要斜退相避，我跟著拿她巨骨穴，她不得不舉刀反砍。這時出手要快，就能奪下她的兵刃。」那黑衣少女怒道：「呸，也沒這般容易。」耶律齊道：「是這樣。」說著右掌往她「臂臑穴」拍去。這一掌出手歪歪斜斜，卻將她前後左右的去路都封住了，只留下左側後方斜角一個空隙。那少女要躲他這一拍，只得斜退兩步。耶律齊點了點頭，果然伸手拿她「巨骨穴」。那少女心中一直記著：「千萬別舉刀反砍。」但形格勢禁，只有舉刀反砍才是連消帶打的妙著，當下無法多想，立時舉刀反砍。耶律齊道：「是這樣！」人人以為他定要伸手奪刀，那知他右手也縮了回來，與左手相拱，雙手籠入袖筒。那少女一刀沒砍著，卻見他雙手籠袖，微微一呆。耶律齊右手忽地伸出，兩根手指夾著刀背一提，那少女握刀不住，給他奪了過去。

眾人見此神技，一時呆了半晌，隨即一個哄堂大采。那黑衣少女臉色沮喪，呆立不動。眾人都想：「二公子不出手擒你，明明放你一條生路。你還不出去，更待何時？」

耶律齊緩步退開，向耶律燕道：「她也沒了兵刃，你再跟她試試，膽子大些，留心她的掌中腿。」耶律燕踏上兩步，說道：「完顏萍，我們一再饒你，你始終苦苦相逼，難道到了今日還不死心麼？」

完顏萍不答，垂頭沉吟。耶律燕道：「你既定要與我分個勝負，咱們就爽爽快快動手罷！」說著衝上去迎面就是兩拳。完顏萍後躍避開，悽然道：「刀子還我。」耶律燕一怔，心道：「我哥哥奪了你兵刃，明明是要你和我平手相鬥，怎地你又要討還兵器？」說道：「三小「好罷！」從哥哥手裏接過柳葉刀拋給了她。一名侍衛倒轉手中單刀遞過，說道：「三小姐，你也使兵刃。」耶律燕道：「不用。」但轉念一想：「我空手打不過她，咱們就比刀。」接刀虛劈兩下，覺得稍微沉了一點，但勉強也可使得。

完顏萍臉色慘白，左手提刀，右手指著耶律楚材道：「耶律楚材，你幫著蒙古人，害死我爹爹媽媽，今生我是不能找你報仇的了。咱們到陰世再算帳罷！」說話甫畢，左手橫刀就往脖子中抹去。

楊過聽她說這幾句話時眼神悽楚，一顆心怦的一跳，胸口一痛，失聲叫道：「姑姑！」就在此時，完顏萍已橫刀自刎。耶律齊搶上兩步，右手長出，又伸兩指將她柳葉刀奪了過來，隨手點了她臂上穴道，說道：「好端端地，何必自尋短見？」橫刀自刎、雙指奪刀，都只一霎間之事，待眾人瞧得清楚，刀子已重入耶律齊之手。

其時室內眾人齊聲驚呼，楊過的一聲「姑姑」無人在意，陸無雙在他身旁卻聽得清楚，低聲問道：「你叫甚麼？她是你姑姑？」楊過忙道：「不，不！不是。」原來他見完顏萍眼波中流露出一股悽惻傷痛、萬念俱灰的神色，就如小龍女與他決絕分手時一摸一樣。他斗然間見到，不由得如癡如狂，竟不知身在何處。

耶律楚材緩緩說道：「完顏姑娘，你已行刺過我三次。我身為大蒙古國宰相，滅了你大金國，害你父母。可是你知我的祖先卻又是為何人所滅呢？」完顏萍微微搖頭，道：「我不知道。」耶律楚材道：「我祖先是大遼國的皇族，大遼國是給你金國滅了的。我大遼國耶律氏的子孫，被你完顏氏殺戮得沒剩下幾個。我少時立志復仇，這才輔佐蒙古大汗滅你金國。唉，怨怨相報，何年何月方了啊？」說到最後這兩句話時，抬頭望著窗外，想到只為了幾家人爭為帝王，以致大城民居盡成廢墟，萬里之間屍積為山，血流成河。

完顏萍茫然無語，露出幾顆白得發亮的牙齒，咬住上唇，哼了一聲，向耶律齊道：「我三次報仇不成，自怨本領不濟，那也罷了。我要自盡，又干你何事？」耶律齊道：「姑娘只要答應以後不再尋仇，你這就去罷！」完顏萍又哼了一聲，怒目而視。耶律齊倒轉柳葉刀，用刀柄在她腰間輕輕撞了幾下，解開她的穴道，隨即將刀遞了過去。完顏萍欲接不接，微一猶豫，終於接過，說道：「耶律公子，你數次手下容情，以禮相待，我豈有不知？只是我完顏家與你耶律家仇深似海，憑你如何慷慨高義，我父母的血海深仇不能不報。」

耶律齊心想：「這女子始終糾纏不清，她武藝不弱，我總不能寸步不離爹爹，若有失閃，如何是好？嗯，不如用言語相迫，教她只能來找我。」朗聲說道：「完顏姑娘，你為父母報仇，志氣可嘉。只是老一輩的帳，該由老一輩自己了結。咱們做小輩的自己各有恩怨。你家與我家的血帳，你只管來跟我算便是，若再找我爹爹，在下此後與姑娘遇到，可就十分為難了。」

完顏萍道：「哼，我武藝遠不及你，怎能找你報仇？罷了，罷了。」說著掩面便走。

耶律齊知她這一出去，必定又圖自盡，有心要救她一命，冷笑道：「嘿嘿，完顏家的女子好沒志氣！」完顏萍霍地轉過身來，道：「怎地沒志氣了？」耶律齊冷笑道：「我武功高於你，那不錯，可這又有甚麼希罕？只因我曾遇明師指點，並非我自己真有甚麼過人之處。你所學的鐵掌功夫，本來也是當世一門了不起的武功，只是教你的那位師父所學未精，你練的時日又淺，難以克敵制勝，原是理所當然。年紀輕輕，只要苦心去另尋明師，難道就找不著了？」完顏萍本來滿腔怨怒，聽了這幾句話，不由得暗暗點頭。

耶律齊又道：「我每次跟你動手，只用右手，非是我傲慢無理。只因我左手力大，出手往往便要傷人。這樣罷，待你再從明師之後，隨時可來找我，只要逼得我使用左手，我引頸就戮，決無怨言。」他知完顏萍的功夫與自己相差太遠，縱得高人指點，也是難以勝得過自己單手；料想一個人欲圖自盡，只是一時忿激，只要她去尋師學藝，心有專注，過得若干時日，自不會再生自殺的念頭。

完顏萍心想：「你又不是神仙，我痛下苦功，難道兩隻手當真便勝不了你單手？」提刀在空中虛劈一下，沉著聲音道：「好！君子一言……」耶律齊接口道：「快馬一鞭！」完顏萍向眾人再也不望一眼，昂首而出，但臉上掩不住流露出淒涼之色。

眾侍衛見二公子放她走路，自然不敢攔阻，紛紛向耶律楚材道驚請安，退出房去。耶律晉見此處鬧得天翻地覆，但楊過始終並不現身，心中暗感奇怪。耶律燕道：「二哥，你怎麼又放了她走？」耶律齊道：「不放她怎麼？難道殺了她？」耶律燕抿嘴笑道：「你放她總是不對。」耶律齊道：「甚麼？」耶律燕笑道：「你既要她作我嫂子，就不該放她啊。」耶律齊正色道：「別胡說！」耶律燕見他認真，怕他動怒，不敢再說笑話。

楊過在窗外聽耶律燕說到「要她做我嫂子」幾字，心中突然無緣無故的感到一陣酸意，見完顏萍上高向東南方而去，當下向陸無雙道：「我瞧瞧去。」陸無雙道：「瞧甚麼？」楊過不答，展開輕功追了出去。

完顏萍武功並不甚強，輕功卻甚高明，楊過提氣直追，直到龍駒寨鎮外，才見到她的後影。只見她落入一座屋子的院子，推門進房。楊過跟著躍進，躲在牆邊。過了半晌，西廂房中傳出燈火，隨即聽到一聲長嘆。這一聲嘆息中直有千般怨愁，萬種悲苦。

楊過在窗外聽著，怔怔的竟是癡了，觸動心事，不知不覺的也長嘆一聲。完顏萍聽得窗外有人嘆息，大吃一驚，急忙吹熄燈火，退在牆壁之旁，低聲喝問：「是誰？」楊過道：「跟你一般，也是傷心之人。」完顏萍更是一怔，聽他語氣中似乎並無惡意，又問：「你到底是誰？」楊過道：「常言道：君子報仇，十年未晚。你幾次行刺不成，便想自殺，可不是將自己性命看得忒也輕了？更將這番血海深仇看得忒也輕了？」

呀的一聲，兩扇門推開，完顏萍點亮燭火，道：「閣下請進。」楊過在門外雙手一拱，走進房去。完顏萍見他身穿蒙古軍官裝束，年紀甚輕，微感驚訝，說道：「閣下指教得是，請問高姓大名。」

楊過不答，雙手籠在袖筒之中，說道：「耶律齊大言不慚，自以為只用右手就算本領了得，其實要奪人之刀，點人穴道，一隻手也不用又有何難？」完顏萍心中不以為然，只是未摸清對方的底細，不便反駁。楊過道：「我教你三招武功，就能逼那耶律齊雙手齊用。現下我先和你試試，我既不用手，又不使腳，跟你過幾招如何？」完顏萍大奇，心道：「難道你有妖法，一口氣便能將我吹倒了？」楊過見她遲疑，道：「你只管用刀子砍我，我要是避不了，死而無怨。」完顏萍道：「好罷，我也不用刀，只用拳掌打你。」楊過搖頭道：「不，我不用手腳而奪下你刀子，你方能信服。」

完顏萍見他似笑非笑的神情，心頭微微有氣，道：「閣下如此了得，真是聞所未聞。」說著抽出單刀，往他肩頭劈去。她見楊過雙手籠袖，渾若無事，只怕傷了他，這一刀的準頭略略偏了些。楊過瞧得明白，動也不動，說道：「不用相讓，要真砍！」柳葉刀從他肩旁直劈而下，與他身子相離只有寸許。完顏萍見他毫不理會，好生佩服他的膽量，又想：「難道這是個渾人？」柳葉刀一斜，橫削過去，這次卻不容情了。楊過斗地矮身，刀鋒從他頭頂掠過，相差仍然只有寸許。

完顏萍打起精神，提刀直砍。楊過順著刀勢避過，道：「你刀中還可再夾掌法。」完顏萍道：「好！」橫刀砍出，左掌跟著劈去。楊過側身閃避，道：「再快些不妨。」完顏萍將一路刀法施展開來，掌中夾刀，越出越快。楊過道：「你掌法凌厲，好過刀法。耶律齊說這是鐵掌功夫，是不是？」完顏萍點點頭，出手更是狠辣。楊過雙手始終籠在袖中，在掌影刀鋒間飄舞來去。完顏萍單刀鐵掌，連他衣服也碰不到半點。

她一套刀法使了大半，楊過道：「小心啦，三招之內，我奪你刀。」完顏萍此時對他已甚是佩服，但說要在三招之內奪去自己兵刃，卻仍是不信，只是不由自主的將刀柄握得更加緊了，說道：「你奪啊！」橫刀使一招「雲橫秦嶺」，向他頭頸削去。楊過一低頭，從刀底下鑽了過去，側過頭來，額角正好撞正她右手肘彎「曲池穴」。完顏萍手臂酸軟，手指無力。楊過仰頭張口，咬住刀背，輕輕巧巧的便將刀子奪過，跟著頭一側，刀柄撞在她脅下，已點中了穴道。

楊過抬頭鬆齒，向上甩去，柳葉刀飛了上去，他將刀拋開，為的是要清清楚楚說話，當下說道：「怎麼樣，服了麼？」說了這六個字，那刀落將下來，楊過張口咬住，笑嘻嘻的瞧著她。完顏萍又驚又喜，點了點頭。

楊過見她秋波流轉，嬌媚動人，不自禁想抱她一抱，親她一親，只是此事太過大膽荒唐，咬住刀背，一張臉脹得通紅。完顏萍那知他的心事，但見他神色怪異，心中微感驚奇，自覺全身酸麻，雙腿軟軟的似欲摔倒。楊過踏上一步，距她已不過尺許，正想拋去刀子，把嘴唇湊到她眼皮上去親一個吻，猛地想起：「她好生感激那耶律齊以禮相待，難道我就不如他了？哼，我偏要處處都勝過他。」於是低下頭來，下顎一擺，將刀柄在她腰間一撞，解開她的穴道，將刀柄遞了過去。

完顏萍不接刀子，雙膝跪地，說道：「求師父指點，小女子得報父母深仇，永感大德。」楊過大為狼狽，急忙扶起，伸手從口中取下單刀，說道：「我怎能做你師父？不過我能教你一個殺死那耶律齊的法門。」完顏萍大喜，道：「只要能殺了耶律齊，他哥哥和妹子我都不怕，自能再殺他父親……」說到此處，忽然想起一事，黯然道：「唉，待得我學到能殺他的本事，那耶律老兒怎能還在世上？我父母之仇，終究是報不了的啦。」楊過笑道：「那耶律老兒一時三刻之命，總還是有的。」完顏萍奇道：「甚麼？」楊過道：「要殺耶律齊又有何難？現下我教你三招，今晚就能殺了他。」

完顏萍曾三次行刺耶律楚材，三次都被耶律齊行若無事的打敗，知他本領高於自己十倍，心想眼前這蒙古少年軍官武功雖強，未必就勝過了耶律齊，縱使勝得，也決不能只教自己三招，就能用之殺了他，而今晚便能殺他，更是萬萬不能的了。她怕楊過著惱，不敢出言反駁，只是微微搖頭，眼中那股叫他瞧了發癡發狂的眼色，不住滾來滾去。

楊過明白她的心意，說道：「不錯，我武功未必在他之上，當真動手，說不定我還是輸多贏少。但要教你三招，今晚去殺了他，卻決非難事。就只怕他曾饒你三次，你下不了手而已。」完顏萍心中一動，隨即硬著心腸道：「他雖有德於我，但父母深仇，不能不報。」楊過道：「好，這三招我便教你。你若能殺他而不願下手，那便如何？」完顏萍道：「憑你處置便了。反正你這麼高的本領，要打要殺，我還能逃得了麼？」楊道心道：「我怎捨得打你殺你？你殺不殺他，跟我又有甚麼相干？」於是微微一笑，說道：「其實這三招也沒甚麼了不起。你瞧清楚了。」

當下提起刀來，緩緩自左而右的砍去，說道：「第一招，是『雲橫秦嶺』。」完顏萍心道：「這一招我早就會了，何用你教？」見刀鋒橫來，側身而避。楊過突出左手，抓住她的右掌，說道：「第二招，是你剛才使過兩次的『枯藤纏樹』。」完顏萍點頭道：「是，這是我鐵掌擒拿手中的一招。」楊過握著她又軟又滑的手掌，心中一蕩，笑道：「你該學羊脂玉掌功才是，怎麼去學鐵掌擒拿手了？」完顏萍不知他是出言調笑，道：「有羊脂玉掌功麼？這名兒倒挺美。」只覺他揑住自己手掌，一緊一放，使力極輕，覺得這手法還不及自己所學以鐵掌功為基的擒拿手厲害，心想：「你第一招與第二招都是我所會的功夫，難道單憑第三招一招，就能殺了耶律齊？」楊過凝視著她眼睛，叫道：「看仔細了！」突然手腕疾翻，橫刀往自己項頸中抹去。

完顏萍大驚，叫道：「你幹甚麼？」她右手被楊過牢牢握住，忙伸左手去奪他單刀。雖在危急之中，她的鐵掌擒拿手仍是出招極準，一把抓住楊過手腕，往外力拗，叫他手中刀子不能及頸。楊過鬆開了手，退後兩步，笑道：「你學會了麼？」

完顏萍驚魂未定，只嚇得一顆心怦怦亂跳，不明他的用意。楊過笑道：「你先使『雲橫秦嶺』橫削，再使『枯藤纏樹』牢牢抓住他右手，第三招舉刀自刎，他勢必用左手救你。他向你立過誓，只要你逼得他用了左手，任你殺他，死而無怨。這不成了麼？」完顏萍一想不錯，怔怔的瞧著他。楊過道：「這三招萬無一失，若不收效，我跟你磕頭。」完顏萍微微搖頭，說道：「他說過不用左手，一定不會用的。那便怎地？」楊過道：「那又怎地？你永世報不了仇啦，自己死了不就乾淨？」完顏萍悽然點頭，道：「你說得對。多謝指點迷津。閣下到底是誰？」

楊過還未回答，窗外忽然有個女子聲音叫道：「他叫傻蛋，你別信他的鬼話。」楊過聽得是陸無雙的聲音，只笑了笑，並不理會。完顏萍縱向窗邊，只見黑影一閃，一個人影躍出了圍牆。

完顏萍待要追出，楊過拉住她手，笑道：「不用追了，是我的同伴。她最愛跟我過不去。」完顏萍望著他，沉吟半晌，道：「你既不肯說自己姓名，那也罷了。我信得過你對我總是一番好意。」楊過見她秋波一轉，神色楚楚，不由得心生憐惜，當下拉著她手，和她並肩坐在床沿，柔聲道：「我姓楊名過，我是漢人，不是蒙古人。我爹爹媽媽都死啦，跟你身世一般……」

完顏萍聽他說到這裏，心裏一酸，兩滴淚珠奪眶而出。楊過心情激盪，忽然哇的一聲，哭了出來。完顏萍從懷裏抽出一塊手帕，擲給了他。楊過拿到臉上拭抹，想到自己身世，眼淚卻越來越多。

完顏萍強笑道：「楊爺，你瞧我倒把你招哭啦。」楊過道：「別叫我楊爺。你今年幾歲啦？」完顏萍道：「我十八歲，你呢？」楊過道：「我也是十八。」心想：「我若是月份小過她，給她叫一聲兄弟，可沒味兒。」說道：「我是正月裏的生日，以後你叫我楊大哥得啦。我也不跟你客氣，叫你完顏妹子啦。」完顏萍臉上一紅，覺得此人做事單刀直入，好生古怪，但對自己確是並無惡意，於是點了點頭。

楊過見她點頭，喜得心癢難搔。完顏萍容色清秀，身材瘦削，遭逢不幸，似乎生來就叫人憐惜，而最要緊的是她盈盈眼波竟與小龍女極為相似。他可沒想到一個人心中哀傷，眼色中自然有悽苦之意，天下之人莫不皆然，說她眼波與小龍女相似，那也只是他自欺自慰的念頭而已。他凝視著她眼睛，忽而將她的黑衣幻想而為白衣，將她瘦瘦的瓜子臉幻想成為小龍女清麗絕俗的容貌，癡癡的瞧著，臉上不禁流露出了祈求、想念、愛憐種種柔情。

完顏萍有些害怕，輕輕掙脫他手，低聲道：「你怎麼啦？」楊過如夢方醒，嘆了口氣，道：「沒甚麼。你去不去殺他？」完顏萍道：「我這就去。楊大哥，你陪不陪我？」楊過待要說「自然陪你去」，轉念一想：「若我在旁，她有恃無恐，自刎之情不切，耶律齊就不會中計。」說道：「我不便陪你。」

完顏萍眼中登時露出失望之色，楊過心裏一軟，幾乎便要答應陪她，那知完顏萍幽幽的道：「好罷，楊大哥，只怕我再也見不到你啦。」楊過忙道：「那裏？那裏？我……」

完顏萍悽然搖頭，逕自奔出屋去，片刻之間，又已回到耶律晉的住處。

這時耶律楚材等各已回房，正要安寢。完顏萍在大門上敲了兩下，朗聲說道：「完顏萍求見耶律齊耶律公子。」早有幾名侍衛奔過來，待要攔阻，耶律齊打開門來，說道：「完顏姑娘有何見教？」完顏萍道：「我再領教你的高招。」耶律齊心中奇怪：「怎地你如此不自量力？」於是側身讓開，右手一伸，說道：「請進。」

完顏萍進房拔刀，呼呼呼連環三招，刀風中夾著六招鐵掌掌法，這「一刀夾雙掌」自左右分進合擊。耶律齊左手下垂，右手劈打戳拿，將她三刀六掌盡數化解，心想：「怎生尋個法兒，叫她知難而退，永不再來糾纏？」

二人鬥了一陣，完顏萍正要使出楊過所授的三招，門外忽有一女子聲音叫道：「耶律齊，她要騙你使用左手，可須小心了。」正是陸無雙出聲呼叫。耶律齊一怔，完顏萍不等他會過意來，立時一招「雲橫秦嶺」削去，待他側身閃避，斗地伸出左手，「枯藤纏樹」，已抓住他右手，自己右手迴轉，橫刀猛往頸中抹去。

在這電光石火的一瞬之間，耶律齊心中轉了幾轉：「定須救她？但她是在騙我用左手，我一使上左手，這條命就是交給她了。大丈夫死則死耳，豈能見死不救？」楊過逆料耶律齊的心思，只要突然出此三招，他非出左手相救不可，那知陸無雙從中搗亂，竟爾搶先提醒。本來這法子已然不靈，但耶律齊慷慨豪俠，明知這一出手相救，乃是自捨性命，危急之際竟然還是伸出左手，在完顏萍右腕上一擋，手腕翻處，奪過了她的柳葉刀來。

二人交換了這三招，各自躍後兩步。耶律齊不等她開口，將刀擲了過去，說道：「你已迫得了我用左手，你殺我便是，但有一事相求。」完顏萍臉色慘白，道：「甚麼事？」耶律齊道：「求你別再加害家父。」完顏萍「哼」了一聲，慢慢走近，舉起刀來，燭光下只見他神色坦然，凜凜生威，見到這般男子漢的氣慨，想起他是為了相救自己才用左手，這一刀那裏還砍得下去？她眼中殺氣突轉柔和，將刀子往地下一擲，掩面奔出。

她六神無主，信步所之，直奔郊外，到了一條小溪之旁，望著淡淡的星光映在溪中，心中亂成一團。過了良久良久，嘆了一口長氣。

忽然身後也發出一聲嘆息。完顏萍一驚，轉過身來，只見一人站在身後，正是楊過。她叫了聲「楊大哥」，垂首不語。楊過上前握住她雙手，安慰她道：「要為父母報仇，原非易事，那也不必性急。」完顏萍道：「你都瞧見了？」楊過點點頭。完顏萍道：「以我這般無用之輩，報仇自然不易。我只要有你一半功夫，也不會落得如此下場。」

楊過攜著她手，和她並排坐在一棵大樹下，說道：「縱然學得我的武功，又有何用？你眼下雖不能報仇，總知道仇人是誰，日後豈無良機？我呢？連我爹爹是怎樣死的也不知，是誰害死他也不知，甚麼報仇雪恨，全不用提。」

完顏萍一呆，道：「你父母也是給人害死的麼？」楊過嘆道：「我媽是病死的，我爹爹卻死得不明不白。我從來沒見過我爹一面。」完顏萍道：「那怎麼會？」楊過道：「我媽生我之時，我爹已經死了。我常問我媽，爹爹到底是怎麼死的，仇人是誰？我每次問起，媽媽總是垂淚不答，後來我就不敢再問啦。那時候我想，等我年紀大些再問不遲，那知道媽媽忽然一病不起。她臨死時我又問起。媽媽只是搖頭，說道：『你爹爹……你爹爹……唉，孩兒，你這一生一世千萬別想報仇。你答允媽，千萬不能想為爹爹報仇。』我又是悲傷，又是難過，大叫：『我不答允，我不答允！』媽一口氣轉不過來，就此死了。唉，你說我怎生是好啊？」他說這一番話原意是安慰完顏萍，但說到後來，自己也傷心起來。常言道：「殺父之仇，不共戴天」，人若不報父仇，乃是最大的不孝，終身蒙受恥辱，為世人所不齒。楊過連殺父仇人的姓名都不知道，這件恨事藏在心中鬱積已久，此時傾吐出來，語氣之中自是充滿了傷心怨憤。

完顏萍道：「是誰養大你的？」楊過道：「又有誰了？自然是我自己養自己。我媽死後，我就在江湖上東遊西蕩，這裏討一餐，那裏挨一宿，有時肚子餓得抵不住，偷了人家一個瓜兒薯兒，常常給人抓住，飽打一頓。你瞧，這裏許多傷疤，這裏的骨頭突出來，都是小時給打的。」一面說，一面捲起衣袖褲管給她看，星光朦朧下完顏萍瞧不清楚，楊過抓住了她手，在自己小腿的傷疤上摸去。完顏萍撫摸到他腿上凹凹凸凸的疤痕，不禁心中一酸，暗想自己雖然國破家亡，但父親留下不少親故舊部，金銀財寶更是不計其數，與他的身世相較，自己又是幸運得多了。

二人默然半晌，完顏萍將手輕輕縮轉，離開了他小腿，但手掌仍是讓他握著，低聲問道：「你怎能學了這一身高強武功？怎地又做了蒙古人的官兒？」楊過微微一笑，道：「我不是蒙古的官兒。我穿蒙古衣衫，只是為了躲避仇家追尋。」完顏萍喜道：「那好啊。」楊過道：「好甚麼？」完顏萍臉上微微一紅，道：「蒙古人是我大金國的死對頭，我自然盼望你不是蒙古的官兒。」楊過握著她溫軟滑膩的手掌，大是心神不定，說道：「若是我做大金的官兒，你又對我怎樣？」

完顏萍當初見他容貌英俊，武功高強，本已有三分喜歡，何況在患難之際，得他誠心相助，後來聽了他訴說身世，更增了幾分憐惜，此時聽他說話有些不懷好意，卻也並不動怒，只嘆道：「若是我爹爹在世，你想要甚麼，我爹爹總能給你。現下我爹娘都不在了，一切還說甚麼？」

楊過聽她語氣溫和，伸手搭在她的肩頭，在她耳邊低聲道：「妹子，我求你一件事。」完顏萍芳心怦怦亂跳，已自料到三分，低聲問：「甚麼？」楊過道：「我要親親你的眼睛，你放心！我只親你的眼睛，別的甚麼也不犯你。」

完顏萍初時只道他要出口求婚，又怕他要有肌膚之親，自己若是拒卻，他微一用強，怎能是他對手？何況她少女情懷，一隻手被他堅強粗厚的手掌握著，已自意亂情迷，別說他用強，縱然毫不動粗，實在也是難以拒卻，那知他只說要親親自己的眼睛，不由得鬆了一口氣，可是心中卻又微感失望，略覺詫異，當真是中心栗六，其亂如絲了。她妙目流波，怔怔的望著他，眼神中微帶嬌羞。楊過凝視她的眼睛，忽然想起小龍女與自己最後一次分別之前，也曾這般又嬌羞又深情的望著自己，不禁大叫一聲，躍起身來。

完顏萍被他嚇了一跳，想問他為了甚麼，又覺難以啟齒。

楊過心中混亂，眼前晃來晃去盡是小龍女的眼波。那日他見此眼波之時，尚是個混沌未鬟的少年，對小龍女又素來尊敬，以致全然不知其中含意，但自下得山來，與陸無雙共處幾日，此刻又與完顏萍耳鬢廝磨，驀地裏心中靈光一閃，恍然大悟，對小龍女這番柔情密意，方始領會，不由得懊喪萬端，幾欲在大樹上就此一頭撞死，心想：「姑姑對我如此一片深情，又說要做我妻子，我竟然辜負她的美意，此時卻又往何處尋她？」突然間大叫一聲，撲上去一把抱住完顏萍，猛往她眼皮上親去。

完顏萍見他如癡如狂，心中又驚又喜，但覺他雙臂似鐵，緊緊箍在自己腰裏，當下閉了眼睛，任他恣意領受那溫柔滋味，只覺他嘴唇親來親去，始終不離自己的左眼右眼，心想此人雖然狂暴，倒是言而有信，但不知他何以只親自己的眼睛？忽聽得楊過叫道：「姑姑，姑姑！」聲音中熱情如沸，卻又顯得極是痛楚。完顏萍正要問他叫甚麼，忽然背後一個女子聲音說道：「勞您兩位的駕！」

楊過與完顏萍同時一驚，離身躍開，見大樹旁站著一人，身穿青袍。完顏萍心下怦怦亂跳，滿臉飛紅，低頭撫弄衣角，不敢向那人再瞧上一眼。楊過卻認得清楚，正是當日在小客店中盜驢引開李莫愁的那人，於自己和陸無雙實有救命之恩，見這人頭垂雙鬟，是個女郎，當即深深一躬，說道：「日前多蒙姑娘援手，大德難忘。」

那女郎恭恭敬敬的還禮，說道：「楊爺此刻，還記得那一同出死入生的舊伴麼？」楊過道：「你說是……」那女郎道：「李莫愁師徒適才將她擒了去啦！」楊過大吃一驚，顫聲道：「當真？她……她現下不礙事麼？」那女郎道：「一時三刻還不礙事。陸姑娘咬定那部秘本給丐幫拿了去，赤練魔頭便押著她去追討。諒來她性命一時無妨，折磨自然是免不了。」楊過叫道：「咱們快救她去。」那女郎搖頭道：「楊爺武功雖高，只怕還不是那赤練魔頭的對手。咱們枉自送了性命，卻於事無補。」

楊過在淡淡星光之下，見這青衣女郎的面目竟是說不出的怪異醜陋，臉上肌肉半點不動，倒似一個死人，教人一見之下，不自禁的心生怖意，向她望了幾眼，便不敢正視，心想：「這位姑娘為人這麼好，卻生了這樣一副怪相，實是可惜。我再看她面貌，難免要流露驚詫神色，那可就得罪她了。」問道：「不敢請教姑娘尊姓？」

那女郎道：「賤姓不足掛齒，將來楊爺自會知曉，眼下快想法子救人要緊。」她說話時臉上肌膚絲毫不動，若非聽到聲音是從她口中發出，真要以為她是一具行屍走肉的殭屍。但說也奇怪，她話聲卻極是柔嬌清脆，令人聽之醒倦忘憂。楊過道：「既然如此，如何救人一憑姑娘計議。小人敬聽吩咐便是。」那女郎彬彬有禮，說道：「楊爺不必客氣，你武功強我十倍，聰明才智，我更是望塵莫及。你年紀大過我，又是堂堂男子漢，你說怎麼辦，便怎麼辦，小女子聽從差遣。」

楊過聽了她這幾句又謙遜、又誠懇的話，心頭真是說不出的舒服，心想這位姑娘面目可怖，說話卻如此的溫雅和順，真是人不可以貌相了，當下想了一想，說道：「那麼咱們悄悄隨後跟去，俟機救人便了。」那女郎道：「這樣甚好。但不知完顏姑娘意下如何？」說著走了開去，讓楊過與完顏萍商議。

楊過道：「妹子，我要去救一個同伴，咱們後會有期。」完顏萍低頭道：「我本事雖低，或許也能出得一點力。楊大哥，我隨同你去救人罷。」楊過大喜，連說：「好，好！」當下提高聲音，向那青衣女郎說道：「姑娘，完顏姑娘願助我們去救人。」

那女郎走近身來，向完顏萍道：「完顏姑娘，你是金枝玉葉之體，行事還須三思。我們的對頭行事毒辣無比，江湖上稱作赤練魔頭，當真萬般的不好惹。」語氣甚是斯文有禮。完顏萍道：「且別說楊大哥於我有恩，他的事就是我的事。單憑姐姐你這位朋友，我完顏萍也很想交交。我跟了姐姐去，一切小心便是。」那女郎過來攜住她手，柔聲道：「那再好也沒有。姐姐，你年紀比我大，還是叫我妹子罷。」

完顏萍在黑暗之中瞧不見她醜陋的容貌，但聽得她聲音嬌美，握住自己手掌的一隻手也是又軟又嫩，只道她是個美貌少女，心中很是喜歡，問道：「你今年幾歲？」那女郎輕輕一笑，道：「咱們不忙比大小。楊爺，還是救人要緊，你說是不是？」楊過道：「是了，請姑娘指引路途。」那女郎道：「我見到她們是向東南方而去，定是直奔大勝關了。」

三人當即施展輕功，齊向東南方急行。古墓派向以輕功擅長，稱得上天下第一。完顏萍武藝並不如何了得，輕功卻著實不弱。豈知那青衣女郎不疾不徐的跟在完顏萍身後。完顏萍奔得快，她跟得快，完顏萍行得慢了，她也放慢腳步，兩人之間始終是相距一兩步。楊過暗暗驚異：「這位姑娘不知是那一派弟子，瞧她輕功，實在完顏妹子之上。」他不願在兩個姑娘之前逞能，是以始終墮後。

行到天色大明，那女郎從衣囊中取出乾糧，分給二人。楊過見她所穿青袍雖是布質，但縫工精巧，裁剪合身，穿在身上更襯得她身形苗條，婀娜多姿，實是遠勝錦衣繡服，而乾糧、水壺等物，無一不安排妥善，處處顯得她心細如髮。完顏萍見到她的容貌，甚是駭異，不敢多看，心想：「世上怎會有如此醜陋的女子？」

那女郎待兩人吃完，對楊過道：「楊爺，李莫愁識得你，是不是？」楊過道：「她見過我幾次。」那女郎從衣囊中取出一塊薄薄的絲巾般之物，道：「這是張人皮面具，你戴了之後，她就認不得你了。」楊過接過手來，見面具上露出雙眼與口鼻四個洞孔，便貼在臉上，高低凹凸，處處吻合，就如生成一般，當下大喜稱謝。

完顏萍見楊過戴了這面具後相貌斗變，醜陋無比，這才醒悟，說道：「妹子，原來你也戴著人皮面具，我真傻，還道你生就一副怪樣呢。真對不起。」那女郎微笑道：「楊爺這副俊俏模樣，戴了面具可就委屈了他。我的相貌哪，戴不戴卻都是一樣。」完顏萍道：「我才不信呢！妹子，你揭下面具給我瞧瞧，成不成？」楊過心中好奇，也是急欲看一看她的容貌，但那女郎退開兩步，笑道：「別瞧，別瞧，我一副怪相可要嚇壞了你。」完顏萍見她一定不肯，只得罷了。

中午時分，三人趕到了武關，在鎮上一家酒樓上揀個座頭，坐下用飯。店下見楊過是蒙古軍官打扮，不敢怠慢，極力奉承。

三人吃得一半，只見門帷掀處，進來三個女子，正是李莫愁師徒押著陸無雙。楊過心想此時李莫愁雖然決計認不出自己，但一副如此古怪的容貌難免引起她疑心，行事諸多不便，當下轉過頭去只是扒飯，傾聽李莫愁她們說話。那知陸無雙固然默不作聲，李莫愁、洪凌波師徒要了飯菜後也不再說話。

完顏萍聽楊過說過李莫愁師徒三人的形貌，心中著急，倒轉筷子，在湯裏一沾，在桌上寫道：「動手麼？」楊過心想：「憑我三人之力，再加上媳婦兒，仍難敵她師徒。此事只可智取，不能力敵。」將筷子緩緩搖了幾搖。

樓梯腳步聲響，走上兩人。完顏萍斜眼看去，卻是耶律齊、耶律燕兄妹。二人忽見完顏萍在此，均覺驚奇，向她點了點頭，找了個座位坐下。他兄妹二人自完顏萍去後，知她不會再來行刺，於是別過父兄，結伴出來遊山玩水，在此處又遇見她，心下更是寬慰。

李莫愁因「五毒秘傳」落入丐幫之手，好生愁悶，這幾日都是食不下咽，只吃了半碗麵條，就放下筷子，抬頭往樓外閒眺，忽見街角邊站著兩個乞丐，背上都負著五隻布袋，乃是丐幫中的五袋弟子，心念一動，走到窗口，向兩丐招手道：「丐幫的兩位英雄，請上樓來，貧道有一句話，相煩轉達貴幫幫主。」她知若是平白無端的呼喚，這二人未必肯來，若說有話轉致幫主，丐幫的弟子卻是非來不可。

陸無雙聽師父召喚丐幫人眾，必是質詢「五毒秘傳」的去處，不由得臉色慘白。耶律齊知丐幫在北方勢力極大，這個相貌俊美的道姑居然有言語傳給他們幫主，不知是個何等身分來歷，不由得好奇心起，停杯不飲，側頭斜睨。

片刻之間，樓梯上踏板微響，兩名化子走了上來，向李莫愁行了一禮，道：「仙姑有何差遣，自當遵奉。」兩人行禮後站直身子。一名化子見陸無雙在側，臉上倏地變色，原來他曾在道上攔截過她，當下一扯同伴，兩人躍到梯口。

李莫愁微微一笑，說道：「兩位請看手背。」兩丐的眼光同時往自己手背上瞧去，只見每隻手背上都抹著三條硃砂般的指印，實不知她如何竟用快捷無倫的手法，已神不知鬼不覺的使上了五毒神掌。她這下出手，兩丐固然一無所知，連楊過與耶律齊兩人也未瞧得明白。兩丐一驚之下，同聲叫道：「你……你是赤練仙子？」

李莫愁柔聲道：「去跟你家幫主言道，你丐幫和我姓李的素來河水不犯井水，我一直仰慕貴幫英雄了得，只是無緣謀面，難聆教益，實感抱憾。」兩丐互望了一眼，心想：「你說得倒好聽，怎又無緣無故的突下毒手？」李莫愁頓了一頓，說道：「兩位中了五毒神掌，那不用擔心，只要將奪去的書賜還，貧道自會替兩位醫治。」一丐道：「甚麼書？」李莫愁笑道：「這本破書，說來嘛也不值幾個大錢，貴幫倘若定是不還，原也算不了甚麼。貧道只向貴幫取一千條叫化的命兒作抵便了。」

兩丐手上尚未覺得有何異樣，但每聽她說一句，便不自禁往手背望上一眼，久聞赤練神掌陰毒無比，中了之後，死時劇痛奇癢，這時心生幻象，手背上三條殷紅指印似乎正自慢慢擴大，聽她說得兇惡，心想只有回去稟報本路長老再作計較，互相使個眼色，奔下樓去。

李莫愁心道：「你幫主若要你二人活命，勢必乖乖的拿五毒秘傳來求我……啊喲不好，若是他抄了個副本留下，卻將原本還我，那便如何？」轉念又想：「我神掌暗器諸般毒性的解法，全在書上載得明白，他們既得此書，何必再來求我？」想到此處，不禁臉色大變，飛身搶在二丐頭裏，攔在樓梯中路，砰砰兩掌，將二丐擊回樓頭。她倏下倏上，只見黃影閃動，已回上樓來，抓住一丐手臂一抖，喀喇聲響，那人臂骨折斷，手臂軟軟垂下。另一個化子大驚，但他甚有義氣，卻不奔逃，搶上來護住受傷的同伴，眼見李莫愁搶上前來，急忙伸拳直擊。李莫愁隨手抓住了他手腕，順勢一抖，又折斷了他臂骨。

二丐都只一招之間就身受重傷，心知今日已然無倖，兩人背靠著背，各舉一隻未傷手臂，決意負隅拚鬥。李莫愁斯斯文文的道：「你二位便留著罷，等你們幫主拿書來贖。」二丐見她回到桌邊坐下喝酒，背向他們，於是一步步的挨向梯邊，欲待俟機逃走。李莫愁轉身笑道：「瞧來只有兩位的腿骨也都折斷了，這纔能屈留大駕。」說著站起身來。

洪凌波瞧著不忍，道：「師父，我看守著不讓他們走就是了。」李莫愁冷笑道：「哼，你良心倒好。」緩緩向二丐走近。二丐又是憤怒，又是害怕。

耶律齊兄妹一直在旁觀看，此時再也忍耐不住，同時霍然站起。耶律齊低聲道：「三妹，你快走，這女人好生厲害。」耶律燕道：「你呢？」耶律齊道：「我救了二丐，立即逃命。」耶律燕只道二哥於當世已少有敵手，聽他說也要逃命，心下難以相信。

就在此時，楊過在桌上用力一拍，走到耶律齊跟前，說道：「耶律兄，你我一起出手救人如何？」他想要救陸無雙，遲早須跟李莫愁動手，難得有耶律齊這樣的好手要仗義救人，不拉他落水，更待何時？

耶律齊見他穿的是蒙古軍裝，相貌十分醜陋，生平從未遇見此人，心想他既與完顏萍在一起，自然知道自己是誰，但李莫愁如此功夫，自己都絕難取勝，常人出手，只有枉自送了性命，一時躊躇未答。

李莫愁聽到楊過說話，向他上下打量，只覺他話聲甚是熟悉，但此人相貌一見之後決難忘記，卻可斷定素不相識。

楊過道：「我沒兵刃，要去借一把使使。」說著身形一晃，在洪凌波身旁一掠而過，順手在她衣帶上摘下了劍鞘，在她臉頰上一吻，叫道：「好香！」洪凌波反手一掌，他頭一低，已從她掌底鑽過，站在二丐與李莫愁之間。這一下身法之快，異乎尋常，正是在古墓斗室中捉麻雀練出來的最上乘輕功。李莫愁心中暗驚。耶律齊卻是大喜過望，叫道：「這位兄台高姓大名？」

楊過左手一擺，說道：「小弟姓楊。」舉起劍鞘道：「我猜裏面是柄斷劍。」拔劍出鞘，那口劍果然是斷的。洪凌波猛然醒悟，叫道：「好小子。師父，就是他。」楊過揭下臉上面具，說道：「師伯，師姊，楊過參見。」

這兩聲「師伯、師姊」一叫，耶律齊固是如墮五里霧中，陸無雙更是驚喜交集：「怎地傻蛋叫她們師伯、師姊？」李莫愁淡淡一笑，說道：「嗯，你師父好啊？」楊過心中一酸，眼眶兒登時紅了。

李莫愁冷冷的道：「你師父當真調教得好徒兒啊。」日前楊過以怪招化解了她的生平絕技「三無三不手」，最後更以牙齒奪去她的拂塵，武功之怪，委實匪夷所思，雖然終於奪回了拂塵，也知楊過武功與自己相距尚遠，此後回思，仍是禁不住暗暗心驚：「這壞小廝進境好快，師妹可更加了不得啦。原來玉女心經中的武功竟然這般厲害。幸好師妹那日沒跟他聯手，否則……否則……」此刻見他又再現身，心下立感戒懼，不由自主的四下一望，要看小龍女是不是也到了。

楊過猜到了她的心意，笑嘻嘻的道：「我師父請問師伯安好。」李莫愁道：「她在那裏呢？咱姊妹倆很久沒見啦。」楊過道：「師父就在左近，稍待片時，便來相見。」他知自己遠不是李莫愁的對手，縱然加上耶律齊，仍是難以取勝，於是擺下「空城計」，抬出師父來嚇她一嚇。李莫愁道：「我自管教我徒兒，又干你師父甚麼事了？」楊過笑道：「我師父向師伯求個情，請你將陸師妹放了罷。」李莫愁微微一笑，道：「你亂倫犯上，與師父做了禽獸般的苟且之事，卻在人前師父長，師父短的，羞也不羞？」

楊過聽她出言辱及師父，胸口熱血上湧，提起劍鞘當作劍使，猛力急刺過去。李莫愁笑道：「你醜事便做得，卻怕旁人說麼？」楊過使開劍鞘，連環急攻，凌厲無前，正是重陽遺刻中剋制林朝英玉女劍法的武功。李莫愁不敢怠慢，拂塵擺動，見招拆招，凝神接戰。

李莫愁拂塵上的招數皆是從玉女劍法中化出，數招一過，但覺對方的劍法精奇無比，自己每一招每一式都在他意料之中，竟給他著著搶先，若非自己功力遠勝，竟不免要落下風，心中恨道：「師父好偏心，將這套劍法留著單教師妹。哼，多半是要師妹以此來剋制我。這劍法雖奇，難道我就怕了？」招數一變，突然縱身而起，躍到桌上，右足斜踢，左足踏在桌邊，身子前後晃動，飄逸有致，直如風擺荷葉一般，笑吟吟的道：「你姘頭有沒有教過你這一手？料她自己也不會使罷？」

楊過一怔，怒道：「甚麼姘頭？」李莫愁笑道：「我師妹曾立重誓，若無男子甘願為她送命，便一生長居古墓，決不下山。她既隨你下山，你兩個又不是夫妻，那不是你姘頭是甚麼？」楊過怒極，更不打話，揮動劍鞘縱身一湧，也上了桌子。只是他輕功不及對方，不敢踏在桌沿，雙足踏碎了幾隻飯碗菜碗，卻也穩穩站定，橫鞘猛劈。李莫愁舉拂塵擋開劍鞘，笑道：「你這輕功不壞啊！你姘頭待你果然很好，說得上有情有義。」

楊過怒氣勃發，不可抑止，叫道：「姓李的，你是人不是？口中說人話不說？」挺劍鞘快刺急攻。李莫愁淡淡的道：「若要人不知，除非己莫為。我古墓派出了你這兩個敗類，可說是丟盡了臉面。」她手上招架，口中不住出言譏諷。她行事雖毒，談吐舉止卻向來斯文有禮，說這些言語實是大違本性，只是她擔心小龍女窺伺在側，若是突然搶出來動手，那就難以抵擋，是以污言穢語，滔滔不絕，要罵得小龍女不敢現身。

楊過聽她越說越是不堪，若是謾罵自己，那是毫不在乎，但竟然如此侮辱小龍女，狂怒之下，手腳顫抖，頭腦中忽然一暈，只覺眼前發黑，登時站立不穩，大叫一聲，從桌上摔了下來。李莫愁舉起拂塵，往他天靈蓋直擊下去。

耶律齊眼見勢急，在桌上搶起兩隻酒杯往李莫愁背上打去。李莫愁聽到暗器風聲，斜眼見是酒杯，當即吸口氣封住了背心穴道，定要將楊過打死再說，心想兩隻小小酒杯何足道哉。那知酒杯未到，酒先潑至，但覺「至陽」「中樞」兩穴被酒流衝得微微一麻，暗叫：「不好！師妹到了。酒已如此，酒杯何堪？」急忙倒轉拂塵，及時拂開兩隻酒杯，只覺手臂一震，心中更增煩憂：「怎麼這小妮子力氣也練得這麼大了？」

待得轉過身來，見揚手擲杯的並非小龍女，卻是那蒙古裝束的長身少年，她大為驚訝：「後輩之中竟有這許多好手？」只見他拔出長劍，朗聲說道：「仙姑下手過於狠毒，在下要討教幾招。」李莫愁見他慢慢走近，腳步凝重，看他年紀不過二十來歲，但適才投擲酒杯的手勁，以及拔劍邁步的姿式，竟似有二十餘年功力一般，當下凝眸笑問：「閣下是誰？尊師是那一位？」耶律齊恭身道：「在下耶律齊，是全真派門下。」

此時楊過已然避在一旁，聽得耶律齊說是全真派門下，心道：「他果然是全真派的，難道是劉處玄的弟子？料得郝大通也教不出這樣的好手來。」

李莫愁問道：「尊師是馬鈺，還是丘處機？」耶律齊道：「不是。」李莫愁道：「是劉、王、郝中的那一位？」耶律齊道：「都不是。」李莫愁格格一笑，指著楊過道：「他自稱是王重陽的弟子，那你和他是師兄弟啦。」耶律齊奇道：「不會的罷？重陽真人謝世已久，這位兄台那能是他弟子？」李莫愁皺眉道：「嘿嘿，全真門下盡是撒謊不眨眼的小子，全真派乘早給我改名為『全假派』罷。看招！」拂塵輕揚，當頭擊落。

耶律齊左手捏著劍訣，左足踏開，一招「定陽針」向上斜刺，正是正宗全真劍法。這一招神完氣足，勁、功、式、力，無不恰到好處，看來平平無奇，但要練到這般沒半點瑕疵，天資稍差之人積一世之功也未必能夠。楊過在古墓中學過全真劍法，自然識得其中妙處，只是他武功學得雜了，這招「定陽針」就無論如何使不到如此端凝厚重。

李莫愁見他此招一出，就知是個勁敵，於是跨步斜走，拂塵後揮。耶律齊但見灰影閃動，拂塵絲或左或右、四面八方的掠將過來，他接戰經歷甚少，此時初逢強敵，當下抖擻精神，全力應付。刹時之間二人拆了四十餘招，李莫愁越攻越近，耶律齊縮小劍圈，凝神招架，眼見敗象已成，但李莫愁要立時得手，卻也不成。她暗暗讚賞：「這小子果是極精純的全真武功，雖然不及丘王劉諸子，卻也不輸於孫不二。全真門下當真是人才輩出。」

又拆數招，李莫愁賣個破綻。耶律齊不知是計，提劍直刺，李莫愁忽地飛出左腳，踢中他的手腕，耶律齊手上一疼，長劍脫手，但他雖敗不亂，左手斜劈，右手竟用擒拿法來奪她拂塵。李莫愁一笑，讚道：「好俊功夫！」只數招間，便察覺耶律齊的擒拿法中蘊有餘意不盡的柔勁，卻是劉處玄、孫不二等人之所無，心下更是暗暗詫異。

楊過破口大罵：「賊賤人，今生今世我再不認你做師伯。」挺劍鞘上前夾攻。李莫愁見耶律齊的長劍落下，拂塵一起，捲住長劍，往楊過臉上擲去，笑道：「你是你師父的漢子，那麼叫我師姊也成。」楊過看準長劍來勢，舉起劍鞘迎去。陸無雙、完顏萍等齊聲驚呼，卻聽得刷的一聲，長劍正好插入了劍鞘之中。這一下以鞘就劍，實是間不容髮，只要劍鞘偏得毫釐，以李莫愁這一擲之勢，長劍自是在他身上穿胸而過。可是他在古墓中勤練暗器，於拿捏時刻、力道輕重、準頭方位各節，已練到實無毫釐之差的地步，細如毛髮的玉蜂針尚能揮手必中，要接這柄長劍自是渾不當一回事。他拔劍出鞘，與耶律齊聯手雙戰。

這時酒樓上凳翻枱歪，碗碎碟破，眾酒客早已走避一空。洪淩波自跟師父出道以來，從未見她在戰陣中落過下風，古墓中受挫於小龍女，只為了不識水性；拂塵雖曾被楊過奪去，轉眼便即奪回，仍是逼得楊過落荒而逃，是以雖見二人向她夾攻，心中毫不擔憂，只是站在一旁觀戰。三人鬥到酣處，李莫愁招數又變，拂塵上發出一股勁風，迫得二人站立不定，霎時之間，耶律齊與楊過迭遇險招。

耶律燕與完顏萍叫聲：「不好。」同時上前助戰。只拆得三招，耶律燕左腿給拂塵拂中，登時踉蹌跌出，腰間撞上桌緣，才不致摔倒。耶律齊見妹子受傷，心神微亂，被李莫愁幾下猛攻，不由得連連倒退。

那青衣少女見情勢危急，縱上前來扶起耶律燕退開。李莫愁於惡鬥之際眼觀六路，耳聽八方，見那少女縱起時身法輕盈，顯是名家弟子，揮拂塵往她臉上掠去，問道：「姑娘尊姓？尊師是那一位？」

二人相隔丈餘，但拂塵說到就到，晃眼之間，拂塵絲已掠到她臉前。青衣少女嚇了一跳，右手急揚，袖中揮出一根兵刃，將拂塵擋開。李莫愁見這兵刃甚是古怪，晶瑩生光，長約三尺，似乎是根牙簫玉笛，心中琢磨：「這是那一家那一派的兵刃？」數下急攻，要逼她盡展所長。那少女抵擋不住，楊過與耶律齊忙搶上相救。但實在難敵李莫愁那東發一招、西劈一掌、飄忽靈動的戰法，頃刻間險象環生。

楊過心想：「我們只要稍有疏虞，眼前個個難逃性命。」張口大叫：「好媳婦兒、我的好妹子、穿青衣的好姊姊、耶律好師妹，大家快下樓去散散心罷！這賊婆娘厲害得緊。」四個女子聽他亂叫胡嚷，人人脫不了一個「好」字，都不禁皺起了眉頭，眼見情勢確是緊迫已極。陸無雙首先下樓，青衣少女也扶著耶律燕下去。

兩個化子見這幾個少年英俠為了自己而與李莫愁打得天翻地覆，有心要上前助戰，苦於臂膀斷折，動手不得。他兩人甚有義氣，雖然李莫愁無暇相顧，二人卻始終站著不動，不肯先楊過等人逃命。

楊過與耶律齊並肩而鬥，抵擋李莫愁越來越凌厲的招數，接著完顏萍也退下樓去。楊過道：「耶律兄，這裏手腳施展不開，咱們下樓打罷。」他想到了人多之處，就可乘機溜走。

耶律齊道：「好！」兩人並肩從樓梯一步步退下。李莫愁步步搶攻，雖然得勝，心中卻大為惱怒：「我生平要殺誰就殺誰，今日卻教這兩個小子擋住了，若是陸無雙這賤人竟因此逃脫，赤練仙子威名何存？」她一意要擒回陸無雙，跟著追殺下樓。

眾人各出全力，自酒樓鬥到街心，又自大街鬥到荒郊。楊過不住叫嚷：「親親媳婦兒，親親好妹子，走得越快越好。耶律師妹、青衫姑娘，你們快走罷，咱兩個男子漢死不了。」耶律齊卻一言不發，他年紀只比楊過稍大幾歲，但容色威嚴，沉毅厚重，全然不同於楊過的輕捷剽悍、浮躁跳脫。二人斷後擋敵，耶律齊硬碰硬的擋接敵人毒招，楊過卻縱前躍後，擾亂對方心神。

李莫愁見小龍女始終沒有現身，更是放心寬懷，全力施展。楊過和耶律齊畢竟功力和她相差太遠，戰到此時，二人均已面紅心跳，呼呼氣喘。李莫愁見狀大喜，心道：「不用半個時辰，便可盡取這批小鬼的性命。」

正激鬥間，忽聽得空中幾聲唳鳴，聲音清亮，兩頭大鵰往她頭頂疾撲下來，四翅鼓風，只帶得滿地灰沙飛揚，聲勢驚人。楊過識得這對大鵰是郭靖夫婦所養，自己幼時在桃花島上也曾與雙鵰一起玩耍，心想雙鵰既來，郭靖夫婦必在左近，自己反出重陽宮，可不願再與他相見，忙躍後數步，取出人皮面具戴上。

雙鵰倏左倏右，上下翻飛，不住向李莫愁翅撲喙啄。原來雙鵰記心甚好，當年吃過她冰魄銀針的苦頭，一直懷恨在心，此時在空中遠遠望見，登時飛來搏擊，但害怕她銀針的厲害，一見她揚手，立即振翅上翔。

耶律齊瞧得好生詭異，見雙鵰難以取勝，叫道：「楊兄，咱們再上，四面夾擊，瞧她怎地？」正要猱身搶上，忽聽東南方馬蹄聲響，一乘馬急馳而至。

那馬腳步迅捷無比，甫聞蹄聲，便已奔到跟前，身長腿高，遍體紅毛，神駿非凡。李莫愁和耶律齊都是一驚：「這馬怎地如此快法？」馬上騎著個紅衣少女，連人帶馬，宛如一塊大火炭般撲將過來，只有她一張雪白的臉龐才不是紅色。楊過見了雙鵰紅馬，早料到馬上少女是郭靖、黃蓉的女兒郭芙。只見她一勒馬韁，紅馬倏地立住。這馬在急奔之中說定便定，既不人立，復不嘶鳴，神定氣閒。耶律齊自幼在蒙古長大，駿馬不知見過多少，但如此英物卻是從所未見，不由得更是驚訝。他不知此馬乃郭靖在蒙古大漠所得的汗血寶馬，當年是小紅馬，此時馬齒已增，算來已入暮年，但神物畢竟不同凡馬，年歲雖老，仍是筋骨強壯，腳力雄健，不減壯時。

楊過與郭芙多年不見，偶爾想到她時，總記得她是個驕縱蠻橫的女孩，那知此時已長成一個顏若春花的美貌少女。她一陣急馳之後，額頭微微見汗，雙頰被紅衣一映，更增嬌艷。她向雙鵰看了片刻，又向耶律齊等人瞥了一眼，眼光掃到楊過臉上時，見他身穿蒙古裝束，戴了面具後又是容貌怪異，不由得雙蛾微蹙，神色間頗有鄙夷之意。

楊過自幼與她不睦，此番重逢，見她仍是憎惡自己，自卑自傷之心更加強了，心道：「你瞧我不起，難道我就非要你瞧得起不可？你爹爹是當世大俠、你媽媽是丐幫幫主、你外公是武學大宗師，普天下武學之士，無一人不敬重你郭家。可是我父母呢？我媽是個鄉下女子，我爹不知是誰，又死得不明不白……哼，我自然不能跟你比，我生來命苦，受人侮辱。你再來侮辱，我也不在乎。」他站在一旁暗暗傷心，但覺天地之間無人看重自己，活在世上了無意味。只有師父小龍女對自己一片真心，可是此時又不知去了何方？不知今生今世，是否還有重見她的日子？

心中正自難過，聽得馬蹄聲響，又有兩乘馬馳來。兩匹馬一青一黃，也都是良種，但與郭芙的紅馬相形之下，可就差得太遠。每匹馬上騎著一個少年男子，均是身穿黃衫。

郭芙叫道：「武家哥哥，又見到這惡女人啦。」馬上少年正是武敦儒、武修文兄弟。二人一見李莫愁，她是殺死母親的大仇人，數年來日夜不忘，豈知在此相見，登時急躍下馬，各抽長劍，左右攻了上去。郭芙叫道：「我也來。」從馬鞍旁取出寶劍，下馬上前助戰。

李莫愁見敵人越戰越多，卻個個年紀甚輕，眼見兩個少年一上來就是面紅目赤，惡狠狠的情同拚命，劍法純正，顯然也是名家弟子，接著那紅衣美貌少女也攻了上來，一出手劍尖微顫，耀目生光，這一劍斜刺正至，暗藏極厲害的後著，功力雖淺，劍法卻甚是奧妙，心中一凜，叫道：「你是桃花島郭家姑娘？」

郭芙笑道：「你倒識得我。」刷刷連出兩劍，均是刺向她胸腹之間的要害。李莫愁舉拂塵擋開，心道：「小女孩兒驕橫得緊，憑你這點兒微末本領，竟也敢來向我無禮，若不是忌憚你爹娘，就有十個也一起斃了。」拂塵迴轉，正想奪下她長劍，突然兩脅間風聲颯然，武氏兄弟兩柄長劍同時指到。他哥兒倆和郭芙都是郭靖一手親傳的武藝，三人在桃花島上朝夕共處，練的是同樣劍法。三人劍招配合得緊密無比，此退彼進，彼上此落，雖非甚麼陣法，三柄劍使將開來，居然聲勢也大是不弱。

三人二鵰連環搏擊，將李莫愁圍在垓心。若憑他三人真實本領，時刻稍長，李莫愁必能俟機傷得一人，其餘二人就絕難自保。但她眼見敵方人多勢眾，若是一擁而上，倒是不易對敵，若再惹得郭靖夫婦出手，更是討不了好去，當下拂塵迴捲，笑道：「小娃娃們，且瞧瞧赤練仙子耍猴兒的手段！」呼呼呼連進六招，每一招都是直指要害，逼得郭芙與武氏兄弟手忙腳亂，不住跳躍避讓，當真有些猴兒的模樣。李莫愁左足獨立，長笑聲中，滴溜溜一個轉身，叫道：「凌波，去罷！」師徒倆向西北方奔去。

郭芙叫道：「她怕了咱們，追啊！」提劍向前急追。武氏兄弟展開輕功，隨後趕去。李莫愁將拂塵在身後一揮一拂，瀟灑自如，足下微塵不起，輕飄飄的似是緩步而行。洪凌波則是發足急奔。郭芙和武氏兄弟用足力氣，卻與她師徒倆越離越遠。只有兩隻大鵰才比李莫愁更快，不斷飛下搏擊。武敦儒眼見今日報仇無望，吹動口哨，召雙鵰回轉。

耶律齊等生怕三人有失，隨後趕來接應，見郭芙等回轉，當下上前行禮相見。眾人都是少年心性，三言兩語就說得極為投機。耶律齊忽然想起，叫道：「楊兄呢？」完顏萍道：「他一個兒走啦。我問他去那裏，他理也不理。」說著垂下頭來。

耶律齊奔上一個小丘，四下瞭望，只見那青衣少女與陸無雙並肩而行，走得已遠，楊過卻是沒半點影蹤。耶律齊茫然若失，他與楊過此次初會，聯手拒敵，為時雖無多久，但數次性命出入於呼吸之間，已大起敵愾同仇之心，見他忽然不別而行，倒似不見了一位多年結交的良友一般。

原來楊過見武氏兄弟趕到，與郭芙三人合攻李莫愁，三人神情親密，所施展的劍法又是極為精妙，數招之間竟將李莫愁趕跑。他不知李莫愁是忌憚郭靖夫婦這才離去，還道三人的劍招之中暗藏極厲害的內力，逼得她非逃不可。當日郭靖送他上終南山學藝，曾大展雄威，打敗無數全真道士，武功之高，在他小小心靈中留下了極深印痕，心想郭靖教出來的弟子，武功自然勝己十倍，有了這先入為主的念頭，見郭芙等三人一招尋常劍法，也以為其中必含奧妙後著。他越看越是不忿，想起幼時在桃花島上被武氏兄弟兩番毆打，郭芙則在旁大叫：「打得好，用力打！」又想起黃蓉故意不教自己武功，郭靖武功如此高強，卻不肯傳授，將自己送到重陽宮去受一羣惡道折磨，只覺滿腔怨憤，不能自已，眼見完顏萍、陸無雙、青衣少女、耶律燕四女都是眼望自己，臉有詫異之色，心想：「李莫愁污言罵我姑姑，你們便都信了。你們瞧不起我，那也罷了，怎敢輕視我姑姑？我此刻臉色難看，那是我氣不過武氏兄弟和郭芙，氣不過郭伯伯、郭伯母，你們便當我跟姑姑有了苟且、因而內心有愧嗎？」突然發足狂奔，也不依循道路，只在荒野中亂走。此時他心神異常，只道普天下之人都要與自己為難，卻沒想自己戴著人皮面具，雖然滿臉妒恨不平之色，完顏萍等又如何瞧得見？平白無端的，旁人又怎會笑他？李莫愁惡名滿江湖，又是眾人公敵，所說的言語誰能信了？

他本來自西北向東南行，現下要與這些人離得越遠越好，反而折返西北。心中混亂，厭憎塵世，摘下面具，只在荒山野嶺間亂走，肚子飢了，就摘些野果野菜裹腹。越行越遠，不到一個月，已是形容枯槁，衣衫破爛不堪，到了一處高山叢中。他也不知這是天下五嶽之一的華山，但見山勢險峻，就發狠往絕頂上爬去。

他輕功雖高，但華山是天下之險，卻也不能說上就上。待爬到半山時，天候驟寒，鉛雲低壓，北風漸緊，接著天空竟飄下一片片的雪花。他心中煩惱，盡力折磨自己，並不找地方避雪，風雪越大，越是在巉崖峨壁處行走，行到天色向晚，雪下得越發大了，足底溜滑，道路更是難於辨認，若是踏一個空，勢必掉在萬仞深谷中跌得粉身碎骨。他也不在乎，將自己性命瞧得極是輕賤，仍是昂首直上。

又走一陣，忽聽身後發出極輕的嗤嗤之聲，似有甚麼野獸在雪中行走，楊過立即轉身，只見後面一個人影晃動，躍入了山谷。

楊過大驚，忙奔過去，向谷中張望，只見一人伸出三根手指鉤在石上，身子卻是凌空。楊過見他以三指之力支持全身，憑臨萬仞深谷，武功之高，實是到了不可思議的地步，於是恭恭敬敬的行了一禮，說道：「老前輩請上來！」

那人哈哈大笑，震得山谷鳴響，手指一捺，已從山崖旁躍了上來，突然厲聲喝問：「你是藏邊五醜的同黨不是？大風大雪，半夜三更，鬼鬼祟祟在這裏幹甚麼？」

楊過被他這般沒來由的一罵，心想：「大風大雪，三更半夜，我鬼鬼祟祟的到底在這裏幹甚麼了？」觸動心事，突然間放聲大哭，想起一生不幸，受人輕賤，自己敬愛之極的小龍女，卻又無端怪責，決絕而去，此生多半再無相見之日，哭到傷心處，真是愁腸千結，畢生的怨憤屈辱，盡數湧上心來。

那人起初見他大哭，不由得一怔，聽他越哭越是傷心，更是奇怪，後來見他竟是哭得沒完沒了，突然之間縱聲長笑，一哭一笑，在山谷間交互撞擊，直震得山上積雪一大塊一大塊的往下掉落。

楊過聽他大笑，哭聲頓止，怒道：「你笑甚麼？」那人笑道：「你哭甚麼？」楊過待要惡聲相加，想起此人武功深不可測，登時將憤怒之意抑制了，恭恭敬敬的拜將下去，說道：「小人楊過，參見前輩。」那人手中拿著一根竹棒，在他手臂上輕輕一挑，楊過也不覺有甚麼大力逼來，卻身不由自主的向後摔去。依這一摔之勢，原該摔得爬也爬不起來，但他練過頭下腳上的蛤蟆功，在半空順勢一個觔斗，仍是好端端的站著。

這一下，兩人都是大出意料之外。憑楊過目前的武功，要一出手就摔他一個觔斗，雖是李莫愁、丘處機之輩也萬萬不能；而那人見他一個倒翻觔斗之後居然仍能穩立，也不由得另眼相看，又問：「你哭甚麼？」

楊過打量他時，見他是個鬚髮俱白的老翁，身上衣衫破爛，似乎是個化子，雖在黑夜，但地下白雪一映，看到他滿臉紅光，神采奕奕，心中肅然起敬，答道：「我是個苦命人，活在世上實是多餘，不如死了的乾淨。」

那老丐聽他言辭酸楚，當真是滿腹含怨，點了點頭，問道：「誰欺侮你啦？快說給你公公聽。」楊過道：「我爹爹給人害死，卻不知是何人害他。我媽又生病死了，這世上沒人憐我疼我。」那老丐「嗯」了一聲，道：「這是可憐哪。教你武功的師父是誰？」楊過心想：「郭伯母名兒上是我師父，卻不教我半點武功。全真教的臭道士們提起來就令人可恨。歐陽鋒是我義父，並非師父。我的武功是姑姑教的，但她說要做我妻子，我如說她是我師父，她是要生氣的。王重陽祖師、林婆婆石室傳經，又怎能說是我師父？我師父雖多，卻沒一個能提。」那老丐這一問觸動他的心事，猛地裏又放聲大哭，叫道：「我沒師父，我沒師父！」那老丐道：「好啦，好啦！你不肯說也就罷了。」楊過哭道：「我不是不肯說，是沒有。」

那老丐道：「沒有就沒有，又用得著哭？你識得藏邊五醜麼？」楊過道：「不識。」那老丐道：「我見你一人黑夜行走，還道是藏邊五醜的同黨，既然不是，那便很好。」

此人正是九指神丐洪七公。他將丐幫幫主的位子傳了給黃蓉後，獨個兒東飄西遊，尋訪天下的異味美食。廣東地氣和暖，珍奇食譜最多。他到了嶺南之後，得其所哉，十餘年不再北返中原。

那百粵之地毒蛇作羹，老貓燉盅，斑魚似鼠，巨蝦稱龍，肥蠔炒響螺，龍虱蒸禾蟲，烤小豬而皮脆，煨果貍則肉紅，洪七公如登天界，其樂無窮。偶爾見到不平之事，便暗中扶危濟困，殺惡誅奸，以他此時本領，自是無人得知他來蹤去跡。有時偷聽丐幫弟子談話，得知丐幫在黃蓉、魯有腳主持下太平無事，內消污衣、淨衣兩派之爭，外除金人與鐵掌幫之逼，他老人家無牽無掛，每日裏只是張口大嚼、開喉狂吞便了。

這一年藏邊五醜中的第二醜在廣東濫殺無辜，害死了不少良善。洪七公嫉惡如仇，本擬隨手將他除去，但想殺他一人甚易，再尋餘下四醜就難了，因此上暗地跟蹤，要等他五醜聚會，然後一舉屠絕，不料這一跟自南至北，千里迢迢，竟跟上了華山。此時四醜已集，尚有大醜一人未到，卻在深夜雪地裏遇到楊過。

洪七公道：「咱們且不說這個，我瞧你肚子也餓啦，咱們吃飽了再說。」於是扒開雪地，找些枯柴斷枝生了個火堆。楊過幫他撿拾柴枝，問道：「煮甚麼吃啊？」洪七公道：「蜈蚣！」

楊過只道他說笑，淡淡一笑，也不再問。洪七公笑道：「我辛辛苦苦的從嶺南追趕藏邊五醜，一直來到華山，若不尋幾樣異味吃吃，怎對得起它？」說著拍了拍肚子。楊過見他全身骨格堅朗，只這個大肚子卻肥肥的有些累贅。洪七公又道：「華山之陰，是天下極陰寒之處，所產蜈蚣最為肥嫩。廣東天時炎熱，百物快生快長，蜈蚣肉就粗糙了。」楊過聽他說得認真，似乎並非說笑，心中好生疑惑。

洪七公將四塊石頭圍在火旁，從背上取下一隻小鐵鍋架在石上，抓了兩團雪放在鍋裏，道：「跟我取蜈蚣去罷。」幾個起落，已縱到兩丈高的峭壁上。楊過見山勢陡峭，不敢躍上。洪七公叫道：「沒中用的小子，快上來！」楊過最恨別人輕賤於他，聽了此言，咬一咬牙，提氣直上，心道：「怕甚麼？摔死就摔死罷。」膽氣一粗，輕功施展時便更圓轉如意，緊緊跟在洪七公之後，十分險峻滑溜之處，居然也給他攀了上去。

只一盞茶時分，兩人已攀上了一處人跡不到的山峯絕頂。洪七公見他竟有如此膽氣輕功，甚是喜愛，以他見識之廣博，居然看不出這少年的武功來歷，欲待查問，卻又記掛著美食，當下走到一塊大巖石邊，雙手抓起泥土，往旁拋擲，不久土中露出一隻死公鷄來。楊過大是奇怪，道：「咦，怎麼有隻大公鷄？」隨即省悟：「啊，是你老人家藏著的。」

洪七公微微一笑，提起公鷄。楊過在雪光掩映下瞧得分明，只見鷄身上咬滿了百來條七八寸長的大蜈蚣，紅黑相間，花紋斑斕，都在蠕蠕而動。他自小流落江湖，本來不怕毒蟲，但驀地裏見到這許多大蜈蚣，也不禁怵然而懼。洪七公大為得意，說道：「蜈蚣和雞生性相剋，我昨天在這兒埋了一隻公雞，果然把四下裏的蜈蚣都引來啦。」

當下取出包袱，連雞帶蜈蚣一起包了，歡天喜地的溜下山峯。楊過跟隨在後，心中發毛：「難道真的吃蜈蚣？瞧他神情，又並非故意嚇我。」這時一鍋雪水已煮得滾熱，洪七公打開包袱，拉住蜈蚣尾巴，一條條的抛在鍋裏。那些蜈蚣掙扎一陣，便都給燙死了。洪七公道：「蜈蚣臨死之時，將毒液毒尿盡數吐了出來，是以這一鍋雪水劇毒無比。」楊過將毒水倒入了深谷。

只見洪七公取出小刀，斬去蜈蚣頭尾，輕輕一捏，殼兒應手而落，露出肉來，雪白透明，有如大蝦，甚是美觀。楊過心想：「這般做法，只怕當真能吃也未可知。」洪七公又煮了兩鍋雪水，將蜈蚣肉洗滌乾淨，再不餘半點毒液，然後從背囊中取出大大小小七八個鐵盒來，盒中盛的是油鹽醬醋之類。他起了油鍋，把蜈蚣肉倒下去一炸，立時一股香氣撲向鼻端。楊過見他狂吞口涎，饞相畢露，不由得又是吃驚，又是好笑。

洪七公待蜈蚣炸得微黃，加上作料拌勻，伸手往鍋中提了一條上來放入口中，輕輕嚼了幾嚼，兩眼微閉，嘆了一口氣，只覺天下之至樂，無逾於此矣，將背上負著的一個酒葫蘆取下來放在一旁，說道：「吃蜈蚣就別喝酒，否則蹧蹋了蜈蚣的美味。」他一口氣吃了十多條，才向楊過道：「吃啊，客氣甚麼？」楊過搖頭道：「我不吃。」洪七公一怔，隨即哈哈大笑，說道：「不錯，不錯，我見過不少英雄漢子，殺頭流血不皺半點眉頭，卻沒一個敢跟我老叫化吃一條蜈蚣。嘿嘿，你這小子畢竟也是個膽小鬼。」

楊過被他一激，心想：「我閉著眼睛，嚼也不嚼，吞他幾條便是，可別讓他小覷了。」當下用兩條細樹枝作筷，到鍋中挾了一條炸蜈蚣上來。洪七公早猜中他心意，說道：「你閉著眼睛，嚼也不嚼，一口氣吞他十幾條，這叫做無賴撒潑，並非英雄好漢。」楊過道：「吃毒蟲也算是英雄好漢？」洪七公道：「天下大言不慚自稱英雄好漢之人甚多，敢吃蜈蚣的卻找不出幾個。」楊過心想：「除死無大事。」將那條蜈蚣放在口中一嚼。只一嚼將下去，但覺滿嘴鮮美，又脆又香，清甜甘濃，一生之中從未嘗過如此異味，再嚼了幾口，一骨碌吞了下去，又去挾第二條來吃，連讚：「妙極，妙極。」

洪七公見他吃得香甜，心中大喜。二人你搶我奪，把百餘條大蜈蚣吃得乾乾淨淨。洪七公伸舌頭在嘴旁舐那汁水，恨不得再有一百條蜈蚣下肚才好。楊過道：「我把公鷄再去埋了，引蜈蚣來吃。」洪七公道：「不成啦，一來公鷄的猛性已盡，二來近處已無肥大蜈蚣留下。」忽地伸個懶腰，打個呵欠，仰天往雪地裏便倒，說道：「我急趕歹徒，已有五日五夜沒睡，難得今日吃一餐好的，要好好睡他三天，便是天塌下來，你也別吵醒我。你給我照料著，別讓野獸乘我不覺，一口咬了我半個頭去。」楊過笑道：「遵命。」洪七公閉上了眼，不久便沉沉睡去。

楊過心想：「這位前輩真是奇人。難道當真會睡上三天？管他是真是假，反正我也無處可去，便等他三天就是。」那華山蜈蚣是天下至寒之物，楊過吃了之後，只覺腹中有一團涼意，於是找塊巖石坐下，用功良久，這才全身舒暢。此時滿天鵝毛般的大雪兀自下個不停，洪七公頭上身上蓋滿了一層白雪，猶如棉花一般。人身本有熱氣，雪花遇熱即熔，如何能停留在他臉上？楊過初時大為不解，轉念一想，當即省悟：「是了，他睡覺時潛行神功，將熱氣盡數收在體內。只是好端端一個活人，睡著時竟如殭屍一般，這等內功，委實可驚可羨。姑姑讓我睡寒玉床，就是盼望我日後也能練成這等深厚內功。唉，寒玉床哪寒玉床！」

眼見天將破曉，洪七公已葬身雪墳之中，惟見地下高起一塊，卻已不露人形。楊過並無倦意，但見四下裏都是暗沉沉地，忽聽得東北方山邊有刷刷刷的踏雪之聲，凝神望去，只見五條黑影急奔而來，都是身法迅捷，背上刀光閃爍。楊過心念一動：「多半便是這位老前輩所說的藏邊五醜。」忙在一塊大岩石後邊躲起。

不多時五人便奔到岩石之前。一人「咦」的一聲，叫道：「老叫化的酒葫蘆！」另一人顫聲道：「他……他在華山？」五人臉現驚惶之色，聚在一起悄悄商議。突然間五人同時分開，急奔下峯。山峯上道路本窄，一人只奔出幾步，就踏在洪七公身上，只覺腳下柔軟，「啊」的一聲大叫。其餘四人停步圍攏，扒開積雪，見洪七公躺在地上，似已死去多時。五人大喜，伸手探他鼻息，已沒了呼吸，身上也是冰涼一片。五人歡呼大叫，亂蹦亂跳，當真比拾到奇珍異寶還要歡喜百倍。

一人道：「這老叫化一路跟蹤，搞得老子好慘，原來死在這裏。」另一人道：「洪七公這老賊武功了得，好端端的怎會死了？」又一人道：「武功再好，難道就不死了？你想想，老賊有多大年紀啦。」其餘四人齊聲稱是，說道：「天幸閻羅王抓了他去，否則倒是難以對付。」首先那人道：「來，大夥兒來剁這老賊幾刀出出氣！任他九指神丐洪七公英雄蓋世，到頭來終究給藏邊五雄剁成了他媽的十七廿八塊。」

楊過心道：「原來這位老前輩便是洪七公，難怪武功如此了得。」洪七公的名頭和「降龍十八掌」等絕技，他曾聽小龍女在閒談時說過，但洪七公的形貌脾氣，當年連林朝英也不大清楚，小龍女自然不會知道，他手中扣了玉蜂針，心想五人難以齊敵，只得俟機偷發暗器，傷得三兩人後，餘下的就好打發了。但隨即聽那人說要剁幾刀出氣，只怕他們傷了洪七公，不及發射暗器，立即大喝一聲，從岩石後躍將出來。他沒有兵刃，隨手撿起兩根樹枝，快招連發，分刺五人。這五招迅捷異常，就可惜先行喝了一聲，五醜有了提防，否則總會有一二人給他刺中。饒是如此，五醜也已經頗為狼狽，竄閃擋架，才得避開。

五人轉過身來，見只是個衣衫襤褸的少年，手中拿了兩段枯柴，登時把驚懼之心去了八九。那大醜喝道：「臭小子，你是丐幫的小叫化不是？你的老叫化祖宗西天去啦，快跪下給五位爺爺磕頭罷。」

楊過見了五人剛才閃避的身法，已約略瞧出他們的武功。五醜均使厚背大刀，武功是一師所傳，功夫有深淺之別，家數卻是一般。若論單打獨鬥，自己必可勝得，但如五人齊上，卻又抵敵不過，聽大醜叫自己磕頭，便道：「是，小人給五位爺磕頭。」搶上一步，拜將下去。他跪下拜倒的這一招「前恭後踞」，當年孫婆婆便曾使過，於全真道人張志光出其不意之際擲出瓷瓶，差一點便打瞎了他眼睛，此刻楊過「前恭後踞」之後，接著是一招「推窗望月」，突然雙手橫掃，兩根枯柴分左右擊出。

他左邊是五醜，右邊是三醜。這一招「推窗望月」甚是陰毒，三醜功夫較高，急忙豎刀擋架，被他枯柴打在刀背上，虎口發熱，大刀險些脫手。五醜卻被掃中了腳骨，喀喇一聲，腳骨雖不折斷，卻已痛得站不起身。其餘四醜大怒，四柄單刀呼呼呼的劈來。楊過身法靈便，東西閃避，四醜一時奈何不了他。鬥了一陣，五醜一蹺一拐加入戰團，惱怒異常，出手猶似拚命。

楊過輕功遠在五人之上，若要逃走，原亦不難，但他掛念著洪七公，只怕一步遠離，五人就下毒手。可是敵不過五人聯手，頃刻間便連遇險招，當即俯身抱起洪七公，右手舞動枯柴奪路而行，提一口氣，發足奔出十餘丈。藏邊五醜隨後趕來。

楊過只覺手中的洪七公身子冰冷，不禁暗暗著慌，心想他睡得再沉，也決無不醒之理，莫非真的死了？叫道：「老前輩，老前輩！」洪七公毫不動彈，宛似死屍無異，只是並非僵硬而已。楊過伸手去摸他心時，似乎尚在微微跳動，鼻息卻是全無。

這稍一停留，大醜已然追到，只是他見楊過武功了得，心存忌憚，不敢單獨逼近，待得等齊二醜、四醜，楊過又已奔出十餘丈外。藏邊五醜見他只是往峯頂攀上，眼見那山峯只此一條通路，心想你難道飛上天去？倒也並不著急，一步步的追上。

山道越行越險，楊過轉過一處彎角，見前面山道狹窄之極，一人通行也不大容易，窄道之旁便是萬丈深淵，雲繚霧繞，不見其底，心想：「此處最好，我就在這裏擋住他們。」當下加快腳步衝過窄道，將洪七公放在一塊大岩石畔，立即轉身，大醜已奔到窄道路口。楊過直衝過去，喝道：「醜八怪，你敢來嗎？」

那大醜真怕給他一撞之下，一齊掉下深谷，急忙後退。楊過站在路口，是時朝陽初昇，大雪已止，放眼但見瓊瑤遍山，水晶匝地，陽光映照白雪，更是瑰美無倫。

楊過將人皮面具往臉上一罩，喝道：「你醜還是我醜？」藏邊五醜的相貌固然難看，可也不是怪異絕倫，那一個「醜」字，倒是指他們的行徑而言的居多。這時見楊過雙手往臉上一抹，突然變了一副容貌，臉皮蠟黃，神情木然，竟如墳墓中鑽出來的殭屍一般，五醜面面相覷，無不駭然。

楊過慢慢退到窄道的最狹隘處，使個「魁星踢斗勢」，左足立地，右足朝天踢起，身子在曉風中輕輕晃動。瞬時之間，只覺英雄之氣充塞胸臆，敵人縱有千軍萬馬衝來，我便也是這般一夫當關。

五醜心中嘀咕：「丐幫中那裏鑽出來這樣一個古怪少年？」眼見地勢奇險，不敢衝向窄道，聚首相議：「咱們守在這裏，輪流下山取食，不出兩日，定教他餓得筋疲力盡。」當下四人一字排在橋頭，由二醜下山去搬取食物。

雙方便如此僵持下來，楊過不敢過去，四醜也不敢過來。

到第二日上，二醜取來食物，五人張口大嚼，食得嗒嗒有聲。楊過早已飢火中燒，回首看洪七公時，只見他與一日之前的姿勢絲毫無變，心想：「他若是睡著，睡夢中翻個身也是有的，如此一動不動，只怕當真死了。再挨一日，我餓得力弱，更加難以抵敵，不如立即衝出，還能逃生。」緩緩站起身來，又想：「他說過要睡三日，吩咐我守著照料，我已親口答應過了，怎可就此捨他而去？」當下強忍飢餓，閉目養神。

到第三日上，洪七公仍與兩日前一般僵臥不動，楊過越看越是疑心，暗想：「他明明已經死了，我偏守著不走，也太傻了。再餓得半日，也不用這五個醜傢伙動手，只怕我自己就餓死了。」抓起山石上的雪塊，吞了幾團，肚中空虛之感稍見緩和，心想：「我對父母不能盡孝，對姑姑不起，又無兄弟姊妹，連好朋友也無一個，『義氣』二字，休要提起。這個『信』字，好歹要守他一守。」又想：「郭伯母當年和我講書，說道古時尾生與女子相約，候於橋下，女子未至而洪水大漲，尾生不肯失約，抱橋柱而死，自後此人名揚百世。我楊過遭受世人輕賤，若不守此約，更加不齒於人，縱然由此而死，也要守足三日。」

一夜一日眨眼即過，第四日一早，楊過走到洪七公身前，探他呼吸，仍是氣息全無，不禁嘆了一口氣，向他作了一揖，說道：「洪老前輩，我已守了三日之約，可惜前輩不幸身故。弟子無力守護你的遺體，只好將你拋入深谷，免受奸人毀辱。」當下抱起他的身子，走向窄道。

五醜只道他難忍飢餓，要想逃走，當即大聲吆喝，飛奔過來。楊過大喝一聲，將洪七公往山谷中一拋，對著大醜疾衝過去。

金庸作品集 9

神鵰俠侶

1 投師終南

The Giant Eagle and Its Companion, Vol. 1

作者／金庸

副總編輯／鄭祥琳
特約編輯／李麗玲、沈維君
封面與內頁設計／林秦華
內頁插畫／姜雲行
排版／連紫吟、曹任華
行銷企劃／廖宏霖

發行人／王榮文
出版發行／遠流出版事業股份有限公司
地址／臺北市中山北路一段 11 號 13 樓
電話／（02）2571-0297 傳真／（02）2571-0197 郵撥／0189456-1
著作權顧問／蕭雄淋律師

1987 年 2 月 1 日 初版一刷
2023 年 1 月 1 日 五版二刷
平裝版 每冊 380 元（本作品全四冊，共 1520 元）

ISBN 978-957-32-9800-7（套：平裝）
ISBN 978-957-32-9796-3（第 1 冊：平裝）
Printed in Taiwan

YL 遠流博識網 http://www.ylib.com E-mail: ylib@ylib.com
金庸茶館粉絲團 https://www.facebook.com/jinyongteahouse

封面圖片／ Sakura tree photo created by jcomp - www.freepik.com

神鵰俠侶 . 1, 投師終南 = The giant eagle and its companion. vol.1 ／金庸著 . – 五版 . -- 臺北市：遠流 , 2022.11
面； 公分 --（金庸作品集；9）
ISBN 978-957-32-9796-3（平裝）

857.9 111015841